棠姑妈的新生活

尼卡 著

北京联合出版公司
Beijing United Publishing Co.,Ltd.

目录 CONTENTS

Chapter 1
红领巾该怎么系　001

Chapter 2
叮叮当当，大杀四方　037

Chapter 3
让我们荡起双桨　089

Chapter 4
鲜花盛开的地方　129

Chapter 5
如果这是滑铁卢　171

Chapter 6
海鸥飞处彩云追　219

Chapter 7
单身女子俱乐部　267

番外一
瑞雪，丰年，吉祥物　311

番外二
我有余生可托付　321

Chapter 1
红领巾该怎么系

一切都有迹可循。

这天早上,韩棠突然想不起来怎么系红领巾了。她甚至想到了四五种领带的系法,可就是拿红领巾没办法。

孙女楚风眠已经出了门,喊着:"奶奶——快拿我的红领巾来……"她推开地上的快递箱子,找到被挤进角落里的红领巾,跟在孩子身后跑了出去。

风眠从韩棠手里抽过红领巾,坐进儿童座椅里,将红领巾草草地掖进领口。韩棠从后视镜里看到,提醒风眠把红领巾系好。风眠有点儿不耐烦。

这孩子总是不耐烦。如果不是奶奶,而是她的妈妈或者姥姥提醒,她不止会不耐烦,还会大声反驳,毫无耐性地讲出一大堆毫无逻辑的话来。

还好是韩棠。她是风眠喜欢的奶奶。

往学校去的路很畅通,没有遇到一个红灯。韩棠一把抓住下车就跑的风眠,蹲下身给她整理衣服。风眠根本没理会她的提醒,红领巾仍在领口草草地掖着——这样可不行!

韩棠瞥了一眼在校门内等着接学生的老师们,看到了风眠那瘦高清俊的年轻班主任杜松子。一米九六的个头儿,让风眠理解"鹤立鸡群"这个词都变得特别容易。杜老师远远地看到她们祖孙俩,微笑着打招呼。

韩棠也微笑。她要给风眠重新系好红领巾,试了两下,还是想不起到底该怎么做。风眠鼓着小脸儿,看着奶奶两只手分别捏着红领巾的一端停在那里一动不动,最后不耐烦地扯过红领巾,小手翻动,两三下系好,拉起书包就跑。

韩棠有点儿尴尬。奇怪,昨天,不是——前天早上,她还很利索地给风眠系上了红领巾呢,今天怎么回事?

"奶奶再见!中午我想吃炸虾仁!"风眠喊道。

"知道了。"韩棠点点头。此时四周人头攒动,她不习惯在人多的地方高声讲话。她也总是这么教风眠:"风眠,要有教养。"她会轻声而耐心地提醒,只是看起来不太奏效。当然,她也不愿意勉强孩子。

风眠是个好孩子。此时她正一路狂奔,跑向张臂以待、一下把四五个孩子拢在怀里的杜老师。风眠比同学高出了大半个头,是一个结结实实的小女孩,看着让人舒心。

看着风眠跟同学手拉手走远了,韩棠扶着膝盖站了起来。就蹲了这么一小会儿,腿脚酸麻疼痛。

风眠的身影已经消失了,韩棠站在那里又看了好一会儿,身边聚满了人,是来送孩子的家长,大多数都和她一样,是五六十岁的隔代家长;也有少数年轻的父母。

韩棠从人群中退出来,走到车边,看到紧挨着的车子,车头离她的车屁股只有几寸,她皱了一下眉。司机是个年轻的女人,正对着手机屏涂口红,手法娴熟利落。没有长辈搭把手的上班族,早上多半就是这样仓促。

正思忖着,隐约听见有人喊她:"哎,韩棠!"她转头,左右看看。

学校那古旧建筑的飞檐突然扎进视野,她一时有点儿恍惚,仿佛时光突然退回半个世纪,十几岁的她正沿着这几级台阶飞奔上去,上课铃声响得能击碎她小小的心脏。她一激灵,细看眼前,一张张陌生的面孔,不是太年轻,就是太老……哪里有人喊她?

韩棠舒口气,驱车离开。

这要怪昨晚没睡好,可这一整天,她也很难找到时间补觉。她看看时间,差五分钟八点。

菲菲这会儿不知道起床了没有,来不来得及上班?不过,今天她可不打算多嘴提醒了。

昨天她出门前提醒菲菲时间晚了,菲菲不耐烦地摔了门——那一声简直惊天动地。

有一瞬,韩棠眼前浮现的竟是老母亲的面孔,母亲眼神严厉,像是随时会一巴掌扇到她脸上。有一次她跟母亲生气摔门,母亲拿起斧头砍落门锁闯进房间,照她脸就是一巴掌。姊妹四个有三个在房间里,吓得呆若木鸡,从那之后再没有人敢摔门。

韩棠感觉到身体里有一股力量直接冲向了右手,可是她没有动,依旧牵着风眠的手下了楼。倒是新来的保姆小丁都把她们送出门外了,还目瞪口呆着。

韩棠冲小丁笑了笑,说:"等孩子们的外婆醒了,让菲菲跟她说,她爱吃的香菇肉包子买来了,多吃几个。"小丁才回了神,应了一声。

小丁不像之前那个保姆不管看到什么都面不改色,她的修养还是差了点儿,反应也慢。可是没办法,菲菲母亲的用人标准严苛,虽然不是她付女儿家里的保姆的薪水,但还是有一点点不满意就把人换掉。换得勤了,中介公司的经理也会开玩笑跟她说:"韩大姐,您家里要求高,我们再没多少可提供的人选了。"

今年人更难找,没有保姆帮忙的那小半年,所有的事情基本上都由她一个人做,每天从睁眼到闭眼,都有做不完的事操不完的心。韩棠一想到这些就觉得脚底板发硬——那是真累。

新保姆来了这么久了,她仍然会觉得累。不过有一个差不多的人来帮忙,已经谢天谢地了。

韩棠想自己的确是上岁数了。风眠刚出生那年,婆婆还在世,她又顾老又顾小,事情比现在还要多,也坚持下来了。许是之前体力透支太过,要一段时间才能恢复过来吧?

人在没有其他选择的时候,总得绷着一股劲儿往下撑。何况她又是个特别能撑的人。

韩棠算算时间,又去了一趟超市。早上检点冰箱,发现昨天买的车厘子和草莓颗粒不剩,给风眠的早餐水果就没这两样,但看到茶几上放着一堆车厘子核和草莓蒂。昨晚她离开时,菲菲就歪在沙发上边吃边扔,把地毯弄得像沾了血污。她看着实在难受。她知道菲菲吃完了不会收拾的,早起小丁也不能马上收拾,孙子被吵醒哭闹起来,菲菲是要发火的。

该怎么形容儿媳妇菲菲呢?韩棠笑了笑,算了,不形容了。哪个孩子在家里不是娇生惯养的？菲菲从小在家就没做过事，为什么结婚后就要求她做呢？没有这个道理。

倒也没什么非要菲菲做的。韩棠想，确实没有。家里的大事有楚天阔，小事有她，楚泽和菲菲凡事都不操心，包括孩子们的事。风眠和嘟嘟两个孩子刚生下来那会儿，菲菲都没有起过几次夜。从月子中心出来，孩子白天有韩棠和保姆照顾，夜里有保姆和孩子姥姥照顾。有一次菲菲独自给孩子洗澡，孩子栽进水里差点儿窒息，她都没发现。因为她把手机摆旁边看电视剧。从那之后，连给孩子洗澡、把尿都不用她了……

虽然是两个孩子的妈妈，菲菲带孩子的能力这些年并没有什么长进。风眠出生时，菲菲是新手妈妈，嘟嘟出生时她也该算熟手了，可她更手忙脚乱，甚至还不如那时候。按理说孩子该由父母自己带，可眼看着带不好，让人不能放心，韩棠也只得多做一些。风眠是孙女，她喜欢；嘟嘟是孙子，也喜欢。她撒不了手。

哦，只说儿媳妇，儿子呢？也算了。

儿子楚泽因为工作关系经常要加班，是顾不上家里的。跟儿媳一样，儿子也是个万事依赖母亲的"甩手掌柜"。若说菲菲好吃懒做，儿子不也一样吗？不过，儿子对待工作还是认真的。

她跟儿子楚泽谈过几次，问他能不能多花点儿时间在家里——菲菲持家实在有些不像话，花钱如流水，家里乱七八糟，经常一天一二十件包裹送上门，两天不拆客厅里就堆满了。男人要顾家，不然跟孩子们的感情会疏离，夫妻感情更需要经营。

她说这些的时候，楚泽看都不看她，盯着手机："妈你管她呢，人给咱家生了儿子，还要怎么样？随她去呗，又不需要她养家。"几句话给她堵回来，她一个人生闷气，好几天没跟儿子说话。

楚泽跟菲菲结婚十年，有八年都在为生孩子奋斗。楚泽没有什么问题，菲菲不能生孩子的毛病几乎占全了。

老楚是个思想极封建、极具大男子主义的人，为了老楚家有后，甚至要求楚泽和菲菲离婚。韩棠万事听楚天阔的，却没支持他这件事。别说他们家没有皇位等着继承，即便有，哪有因为儿媳妇不能生育就逼着离婚的？越活越回去了。

好在老楚基本理智还是有的，顶多酒后发发牢骚；好在现如今医学昌明，辅助生殖技术发达，他们虽然三四年里失败了六七次，第八九次总归是成功的，于是有了孙女风眠，接着有了孙子嘟嘟。

孙女风眠出生之前，韩棠刚从单位退休，那是她过得相对轻松的几年：长辈还没有卧床离不开人；老楚事业正焕发第二春；亲戚朋友们的好运好像同时进入井喷期；小辈们的事业在老辈们的扶助下蒸蒸日上，日子过得花团锦簇；老楚还没因为"老楚家无后"这事极度焦虑而起伏不定。她狠心出去旅了几次游。虽然是跟团游，尽是"欧洲十国十一日游"这样的，她也挺满足的，毕竟难得自由。大姐和小妹一个长居美国，一个长居加拿大，常邀她过去住上半年，她哪有时间，出去旅游日赶夜赶，回到家也不得清闲。

她的日子啊，就一个字：累。韩家姐妹三个，数她累。

姐姐韩松20世纪90年代出国读书，后来留在美国发展，离了婚就一直单身，做学问到现在也没有退休，又有学术假期，跑到欧洲一待就是大半年；小妹韩穗没读书，跟妹夫移民加拿大之后搞了个农场，还开了个连锁超市，虽然生了两个孩子，但似乎根本没把孩子放在心上——从没听过他们为了孩子们的学习、工作操心，替他们安排这安排那。如今妹妹的大女儿都三十岁了还不结婚，也没正经工作，虽然是做导演的，但满世界跑却从没见有什么作品，妹妹也不急。听说小儿子不喜欢女人，这比女儿不结婚还让人担心，就这，也没见妹妹和妹夫采取什么措施。这事要搁老楚身上，那他还不得咬牙切齿地说"给我掐死"啊？

韩棠偶尔想起姐姐和妹妹，都替她们俩发愁，愁到睡不着觉，愁到半夜醒了辗转反侧。

侄女艾黎总是笑她杞人忧天。要不是自家亲戚，她又何必做杞人呢？

说起韩艾黎，更不像话。作为韩家唯一的孙女，第三代里最大的孩子，已经三十五岁的艾黎还像十七岁那样无忧无虑地过着日子，养花养鸟养猫养狗养乌龟，把家里弄得跟个动物园似的，就是不动嫁人养孩子的心。这不急死人吗？

韩棠实在按捺不住，一回到家，也不管艾黎是不是在上班，就直接跟她视频通话。艾黎半天没接，她锲而不舍。

待视频接通了，艾黎跟她讲，正跟人开线上会议，让她等一下。

听起来艾黎周围的确七嘴八舌、南腔北调、中英文混杂。韩棠一边剥着虾皮，一边说："我就一个问题，韩艾黎你到底为什么不结婚？"视频里韩艾黎的眼睛斜得都能拿出来挑虾线了，她以为艾黎马上要翻脸。大概因为那头正在开会，要保持基本的风度，艾黎慢条斯理地说："我瞧着您和我妈过的日子，根本不想结婚。"

没等她出声，艾黎就挂断了视频。

韩棠看着眼前这堆虾皮，瞥了一眼窗外。

天冷了，银杏叶都黄了，落了一地。她喜欢这个季节，喜欢五彩斑斓的颜色，可是多少年了，她在秋天里来去匆匆，树叶绿了黄了红了落了不见了，她都顾不得抬头看一眼，更别提在黄石公园里徒步，在安大略湖边钓鱼，在爱丁堡赏秋了。她胸口一阵发闷，把虾皮虾仁一股脑扔进水池里。

小丁看见了，问她怎么了。她若无其事地说没什么。小丁这回没有表现出意外的样子，默默地把虾仁从虾皮里拣了出来。

韩棠有心问菲菲今天几点出门的，但没问出口。小丁才来没几天，她不想这么快被发现，她这个婆婆在儿媳那里有时候说话连保姆都不如。迟不迟到的，管她呢。

韩棠回到客厅里，看着亲家梁瑶在围栏里陪嘟嘟玩。梁瑶比她还要胖一些，可是行动灵便，反应极快，有时候抱着嘟嘟一下就从地垫上站起来了，毫不费力。

此时，嘟嘟不知道干了什么，梁瑶一阵大笑。韩棠一转头，一颗车厘子核落到围栏外头来，灰白色的地毯上已经十几颗这样的核了。也像血污。

韩棠忽然又觉得有些恶心。

晚上，楚天阔刚刚进门，韩棠就说："我今天不会系红领巾了。"

楚天阔打了一天牌回来，一身烟气，往桌子上扔了几沓子钞票，说："越活越回去了，连七岁孩子都不如了是吧？拿去买几百条，让保姆系好了挂门口,每天出门拿一条。"

他说完就去洗澡了。

韩棠打开手机,看到了朋友圈韩松发的最新动态:

韩松的房车停在湖边营地,面对一大片湖,远处的雪山层峦叠嶂,森林颜色深深浅浅,真的美极了。韩松就坐在房车前的小椅子上喝咖啡,腿上摊开的一本书大概已经看了三分之一。

韩松发动态不喜欢发文字,偶尔发一句英文韩棠也看不懂。但这条动态还需要用文字描述吗?

韩棠看了下面的留言,哥哥嫂子这类点赞狂魔,只要是家人动态,不管是哭丧的还是参加喜宴的,一律点赞。他们果然没有漏掉这一条。艾黎和韩穗、韩穗的大女儿Judy、儿子健健都留了言。一大家子其乐融融的。

艾黎这个死孩子,跟她说话她那么不耐烦。韩棠有点儿生气,本想直接退出来,想了想,还是点了个赞。

不一会儿,艾黎就发了个"偷看"表情包给她,接着问:"棠姑妈,还没睡?"

"睡了。"韩棠没好气敲出这两个字。

艾黎立马回了一个"笑得满地打滚"的表情包,说道:"还生气呀?白天那会儿正开会嘛。"

韩棠说:"我哪有时间生气。"

"好嘛,棠姑妈最好了。"

"棠姑妈要记得去体检。我给您预约了最高档的,您跟我妈一起。"

"不能一起去,就自己去。不过你们要是一起去,我就可以一起照顾,然后请你们吃饭。"

"去年您就没体检,今年一定要去。别给我省钱。"

"早点睡。晚安。"

艾黎连发好几条语音。

韩棠叹了口气。侄女是好侄女,除了到岁数不结婚这一点,哪儿哪儿都好。

手机亮了,艾黎又发来一条语音消息:"爱你哦。"

韩棠简直要哭了,她不知多久没有听到"爱你"这两个字了。

"韩棠,你要烫死我,好继承我的家产是不是!"浴室里传来楚天阔的吼声。

韩棠刚刚湿润的眼眶一瞬又恢复了干涩。她叹口气。

几十年如一日,楚天阔总不记得先打开水喉试一下温度。家里洗澡水的温度都得她预先设置好。楚天阔喜欢水凉一点儿,她喜欢水热一点儿。如果她洗完澡忘记把水温调低,那他一定会被烫到。

韩棠听着楚天阔大呼小叫。他已经从"谋杀亲夫""谋财害命"叫到了"棠姐""姐姐""棠棠""蜜糖",她还是不想动。

并不是将近四十年的婚姻把这些亲昵的称呼冲淡了,而是她今天确实不想动。她打开枕边那本跟她岁数差不多的繁体竖排《红楼梦》。昨晚,她看到了晴雯撕扇。

"爹爹和奶奶齐声唤亲人……"楚天阔提高声调,唱起了《红灯记》。

韩棠扔下书,推开浴室门。浴室里水雾弥漫,赤条条的模糊身影正蹦蹦跳跳,像跳大神的。她推开淋浴间的玻璃门,走过去给他拧了拧水喉。很快花洒里的水凉了,楚天阔心满意足地站在花洒下,开开心心地继续唱京剧。

韩棠走出去,关好玻璃门,走向洗手台。

"菲菲说要换车。"楚天阔突然说。

韩棠"哦"了一声,继续洗手。洗手液是刚换的,泡沫太丰富,要多用不少水才能冲洗干净。她心说:有点儿浪费,下次要换回原先的品牌。

菲菲要换车的事,梁瑶前两天在她面前探了口风。梁瑶说,菲菲的车还是结婚时候买的那辆红色奔驰,虽然是整装进口车,现在看也不过时,但多了个孩子,出门时加上保姆,就有点儿挤,是不是换辆空间更大的。当时她只听着,没出声没表态。

韩棠是沉默寡言的人,看上去语言、行为都比一般人慢半拍。梁瑶应该习惯了,没得到回应,也没有继续说下去。何况他们也都习惯了,家里凡是花大钱的事,跟楚天阔讲就可以了。去年菲菲跟朋友约好在西海岸新建的小区付定金买一套别墅,也是越过她,直接跟公公讲的。

谁掌握经济大权,谁就有话语权,家里没人是傻子。

不过,也许除了楚天阔,别人都当她是傻子。

韩棠抽了条毛巾擦干手,问:"你怎么说的?"

"我说我考虑一下。"楚天阔说。

韩棠笑笑,没出声。

"你觉得呢?"楚天阔语气里出现一丝犹疑。

"你觉得呢?"韩棠反问。

"菲菲生了嘟嘟之后,我们也没给过什么奖励。"楚天阔说。

"去年不是买了别墅?"

"还在你名下嘛。"

韩棠听出来,楚天阔是有意答应的,只是还想看看她的想法。

可是,什么叫"没给奖励"?孩子是可以拿钱买的吗?要是奖励,风眠出生的时候,为什么不提这茬儿?

风眠是家里第一个孩子,喜面、满月、百日加周岁宴,都风风光光、高高兴兴地该怎么办就怎么办了。到了嘟嘟,自然要大不一样。为什么?因为他是男孩。楚家这一代唯一的男孩。

韩棠对孙女孙儿没偏没向,有时可能更疼孙女一些,可不代表别人也这样。在两个孩子的百日宴、周岁宴上收的金锁、金镯和红包,她都给了菲菲。生完嘟嘟后,梁瑶在月子中心陪着菲菲,她每天去探视。楚天阔第一次去看孙子,给了十万元红包。嘟嘟出生到现在一年零三个月了,做爷爷的想孙子了就去看看,每次都给两万元红包,她记得的就有六次。菲菲替嘟嘟接了红包,都会替嘟嘟说"谢谢爷爷",却不会提"谢谢奶奶",当然,红包毕竟没有从奶奶手里给过去。但这微妙的差别,不言自明。

她提醒过楚天阔,给孩子红包没有问题,钱嘛,迟早是孩子们的。可别有了孙子一高兴,头脑发热说给就给,手一松标准拉上去,当心下不来。再说,风眠可都看着呢。孩子一天天大了,又那么聪慧,大人的态度如何,很容易就能觉察。她可不想让孙女感觉到男孩女孩在这家里的待遇是不一样的。她提醒了几次,楚天阔总是嘴上答应,但不改。他手上现金宽裕,她也习惯了不在人前驳他面子，讲了不听，那就随他去。钱毕竟是他拿回来的。

不过，有一样楚天阔做得还是不错的。逢年过节过生日，风眠和嘟嘟的红包都是一样的。日常开销他也没有二话。但凡菲菲跟他提，风眠要报什么学习班，要去哪里玩，要买什么大件像钢琴之类的，他总是很痛快地掏钱，挑最高标准给。平常一万两万掏出去，眼睛都不眨，还有一次给的稍有点儿多，一下给了五万。那天楚天阔喝醉了。醒了酒，他坐在自己床上扒拉着手包数钱，数来数去觉得不对劲儿，想起自己给多了钱，又后悔。看着楚天阔那很想去把钱要回来的样子，她都气乐了。事后，他下决心两个月之内绝不再给钱，说什么也不给。他给一次钱，回来能念叨好几天"太能花了！他们可太能花了！"

楚天阔其实把钱看得很重。韩棠了解他的为人。

说起"菲菲生了嘟嘟没给奖励"来，这话并不准确，应该说给了奖励但没有挑明"这是给你的奖励"。菲菲在月子期间，她给了一个钻石手镯，一套蓝宝石首饰。菲菲出了月子回家，从原先180平方米的房子搬到270平方米的复式去。这还不算奖励？

韩棠通常都会想，一家人，如果事事算清楚，没意思。

菲菲和楚泽结婚后，吃穿用度都是她和楚天阔供的，连水电费都没有交过一回。没算得太清楚但不代表她心里没数。上周末跟菲菲去逛街，买了两件衣服，九千二，自然是她掏的。菲菲习惯了，跟她一起出门，一分钱不往外拿，逛街喝杯奶茶都要她来扫码。她原来不觉得这是什么问题，孩子嘛，年轻，又是两个孩子的妈妈，虽有人帮忙，也不容易。她年轻的时候，很想有人疼，有人搭把手，但婆婆和妈妈各有各的难处。她现在有条件有能力，是很愿意宠儿媳妇的。可是时间久了，仿佛她做的一切都成了应该的。

"怎么样？"楚天阔问。

韩棠看看他，又抽了一条毛巾给他擦着头发上的水——楚天阔真是"天生丽质"，这把年纪了，几乎没有白头发，眼也不花，皮肤紧致，打眼一看最多五十岁出头。她又看了看镜子里的自己——一个白白胖胖、高高壮壮的老太婆，因为胖，皱纹不显多，只是一阵子不焗油染发，头发根就齐刷刷地一层白，想不服老都不行。

"再说吧。"她本来就觉得累，这会儿心情突然也不好了，更添了三分疲惫。

无可无不可的事，干吗要马上做决定？

"我也是这么说的。"楚天阔忽然笑了。

韩棠把毛巾丢在他脑袋上。她知道他多半跟菲菲是这么说的："回头我跟你妈妈商量一下。"不想痛痛快快掏钱的时候，他就把她推到前面去。好人都是他做，恶人都是她当。

老楚不管赚多少钱都不瞒着她；日常扣除该用的花项，剩下的都交给她。小钱他随手给，动大钱一定经她的手。他常说："男人是搂钱的耙子，女人是攒钱的匣子，一个家，不怕耙子没有齿，就怕匣子没有底。"在他眼里，自己的老婆是很靠得住的。

老楚脑筋灵活，特别容易接受新鲜事物，可在另一些事上又特别守旧。都什么年代了，电子支付多么快捷又便利，唯有他，死命认现金。实在不行，就从她的账户转钱。这都是早年落下的毛病。当然，钱从他手里过来，又从韩棠手里出去，账目也是明明白白的。老楚兴致上来就要对对账。户头上的数字，是他的安全感和快乐的来源。

韩棠把楚天阔推出去，开始打扫浴室。待收拾停当，她的腰和膝盖已经疼到麻木。她坐下来缓了好一会儿。

今年春节韩棠里里外外忙不过来，提议这边家里也请个保姆，楚天阔没同意。婆婆还在的那两年，家里请过钟点工帮忙，他就特别不自在。偶尔钟点工上门，正好赶上他在家，他能从头至尾盯着人家，像盯贼一样，特别不礼貌。他不习惯家里有外人。既然如此，她也没有再坚持，从心里，韩棠还是不愿意承认自己老了。

出了浴室，韩棠看见楚天阔盘腿坐在客厅的禅椅上，正笑眯眯地打电话。她看看表：21点30分，楚天阔今晚回来算早了。多数时候，他回到家，她已经睡下了；她起床出门时，他还没醒。两人之间的"时差"甚至会导致他们一个礼拜都碰不上面。

"给我煮碗面吃吧。"楚天阔突然说。

韩棠看他还在继续讲电话，没出声，直接走回自己卧室。

"晴雯撕扇"一节还没看完，韩棠靠在床头重新拿起了书。她看了好一会儿，才发现这两页刚才已经看过了，正准备翻到下一页，楚天阔推门进来了。

"面呢？"

韩棠没抬头回答："面在低柜左边格子里，荞麦面、鸡蛋面、龙须面、蔬菜面……想吃什么自己挑；方便面在右边格子里，什么口味都有。"

楚天阔没说话。她又翻了一页书。

"你今天怎么了？"楚天阔走到床边坐下，皱着眉问。

"没怎么。"

放在平时，她这个态度应该已经惹楚天阔生气了，要是碰巧他又喝了酒，恐怕就要发脾气了。不过他今天没喝酒，心情也不差，所以显得像只温顺的小狗。

"不然叫外卖。"韩棠又说。

楚天阔不爱吃外卖，这一点连楚泽和菲菲都很清楚。只要爸爸在家，他们绝不敢点外卖。她这么说，简直跟挑衅没两样。

其实她也不知道自己为什么会这么说。从今天早上开始，她就有点儿不对劲儿了。

"出去帮我关好门。"

楚天阔站起来往外走，走到门边又回头，"你真没事？"

韩棠不出声。

晴雯撕扇撕得可真痛快啊。当然不是没事，可是她也不知道究竟是什么事。

她再一次扔下书，站起来去厨房煮面。

楚天阔坐在厨房静静地看着韩棠忙碌。

等面端到他面前，他说："你坐下陪我吃。"

韩棠坐下来，膝盖酸痛，慢慢捶着。

楚天阔一边吃面，一边跟她说在今晚牌桌上听来的那些八卦消息——

说其实都是大事。韩棠只是听着，跟往常一样，轻易不发表意见。

末了，楚天阔说："老孙说那个小区不错，现在买折扣很好。他们几个都要在那里买，问我要不要。我觉得，咱们是不是再搞一套养老房？同小区再给菲菲和小泽他们来一套。将来咱俩老了，孩子们住得近，方便他们照顾我们。"

韩棠看了楚天阔一眼，没出声。

将来老了……他还是没体会到什么是衰老，还当自己小伙子呢？方便照顾……指望那俩甩手掌柜照顾？做梦吧！养老房？他这些年每一次动念头买房子，都是在同小区买两套，理由也大同小异，所以已经在手上攒了好几套"养老房"，还要买？

不过，她前阵子开车经过的时候进去看过那个楼盘，都是大户型，小区环境很好，更可贵的是绿化率超过了一般标准。楚天阔喜欢高层，这些年买房都是冲着高楼层去的，她倒喜欢带花园的一层。去参观时，她还认真想过，前后院加起来面积那么大，是不是可以这边种菜，那边种花。"倒也不是不行。要买就要一楼带花园的。"她忽然有点儿心动。独栋嘛，他们不是买不起，而是不能再在不动产上投入这么多了。

"为什么要底层？我不喜欢底层。"楚天阔说。

"我就要一楼带花园的。"韩棠坚持道。

"那……你要一层，我要一层。"

"复式？"

"两套呗。"

"然后呢？"

"那就得买三套了，看菲菲和小泽喜欢几楼。"楚天阔爽快地说。

韩棠看着他，心想：怎么回事？原来老楚讲话都是"小泽和菲菲"，现在却变成"菲菲和小泽"了。这一变化是从什么时候开始的？

"再说吧。这也不急。"韩棠又觉得累了。

楚天阔站起来，回自己房间去了。

韩棠看着桌上的面碗，楚天阔连汤带水都吃干净了，饭碗干净得像洗过——毕竟穷过。

她叹口气，把碗筷收了，放进水池里。

回到房间，躺到床上，彻底放松下来，全身每一个骨节的疼痛渐渐转为酸胀和麻木，她慢慢地睡了过去。

四点半，韩棠醒了过来，没像平常那样马上起床。她打开床头灯，抓过《红楼梦》来看。可把书拿起来，她立马想到了昨晚的梦。梦里晴雯问宝玉：二爷，我在新房子花园里种什么花好呢？

咦？二爷也是楚天阔的外号。

楚天阔年轻时就胸有城府，老气横秋的，二十岁的面孔像是经历了四十年的历练。待业那几年他在街面上混过一阵子，人家都叫他一声"二爷"。有时候他们夫妻之间开玩笑，她也叫他二爷。很久不开这种玩笑了，她也就很久没有想起这个外号了。

楚天阔这位二爷是武二郎，跟宝二爷可不搭界。韩棠合上书放回原先的位置，起身下床，没开灯，在黑暗中慢慢地朝门口移动着。

早起头脑清醒了，腿脚却要迟上半个钟头才能跟上节奏。她洗漱后喝了一大杯水，在房子里走上几圈，又打扫了一遍卫生。当房间渐渐被晨曦照亮时，她才像三格电充满了两格，身体有了点儿轻盈感——也许只是错觉，想来一米七二、80公斤的体形，轻盈也有限。但清早却是她一天当中唯一觉得不那么辛苦的时段。

韩棠给楚天阔做好了早饭。老楚嘴刁，一向不爱吃外面做的东西，油条、包子和粥都得准备，做得好吃也不那么容易。他也从来不吃面包、蛋糕、牛奶、培根这类西式早餐。如果他肯吃，她至少可以觉得轻松些。

"粥在锅里。包子是油菜香菇馅的。棠。10月18日。"韩棠写完，把字条放在饭桌上，用一个小花瓶压上。

出门时还不到七点。她先去菜市场买了菜，来到楚泽一家住的小区时，不过七点半。

门卫看见她的车子，老远笑着和她打招呼。她刷了卡，进门时点点头。

车停下来，韩棠看到单元门前有个人。这阵子每天早上这个时间，他都会出现在单元门口——那是个和她年纪相仿的男人。此时他来来回回溜达着，步速不快，像往常一样。蓝色长裤像是新的，是早年某军种的制服。

韩棠本以为他们家里或许是有勤俭节约的优良传统，没想到他当过兵，难怪会有精干利落的气质，就算到这个岁数了，他的身姿依然挺拔。

韩棠拎着两大包蔬菜水果下了车，没走几步，肩膀就有点儿疼。她深吸一口气，腾出一只手，费劲儿地掏出门禁卡准备开门。这时，有人拿门禁卡扫了一下，大门就开了。

"谢谢。"韩棠忙道谢。

"不客气。"男人声音温和低沉。

"姥爷！"两个年幼的女童大声喊着从电梯口跑出来，经过韩棠身边，停下来很有礼貌地叫："韩奶奶好。"

韩棠认得这是住在17楼的那对双胞胎——开心和喜悦。她们的妈妈小刘紧跟着出来叫声"阿姨"，忙伸手帮她扶住大门，笑着说："您这么早就来'上班'啦。"

韩棠笑笑。

小刘是位老师，就在小区对面的中学教书。别看她上班就过条马路，每天也是早出晚归的，十分辛苦。

韩棠平时跟这边的邻居碰面的机会并不多。小刘性格活泼，电梯里遇见常同她聊几句，有时也跟她开个玩笑，说她每天来这里是"上班"。她觉得这个形容有点儿可爱。只不过这份工，当真比996工作制还要严苛和劳累。

"这是我爸爸，来接开心、喜悦去上学。"小刘笑着介绍道，"爸爸，这是韩阿姨，16楼风眠小朋友的奶奶。"

刘爸爸客气地跟韩棠点点头，一手拉一个外孙女，笑着说："我们先走喽！"

韩棠隔着大门看了一会儿，才转身走进门厅。等电梯的工夫，她想：每天能专门跑来接外孙女，不知道住得远还是近。亲力亲为，是替女儿考虑得多些。换作老楚，恐怕是——"不是有你嘛。"老楚惯会这么说。

是啊，有她。生育有她，教养有她，家务有她，里里外外大事小事都有她。退休了还有一份工作等着她。

这一生,是不是就一直这样了?难怪艾黎会说,看到她的生活,根本不想结婚。

可丈夫不止楚天阔这类型的,也有刘爸爸这类型的,不是吗?像艾黎这样的年轻姑娘们眼光好,会遇到体贴的丈夫的。人还是要有个伴儿的,不然人生那么长,一个人怎么走到老?新闻里那些在养老院里被虐待的老人,很可能没有子女吧。韩棠晃了下头,想停止这种胡思乱想。手里的袋子太沉,勒得她手疼。她低头看看,两只手都被占满了,想倒换手缓口气都不行。之前有一回艾黎陪她采购,送东西回去后就给她买了辆小推车。可是她总不记得用。

"姑姑有时候真得柔弱些,少用点儿力气。"这是艾黎好好说话的时候。有时她嘴巴很坏的,她会说:"姑姑像眼睛被蒙上黑布的驴子,只知道拉磨。要不是知道奶奶当年曾反对您嫁给楚天阔,我还以为老韩家是把您卖给他们楚家抵债的,要一辈子干苦力还债。"

韩棠叹口气。

艾黎不怎么尊重她的二姑父,偶尔会直接喊"楚天阔"。不管是看在韩棠的面子上还是出于礼貌,见了面态度倒还好,不过她也不像在三姑父面前那么自在。

韩棠又叹口气。

到了 16 楼,恰好碰见保姆小丁。小丁忙把东西接了过去,没等进门,悄声说:"阿姨,我要辞工。您要是同意,我做完这一礼拜就不来了。"

韩棠一惊,忙问:"为什么?"在前一个保姆离职后、后一个保姆报到前的过渡期里,她都格外辛苦。她现在一听见"不来了"三个字,就心惊肉跳。

小丁面露难色。韩棠揽她进门。

韩棠知道这个点一家子都没起床,先去把风眠拎起来,安排她去洗漱。她一边准备早点,一边把小丁叫到身边问:"到底怎么回事?这才干了几天呢?先前不是觉得挺满意的吗?"

"韩阿姨,说好我来只负责家务,是不管做饭的。家里忙不过来,我偶尔搭把手,做一两顿饭是可以的,但三天两头半夜三更叫我起来炒菜,我真干不了。"小丁低声说。

"谁让你做这些的?"韩棠嘴上问,但她心里却有数——菲菲的爸爸葛洛阳又来了吧。

葛洛阳跟梁瑶离婚二十年了,但老借着看外孙的名义往这边跑。他好吃又好喝酒,逢酒必醉,之前在这边不仅支使保姆做额外的事,还颐指气使,一副老太爷的样子,有几位保姆因此辞了工。想到这里,韩棠皱了皱眉。对于家里的保姆,她向来多几分尊重,从不苛待人家。她还曾让菲菲提醒她爸,如果过来探望外孙,要注意言行,孩子是会跟大人有样学样的。听小丁这么一说,果然就是那么回事。不过小丁言辞间有点儿吞吞吐吐,韩棠直觉这里面还有其他事。可这会儿时间太紧,她只能先安抚小丁,说:"我先送风眠去上学,等回来再细说。你再考虑考虑。"韩棠心里着急,讲话还是慢声细语的。小丁摇摇头说:"不了。这样吧,冲着阿姨您,我做到新保姆来。"韩棠见风眠进了餐厅,伸手抚了一下小丁的手臂。

小丁立即不说了,开始收拾购物袋。

韩棠看她利落地将水果蔬菜分类放进冰箱,心里有点儿难过。

风眠坐下来吃早点,拿着刀叉仔仔细细地把煎蛋、培根摆成她喜欢的样子。韩棠把风眠上学要带的东西都归置好,检查没有缺漏,才坐下来看她吃饭。风眠的模样很像儿子楚泽,而楚泽又很像自己,也就是说,风眠很像自己。这也许构不成她偏爱风眠的理由——因为嘟嘟也像她——可她就是看到风眠,心里会感到安静平和。不过风眠有一点儿不像她,就是性子不太好。小小年纪有起床气。这一点像菲菲。韩棠没再往下想。她不愿意成为那种念叨孩子们优点都像自家、缺点都随了亲家的婆婆。哪怕只在心里想想也不太好。

"眠眠,把牛奶喝光。"韩棠说。看风眠鼓着腮帮子不想喝,她伸手托托杯底。

风眠的腮帮子更鼓了,她干脆咬着杯沿吹气,牛奶泡沫溅了一脸。

韩棠深吸了口气,按捺住心头突然涌起的烦躁,说:"好好的,不可以浪费食物。这是为了健康。"

大概是看奶奶脸色不太好看了,风眠乖乖地把剩下的牛奶喝光了。韩棠拿纸巾给风眠擦了擦嘴。

风眠和嘟嘟都不喜欢喝牛奶,这可不好,还是得想想办法。楚泽小时候就不喜欢喝牛奶,也不爱吃肉,最终身高只有一米七七,还没超过楚天阔。这让韩棠觉得有些遗憾——楚天阔一米八四的个头,到这把年纪了依然身姿挺拔,儿子站在他身边,偶尔拱肩缩背,看起来差了一个脑袋。也许真是差了一个"脑袋",楚泽才这么憨憨的。韩棠心里默默叹口气。

等风眠站起来,她看看风眠的红领巾——虽然规规矩矩地戴上了,但一细看就知道是糊弄的。她想了想,没有伸手纠正,就带着风眠出了门。

她回头看了眼门口摆的鞋子,刚进门时被小丁要辞工的消息弄得心慌,没留意这里有葛洛阳的鞋子,没有楚泽的——昨晚楚泽又值班了。

其实最近她对儿子的抱怨也有点儿多。看他回家就进书房打游戏,不满意;看他鞋子东一只西一只,不满意;看他制服领子沾了油墨,不满意;就连有一天他嫌菜做得淡了抱怨一句,也不满意。男人,吃饭这种小事都挑剔,还能指望他做什么大事!

不过,会不会是因为前阵子闷在家时间太久了,自己有了心理问题?从前,她看谁都看得到优点、长处。

这不是心理问题吧?就算真的有心理问题,她也不想承认。她可不想一把年纪被人当成疯子对待。

艾黎也给她解释过很多回了,说心理出现问题并不代表"疯了",现代人或多或少都有点儿心理问题。她理智上虽然同意艾黎的说法,相信科学,相信医学,但还是会不由自主这么想。

想到艾黎,她的电话就来了。韩棠接通开了免提,把手机放在一边。

艾黎质问道:"棠姑妈,您到底什么时候去体检呀?"

韩棠仔细盘算了半天,说:"真定不下来,我每天忙得脱不开身啊!"

电话那端,艾黎沉默了一会儿才说:"体检最多半天,都挪不出时间来?美国总统也没您这么忙的。"

"President Biden(拜登总统)!"坐在安全座椅里的风眠突然插了话。字正腔圆,发音准确。

韩棠和艾黎都笑了。

风眠冲着手机喊:"艾黎姑姑,我奶奶下周三有空儿去的。"

"好呀,我就跟体检中心那边约下周三一早。风眠,要记得提醒奶奶不要忘了呀。"

"知道。"风眠说。

韩棠笑了。这俩孩子就这么决定了她的事。

挂掉电话,也到了风眠学校。韩棠牵着风眠的手送她到校门口,说:"下周三一早奶奶要是去体检的话,就没法送你上学了。到时候谁来送你呢?"

"让我妈或者我爸来,不然我姥姥也行。"风眠说。

"爸爸妈妈要上班的。爸爸周二晚上还要值夜班呢。"

"那就让我妈送我。我妈每天早上醒了,要赖在床上刷至少半小时手机。让她下周三早上别刷手机了,醒了就直接起来送我上学——奶奶您不用管,我去跟她说。"风眠一本正经道,"她一天到晚就知道玩手机,刷短视频买些乱七八糟用不着的东西,正经事不做的。"

韩棠有点儿吃惊。倒不是因为风眠说出这样的话来——当然七岁的孩子这么说话,挺让人吃惊的——而是因为风眠说话的语气太像梁瑶了。果然有样学样。

她刚想说,眠眠,你跟妈妈说话语气可不能这么硬,像教训人。小孩子跟长辈讲话一定要有礼貌。还没等她开口,风眠看到杜松子老师就挣脱她的手,飞奔而去。

"奶奶,再见!"风眠倒是没忘了这句。

韩棠站在那里,杜松子跟她点头打招呼,她微笑点头。大概因为看见杜老师时多在早上,他笑起来的样子像清晨的阳光,格外干净明朗。她笑笑,心里一动:回头不妨悄悄问问风眠,杜老师有没有对象?

做媒,是韩棠的爱好,而且她战绩极佳。虽然常因为忙没时间出手,但一出手就一定能成就一对良缘佳偶。这在她的朋友、同事圈子里可是出了名的。

脑筋一拐到这儿,她就想起同学顾雅芬托她办的事——顾雅芬的侄女今年三十一岁了,本地三甲医院的药剂师。跟艾黎一样,这个优秀的单身女孩子是她姑姑的心头肉，也成了心头病。

韩棠回到车上，把手机拿出来，正好看到顾雅芬给她推送的一段视频。

顾雅芬身着民族服饰，一看就知道这是她最近学跳新疆舞的视频了。韩棠没点开，只听了视频下顾雅芬的两条语音留言：

"下周四宿舍姐妹聚会，来不来？"

"来的话我拉个群。"

韩棠微笑。

她们当年是同一所中专毕业的。一个宿舍八个人，两个享福去了，一个失联了，剩下五个人中有两个总在外地帮孩子带孩子，只能偶尔聚聚。可就这五个人，能拉至少三个群。算上因为记性不好找不到又另外拉的群，没有十个，也有八个。在五个人的群里，大家发言都是"嗯嗯嗯"，一派祥和；而在三个人的小群里，大家叽叽喳喳，都说的是私房话、体己话。再私密一点儿、再要紧一点儿的密谋，就一对一私聊。再不然，就得面对面讲了。

每个小群的生态都不一样，是的，就算群里只有三五个人，也是有生态平衡这一说的。大群有大群的生态，小群有小群的特性。要说有什么共同点，那就是每个群里都有韩棠。她随和、温厚，跟大家的关系都很好。每个人拉群聊，都会想到拉她。她是定海神针一般的存在。这就好比史湘云请客，林黛玉开诗社，贾探春管家，都离不了薛宝钗。

韩棠偶尔会觉得这几位六十多岁的老同学就像五六岁的小孩那样幼稚，可这好像也不是什么坏事。人上了岁数，一切功能都在退化，自然越简单越好。

她点开顾雅芬跳舞的视频，心里评论道：这可真的不怎么好看。雅芬从小爱好文艺，可惜年轻时家里条件不好，没机会发展，老了倒有时间培养兴趣爱好了。她不想泼雅芬的冷水，发了个鼓掌的表情包过去。

韩棠从包里拿出纸笔来，打算趁着还记得，赶紧搜搜红领巾的标准系法。笔帽都还没摘下来，手机提示，雅芬要求视频连线。

"我刚才那段舞跳得怎么样？"顾雅芬问。

韩棠刚想说不错啊，可话到嘴边，就变成了："太难看了。"

顾雅芬大笑起来。

韩棠也笑着说:"还有提升的空间啊,好好练练。"

顾雅芬笑着笑着,突然大喊:"韩棠你怎么了?"

看着屏幕里雅芬张牙舞爪的夸张样子,韩棠吸了吸鼻子,抬手在脸上抹了一下。

黏糊糊的。

一看手,一片红。她忙抽了几张纸巾,低头捏住鼻梁。

顾雅芬还在大呼小叫,不停地指挥她该怎么做,问她怎么样了。车厢里的空气被顾雅芬因为紧张而尖细的声音搅动起来,让人心慌意乱。

韩棠对着小镜子用湿巾擦着脸上、手上的血,一张湿巾变红,就再换一张。鼻血终于止住了,她满嘴血腥味,胸口闷得厉害,喘了好几口粗气才缓过来。

奇怪,怎么会突然流鼻血?一定是秋天了天干,加上最近又没休息好,火气太大了。她一边这么想着,一边计划买食材和中药,要煲一些润肺去火的汤。往年这时候,她都该备齐了材料的,菲菲很喜欢喝她煲的汤。今年竟把这事忘了个干干净净。她最近忘性真的很大。

韩棠意识到雅芬有一会儿没动静了,转过脸去看手机。

顾雅芬隔着屏幕正押长脖子盯着她,那神情认真得好像在研究什么宝贝。韩棠笑了笑,说:"哟,我都把你给忘了。吓着了吧?没事的。"

顾雅芬长舒一口气,说:"韩棠,你气色也太差了!新保姆不是来了有一段时间了?怎么你还这么累,人不好用啊?你说说你,什么时候能松快点儿啊?你要钱有钱、要人有人,该有的资源你都有,就是盘不活。"

"就几滴鼻血,你说这么些话。"韩棠摸摸脸。腮松松软软的,皮肤有点儿干,摸起来像砂纸。已经有段时间没去护肤了,脸都是用清水洗,面霜都懒得涂,更别说敷面膜了。

此时学校门前送学生的车子基本都开走了,一个年轻的交警站在前方朝她挥手示意。韩棠一边忙着发动车子,一边听着雅芬半口气都不喘地数落她"不知道怎么偷懒""对自己好点儿"。她心想,雅芬这几年的民族舞可真没白练,年岁见长,肺活量也见长,嘴巴比年轻时候还能说了。就是聒噪得厉害。

"你又嫌我话多了是吧?"顾雅芬笑问。

韩棠笑笑,说:"下周四聚会我去不了。你们好好玩,多拍点儿视频和照片发群里给我看看,就当我也参加了。"

"我们计划早上在公园见,先看菊展,然后一起吃午饭,下午找个咖啡馆喝喝咖啡、打打牌,晚上吃完晚饭再散。我们安排了一整天的活动呢,难道你连来喝杯茶的工夫都没有吗?凌清那天还说,都快两年没跟你聚了,特别想你……哎,她借你的钱还了吗?"顾雅芬问。

韩棠又笑笑,说:"你怎么什么事都记心上?我很忙,别说聚会去不了,艾黎给我预约了体检,我都可能去不了。"

"哟,要说还是艾黎孝顺,什么事都给你想着。别看我们梦晨在医院上班,她可想不到——不对,不一定是想不到,那小丫头是个铁算盘,从自己口袋里往外掏钱她得算计好几个来回呢。你看她攒够了钱买房买车,还买黄金钻石保值,精打细算过日子。这样也挺好,除了结婚不积极,其他都不用大人操心。我都觉得给她扔火星上,她也能活。话说你也提醒一下艾黎啊,挣得多是好事,可不能不留后手,这一点让她跟梦晨学学。"顾雅芬说起侄女来又是抱怨又是笑,其实心里满意得不得了。

韩棠微笑。她喜欢听雅芬说话。有时候她边做家务,边和雅芬开视频连线。雅芬的闲话家常像播客聊天节目,可以做背景音。她的艾黎跟梦晨确实很不一样。艾黎花钱大手大脚的,不太会算计,对买房、投资兴趣也不大,倒是会花在一些毫无回报的事情上,比如救助失学儿童,保护濒危野生动物。她叹了一口气。

"侄女都安排好了,你都不去体检,让孩子多难受,你还是去吧。你离开半天,家里还能乾坤倒转怎么着?"

韩棠有心告诉雅芬,保姆又要辞职,说是会做到新保姆来,可人家很明显去意已决,实在留不住。往后一段时间,要是找不到新人顶上,她可不是又有的累吗?哪有心思去玩。她想了想,竟然有点儿懒得开口说——以后吧,等有空儿再跟雅芬聊这些鸡毛蒜皮的事。

可是顾雅芬却突然问:"是不是保姆又不想干了?"

"是有这个意思，不过还没有完全定下来，我再挽留一下。"韩棠说。

"怎么了这是？我们家换被套也没你们家换保姆勤。你们家是有什么保姆黑洞吗？要我说啊，你也别太挑剔了，能达到你那种干净利索标准的人很少。保姆都要调教，还得有人耐心教。"顾雅芬说。

韩棠点点头。可换保姆也不是因为她。一般情况下，她相处不来、容不下的人真不多。不过家里的一些事，尤其涉及亲家，她是不会往外说的，连雅芬这样的朋友也不提。

"哎，提起保姆，我想起一个八卦，前天早晨出门遛弯听他们讲的。开头有点儿恶心，结局倒挺好笑的，你要听吗？"

距离前面路口的一个绿灯还有五秒，她若加速应该可以冲过去的，但她忽然不想那么急了，跟着前面的车子停了下来。她伸手在储物盒里翻了翻，记录煲汤方子的笔记本没在里面。顾雅芬绘声绘色地说："大前天，我们隔壁小区可热闹了。救护车、警车全去了。当时我听说小区有一家的老人被保姆打了，还以为是什么恶性事件。前天早上听那家的邻居说，那家老两口都八十岁了，老太太前年中风之后一直卧床，儿子一家在国外，女儿家也在外地，隔段时间才能回来一趟。子女都不能贴身照顾，就一起花钱请了住家保姆。好家伙，那老头，老不带彩的，对人保姆动手动脚的，那天，竟然脱光了下身。保姆也不是吃素的，拎起手边烧开了的一壶水，直接把他浇了。"

韩棠听到最后，皱起了眉头。

顾雅芬爆出一阵大笑，说："有些老坏蛋真是到死都不肯亏了脐下三寸，这下好了，投胎也只能做太监了。"

韩棠没笑。绿灯亮了，她忙发动车子。回家应该在这个路口右转，但她没转，直接踩油门一路往前奔去。

顾雅芬后面说了什么，她都没有太往心里去。她把车停在楚泽家楼前，挂断视频通话前，只听雅芬说了句"凌清欠你的钱到底还……"她没听完，只回了句"还了"，捞起手机就下了车。

楼前几位住家保姆聚在一起，拄着小推车的把手，低声聊天，看样子是在等同伴。看见韩棠走过来，她们不约而同住了嘴。

韩棠加快脚步走进单元门，站在大厅里稍稍平复了一下心情。她的手机响了，是凌清打来的电话。她按下接听键，凌清问她忙不忙。听到凌清嘶哑的声音、缓慢的语调，她心里有点儿沉重，反问凌清身体怎么样。

凌清前年因为恶性肿瘤动过手术，这两年坚持治疗，情况还比较稳定，可身体的抵抗力大不如前，动不动就感冒发烧。

凌清说："就是感冒而已，不要紧。"

韩棠说："你可别不在意，不好就赶紧去医院。"

"现在去医院多麻烦啊，不是必须去的情况，我一般就等等看。"

"可别等。麻烦一点儿怕什么，比耽误了强。"

"好。放心，我现在挺好的。对了，我听雅芬说下周聚会你不能去？我挺想你的。"

顾雅芬这小喇叭，嘴也太快了。韩棠微笑道："我大概脱不开身。"

"韩棠——"

"你呀，什么时候想我了，不方便见面咱就视频。还有，以后谁要是再问你借我钱的事，你就说已经还我了。我跟你说过不急，你真的不要着急。"

"太不好意思了，本来今年下半年能全还你的，可我又住了两次院。盛盛上个月又离职了，家里有点儿周转不开。我明年春天一定还给你。"凌清抱歉地说。

"你保重身体。有什么要帮忙的，悄悄跟我说，甭让她们几个知道，记着了？"电梯停了下来，韩棠走进了轿厢。

每天来惯了的地方，闭着眼都不会走错。可此时她站在门口，突然有种距离感。在这样的心态下，反倒发现了平时注意不到的问题——窗台下的柜门上有小孩子的脚印，不知是风眠还是哪家邻居的调皮孩子踹的；窗台上一大罐观音竹，有一层叶片发黄了；还有门边那株"八方来财"，形状有点儿奇怪。

挂断电话，韩棠走过去看了看。这像是被谁一屁股坐上去，枝杈都被压断了。一团火苗从她心底蹿了上来。

这株"八方来财"是她从哥嫂家搬回来的。嫂子养得一手好绿植。逢年过节,以及她和楚天阔的生日,家里总会收到一些风水植物和盆栽。她没时间照料,都送给了嫂子。这株"八方来财"养得格外好,又绿又喜庆,嫂子看她喜欢就让她带走了。她拿回家刚摆了几天,就被楚泽和菲菲看上了,说他们这边的绿植没有这么漂亮的。她虽然有点儿舍不得,但想着自己每天过来这边也能看见,就同意他们搬走了。

她蹲下来检查断枝,每天早上匆匆忙忙的,都没注意到。她正要开门,突然听见里面传出一声"你放屁!",安静了片刻,听到了嘟嘟的哭声。

韩棠赶紧进门。"嘟嘟——嘟嘟怎么了?快到奶奶这儿来!"她脱外套、换鞋,按压免洗洗手液搓手,一气呵成。嘟嘟哭着摇摇摆摆地来到她面前,她一蹲下,嘟嘟就扑在了她怀里。

孩子小脸红彤彤的,满头汗,手里抓着半块面包,嘴里还含着鸡蛋羹,就这么哭了。她抬眼看了看紧跟过来的梁瑶和小丁,又把手伸到孩子嘴边,低声安抚道:"吐出来吧……呛到了怎么办?你不要哭……慢慢地。嘟嘟啊,吃东西的时候不要哭。奶奶是不是总这么教你的?好!嘟嘟真棒。"她轻轻抚着孩子的胸口,看着他慢慢把食物咽了下去,也不再哭了。

嘟嘟这孩子很有意思,敏感又可爱,情绪来得快去得也快,不管怎么样,到嘴边的食物是不会浪费的。

韩棠看嘟嘟平静多了,才牵着他的手慢慢起身。小丁看她扶着膝盖,忙过来搀了她一把。

韩棠示意小丁带嘟嘟去洗洗手,这才看向梁瑶,正要开口,只见葛洛阳从餐厅里走了出来。照往常,她会主动打个招呼,但刚才那声"你放屁"还余音绕梁,这声招呼就大可不必了。

大概也看出来韩棠有些不快,梁瑶打圆场说:"嘟嘟这小脾气最近见长啊。"

韩棠没言语。

葛洛阳朝韩棠点点头,笑嘻嘻地说:"来啦。"

韩棠眉头微皱。

梁瑶扭头瞪了葛洛阳一眼,转回脸来问:"今天回来得这么早啊。看样子今天早高峰不怎么堵?菲菲刚走,说中午不回来吃饭。"她说着话,眼睛看向韩棠空着的手。

韩棠不管一天过来多少次,基本手上都不会空着,尤其早上过来,检点完厨房和冰箱,送孩子上学后,都会再去一趟菜市场或者超市。

韩棠看到小丁弯腰牵着嘟嘟的手,小心翼翼地把孩子带了出来。嘟嘟抬头看到了葛洛阳,朝韩棠身边跑。

梁瑶伸手一把拉住嘟嘟,抱了起来,说:"来,姥姥抱抱。要跟奶奶告状了是吧?老韩,刚才我跟老葛拌了几句嘴。"

韩棠挤出一丝微笑。她看着梁瑶,从那张很有光泽的、胖胖的圆脸上看到了许久未见过的一点点尴尬,但还没来得及分辨那尴尬是因为什么,它就消失了。

"奶奶,抱抱。"嘟嘟清晰地说。

韩棠搓搓手,揉了一下小孙子的脸蛋,就把他从梁瑶怀里接了过来,宠溺地说:"好好,奶奶抱抱……我们嘟嘟早饭还没吃完呢吧?来,奶奶陪嘟嘟吃饭饭。"她向梁瑶和葛洛阳点了点头,说:"你们继续聊,我来照顾嘟嘟。"

梁瑶脸色有点儿不太好,不过她向来圆滑,一瞬便笑了。韩棠也笑了,抱着嘟嘟进餐厅,把他放在了儿童座椅上。

此时餐桌上有一撮撮蛋皮、面包屑,汤水滴滴答答,实在让人看不得第二眼。韩棠卷了一下袖子,正要动手,小丁麻利地把桌上收拾干净了。

嘟嘟拍着小饭桌指着自己那碗蛋羹要吃,韩棠拿起碗来喂他。她听见外面客厅里安静了一会儿,接着楼梯间发出了声响。

"小丁,你过来坐。"韩棠冲厨房喊道。

"阿姨,我……"小丁指了指水池里的碗筷。听韩棠说不急,她才走过去坐在了韩棠身旁。

韩棠抬头看了看外面。餐厅这里虽然只能看到一半客厅,但楼上的人下来,一定看得到。她斟酌了一下措辞,说:"小丁,早上匆匆忙忙的,没来得及好好跟你聊聊。"

小丁点头,看着韩棠。

韩棠拿了毛巾给嘟嘟擦了擦下巴。她看着嘟嘟雪白粉嫩的小脸,脸上浮起笑意，冷静而缓慢地问："你说要辞工，除了你已经跟我说的理由，还有其他吗？"

小丁没出声。韩棠看了眼客厅方向，说："虽然你来我们家的日子没多久，但咱们相处得不错。家里人对你都挺满意的，家里的基本情况你也了解的，确实需要认真工作的人。"

"阿姨，我知道的。"小丁说。

"我真心实意挽留你。再有……"韩棠看着小丁，"如果实在留不住，我想啊，也别留什么尾巴。该说的你尽管说。家里有什么不足的地方我们也会改进。你给我们提提意见，这也是你帮我们忙了。"

小丁低声说："阿姨，您家里挺好的。我干保姆也十来年了，什么样的雇主都见过，您算是顶好的。"

韩棠沉默。整个家里只有嘟嘟的小手不时拍着小桌子，发出声响。

韩棠有点儿心烦意乱，但她知道自己必须沉住气。想要问的问题不是很好开口问，可必要的时候，必须开口。

这时，嘟嘟挣扎着想要从宝宝椅里站起来，小丁正要把他抱出来，韩棠低声说："等等——"

小丁停下动作，看着韩棠。

"是……发生什么不愉快的事情了吗？小丁，不要怕。雇佣合同是我签的，你的工资是我付的，撇开这些不提，你在这家里遇到什么情况，我也得对你负责任。"

"韩阿姨，那我就直说了。"小丁看了眼客厅方向，接着说，"嘟嘟姥爷，怎么说呢，举止挺不注意的。我来这段时间，他过来有几次，老支使我干这干那的，而且特别不客气。这些额外的事，我做一次两次可以，多了真不乐意。嘟嘟姥姥每次都说'帮帮忙'，我也帮了。可是有些事真的觉得硌硬。九月中旬吧，有一天晚上他喝多了，跟我说话不干不净的。我寻思他喝醉了，不能跟他计较，也没吱声。昨天晚上他可没喝醉吧？他半夜来拧我的门把手。我一开门，看见他衣衫不整地站在那儿。多亏我有心理准备，直接拿起门边放的拖把捣了他。而他却说起夜走错了房间。客房在楼上，还带卫生间，他又没喝多，跑楼下来上厕所？"

韩棠攥紧手里的毛巾，心头被压抑的火苗又一下蹿了上来，问："没跟别人说过吗？"

　　小丁笑了笑，反问："韩阿姨，您信我吧？"

　　韩棠点头。

　　小丁说："我是觉得您能信我，才说的。实话跟您讲，上回我跟梁阿姨提了一嘴，梁阿姨说老葛不是那种不三不四的人，后来她话里话外说我想多了，还给我讲些什么保姆在孤老头家里照顾久了，上位成女主人的新闻。韩阿姨，您跟您亲家真的太不一样了。我是打定主意要走了，才把实话说出来。我觉得嘟嘟姥爷可能是惯犯。您家里没有装监控，我的话可真没人能证明是真的。阿姨，不然您考虑给家里装个监控吧。往后不管谁来做工，万一有什么事，也能留个证据。我空口无凭这么说，人家会说我污蔑，根本说不清。"

　　韩棠不语。虽然早有心理准备，但实实在在从小丁嘴里听到真相，她还是感觉受到了冲击。每次看到葛洛阳时心里那种"乌乌糟糟"的感觉，并非偶然。在家里装监控，她是不愿意的。这会让人时有种被监视的感觉。她自己的家里是不会安装的，但这是菲菲和小泽的家，如果他们愿意，她也不会反对。

　　韩棠平复了一下心情，看着小丁，叫了声："杏梅。"

　　小丁愣了一下，低声应了："哎——好久没人正式叫我的名字啦。"

　　"杏梅，我认真问你，你想好以后回答我。"韩棠把毛巾放在一边，看着小丁的眼睛。

　　"哎，好。"

　　"葛洛阳昨晚的行为，有没有伤害到你？身体上，精神上，都算。"

　　小丁摇摇头，说："心里是犯硌硬啦。我今儿早上看见他还有脸跟没事人似的下来吃早饭，都想把抹布塞他嘴里。他没占到便宜，反倒是我拿拖把打过他了。"

　　韩棠点头，问："你再仔细想想，要不要报警？"

　　小丁吃了一惊，摆手说："不要不要，不要报警。因为这个闹去派出所……"

"你想清楚。这事错不在你，丢人的也不是你。"

"阿姨，我知道您是好心。要真报了警，我可以一走了之，您这家里可就热闹了。您走不了，还得应付他们，太累了。多一事不如少一事。"小丁低声说。

韩棠看着小丁。这个她以为并不怎么聪明甚至还有些笨拙的保姆——作为她生活的旁观者，却很轻易地看明白了她的处境。

"我多话，您别介意。"小丁说。

韩棠笑了笑，轻声说："不介意。我该跟你道歉。"

"这跟您没关系。阿姨，冲您，我愿意干下去。"小丁忙说。

韩棠握握小丁的手，说："你再考虑考虑。"

小丁犹豫了会儿，又点了点头。

"我心里有数，不会亏待你的。"韩棠说。

小丁刚要说什么，听到有人下楼，看看韩棠，住了嘴。

韩棠说："你先带嘟嘟去洗洗手，然后再去阳台活动一下。"她看着小丁把嘟嘟抱走，才看向客厅。

葛洛阳和梁瑶一先一后地走下来。看着他们两个有说有笑的，要是不知道，还以为这是一对恩爱夫妻呢。

韩棠看见葛洛阳穿戴整齐像是要走的样子，没出声。梁瑶主动说："老葛就要走了。"

韩棠说："那正好，我也回趟家拿点儿东西，一起走吧。我也难得能送送老葛。"

"哎，客气了，常来常往。"葛洛阳走到门边换鞋，笑着说。

"老葛，"韩棠看看梁瑶，转向葛洛阳，"楼上客房的卫生间是不是出了什么毛病？不好用啊？"

空气短暂地凝固了，但好像肮脏浑浊的东西仍在挥发。韩棠甚至分辨得出哪些是梁瑶身上的，哪些是葛洛阳身上的。鼻腔里的血腥味也愈加浓重，这反而让她感觉痛快——她不是唯一感到不适的，这感觉就对了。

葛洛阳一只鞋穿在脚上，另一只半天穿不上。梁瑶的脸色阴晴不定，一时没有说出话来，这跟她平时伶牙俐齿的样子可不一样。

韩棠伸手把钥匙和手机都拿好，好整以暇地站在一旁等着葛洛阳穿好另一只鞋，缓缓道："要是出了毛病，赶紧跟我说，我也好找工人上来维修。这跟人一样，有了病不治，小病拖成大病，不得了的。你说是吧，老葛？"

"是、是、是，没什么大毛病，抽水马桶那个阀不太灵了。"葛洛阳终于穿好了鞋，神情有些慌乱。

"你也是睡蒙了吧？楼上仨卫生间，客房的要是坏了，菲菲和小泽的房间你不方便进，不还有一个吗？"梁瑶轻快地说。

"是睡蒙了、睡蒙了……"

"那等我上去看看。我们家一直用这个品牌的洁具，看重的就是耐用。我们住进来才多久啊，加上装修时间也还不到三年。"韩棠说着话，先出了门。

外面走廊的窗开着，空气好清新。她一眼看见那盆"八方来财"，弯身搬了起来。有点儿沉，不过还搬得动。

梁瑶跟着出来，催葛洛阳快点儿，看到这盆栽，说："哟，怎么这模样了，谁这么讨厌，故意给弄的吧？这不是'八方来财'吗？多不吉利啊。"

"有什么不吉利的，你可真是的。"韩棠把盆栽往上托了托，微笑着说，"植物顽强着呢，稍微用点儿心，就又长回来了。"

"也是。"梁瑶知道自己嘴快，话说得不合适了。韩棠今天话里藏针，脸色看着也不太好。她虽然心里有数，但还是对相处了这么多年、几乎从未露过锋芒的韩棠的这些表现有些不适应。不过她也知道，这个时候当然是少说为好。

韩棠看着他们，突然问："老葛，你们回迁的那房子不是已经拿到钥匙了吗？打算什么时候装修呢？"

"啊……"葛洛阳看看梁瑶。梁瑶没出声。

韩棠笑了笑，说："说到装修，我可算是有经验的。我们家这些年的房子装修，都是我跑前跑后搞的。别的意见给不了，就咱们刚才说的卫生间，是头一件要下点儿本钱的。不然都不知道后面会有什么糟心事。"

"那是要好好搞搞的，那是要的。我还没定什么时候装呢。"

"该早点儿定啊，一直租房子，也不是个事不是？人还得有个自己的窝。"韩棠说。

"我也这么说。"梁瑶这时笑着接了茬儿,"回头好好策划策划。不过我的那套不急,等问问菲菲的意见。"

韩棠笑着点点头,梁瑶送她和葛洛阳去等电梯。三个人都像是没什么可说的。

电梯来了,韩棠进去之前,问梁瑶还有没有需要买的东西,等一下她去超市。搁平常,梁瑶总是不客气地说出一两样要捎带的东西,这会儿她却突然说:"小丁照顾嘟嘟挺让人放心的,今天你也有事,跑来跑去挺辛苦。我自己去超市买点儿菜和水果吧。中午咱们包饺子吃,我来调馅。"

"那我回来帮你包。"韩棠说。

"算了,你等中午接了风眠回来直接吃饭好了。"梁瑶笑着说,"平常老让你做饭,偶尔我也得表现表现,要不外孙女都不记得姥姥做饭也好吃了。"

韩棠笑笑,按了电梯关门键。

轿厢空间小,韩棠怀里抱着一大盆绿植,整个人显得很有压迫感。葛洛阳有点儿尴尬。韩棠道:"老葛,风眠和嘟嘟咱们要一起好好教育。风眠是女孩子,越来越大了,嘟嘟又正在学说话,大人怎么说话做事,孩子们都看在眼里跟着学。你跟老梁,你们俩有什么话非得当着孩子们的面说,那就好声好气地说。看今儿早上,都把嘟嘟吓坏了。"

"你说得对。我有时候脾气急。"

"急也得分场合,对吧?你们出了家门哪怕打架呢,只要不当着孩子。还有,小丁把嘟嘟照顾得很好,我们都挺放心的。我想让她尽量做久一点儿,也好帮帮我。我们家里人都喜欢的保姆,我可得好好抓牢了。"韩棠说着,电梯已经到了底楼。她也不管葛洛阳,门一开,先走了出去。

单元门外有个人影,正准备进门。韩棠认出来是开心和喜悦的姥爷,没等他拿钥匙,先开了门。看到开心姥爷两手都拎着袋子,她笑着点点头,请他先进。

开心姥爷忙道谢。等韩棠他们走出去了,他才转身往里走,走了没几步,回了一下头。

韩棠正好也回头，看见他侧脸，莫名有种熟悉感，忽然心里一动，但也只是笑一笑，转身往车边走去。

葛洛阳的车跟她的隔了两个车位。电梯里的交谈显然让他很不愉快。韩棠走到自己车边，没忘了说声"再见"，然后像是自言自语："叫人上来修马桶，顺便也找人来看看，家里还是装个监控吧。我看很多亲戚朋友家里都有。老葛，慢走啊！"

"好……好……哎呀——"葛洛阳刚走到车尾，就一脚踩进了停车位草皮的空隙里。

韩棠回头看看，知道他大概扭得不轻。出于礼貌该问问的，可她没管，径直打开后备厢，把怀里东倒西歪的"八方来财"放下，突然就笑了。

善有善报，恶有恶报，不是不报，时候未到。她母亲在世时常说的。韩棠坐进车里，脸上仍挂着淡淡的笑意。

怎么越来越频繁地忘记事情？同时，也越来越频繁地想起母亲。她发动车子，经过葛洛阳的车时，轻轻鸣笛离去。

韩棠把车停在自家小区楼下，楚天阔的车还在，他应该还没出门。她掏出钥匙往锁孔里插，却怎么也捅不进去。试了几次，她突然意识到门被反锁了。

韩棠额头上冒出一层汗来。她握着钥匙，闭上眼，深吸一口气，额头上的汗还是不停往外冒。她盯着门，防盗门看起来牢不可破，门铃却不太好用了，大多数时候都按不响。有时候突然响了，还吓人一跳。

他们这处房子住得挺久了，一直没搬去更大更新更安全的小区，是因为楚天阔觉得自从搬到这里来，他的运气始终很好。

韩棠轻轻按了按门铃，屋里传来一阵脚步声，片刻，"咔嗒"一声，再片刻，门开了，楚天阔的脸露了出来。

门外的光投射进来，照亮了门廊，楚天阔那白皙的面孔、整齐的头发好像都能反光，几乎同时，家里熟悉的气味涌了出来，还有楚天阔身上老式雪花膏的味道。韩棠的记忆似乎回到了四十年前。

楚天阔跟她约会时，总是穿戴整齐。头发抹上发蜡，看上去油光水滑的，估计苍蝇落上去都会劈叉。他浑身香喷喷的，逛动物园时，狮虎山上老虎的尿骚味都盖不住他身上的气味。有时候，他真像一匹白净漂亮的兽。

韩棠看着楚天阔脸上的皱纹。随着门被打开，那皱纹从曲折变得平坦，接着颤动起来。

"你怎么回事？捣鼓这半天，我还以为要进贼了。你拿错钥匙了？"

韩棠看了眼手里的钥匙，并没有错。

"你怎么还没出门？"

"你怎么这个时间回来了？"楚天阔似乎没听见她的问话，先进了门，转身看着她。

"回来拿点儿东西，还得找找煲汤的方子。"韩棠进了门，在门边换拖鞋。

门廊里仍然残留着老式雪花膏的味道，没有别的气味。她心里安定了些。

"妈留下的方子？你不都记下来了？"楚天阔不解地问。

韩棠换好鞋，点了一下头，看着他说："突然想不起食材的分量来了，怕弄错。"

楚天阔没出声也没动。韩棠没理他，走回自己房间。她在床边坐下来，看着床头柜，笔记本应该就在抽屉里，可她好像连拉开抽屉的力气都没了。这会儿，她才感觉到背上也全是汗，衬衫已经贴在身上了——也许并没有出那么多汗，只是她觉得身体沉重、黏腻，还有些发冷。

"棠，"楚天阔出现在卧室门口问，"你吃早饭了吗？"

韩棠愣了一下，回头看他，似乎对他突然问她这个问题很诧异，但也只愣了一下，点点头。楚天阔身穿白衬衫、灰色西装裤，是她早上给他准备好的。裤缝线笔挺有型，腰带是新的，金色扣头闪闪发光。这是谁送楚天阔的礼物？竟然还是奢侈品。

她开口问："你今天出门晚了吧？不着急啊？"

楚天阔还没回答，门被敲响了。他看看韩棠，才转身去开门。

韩棠听出是女声，便起身对着穿衣镜照了照，并无不妥，刚到客厅，就听一个柔婉的女声叫她："韩阿姨，您在家啊。"

韩棠脸上露出微笑,看着眼前这个女人——外穿卡其色风衣,内搭白色衬衣、黑色半身裙,脚踩黑色细高跟鞋;面部妆容精致得体,颈上系经典格纹丝巾,应该和风衣是同一品牌,双腿纤细而修长。整个人非常干练又有女人味。香水的味道也不张扬,她们之间的距离缩短到一米的时候,韩棠才闻到。

这个女人是楚天阔手下的项目总监之一——隋明亮。

韩棠微笑道:"我今天可以休息半天。"

"带嘟嘟很辛苦吧,是该好好休息了。"隋明亮笑着说。说话间,她指了指外面,"方总老乡送了海捕的鱼来,正好我过来接楚总去工地,给您带来尝尝——这鱼特别新鲜,可好了。"

"谢谢你。跑腿的活儿也让你干,回头我得说说老方。"韩棠笑着说,走到门廊果然看到一个长方形的泡沫箱。

楚天阔已经穿好外衣,拿了他的手包准备出门了。

韩棠说:"不差这会儿,我泡茶,让小隋喝杯茶再走。"

隋明亮急忙摆手,说:"不了不了,您别客气。我先下去了。楚总不用着急,慢慢来。"她跟韩棠道别,转身先走出了大门。高跟鞋敲在台阶上"咔嗒咔嗒"响。

楚天阔还在慢吞吞地换着鞋。韩棠拿来裁纸刀,把泡沫箱上的胶带划开,盖子一掀起来,一股新鲜的鱼腥气就扑面而来。箱子底的一层冰还没有融化,摆得整整齐齐的鱼仿佛随时会跳跃起来……

她把盖子盖上,扶着膝盖站起来,发现楚天阔走到门边了,一脚门里一脚门外,正看着她。她问:"留几条咱们吃,剩下的拿过去吧?"

楚天阔点了一下头,说:"我走了。我们中午在华天吃饭。"

"走吧。"韩棠说,"小隋下面等着呢。"

楚天阔看着她,似乎还要说什么,想了想,没有出声,走了。

韩棠把泡沫箱子搬到厨房里,看到料理台上放着未清洗的碗筷,一阵心烦。她抓起自己早上留的那张字条揉成一团,又把吃剩下的包子一起倒进了垃圾桶。然而,她并没有因此变得痛快些。

她洗好碗放在一边晾着,看看时间,还不急着去买菜做饭,现在只等风眠放学了。突然有两个多小时的空闲时间，竟感觉有点儿奢侈。

煮水，泡茶，回到自己的卧室里，把阳台的纱帘推开。她看向楼下，楼前空阔，能看到她的车子，脑海里忽然浮现出隋明亮那辆黄色的小车。楚天阔坐上去会是什么样的？不太协调，可也没什么问题。他能屈能伸的，只要他愿意。当然，今天是办公事，隋明亮不一定开自己的车。

她喝了口茶，想了想隋明亮这个女人。

隋明亮今年三十四岁，离异，有一个女儿跟风眠同岁，非常可爱。但孩子跟她前夫生活，每周母女能见一次面。

有一次公司聚餐，韩棠左手边坐的是隋明亮，右手边坐的是老方的妻子单娟。隋明亮跟她聊这么大的孩子都喜欢些什么。隋明亮被同事叫去说话了，她刚转身，单娟就撇嘴说了句"狐狸精"。

韩棠没理单娟这句话。单娟也没有继续说。单娟是个脾气火爆、有点儿俗气甚至市侩的女人，老方怕她怕得要死。楚天阔不喜欢她，总嘲笑老方。不过，单娟为人实在又爽快，跟她相处还不错。

韩棠又喝了口茶，拿起那本旧得随时可能散掉的小本子。纸已经发黄变脆，每次打开，她都得小心翼翼的，生怕一不小心给弄碎了——这珍贵的本子是婆婆留下来的食谱。

婆婆是一位受过教育的文雅的老人，字写得极好看。食谱上工工整整地写着各种汤菜的做法，用料、分量、时间……一步步、一条条列得清清楚楚，重要的地方她还用不同符号做了标记。整本食谱排版看起来赏心悦目。

刚嫁给楚天阔的时候，韩棠看到婆婆费尽思地炖这炖那，熬汤煲粥的，觉得有点儿不可思议。在往后一起生活的日子里，公公和楚天阔兄弟挑嘴的程度让她渐渐理解了婆婆的一番苦心。

婆婆常说："棠棠啊，你慢慢就知道了，日子是过的，时间是熬的。"婆婆是沉默寡言的人，很多话大概都熬在了那一锅汤里了……

棠棠，这位温柔的老太太总是会叫她棠棠。

韩棠拿手机拍下了自己要的菜谱，心想得找个时间把整本菜谱誊抄一遍，或者把它电子化，以防哪天本子寿终正寝了，也好有个备份。

她小心地把本子放回抽屉里，没过多久又觉得自己的想法多余。菜谱留下来往后传给谁？家里谁会愿意花这个时间？

　　韩棠点开菲菲的微信对话框。这会儿菲菲在上班，肯定忙着呢。等晚上回家，有必要找她聊几句了，下周三自己要去体检，让她送风眠上学。

　　想了想，没有留言。她把手机丢到一边，在阳台上坐下来，打开了书。

　　晴雯撕扇一节，她看了几天都没看完，这会儿可有时间一口气看下去了。这一节真精彩啊，一天看几遍都不会厌烦。晴雯这小丫头，活得可真痛快！

Chapter 2
叮叮当当，大杀四方

那盆"八方来财"在车库里待了三天，才被韩棠带去见"植物医生"——她的大嫂牟艺琳。

韩棠看着副驾驶座上的"八方来财"，有些残损的枝叶仅靠细筋连着，垂头丧气的，有些断掉的叶子已经发黄、腐烂。连一株自己喜欢的植物都保护不好，她还能干点儿什么呢？不用别人说，她自己就把这句话重复了好多遍。

昨天晚上她给大嫂打电话说要过去一趟，大嫂听了挺高兴的，直问她："怎么有空儿过来，还能留下来吃午饭，太稀奇了。"

她就笑笑，也没解释。等见了面再说不迟。

大嫂知道她在家忙得脱不开身，也知道楚天阔并不怎么喜欢她回娘家，就没有多问，只问了她有什么想吃的，说："我们明天一早出去买好了等你来，正好，艾黎也回来，咱们吃顿小团圆饭。"

艾黎要回来过周末，她还不知道。挂断电话翻了翻消息，果然十几条新消息里，有艾黎的一条："棠姑，我休几天假，今晚到家，回去见。"

她点开艾黎的朋友圈，看到艾黎两个小时前上了高铁。这熊孩子又坐商务座。就几个小时，普通座装不下她了！她心里念叨浪费，又嘲笑自己想不开。赚钱是为了什么呢，还不是要过得舒服一点儿吗？艾黎工作太辛苦了，要随时随地打开笔记本电脑开工。

她仔细斟酌艾黎另一条动态的措辞："好久没回家了，小伙伴们约起来，明儿一早球场见！"看这意思，又要跟发小一起踢球了？休个小假，还想着跟她那帮大龄单身或丁克的朋友喝酒踢球。

她继续翻看着艾黎的朋友圈，翻到一条配图的动态——办公桌上的咖啡杯、笔记本电脑、打印材料……能看到文字的地方基本上都是英文，真让人头痛。

更让人头痛的是，她翻来覆去地看，找不到任何可以让年轻小伙走进艾黎生活的空间。等见了艾黎，还是要试着扯出来一条缝。就凭自己这个"金牌介绍人"的招牌，不信搞不定亲侄女。

韩棠点开手机记事本。下午三点，给顾梦晨安排了场相亲，她要亲自到场把关的。

今天星期六，加上明天，韩棠给自己争取到了这两天不必去儿子家的空当。她还在琢磨怎么能把双休常态化。第一步当然要过楚天阔那一关，第二步是找菲菲和小泽谈话。

今天楚天阔要跟老方他们一起陪重要客户出城打高尔夫。她趁机说，最近累了要休息两天，再去趟哥嫂家。楚天阔对她自作主张有点儿不满，但也没说什么，只是问她："菲菲和楚泽那边都安排好了吗？"

她当然都安排好了。

前一天晚上，菲菲和小泽难得一起回来。可两个人还没进门，就吵了一架。声音之大，让门里两个孩子听得清清楚楚的——小的那个吓得哭了起来；大的那个打开门，大声吼道："你们能不能别吵了！"接着又朝门里喊了一句："奶奶，快来看，我爸爸的袜子又露脚趾了。"幸好有那只露脚趾的袜子，一瞬间，大人孩子都笑起来了，把不愉快暂时抛开了。

一波未平一波又起，吃饭时，楚泽尝了口汤，立即嫌口味太淡。韩棠没出声，平时其他人也都当没听见，不知为何菲菲却接了话："你不要在外面吃惯了重口味的饭，回来挑剔家里的饭，再说妈妈们做饭也很辛苦的，你这算什么。"

楚泽没出声。梁瑶点头附和，然后轻描淡写地对着嘟嘟说："小楚跟老楚都挑嘴，小小楚可别随爷爷和爸爸。"

听了岳母那话，楚泽脸色变了。不过以他平时在岳母面前不声不响的习惯，倒不会有什么事。可菲菲又紧跟了一句："回来除了挑剔这个挑剔那个，也不知道你还能干什么，这个家要你有什么用啊！"

楚泽撂下碗筷，离开了饭桌。饭桌上一时冷了场，只有嘟嘟双手抓着虾肉津津有味地啃，啃得满脸都是。

韩棠忙着做饭，被油烟一熏，本就吃不下，这下更觉得心烦，筷子都不想动了。

梁瑶倒是试图说些场面话缓和气氛，可是菲菲并没有捧场，她也不出声了。

饭后，韩棠原想跟菲菲聊几句的，想了想，时机不对。没想到菲菲倒主动坐到她身边，先开口道歉，说刚才吃饭的时候不该那么说话。她多少有点儿吃惊，但看到梁瑶抱着嘟嘟到一边去了，心里便有了数，想必家里发生的事，梁瑶已经跟菲菲通过气了。

看来菲菲心里有火，不好朝别人发，就揪住楚泽的小毛病发一通——楚泽的小辫子也太好揪了。自己的孩子什么样子，韩棠心里有数，并没有生气。

接着菲菲又主动说："以后不让我爸爸上来了，毛病太多，带坏嘟嘟和风眠可不好。"

韩棠没有评价。当然这个决定正中下怀，她没理由反对。不过，以她对菲菲的了解，她觉得这只是一个前奏。果然她一回神，就听菲菲说，她妈妈拆迁得的那套房，面积虽然不大，但位置不错，要是转手卖掉还可以赚一点儿，再添点儿钱，可以换到好一点儿的房型，当作她妈妈的养老房。只是妈妈的积蓄有限，想换到满意的房子，需要添的钱不是个小数目。所以，她妈妈想跟他们小两口借点儿钱。

韩棠知道楚泽的工资卡在菲菲那里。他们结婚后，两人的收入包括孩子们这些年收到的红包钱都由菲菲掌管。她看着菲菲说："你跟楚泽商量嘛，反正你们俩自己的钱，怎么用由你们自己决定。"

菲菲脸上露出喜色来。

韩棠也笑笑，说："难得这个周末楚泽也休息，我就不过来了。你俩也让姥姥休息一下，带孩子们出去玩一玩。周日中午回家吃饭。"

菲菲有些意外，可也痛快地答应了。

离开前，韩棠去楼上书房看了看。楚泽跟风眠正趴在地上玩乐高，父女俩玩得不亦乐乎。她把楚泽叫出来，训了两句："别动不动给岳母甩脸色

039

看，显得特别没教养。还有，自己不做饭，还挑剔口味，特别没品。"

楚泽不吭声，也没认错。

看楚泽一副油盐不进的样子，她也懒得再多说，走进书房亲了亲凤眠，说了晚安，就准备离开。

楚泽连楼都没下，菲菲倒是出来送她了。

梁瑶抱着嘟嘟摆摆手，韩棠笑了笑。每天她悄悄离开，都不敢让嘟嘟知道。嘟嘟总因为奶奶走就哭鼻子。临走前她对菲菲说："小泽的毛病不少，要不是他很多事做不来，我也不用帮你们这么多。两个人一起过日子，该说的一定要说，可别当着孩子大吼小叫的。"

菲菲脸红了，又低声说了句"对不起"，似乎还有什么要说的，但也只是看着她，没有再出声。她突然想起梁瑶和葛洛阳的相处模式来，拍拍菲菲的背说："上一礼拜班了，很累吧，早点休息。"

韩棠走进电梯里，整个人有点儿木然。一整天说过的话、做过的事像放电影一样，从十六楼到一楼，足够她过一遍了——说了不少话，其实已经好久没有说过那么多话了。当然，有些话说了也是白说，她知道的。

开车回家的路上，她看到了满天的星星，想到周末至少有一天时间会轻松一点儿，顿时觉得星星都变得特别亮。

回到家里，扑面而来的是浓重的烟味。楚天阔带了几个朋友回来打牌，抽烟抽得家里烟熏火燎的。

韩棠跟客人们打过招呼，又给他们准备了夜宵。回到自己房间时，身体跟快要散了架似的，她拿起书，书像石头一样沉，可她的心在雀跃。因为这是她少有的轻松惬意的时刻。

早上出门时，楚天阔还在睡觉。她开窗通风，收拾干净，倒了快有半垃圾桶的烟蒂。韩棠咳嗽了一声，喉咙里似乎还残留着烟味。这时车窗被人敲了两下，她转头看，艾黎穿着一身汗透了的球服一手叉着腰，一手抱着一只脏兮兮的足球，站在车门边。

"这是谁家胖老太太呀？坐车里半天不动，瞎琢磨什么呢？"韩艾黎甩了甩湿乎乎的刘海儿，朝韩棠勾勾手。

"这孩子！"韩棠笑起来，摆手示意艾黎往后退，推开车门下来，看着比自己还高一头的侄女，说："像什么样啊！轻佻不轻佻？Be a lady, ok?（有点儿淑女的样子，好吗？）"

韩艾黎听到姑姑最后那句发音快要拐到太平洋去的英文，顿时爆发出了二踢脚崩开般的大笑。

艾黎球衣上沾满了青草汁液，看着邋里邋遢的，不过她一笑起来又特别可爱。"越说越来劲儿，老大个人了，没点儿样子。"韩棠抬头看到路边停了辆越野车，司机趴在方向盘上，正朝这边笑。

韩棠心里窃喜，仔细一看，原来是艾黎的小学同学沈释迦。于是她故意把失望的神情夸张了些，招呼说："释迦啊！"

"姑姑好！我送艾黎回来，还有事要去办，不下车了啊。"沈释迦笑着说。

韩棠点点头。艾黎挥挥手让沈释迦快走："你别忘了我让你办的事。"

沈释迦发动车子，一踩油门跑远了。

韩棠看着车子离去的方向，问："释迦是不是换车了？"

"嗯。也是二手的。牌子越来越好，价格越来越便宜。有点儿小毛病也没关系，她自己能想办法搞定。"艾黎笑道。

"释迦还真能折腾。"韩棠打开后备厢，从里面提出两个袋子来。艾黎一看是酒，皱了一下眉，不过没出声。

韩棠知道艾黎不喜欢她爸喝酒，也不喜欢人家送酒来，但还是继续问她："释迦现在做什么工作？"

"我也不知道她现在做什么，但是收入好像还不错。"

"哎，这听着不太靠谱啊。"韩棠皱眉，"好好的工作，说辞就辞了。"

"现在纸媒也不比从前了。您甭连她的心都操。"

"你们要都好好的、顺顺当当的，我犯得着吗？"

"我的意思是，就您家里那几位爷，已经够您费心了。沈释迦的事就交给她自己的姑姑发愁去吧。对了，沈释迦那个少儿足球培训班还在办，最近好像她的主要精力都搁那儿了。姑姑，要不要让风眠去体验体验？我今儿早上看那帮小姑娘跟着教练学基本动作，好帅啊！"

"踢足球？"韩棠看看艾黎。

"怎么了？您家又不是英国皇家授过勋的贵族，还非得把女孩子培养成lady呀。再说了，人家lady也主要是从意志品质方面论的，运动最能锻炼意志、培养优秀品质了。"

"那我回家提一提，看看她爸爸妈妈的意思。"

"怎么不问风眠的意思？这是她自己的事。"

"小孩家家的，懂什么呢。"

"你们大人什么时候能把小孩当成个人来看啊？真以为小孩什么都不懂啊？"艾黎从韩棠手里接了两个袋子拎在手里，见韩棠从副驾驶座位上抱出一盆半死不活的绿植，笑了起来。

"又拿'重症患者'让我妈治疗啊？那您这次可得挂专家号，交治疗费——之前那些花草让我妈费劲儿养好了，可拿走没几天就玩完了。您有闲工夫也不是这么荒废的啊！""这不没办法吗？"韩棠说着往前走。

花盆里的枯枝败叶一直往下掉。在瑟瑟秋风里，这株"八方来财"更显出一副破败相来。艾黎叹口气，跟着姑姑走进单元门。

艾黎家住的是散装老小区，楼不高，房子旧，只有步梯。艾黎家在二楼，韩棠才上了几级楼梯，就停下来休息。艾黎跟在她身后一停一顿，走到家门口，终于忍不住问："姑姑，您这膝盖又疼啊？"

"嗯。"韩棠应声。

艾黎低头看看姑姑脚上的鞋子——倒是很轻便的运动鞋，走起路来会轻松些。可是姑姑每天的步数，在她朋友圈里都是排到前几名的。走那么多步，穿再轻便的鞋有什么用。一想到姑姑那么多步数都是在家里转来转去、去菜市场、去超市，还有围绕着家务活走出来的，她又是心疼，又是心烦。

"这次从什么时候开始疼的？"

"一直。没有不疼的时候，轻点儿重点儿而已。"韩棠淡淡地说。

艾黎顿了顿，说："您跟我妈，简直……"

"生产队的驴是吧？"韩棠站在艾黎家门口，看了眼艾黎。"你懂什么是生产队？你见过驴？逮住个词儿就用，跟楚风眠学新成语似的。"

艾黎笑起来："好好好，我不说了，行了吧？"

"下午我给顾梦晨安排相亲,你跟我一起去。"

"我干吗去!"

"我腿疼。你给我开车,顺便陪我喝杯咖啡。"

"就只喝咖啡?"

"嗯。"

"那行吧。"艾黎答应。

这时门开了,韩柏在门里看着这姑侄俩,说:"怎么净在门外头说话了,赶紧进来啊。"韩棠叫声大哥,跟着就进了门。韩柏发出近似"哼"的一声表示应答,看看艾黎,眉头就皱了一下。艾黎只当没看见父亲那神情,也没叫他,挤进门来,两脚相互一踩,把脚上的运动鞋脱了下来。狭小的门厅里顿时飘起汗味。韩棠照着艾黎后背拍了一巴掌,说:"臭死了!快点儿去洗个澡。"

艾黎嘿嘿笑着故意往韩棠身上蹭了蹭,拎着大包小包冲进厨房去,朝忙碌着的母亲喊了一声"妈,我二姑来了",扔下东西就洗澡去了。韩棠也喊了一声大嫂,先拿起艾黎换下来的鞋子刷了刷浮灰,拎去阳台上晾着,回来脱了外衣洗过手。韩柏已经在厅里坐下来把茶泡好了,朝她摆摆手算打招呼了,自顾自看他的电视节目。韩棠想跟他说几句话,又不知道从哪儿说起。她看着韩柏——干干净净的,头发有点儿长,脸瘦瘦的,穿着一身合体的、半新不旧的家居服,整个人看起来利利索索的。这是牟艺琳的功劳。

韩棠想着,叹口气,看大嫂从厨房里出来,冲她招招手。

"不是说好了,中午我哥做饭?"韩棠故意大声问。

韩柏又发出近似"哼"的一声。

牟艺琳说:"是他做。我先给归置归置。"

韩棠撇了一下嘴,跟着进了厨房。厨房只有六个半平方米,主人恨不得每一寸都利用到极致。牟艺琳比她矮了几厘米,人极瘦,因此倒显得不那么占地方。韩棠从门后拿了条围裙,牟艺琳一把夺了过去放到一边,继续择菜,说:"叫你过来是为了说会儿话。你在家干活干不够是吧?"

她说着,把一旁的一个高脚圆凳往韩棠这边踢了踢,问:"家里怎么突然给你放假了？这多新鲜。"

韩棠坐下，抓了把豆角拿到手里开始掰筋儿，说："没什么。我就是逮着个机会出来喘口气。"

"那就好。"牟艺琳看看她，的确不像是有事的样子。

韩棠肩膀松弛下来，听着牟艺琳和她闲聊着，最近这边老邻居××去世了、××家的孙辈结婚了。韩棠仿佛看到面前有一本书翻开了又合上，里面那些小人儿跑出来，又钻回去。

韩棠把择好的一把豆角放到篮子里，说："我最近老想起妈来。"

牟艺琳从花镜上方看着她，问："梦见了？说什么了？"

"那倒没有。如果说了什么，不还是你受累。"韩棠倒笑了笑。

母亲生前一直跟艾黎家一起生活的。韩柏是远洋船员，年轻时出海，动不动就要一年多，回家休息不了多久又要出门，家里的事都靠牟艺琳。好在母亲虽然对待子女严苛极了，跟媳妇相处得倒还算过得去。当然，这也多亏了牟艺琳能忍让。牟艺琳做了大半辈子产科护士，在护士长的位置上退休，接着照顾病了好几年的老婆婆，辛苦自不待言。娘家的事，韩棠是帮不上忙的。楚天阔那个人，口口声声说女儿不必给父母养老，那是儿子的事。她回家帮帮忙，都跟做贼一样快来快走。牟艺琳很体谅她，从不说什么。可这是她心里的疤。母亲去世之后，她一次都没有梦到过她。每次听到牟艺琳说妈妈又在她梦里说要吃这个吃那个，她赶紧买了回来做好摆供桌上香，韩棠都觉得羡慕极了。

"这有什么累的。我现在连个看孩子的机会都没有。"牟艺琳看看韩棠的神色，晓得她想什么，抬手肘碰碰她。"别瞎想。哎，最近手上有没有合适的人啊？"

"找合适的人要干吗？"艾黎的脑袋突然从厨房门帘缝隙里钻了进来。那一颗挂着湿漉漉的蜷曲短发的脑袋像是凭空按在了一幅画上，圆圆的眼睛睁大了，目光在母亲和姑姑脸上转来转去。

"死孩子，吓死我了！"韩棠伸手拍了艾黎一巴掌。"还真没有合适的。"

"别搞事情啊！"韩艾黎说着把韩棠的手机递了过来，"楚泽打了好几个电话了。"

韩棠接了手机过来,正好楚泽的电话又进来了。她还没接听,就有不好的预感,叹口气道:"祖宗啊,能不能让我喘口气儿啊。喂?"

"妈,你在大舅家?帮我问问舅妈,我带风眠和嘟嘟过来吃午饭行吗?"楚泽问。

韩棠停了一下,没立即出声。

牟艺琳听见了,碰碰她,点点头。

韩棠却跟她摇摇头,问:"你们在外面啊?你自己带着他们俩?菲菲没跟你们一起啊?"

听筒里传出风眠的声音。风眠大声说:"奶奶,我爸和我妈吵架了。我妈带姥姥开车走了,我、嘟嘟跟我爸被扔大街上了。"楚泽跟女儿说"别胡说,哪儿吵架了",又说"没什么,妈,别听风眠瞎说"。

韩棠说:"楚泽啊,你抬头看看周围。哎,对,你看看有没有什么店,带着金色大M、白色的KFC字样啊,还有卖什么馄饨、包子、粥啊……这样的店?有没有?有的话你问问风眠喜欢吃什么,进去吃一顿。"

她说得慢条斯理的,就听楚泽在那边大喊一声"妈",让她耳朵"嗡"了一下。她把手机拿远一点儿,接着就听见了孩子的哭声,是嘟嘟。她狠了一下心,正要挂断,牟艺琳拍了她一下,把手机拿过去,说:"过来吃顿饭嘛,平时叫都叫不来。小泽,我是舅妈,你带风眠和嘟嘟过来吧。啊,你打车?要不让艾黎接你去……"

韩棠抓过一把豆角狠狠地掰去筋儿,皱眉道:"让他自己打车来。来不了就外面吃。吃不成就饿着。"

艾黎看看姑姑那一脸恼恨,正要笑,见母亲挂断了电话,先问:"在哪儿啊?我去接?"她这么问着,却没动。

"小泽说自己打车来。"牟艺琳把韩棠的手机还给她,见她脸色不好看,笑了。"小泽平常也难得来。我们都很长时间没见着风眠和嘟嘟了,正好,今天中午准备的菜也多,再加两个菜不就行了吗?行了行了,别不高兴。家里又没外人。"

"楚泽自己真能把孩子带过来啊?"艾黎笑着问。

韩棠没出声。

牟艺琳斜了女儿一眼:"你这话说的!"

"打个赌,他就算能把孩子顺利带到咱家,八成也得丢三落四——不过也不指望别的了,俩孩子别丢一个就挺好。"艾黎开玩笑。

"瞎说什么呢,"牟艺琳挥手让艾黎出去,"不帮忙净捣乱——你看看你,厨房里的事儿你一点儿都不会,将来自己要顶门过日子,看你怎么办!"

"出去吃,外面有饭店,在家里可以叫外卖,公司里有食堂。就算在家做,谁规定得我来做?搭伙儿过日子当然要分工合作,没道理由我来啊。"艾黎笑着说。

"行了,还来劲了。"牟艺琳看看韩棠,给女儿使了个眼色,让她别火上浇油了。

艾黎笑着看了看姑姑和母亲:"我又没说什么,是您拐着弯儿挤对我。"

韩棠到底拨回去给楚泽,知道他上了车,才放心,嘱咐他下车的时候拿好东西。放下电话后,她看艾黎抓了一串葡萄一边吃一边笑着看自己,叹口气。

艾黎看看时间说:"我下去接风眠。"

"你先抱抱嘟嘟。嘟嘟刚哭得不成样子。"牟艺琳说。

"让他自己抱!不让他抱还以为孩子能自己长大呢,人家的辛苦他都看不见。"艾黎把一把葡萄籽丢进垃圾桶,走了出去,"你们就惯着他吧,快四十的人了,什么都不会!说我的时候,就能从不会做饭上升到不能顶门过日子。"

"韩艾黎,你少说两句!"牟艺琳冲着外头大声喊,"叫你爸爸进来做饭!"

韩棠把择好的豆角拿去洗。

艾黎果然没再出声,只是行动带风,在小屋子里发出叮当作响的声音,显然也不是那么服气的。艾黎说话不那么好听,可也不是没道理。韩棠听见牟艺琳说艾黎这脾气真够人受的,笑了笑,说:"他们同辈人看得清楚着呢。不过,我看我儿子也没那么厚的滤镜。艾黎说得也有道理。我这会儿要是两眼一闭,我们楚泽呀,生活质量得下降一半。"

"说什么呢!"牟艺琳笑出来,"有山自然靠山,没山不也得独立?到那份儿上什么都会了。老韩当年让咱妈给惯的,洗衣服就知道搁水里泡泡,捞出来直接挂晾衣绳上,整个儿一坨!出海回来带的衣服都长毛儿!你看现在,他能把袜子、手绢儿、内衣内裤都洗得干干净净的。"

韩棠直起身,喘了口粗气。

她想,何止大哥啊,楚天阔不也这样吗。他被母亲从小伺候到大,结了婚由妻子接手,接着被伺候。楚泽和菲菲那大衣柜都被塞满了,一开门衣服都要"流"出来的。菲菲的东西她是不会动的。他们的卧室她也不进去。可是楚泽在书房的衣柜她隔段时间就去收拾一下,经常团成一团的袜子和内裤就那么滚下来。她说几句,楚泽就会讲,这有什么好唠叨的,不会洗还不会买嘛。

"败家子儿!"韩棠突然冒出一句来。

牟艺琳看看她,说:"你呀,你别动手了,剩下的让老韩自己弄。我们出去坐,喝口茶。"

韩棠看着水池旁边两尾一斤有余的鳖鱼,想想大哥做鱼的手艺,真有点儿馋了。她每次做完饭,自己都没胃口了,尤其对鱼没胃口。一点点处理完,再做好,卖相再好也吃不下,但她是很喜欢吃鱼的。

母亲以前就说二闺女像猫一样爱吃鱼,后来哥哥姐姐也这么说。

韩棠看看擦得亮晶晶的灶头和锅具,难得不用自己动手就可以吃上饭,更觉得舒心。

"这鱼可真新鲜。"她赞道。

"知道你爱吃,一早特地转到熟摊去买的。"牟艺琳说。

韩棠笑笑,点头。

韩柏走了进来,没吭声,撩高帘子等着她们俩出去。加起来二百多岁的三个老人,单脸上的褶子就好像会把这狭小的厨房挤爆。韩棠跟哥哥笑笑,侧身先走了出去。韩柏不声不响地进了厨房,牟艺琳给他指好了食材都放在哪个位置,说完了,问一句:"都记住了?"

"我又没痴呆!"韩柏不耐烦。

牟艺琳出来，撇了一下嘴小声跟韩棠说："跟他说过的事情，转头就忘，你等着，过不了几分钟就要问我东西都在哪儿了。"

"不都这样嘛。我上周突然忘了怎么系红领巾了。"

"这个……你怎么会忘了？这不都成了肌肉记忆了？哦，不，是刻进基因里了！"牟艺琳忽然冒出这么一句话。

韩棠愣了一下，突然笑出了声。她看着牟艺琳在胸前比画着怎么系那灵巧劲儿，心情瞬间变得好了起来。她在沙发上坐下来，抬手拿了那杯还温乎的茶，见牟艺琳蹲到"八方来财"旁边，一边"啧啧啧怎么搞成了这个样子可怜哦"，一边拿起园艺剪刀来"咔嚓咔嚓"剪枝叶，又说"没问题哦，可以活下去的"。她看得有点儿出神，问："真能活下去吗？"

牟艺琳没听见这话，但听见了门外的说话声，把园艺剪一扔，拍手就站了起来："哎哟，小宝贝儿们来了！"

韩棠看着她脸上瞬间绽放出的光彩，那真叫一个"光彩照人"，心说韩艾黎这个丫头绝对"十恶不赦"——牟艺琳可喜欢小孩子了，整天羡慕她有孙辈可以带，说自己空有一身武艺没办法施展，可是，带小孩子谁辛苦谁知道。

门一开，风眠先跑了进来，叫"舅奶奶"，牟艺琳脸上的喜色更是要溢出来了，一边答应一边搓着风眠的小胖脸蛋儿。

韩棠看着风眠，孙女这么可爱，辛苦倒是也值得。

"奶奶，我妈说了，她要跟我爸离婚！"

韩棠耳朵边像是有蜜蜂"嗡嗡"叫着飞过，顺带刺了一下她的耳膜。

又来了。她叹了口气。风眠说这话，像是完全不当回事，在她看来，风眠问题才更大。

风眠脱下鞋来，东一只、西一只，光着脚丫跑进了屋。

"楚风眠！"韩艾黎在门口喊她，"回来！"

风眠回头看艾黎。

艾黎指着她的鞋子，"把你鞋摆好，要养成好习惯。"

风眠看着她笑。"艾黎姑姑你帮我摆。舅爷爷！"她大声喊着跑到厨房去了。韩柏在里头高声答应，听起来特别高兴。

048

"楚泽，你要注意点儿。你女儿这习惯跟你一模一样。"艾黎朝门外说。

"你自己不也邋里邋遢的？"楚泽抱着嘟嘟也进了门，先叫舅妈。

牟艺琳眉开眼笑，马上把嘟嘟接了过去。嘟嘟用乌溜溜的一对大眼睛看看她，不吭声，再一转头，看到韩棠，张开小手挥舞着："奶奶！"

"哎哟，哭得嗓子都哑了。"牟艺琳把嘟嘟抱紧些，亲亲他。"小泽你们怎么回事，把孩子委屈成这样。"

楚泽弯身换鞋，笑笑，没作声。

韩棠走过去，看到嘟嘟粉白的小脸儿湿乎乎的，满额头是汗，腮上两团红，眼睛也湿漉漉的，瞪了楚泽一眼。

楚泽不在乎地往屋里看看，问："舅舅呢？"

"在里面准备午饭。你先进去跟舅舅打招呼。"韩棠说。言下之意是回头再跟你算账。

她脸色很不好看，楚泽看得出来，乖乖去厨房问好了。

牟艺琳抱着嘟嘟跟韩棠进了客厅，回身看艾黎在门厅里收拾楚泽和两个孩子带进门来的七零八碎，问："没什么落在外面吧？"

艾黎直起身，想了一下，问："魂儿？"

牟艺琳气得笑出来："你就没点儿正经。"

艾黎也笑了。

这时候，风眠从厨房里跑出来，手里抱着一碗小海螺，高高兴兴地过来给大人们看看，让了一圈儿，又抱着碗眼巴巴地看，叫："艾黎姑姑，给我挑海螺吃吧？"

韩艾黎一看楚泽也过来了，再看姑姑那眼神，明摆着接下来没好话，赶紧带风眠去餐厅了。

韩棠给嘟嘟洗了手、擦了脸，喂了半碗清水，看孩子的情绪稳定下来，窝了半天的火才熄灭了一点儿。她见楚泽坐下来自顾自先喝了两杯茶水，眉头皱了起来。她不想在这里训斥楚泽——她强调了无数次，夫妻俩哪有不吵架的，但千万要顾及孩子，不要让孩子觉得不安。这话重复过多少次，她都记不清了。他们就这么把她的话当成耳边风。

韩棠看着楚泽喝完茶，自然而然地拿出手机来，知道他不是要刷网页就是要打游戏了:"楚泽。"

楚泽"嗯"了一声,头都没有抬。

"给菲菲打个电话,告诉她,你带孩子们跟我在一起,让她放心。"韩棠说。

楚泽仍没抬头,过了会儿才说:"用不着。"

"怎么用不着?"韩棠盯着楚泽,"打!"

"她要不放心,也不会把我们扔下了。让她冷静冷静吧,想回家就回,不想回就不用回了。"

"这叫什么话!"韩棠声量仍然不高,语气也控制住了。

她看看嘟嘟。这孩子坐在牟艺琳腿上,安稳地左看右看。她缓了口气,翻出菲菲的微信号,发了两句话过去。菲菲并没有立即回话,她把手机扔在了一边,狠剜了楚泽一眼。

楚泽仍然一副完全不在意的样子。看着让人来气。

风眠往韩棠嘴里塞了一个海螺肉,趴在她膝上,问:"奶奶,我明天可不可以跟艾黎姑姑去踢球啊?"

韩棠嚼着海螺肉,看看抱着手臂靠在沙发上的艾黎,听见楚泽"嗤"的一声笑,说跟着去玩可以,但要是想报班认真学,还是免了吧,葛菲菲肯定不会同意。楚泽说得没错,不过韩棠嘴里有食物没咽下去开不了口,开口也不会这么直白地附和楚泽。风眠说那我们不告诉妈妈不就行了?

艾黎虚虚地拍了一下她的后脑勺,说:"那肯定不行。怎么了?去足球场跑跑跳跳不好啊?哥,我嫂子会反对孩子参加体育运动啊?"

"那倒也不是——你看要是风眠喜欢马术运动,她反不反对?她花那么多钱给风眠报钢琴课、芭蕾课、国画、茶艺、礼仪课之类的,可不是为了把闺女培养成野小子。"楚泽说。

他难得一口气说这么多话,句句都像是有怨气。

韩棠听他这语气,又皱了一下眉,说:"她也是为了风眠好。"

"可是风眠喜欢踢球啊。"艾黎说。

"风眠喜欢就行了?"楚泽打断艾黎。艾黎皱眉看着他。楚泽盯着手机屏幕,手指飞快地动着:"风眠早就跟她说过想踢球。她说要是学校体育课有，没办法，考试还是要应付过去的，但不会让风眠专门花时间学。她不喜欢看女孩子练成罗圈儿腿，小腿上长两坨铁疙瘩似的肌肉不好看。"

"葛菲菲是这么说的！"风眠立即说。

韩棠拍了一下她的小屁股："不准直接喊妈妈名字，不像话。"

就这会儿工夫，韩艾黎几步迈了过来，将腿上宽大的运动裤撸到膝盖，露出了结实修长、骨肉匀称的小腿："哪里有两坨铁疙瘩？"

"喂！你这个疯闺女！"牟艺琳顺手抽了根鸡毛掸子，照着艾黎小腿抽过来，"你也不像话！"

"又没外人！楚泽是我表哥……啊啊……疼！"艾黎叫起来，腿上果然挨了两记。她笑着跳开了，像只踩着水的灵巧的鸸鹋。

"那也不行啊！你这是什么做派，在家习惯了，万一出去不论场合都来这么一下，什么人都得给你吓跑了啊。"牟艺琳说着也忍不住笑了，"你可真是我好闺女！"

几个人都被她逗笑了，连嘟嘟这个什么都不懂的小毛头，也被大人的笑声感染，跟着笑起来，一时客厅里笑声此起彼伏。

"奶奶，您能帮我跟我妈说吗？"风眠抱住韩棠的腿。

韩棠拿着毛巾给嘟嘟擦了擦嘴边的口水，看了一眼风眠说："奶奶帮你跟妈妈说，不过你能不能去，得你爸爸妈妈同意。回去以后，你好好儿跟他们俩商量商量。你要说明白，你为什么想学踢球。"

"哦。"风眠有些失望，显见对"商量"的结果并不乐观。

韩棠心里也明白，以菲菲在女儿教育问题上的霸道，风眠想去踢球的愿望恐怕很难实现。她对孩子感到有点儿抱歉，但也没有再说什么。

"开饭了。"韩柏低沉的声音传了过来。

大家一起回头，就见桌子上不知何时已经摆满了杯盘碗碟。

楚泽第一个起身，韩棠抬起头来，看着儿子几步跨过去，拉开椅子一屁股坐下，行动又快又灵活，显见是饿了。可是这既不管长辈也不管孩子的做派，着实让人恼火。韩棠待要张嘴，牟艺琳把嘟嘟抱起来，笑着说："都饿了，快点儿洗洗手去吃饭——嘟嘟的午饭怎么办？他得个别准备吧？"

"嘟嘟倒是不挑食。"韩棠知道嫂子是不想让她饭前再训楚泽几句,免得大家不痛快。

她想想也是,不说楚泽,她也很久没能过来吃顿饭了,何必这会儿让大家心里都有疙瘩。今天这顿午饭说是韩家的"小团圆"倒是一点儿也不过分——她看着这张不大的饭桌上,挨挨挤挤地摆着韩家标志性的大盘子大碗,鲜美的食物满满上尖,香气扑鼻。全是熟悉的味道。她的脸上禁不住露出愉快的神情来,看看正在跟楚泽研究那一大盘熘虾仁口味的韩柏,长长地舒了口气——菜都是她爱吃的;人,也都是她心爱的。

这么轻松愉快的、只有自己人的场合,很让她愉悦。她竟然完全没有想到楚天阔。

"姑姑,坐啊。"艾黎见姑姑站在一边不声不响,脸上露出有点儿奇怪的笑容,给她拉开了椅子。"嘟嘟要吃什么,您说,我去给准备。"她看看母亲把嘟嘟抱在膝上,嘟嘟伸手去抓面前盘子里的皮皮虾,母亲伸手去拦他,一老一小来来回回做着同样的动作,小的那个很好脾气,老的那个乐此不疲。她笑出来,把椅子又往外拖了拖。

韩棠回过神来,指指桌上丰盛的午饭,说:"先拍照,发朋友圈,喊你大姑小姑来点赞。"

艾黎笑着点头。

"先拍一张,等一下再单独拍个鱼——鱼还在炖,马上就好,你们先吃着。"韩柏说。他看看嘟嘟,跟韩棠道:"我拿四个鹌鹑蛋,剁碎瑶柱和虾仁,给嘟嘟蒸了一小碗蛋羹,也马上就好。"

韩棠有点儿意外,要说谢谢,话到嘴边变成了:"没放盐吧?"

"怎么可能放盐!"韩柏不满意地瞪了她一眼,一甩手进厨房去了。

韩棠笑出来,看艾黎拍完照,楚泽已经抓了三只皮皮虾放在了盘子里,忍不住"啧"了一声。楚泽三两下把皮皮虾剥开,被母亲一提醒,把完整的虾肉搁到凤眼碗里。

韩棠轻声说:"等等大舅。"

"不用等,我们先吃。别让孩子饿着。凤眼快吃。"牟艺琳笑着说。"回舅爷爷家就想怎么着就怎么着。"

"舅爷爷做饭最好吃了。"风眠说。

"那就常来啊。你舅爷爷一身武艺老逮不着机会显摆。"牟艺琳说。

韩棠要把嘟嘟接过来,艾黎一拍大腿,说:"有了!"她转身跑回自己房间,把自己的椅子给推了过来,放在姑姑和母亲座位中间,调整好高度,让她们把嘟嘟放进去。

"回头还得给这家伙准备个专用的座椅。"艾黎抽了个垫子给嘟嘟塞在背后,让他坐稳。嘟嘟回过身来仰头看她,她笑着在他那大脑袋上弹了个榧子。嘟嘟好脾气地冲她笑。

"花那个钱干吗。"韩棠说。

"这椅子打游戏可舒服了。我也要搞一个。"楚泽摸摸椅子说。

"你这评论的角度我倒是没想到。"艾黎似笑非笑地看着楚泽。楚泽也笑笑,专心对付皮皮虾去了。

艾黎抬脚踢了他一下,给风眠盛了米饭,顺口说:"你这小日子过得可太轻松了。"

"你连婚都不结,一个人吃饱了全家不饿,不更轻松?这椅子你想买几把都行,我要买一把,葛菲菲能从年头念叨到年尾。"楚泽低声说。

"看把你委屈的,你不想结也可以不结,谁逼你了。"艾黎说。楚泽抬起头来,看见风眠也抬起头来了,瞅了艾黎一眼没出声。艾黎也看看风眠,让她吃饭,起身去厨房帮父亲的忙了,经过楚泽身后,又抬脚踢了一下他的椅子腿。

楚泽和艾黎斗嘴,韩棠听见了。楚泽比艾黎大,可是论成熟,比不上艾黎。她想想又有点儿头疼,看了一眼楚泽,说:"吃完饭就带孩子们回家。他们得午睡。尤其嘟嘟,午睡一点儿不能耽误,不然下午要闹。"

"我下午还有事,你帮我送他们回去吧。"楚泽说。

这么理所当然、理直气壮。韩棠听了,只半秒,立即说:"我下午也有事。"

"你能有什么事啊。"楚泽说着抬起头来,看到了母亲的眼睛,他沉默了。过了会儿,他还是有些不甘心,说:"我上礼拜就跟人约好了。"

"楚泽,带孩子回家,安排他们睡觉,再去忙你的事儿。"韩棠清清楚楚地说。

饭桌上安静下来,韩棠看着楚泽拉长的脸,有那么一会儿,心想算了,让他把孩子带回家哄睡,其实也是很不放心的。可她没有改变主意。

厨房门帘一掀,韩柏端着盘子慢慢地放在了桌子中央,擦擦手说"齐了"。韩棠看着哥哥这一脸的得意和喜色,忍不住笑了。这时艾黎将她父亲放在一边的酒瓶子收走了,只给他留了浅浅的一小盅。韩棠见哥哥虽然显得有点儿失望和不甘心,可咕哝了两句到底没敢把酒瓶要回来,不禁笑得厉害。

这顿饭会吃得舒心的,她知道。

丰盛,菜式简单,然而极顺口。最重要的,是一边吃饭一边聊天,谁都没有提到什么特别重要的事,让她觉得轻松。只是到收碗的时候,韩柏淡淡地说了句"楚天阔从咱妈过世,就没再来吃过饭吧"。

韩棠正要说怎么没来过呢,仔细一想,可不是吗,老太太过世之后,楚天阔来过吗?也许来过,可一起吃饭是没有了。

"我不是挑理。他很忙,我知道。他来不来的,我无所谓的,就是记挂着你。"韩柏慢慢地说着,看了眼默不作声的楚泽。"韩棠以后常回来吧,一起吃吃饭打打牌说说话。再这么下去,要累出病来的。"

不知道为什么,韩棠听了这几句话,突然想哭。

屋子里静了下来,突然听见嘟嘟"嗯"了一声,韩棠一瞬间回神,看看嘟嘟的表情,"哟"了一声,马上把嘟嘟拎了起来,朝屁股那里闻了闻,指挥楚泽去把嘟嘟的包拿过来。艾黎见楚泽张开手,像是完全不知道该怎么办,站起来跑去把楚泽进门后就挂在衣架上的一个大包给拎了过来,交给韩棠。

韩棠把嘟嘟放下,挥挥手让艾黎走开,给嘟嘟解开扣子。艾黎看姑姑麻利地将换下来的纸尿裤裹好了,递了个袋子过去。看嘟嘟开心地挥着他的小胖手,艾黎笑着跟他玩儿了一会儿。见姑姑仍坐在那里,手里拿着那袋垃圾,像是累得动都不想动了,过去把垃圾接了扔掉,又洗洗手,去帮忙收拾桌子。

艾黎看着还坐在饭桌边戳着手机屏的楚泽,自己父母走来走去端盘递碗都得绕过他,还得小心别撒汤漏水。他像是完全感觉不到别人的不便,也完全感觉不到自己给别人造成的不便。她皱了一下眉,回头看了看坐在那里被风眠和嘟嘟黏住的姑姑,伸手在楚泽眼前一晃。

楚泽身子一歪躲避开,说:"走开。"

艾黎眉皱得拧成了一个结,说:"没见过你这么没眼色的人。"

牟艺琳听见推了推艾黎,说:"这儿有我和你爸,你和楚泽去那边坐,这儿不用你。"

艾黎指指外面,轻声说:"您去帮我姑照顾嘟嘟吧。我看嘟嘟困了,缠磨人呢。"牟艺琳答应了。

艾黎斜了楚泽一眼,再动手收拾桌子,手就有点儿重,不停发出声响。韩柏看出来不对劲儿,却也没出声,只是过了一会儿,等艾黎进去洗碗了,在楚泽对面坐下来,看着外甥。

楚泽过了好久都没有抬头,韩柏也没有说话。

艾黎收拾好厨房出来,就见父亲和表哥安安静静的,一副"老僧入定"然而各自演绎的样子。她把身前的座椅往前推了推,撞在桌上惊醒了两位老僧。楚泽抬眼先看到舅舅看着自己的眼神,一时有点儿不明所以,倒是放下了手机。

韩柏瞥了一眼屏幕上那凌乱的画面,问:"工作很忙吗?"

艾黎拿了杯子接水,转头看着楚泽。

楚泽说:"就那样吧,忙起来就一阵儿。"

艾黎喝了口水。楚泽提起他的工作就有气无力的,看起来并不是那么喜欢。尽管工作稳定,福利待遇都是上好的。

楚泽看了眼艾黎,笑笑,说:"我的'忙'跟艾黎的没法儿比。"他语气难得认真起来,艾黎也笑笑,没吱声。

"也别跟艾黎似的工作起来不要命。女孩子工作那么卖命有什么意思。"韩柏这么一说,就见艾黎把杯子重重放在了桌子上。"哐当"一声响,像是警示。他停了停,看着楚泽说:"加把劲儿,要是能升职再冲一冲,要不,也没必要那么累。"

"我也是这么想的。干好了手上的工作就行。"楚泽笑嘻嘻地说。他的样子又懒懒的了。

"你要这么想,工作不忙正好,下了班也有时间顾顾家里,辅导辅导风眠功课,干点儿你自己喜欢的事儿。"艾黎把杯子拿起来,"不过这话让姑父听见了又要骂你不求上进了。"

艾黎丢下这句话就走开了。楚泽拨弄了一下手机,说:"他管我半辈子了。要是转世投胎他能管得了,恐怕也得继续管。"

韩柏笑了,说:"你们家的事儿啊……"

他没继续往下说,看楚泽脸上的无奈也不太想说了,待要起身,瞥见墙上挂的两幅水墨画,说:"艾黎倒没说错,有时间干点儿自己喜欢的事也挺好。你以前不是喜欢画画?"

楚泽也回过头去,好一会儿才说:"不喜欢了。"

"是吗,那可惜了。你妈妈小时候就很想学的,可是家里当时条件有限。"韩柏轻轻摸着桌面,"你姥爷过世早,姥姥自己带四个孩子很不容易。我不在家,你大姨上大学了,姥姥工资低,供几个学生太难了。你妈妈就读了中专早点儿出去工作了。"

"我知道。不过,我妈自己从来不提。"楚泽说着往厅里看了看。他看到母亲抱着嘟嘟,正跟舅妈头碰头小声地说着话,艾黎和风眠不知道哪里去了。舅舅家房子又小,东西又多,每次他一进门就觉得逼仄,连脚都没地方放。

姥姥在世、艾黎还没有出去读书的时候,家里比现在还拥挤。他始终不明白舅舅家条件也不算太差,为什么不愿意搬到更大一点儿的房子里去。他的父母,尤其他的父亲就特别喜欢置业,总是想要换到更好的地方去住。他不喜欢这儿,也不能理解母亲来了以后的那种如鱼得水和自在。他转过脸去看着舅舅,说:"我妈自己可能都已经忘了还喜欢过画画这回事儿了吧?"

韩柏看着楚泽:"有可能。"

楚泽把手机拿起来,看看时间。

韩柏默默叹了口气,起身往客厅里走来。

妻子和妹妹不知在说什么,嘀嘀咕咕的,声音特别小,跟蚊子声差不了多少。不过也许不是她们说话的声音像蚊子,而是他的重听症状又严重了。看到他过来,两人倒都抬起头来了。如果这两副面孔是蚊子面孔的话,也都是老蚊子了。

韩柏坐下来,给自己倒了杯茶,说:"把嘟嘟放下吧,老这么抱着不累啊?"

韩棠这才觉得手臂都酸了。嘟嘟脑袋枕在她手臂上。睡着了的孩子格外沉一些。她的手臂往前挪了一下,拿起手机看了一眼时间,马上两点了。菲菲没有回复她的留言。她又看了看嘟嘟,心想菲菲是不是被楚泽气得不轻啊。心念未已,菲菲的电话打进来了。

菲菲叫了声妈妈,问了她在哪里,说:"我过来接嘟嘟吧。"

没提楚泽,也没提风眠。

韩棠正想着要怎么说,菲菲说我就在附近,很快就到了。

韩棠答应了。

她想着菲菲可没说一会儿是否上来。一般来说,菲菲也是想不到这礼数的,何况她还在跟楚泽生气呢……她看看泰然自若的哥嫂,还没等她开口,牟艺琳就笑了,小声说:"到底惦着孩子,没事儿的,你不用担心。"

韩棠看了一眼楚泽。距离这么近,楚泽不可能听不见菲菲打过电话来了,可是毫无反应。她正要叫楚泽过来,艾黎指指身后,小声说:"风眠也睡着了。要不今儿就让她在这儿睡?等一下我跟嫂子说。"

韩棠点了点头。

艾黎坐在她身边,继续小声说:"不容易,还能想起来有个奶娃娃……这俩甩手掌柜离开你们,自己还不知道能闹出什么笑话来。"

"要不我能放不了手?"韩棠轻声说。

"该放手也得放啊。等嘟嘟上了幼儿园,你可别再老这么跟在屁股后头忙了,快十年了,还有几个十年啊。"牟艺琳接口道。她把那盆剪去了大半枝叶的"八方来财"转了转方向。

韩棠看着这棵可怜巴巴的绿植,没作声。

艾黎戳了一下花盆,说:"瘌痢头,丑死了。"

门被敲响了,艾黎马上跑去开了门。葛菲菲站在门外,跟艾黎说了几句话,她没有往里走,也没有换鞋,就站在门厅里,跟韩柏夫妇打了招呼。韩棠抱稳了嘟嘟,叫了楚泽过来,让他送嘟嘟和菲菲下去。楚泽板着脸,菲菲也没看他,气氛仍然僵硬,好歹还一个抱着孩子,一个拎了包,一起出门去了。

韩棠有点儿不放心,还是走到北窗边,看着他们走出单元门、上了车。艾黎和牟艺琳站在她身边,一左一右,也看着楼下。

他们上车之后,停了一会儿,才开走。

"要是俩孩子二选一,我嫂子肯定选嘟嘟吧?"艾黎忽然问。

韩棠皱了一下眉,牟艺琳拍了艾黎一巴掌:"又胡说。"

艾黎笑了:"她都没问问风眠怎么样。风眠自己说的,妈妈更喜欢弟弟。"

韩棠脸色有点儿不好看,嘴上却说:"嘟嘟小嘛,菲菲看得紧一点儿。"艾黎"嗤"的一声笑出来,先走开几步,才说:"您哪,自欺欺人也会习惯的,晓得伐?我们换衣服准备出门吧?去看人家相亲去。"

"韩艾黎这小混蛋真是⋯⋯"牟艺琳叹气,"我跟老韩都不是嘴巴这么厉害的,她随谁?"韩棠倒笑了笑:"随咱妈。"牟艺琳一顿,也笑了:"是。"

韩棠惦着自己安排的这场相亲,坐下来,认认真真戴上花镜,在通讯记录里找出双方的联络方式,分别通了电话,再次确认了时间和地点。听到这两个年轻人都已经准备出发了,显然都不想因为迟到给对方留下比较坏的初印象,她脸上露出微笑来——这是个好的开始。

一刻钟之后,她和换了一身简单的衬衫长裤板鞋的艾黎一起出了门。艾黎坐在了驾驶位上,戴上墨镜,冲楼上伏在窗口看着她们的母亲挥挥手,说:"以前奶奶就站在那个地方,看我上学放学。"

韩棠没出声,也看了眼窗口。她轻轻捏着手臂,放松一下肌肉。

艾黎提到祖母的语气会多几分温柔。孙女眼中的老太太跟女儿眼中的很不一样。但其实,也不是每个女儿眼中的母亲都是那样严厉甚至有些刻薄吧。

"开车吧。咱们别迟到。"韩棠说。艾黎看看姑姑,发动了车。

初秋的午后,天气很好,空气澄净,一路都是沿着海边跑,海天一色,是深深浅浅的蓝。韩棠把车窗降下来一点儿,海风吹进来,微微有点儿凉意和湿润,令人愉快。

艾黎找好位置停了车,往一旁看了看。这是姑姑喜欢的咖啡馆,也是她开展做媒业务的主要活动基地。咖啡馆开在一栋老住宅的底楼,院子阔大,安置了木质桌椅和遮阳伞。

韩棠看看时间,早到了一刻钟,要见面的年轻人应该还没有来。

她走进院中,回头要喊艾黎,就听见一阵笑声,仔细一看,艾黎和一个身穿碎花裙子的长发姑娘站在路边。见她回头,两人一起叫了声"姑姑"。几乎同时,身后有人叫她"韩阿姨""楚奶奶……"这些声音从四面八方涌来,有的清脆有的高亢有的低沉而有磁性,韩棠一时间感觉有点儿蒙——这么复杂的称呼,叫的都是她吧?这是她六十多年来积攒的身份啊!

大概是看她有点儿愣神,这些不同的称呼又齐刷刷地重复了一遍。

几个年轻人相互打量着走近了,韩棠将她的皮包挂到手臂上,空出的手轻轻摆着,一一打招呼——喊她"楚奶奶"的是风眠的班主任杜松子老师,看他一身白衫长裤渔夫帽打扮,背着画架子拎着画具,微笑着,那清澈的眼睛和明亮的笑容,就像初秋这清爽的天空;叫她"韩阿姨"的年轻人是被她约到这里来介绍给顾梦晨的江雪飞,楚泽小时候的玩伴、他们家过去的老邻居了。韩棠的手往左边一摆,笑着说"真巧,碰见杜老师了",再往右边一摆,笑着说"雪飞早到了呀"。

两个年轻人笑着相互点点头算打招呼了。

杜松子笑道:"是啊,好巧。"他说着话,往远处看了看。

韩棠跟着招手让艾黎和梦晨过来。

"杜老师这是……"韩棠看看杜松子手里的画具。咖啡馆楼上有间画室,已经开了很多年了。

"我来是有点儿事,要去楼上画室。"杜松子说。他顿了顿,看了眼楼上。楼上窗子开着,米白色的纱帘飘出来半幅,有人扯住纱帘,喊了声

"松子，快点上来。"杜松子往前走了两步，仰头答应一声，跟韩棠说："不好意思，楚奶奶，我先上去了。"

韩棠忙点头。

杜松子几步跨上台阶，拉开门就进去了。门上挂着的铃铛"丁零零"一阵响。韩棠看着那门框的高度，笑了笑——看杜老师这灵巧熟稔劲儿，显见是常来常往的了。韩棠半转身，左右看看江雪飞和顾梦晨。艾黎懂事，早就退到一边去了。韩棠看着面前这两个年轻人——小伙子挺拔俊秀、干净清爽，女孩子眉清目秀、婀娜多姿，只单单这么一看，堪堪是一对璧人。她忍不住心生欢喜，两只手合到一起，笑着给他们先做了介绍，问："里面坐坐，还是外面？"

江雪飞看向顾梦晨。梦晨微笑，问："姑姑喜欢坐哪儿？"

韩棠笑着指指远处已经找到合适位置的艾黎，说："姑姑喜欢那儿。你们俩喜欢哪里就去坐坐。"

两个年轻人也笑出来，一商量，还是去咖啡馆里面坐。韩棠和相熟的老板娘聊了几句，又闲闲地说了几句话。无非是问问梦晨最近工作忙不忙，转过脸再问问雪飞，以前的老邻居如今都怎么样了。雪飞两年前刚调回来，之前多年都不在本地，老邻居们的动向还不如韩棠了解得多。韩棠看着雪飞又要努力回忆又有点儿懵懂的样子，觉得有点儿好笑。她再坐一会儿，很自然地将话题引到了两个年轻人都感兴趣的足球上，点的咖啡也上来了，也就让他们俩继续聊天，起身往外面来。

韩棠看见艾黎正伸长双腿以一种特别放松懒散的姿势靠在椅子上，自在地看着外面冷冷清清的街道，不知道在想什么。那样子可是舒服极了。出门时她看艾黎草草换了这么一套衣服，还嫌太随性，可这会儿也不得不承认，这么随性的艾黎，堪堪适合这个悠闲自在的所在，显得秋日午后的阳光和空气都更美了。

"屁股呢？拿腰当屁股，这什么样子！"韩棠坐下来。

艾黎身子又往下滑了滑，笑着说："来相亲的又不是我。我要那么像样干吗！"她说着，往咖啡馆里看了一眼——那两人坐在靠窗的位置，不知聊到了什么，顾梦晨笑起来。

"有门儿吗？好像看着还不错。"她说。

韩棠也往那边看了看，说："有门儿没门儿，也得接触接触才知道。某些人……"

"呀呀呀，姑姑喝什么？"艾黎坐直了，招手叫侍应生过来。

"话说这人比我哥小不了多少，现在还单身？是离婚了还是？"

"没有。他之前一直自己在南方，驻地偏远，接触外人机会少，这两年调回来工作又忙……"韩棠看到手机提示有新消息，她打开看看，是雪飞的妈妈。他妈妈急得要命。也是巧了，上个月她带嘟嘟去儿童医院，正好遇见从前的邻居一道候诊，瞅空聊了一会儿就提到江家这个又英俊又端直的男孩子。她马上就想到了梦晨。这俩孩子要是能成，她的功劳簿上会记下浓墨重彩的一笔。

韩棠酝酿了一下情绪，给江妈妈回消息，说到目前为止进展顺利。江妈妈回复她祈祷和感谢的表情包。

艾黎把红茶推到姑姑面前，余光瞥见屏幕上那土气的图案，忍不住笑出声，说："姑姑，要不咱们俩合作一下，搞个相亲网站怎么样？您出理念和嗅觉，我出技术和资金。"

"你快拉倒吧！到时候人家一了解，合着老板自己还单身，这网站资源八成不靠谱，谁来注册啊！"韩棠看看咖啡馆楼上。虽然楼上是画室，但并没有挂招牌，怎么看都像是普通住户，并不显山露水。刚才咖啡馆老板娘说眼下经营也不容易，房东给减免了房租，也说好有困难可以再商议，但也不知道还能撑多久。

这儿啊，人好，茶好，咖啡也好，环境更好。如果消失了，该多么可惜啊。

"姑姑？"艾黎轻轻碰碰韩棠的手肘，"他们要走了。"

"这么快？"韩棠有点儿惊讶。一杯咖啡都还没喝完呢。她突然有点儿沮丧，但看着向他们走来的两个年轻人时，发现他们脸上还是挂着自然而亲切的笑意。

她看着两人的神情，听雪飞说单位有急事刚打电话来叫他回去只能先走了，不过正好顺路可以送梦晨回家。韩棠忍住没有露出喜色，挥挥手让他们先走。看着他们走远，一起上了车，她才笑出来，说："应该还会见第二回。"

"您是不是已经在想着他们什么时候办酒席了？"艾黎开玩笑。

"哎，倒也没有那么快。"韩棠笑出来。她喝了口茶，看看时间，惦记着风眠不知道睡醒了没有，念了句"我得问问你妈妈风眠怎么样了"。

韩艾黎看着姑姑，问："姑姑，你有没有试过一天，哪怕就半天，你把他们姓楚的一家人扔一边，全不放心上？"

韩棠正在输入信息，停了下来，想了想才说："还真没有。大人还好扔，孩子怎么扔？"

她把信息发出去。牟艺琳很快回复她说风眠还在睡觉。她说了谢谢，推开手机。这会儿工夫，艾黎都没出声。

"你以后结婚生孩子当了妈妈就知道，孩子不可能说放下就放下的。"韩棠说。

艾黎伸了个懒腰，转脸看着眼前这栋老房子——从楼房到院子，都拾掇得干干净净，看上去漂漂亮亮、体体面面，可是她也知道，走进去，那老化的木头楼梯、陈旧的家具、朽坏的门窗……随便哪里一碰，都可能露出枯朽、一败涂地的势头。

咖啡馆旁边的门开了，随即便听到"丁零当啷"一串铃声，那个高大的年轻人从木门里走了出来，往这边一望，停一停，走了过来。

艾黎脚尖往前挪了挪，碰碰韩棠的椅子腿，说："'长颈鹿'来了。"

韩棠斜了艾黎一眼。这孩子，给人起绰号信手拈来。不过等她转过脸去看杜松子，倒也忍不住笑了。杜老师个子虽然高，可是身材比例很好，并不显得哪里不协调，如果是长颈鹿，也是非常漂亮的长颈鹿了。她微笑着看杜老师走近，特地敛了一下笑容，免得露出笑容过度，不太妥当。

杜松子从从容容地站在了平台下方，微笑着说明来意："不知道您想不想上去看看孩子们的画？想请您给布展提点儿意见。"

"我吗？"韩棠有点儿惊讶。

"上次我们班的家长会，是您去参加的吧？我记得的。散会以后您在教室里看了好久孩子们的画，我跟您提到想给班里孩子们的画办一次展览，您说这可太好了。"杜松子微笑着说。

"打算在这里办吗?"韩棠模糊记得是有这么回事,暗暗怪自己忘性大。

"不,到时候在学校的校史馆办。今年是咱们学校一百二十年校庆。这里三楼是个美术馆,陈列了在画室学画的孩子们的一些画作,我想到时候可以参考这里的形式——今天我带了班里几个孩子的画来,看看效果。正好您在这里,想请您也看看。其中有楚风眠的两幅画。"杜松子说。

韩棠一听是孩子们的画展,本来就很有兴趣,再听还有孙女的画,简直称得上是心花怒放,转脸看看一旁低头只顾喝咖啡的艾黎,伸手照她后脑勺拍了一下,看着杜老师说:"好啊,这可太好了。艾黎,跟我一起来。杜老师,这是风眠的表姑姑,方便一起上去看看吧?"

艾黎被姑姑这一巴掌拍得差点儿把鼻尖戳咖啡里,无奈地放下咖啡杯,抬头看着杜松子。见他正看着自己,她微微一笑,只是点了点头,起身把车钥匙和手机装进了口袋里。杜松子在前面带路,只消几步已经跨出了好远。韩棠有点儿兴奋,下台阶跟上去,招招手让艾黎快些。艾黎看着姑姑那开心的样子,站了片刻,才懒懒地挪动步子跟上。

三个人穿过小院,来到门前。杜松子敞开门,站在一旁,等韩棠先进门。艾黎以为他会跟着进门,不想他站在那里没动,静静地等着她。她脚下迟滞了片刻,看他没有要放弃礼貌的意思,只好先进了门,轻声道谢。门厅里光线很好,正对门口是一条长长的走廊,直通厅堂,一边是高高的木楼梯,看上去古旧但洁净。高大的窗子上嵌着花纹繁复的玻璃,看起来即便不是原配的,也是费了心思重新装点的,十分好看。左手边的门通往咖啡馆,透过门缝,咖啡的香气跑了进来,令这安静的空间里,有了那么一丝丝居家的气氛。艾黎站在这里,不知为何发了愣,听见杜松子说"画廊在楼上",心跳突然加速。

她看着站在身边的杜松子,轻轻"哦"了一声。姑姑在慢慢往楼上走。她看着姑姑扶着扶手一步一步迈得缓慢,心想这楼梯又高台阶又多,爬到三楼对姑姑来说可是不小的考验。这么想着,她看了一眼杜松子。正好这时姑姑停了下来,喘了口粗气,说:"这房子好也是真好,漂亮也是真漂亮,

063

可要天天爬这楼梯，也真吃不消。"

艾黎笑笑，踏着楼梯往上走。脚底踩在温润的木头上，倒是真舒服。杜松子跟在她身后，隔了两步远，可是因为杜松子个子高，艾黎感觉距离似乎更近了，她忍不住加快脚步向上赶，很快就超过了韩棠。杜松子倒是在韩棠身边慢了下来，跟她一道慢慢往上走。

"这里要是想装电梯，就要对老楼的结构做些改变，但暂时只能这么凑合。不过，画室和画廊平时来的人不少，有些是上岁数的老人，上下楼很不方便，迟早要好好修一修的。"杜松子轻声解释。

韩棠点头，看看杜老师，心里有点儿疑惑，杜老师对这里相当熟悉。虽然如此，她并没有把疑惑说出来。这是风眠的班主任，彼此礼貌周全自然是很好的，尺度还是要把握好，不然越了界，彼此会不便。正好看到楼梯转角处的圆形窗子，她笑着夸了句好看，也就继续往上走了。二楼的几间屋子门大都合拢着，走廊里安安静静的。他们经过其中一扇敞开的房门，听见里面有低低的说话声，想必有老师在上课了。韩棠往那扇门处看了一眼，只看到了画架和画具。也许是她羡慕的神情太过明显，杜松子停了下来，问她想不想去教室参观。

"会打扰上课吧？还是以后吧。"韩棠轻轻摆手。

杜松子也没有坚持。他往楼梯上方看了看，只看到韩艾黎站在前方等着他们，轻声问："您喜欢画画吧？"

"看得出来吗？"韩棠反问。

"上回见您看孩子们的画那么专心，点评那么独到，我猜您学过一点儿？"杜松子笑问。

韩棠好一会儿没出声，待走上楼梯站定，看着面前这宽敞的空间里，墙壁上那一幅幅装裱起来的画作，才轻声说："小时候很喜欢的，也跟老师学过一阵子，可是后来没有继续学。"

艾黎站到姑姑身边，伸手挽住了她的手臂。

杜松子指指前方，请她们过去看画，边走边说："您要是喜欢，画画倒是什么时候都可以继续的。楼下正在上课的那个班里就大多是六十多岁的阿姨和叔叔，还有八十多岁的老伯伯。他们有些是在打发时间，也有的是真爱好的。您也可以考虑一下。这样的绘画班,学员少,课程会根据学员水平来定,从初级到高级都有,进度也不会太快,这样学画压力也小一些。"

"杜老师在画室有股份吗?拉来一个学生,有抽成吗?"艾黎看着眼前这幅画,忽然问。声音里带着调侃和笑意。

韩棠见杜松子白皙的面孔上泛了红,轻轻拉了一下艾黎。她这直肠子侄女啊,经常一句话冒出来,让人下不来台。

没等韩棠出声,杜松子轻声道:"倒是没有股份,不过画室是我妈妈开的,所以我就比较了解情况。这会儿她就在下面上课。"

"哦,"艾黎应声,心想那位刚才从窗子里喊"松子"的女士,是他的妈妈了。

"原来如此。"韩棠笑眯眯地说。难怪,杜松子一个数学老师,整个人看上去完全是个文艺青年,看来是从小受艺术熏陶的缘故。"怪不得杜老师这么关心美育。"

"本来,小孩子们对美的感知力就是该好好保护的。您来看看风眠的画。"杜松子先引韩棠和艾黎往右手边走去。墙上悬挂着简易装裱过的尺寸统一的一些画作,大约有十几幅。杜松子还没有说哪幅是楚风眠的,韩棠已经认出来了。

艾黎有点儿惊讶。她站得靠后些,看着并排站在画前的杜松子和姑姑。那两人静默了好一会儿,才小声交谈。她的目光也扫过面前这些画作。她并不懂画,可是看上去,小孩子们没有过多技巧的、色彩斑斓的、很有些夸张意味的涂鸦,十分令人愉悦。她不禁走近一些,辨认着画上的署名。

楚风眠三个字比一般小朋友写得要大一些,很好认。画面很简单,是一个老太太,面对着一盆鱼,看起来有点儿不知所措的样子——不管是老太太,还是鱼,还是整幅画显出来的稍有点儿局促的布排,都让画中老太太的样子显得真实且生动。

艾黎看了好一会儿,笑眯眯地看向韩棠。

风眠能画奶奶的劳作,看来奶奶的辛苦,那孩子是看在眼里的。但艾黎留意姑姑的神情,发现姑姑并没有她预想中的高兴或骄傲,反而有点儿凝重，不禁一怔，又看了看杜松子。他显得比刚才沉静得多，也严肃了好多。她走近两步，才听见姑姑说："我回去跟她爸爸妈妈谈谈，了解一下情况。"

"楚风眠是个很有正义感的孩子。她很喜欢打抱不平的。可是我有一点儿担心，如果不好好引导，也许会有不太好的走向。不过她很愿意帮助同学，这是好事。"

"是，这我知道。风眠比一般的小朋友个头要高，动起手来，可不是同龄的小朋友能占到便宜的。"韩棠轻声说。她委实有些担忧。

"上周，我跟风眠的妈妈通过电话，她说最近很忙，顾不上到校，我们就在电话里讲了讲，并没有深谈。我预备再约个时间，请风眠爸爸和妈妈一起到校，再详细聊一下——今天恰巧遇见您，我知道风眠跟您感情很好，从她的画里也能看出来，奶奶占据了画作非常大、非常多的篇幅，反而爸爸妈妈并不常出现。我想您对风眠的影响是很大的。教育并不是单方面就能完成的任务，所以我也请您帮帮忙。"杜松子说。他语气轻缓，语速又慢，听起来像是和风细雨。

艾黎在一旁听着，心想这"长颈鹿"如果是以这样的面貌去面对学生，还算是个比较不错的老师。她没有插话。姑姑跟杜松子又谈了好久，她听了一会儿，慢慢地退远些，渐渐走到隔壁展厅去了。这里陈列的画作不是出自名家之手，可不知怎的，看上去就很有活力。

她站在一幅小尺寸的风景画前，只觉得无比眼熟，稍往前凑了凑，听见有人说："这画的就是这个窗口的风景了。"

她直起身，先往窗外看了看。可不是嘛，法国梧桐泛黄的叶子、远处教堂绿色的尖顶，像是被整个挪进了画幅里。线条简洁，色彩饱满，没有一笔是多余的。

"真美。真好。"她说着，回过头来。

眼前是一位高挑瘦削、年约六旬的女子，因为过于瘦削，显得皱纹深而多，额上系着头巾，垂下来，跟长发一道落在肩头，长裙外罩着的粗布围裙上沾着油彩，看起来有点儿凌乱，神情倒是静静的，但脸上挂着温和的笑意。这笑容，一望即知，这一定是杜松子的母亲了。见她也在打量自己,艾黎微笑,轻声说:"您好。"

"妈妈。"杜松子出现在门口,见她们站在一处,把韩棠介绍给母亲。两位老太太客客气气地相互打了招呼。艾黎看看时间,适时提醒姑姑该走了。杜妈妈还要给学生上课,杜松子则一直把她们送上了车。艾黎发动了车子等着姑姑。姑姑站在车边跟杜松子道谢,请他多费心照顾风眠。杜松子笑眯眯的,很像个老师的样子。

车子开出去有一会儿了,艾黎从后视镜里看了一眼。杜松子仍站在路边——整条街都静静的,那个身影印在那里,像是一幅油画,非常好看。她深吸了口气。遇到红灯停了车,才发觉姑姑已经好一会儿没出声了。"刚才话说得太多了,把今天的指标都用完了?"她故意开姑姑的玩笑。

韩棠把鼻梁上的花镜摘下来,放下手机,又出了会儿神才说:"都没有听菲菲提,杜老师打过电话的事。""她跟我哥商量着,能处理好吧?不跟您说,可能是怕您担心,再说也不是很严重嘛。"艾黎说。

"话是这么说……"韩棠顿了顿。她有点儿担心菲菲和楚泽并没有把这当回事。

"姑姑,现在不流行把女孩子养得那么温良了,女孩子得看上去就不好欺负才行。风眠最好能保持她这股劲儿,敢打能拼,不畏强敌,那才是好样的呢。"艾黎半开玩笑。

"恃强凌弱可不行。"

"当然。"艾黎笑了,"不过,您别越俎代庖。风眠还是得我哥和嫂子教。您就先提醒提醒吧,实在不行,再说。"

韩棠没出声。

艾黎把车停在路边,轻声说:"第三代的教育您还要亲力亲为,什么时候是个头儿呢——走吧,上去歇会儿,吃完晚饭再回家。"

韩棠舒了口气,这才下车。艾黎知道她心情不佳,也就不多话了。还好走在路上,姑姑接了两个电话,分别是江妈妈和顾雅芬打来的,听她们对下午这场相亲的反馈,像是双方都还比较满意。这让姑姑的情绪好了许多,进门的时候,她已经满脸笑意,再看见正跟舅爷爷和舅奶奶一起玩面团学包饺子的风眠开开心心的样子,那笑意更深了。艾黎靠在门边,看着姑姑洗了手,坐在风眠身边,轻声细语地和她说着话,那个样子又有耐心又温柔。她抱着手臂,忽然心里一阵泛酸,姑姑对谁都好得没话说。

艾黎的手机在口袋里振动了一下,她还没拿起来,心突然一动,没有去看。她将手机放在一边,过去帮忙包饺子了。手机又振动了一下,她仍然没理会。

韩棠却留意到了。她看看艾黎,瞥了眼手机,趁韩柏夫妇去煮饺子了,问:"你跟杜老师认识吧?"

艾黎正打开餐边柜准备往外拿盘子,也瞥了眼自己的手机,轻声说:"算不上认识。"

"这样啊……"韩棠慢条斯理地应着。

艾黎看了看姑姑。姑姑的样子倒是有点儿心不在焉,并没有一定要把这个话题进行下去的意思。她笑了笑,数了五个盘子端出来放好,说:"姑姑的第六感还是这么吓人。"

韩棠像是被触动了什么心事,也笑了笑,说:"这可不是什么第六感。"

一切都是有迹可循的,一个眼神,一个动作,一句话……没有什么是真正无缘无故的。

"杜老师应该还是单身?"韩棠自言自语。

艾黎不出声。

风眠从奶奶腋下钻过来,歪头说:"奶奶,杜老师没有女朋友。""哟,这你怎么知道的?"韩棠揉揉风眠的额头,看着她笑。这小鬼,还没正经跟她打听打听杜老师的情况呢,就主动来报告了。

"我问过啦。我有好几个朋友喜欢杜老师,我去帮她们问的。"

"你的朋友啊,都是谁呀?"韩棠笑着问。

风眠一一报上名字,都是韩棠很熟悉的了。风眠每念出一个名字,韩棠的脑海里就能慢慢显现出对方的样貌、年龄、成绩、家庭情况等这些基本信息。偶尔有一两个不熟悉的,原来是最近才跟风眠要好起来的隔壁班的女生。她谨慎地询问了几句这几个孩子的情况,暗暗记下,预备以后要多留意。

她让风眠去洗手准备吃饭,拿过手机来在备忘录里记了几句话。

艾黎坐在她对面，看她把花镜戴上摘下，反复了几次才搞定，终于忍不住说："才七岁的小孩儿，顶多抱抱团，就是小朋友今儿我跟你好、明儿我不跟你好了跟她好。一般没那么容易升级到霸凌，您就别瞎紧张了。看看您这搞得跟搜集情报准备作战一样，等会儿别吃了饺子不消化，半夜胃疼。"

韩棠放下手机，瞪了艾黎一眼，说："我就说你不养孩子不懂这心情。三岁看大，七岁看老，这会儿不重视起来，再到高年级、到中学，想管都管不了！"

艾黎这回没反驳。

韩棠看着她说："杜老师年纪小了点儿，不合适。"艾黎笑了。

"别笑，说正经的。"韩棠严肃起来。

厨房里牟艺琳喊"艾黎来帮忙端饺子了"，艾黎应了一声。

"亲爱的业余媒人棠姑姑，人和人相遇，并不全为了结婚。"艾黎转身进了厨房。

"艾黎姑姑不一定要结婚，奶奶。"风眠不知何时回来了，端正地坐在一旁的椅子上。

"艾黎姑姑没有男朋友，可是她可以有女朋友的呀！"风眠的小手在饭桌上轻轻拍了拍，一本正经的。

韩棠看着风眠脸上的神气，又好气又好笑。她心说这小家伙人小鬼大，这话没有太大的问题，可让她舅奶奶听见，说不准又多一层焦虑。不过，在这里即便说出来也没有多大的问题，回到楚家，被楚天阔听见，他一定是要骂的，不骂风眠也要骂她没有教好孩子。她这么想着，倒没有去纠正风眠的想法，只是看着这小家伙，默默地叹口气。

她是真的跟不上新一代的想法了，理解艾黎已经有些困难，理解风眠这一代？怕不是要她的半条命哦！

饺子端上桌，韩柏一家也坐了下来。

漂亮的青花盘碗里放着白白胖胖的饺子，热气腾腾的。韩棠看着这用旧了的瓷器，两眼雾蒙蒙的，抬手轻轻摸了摸离自己最近的这个盘子。盘子边缘有了裂缝，还是艾黎找人去做了修缮，那细细的一点儿金色的痕迹看上去有点儿显眼。这套瓷器还是她母亲当年跟父亲结婚时买的，用了多年，折损过半，剩下的已经凑不够一桌席面，也不常拿出来用了。不过，但凡她回来吃饭，不管是艾黎还是韩柏夫妇，总要拿出来用一用的。她记得有一年韩松和韩穗回国，牟艺琳特意分了两只碗和盘子给她们，说这是老太太用过的东西，留个念想。她们俩都不要。她是想要的，可是能拿回家吗。她心头突然刺痛，听见艾黎叫姑姑，抬起头来。

艾黎拿了自己的手机给她看，笑着说："咱们中午那桌饭，大姑小姑都给点赞留言，说想死我爸做的饭了。"

"饺子拍照发过去了吗？"韩棠笑着说。

"我先扔了一张进群里。"艾黎说着，把家族群打开，给韩棠看。

"发了就好。再馋馋她们，刺激她们跑回来吃。"

屏幕里韩松和韩穗的留言一瞥而过，看不清楚，留着她今晚睡前再仔细看好了。巡视朋友圈和群聊记录，也是她一日的功课，不做完睡不着的。

"现在回趟国哪那么容易。"艾黎放下手机，笑着说。

"已经快三年没见了，也不知道下一次见面是什么时候。这年头，真怕一不留神生死两隔。"韩柏说。

饭桌上忽然静默了下来，艾黎皱了一下眉，看着父亲道："您啊，最拿手的就是一句话把天聊死。"

韩柏被女儿抢白，有点儿讪讪的。韩棠忍不住笑了。韩柏年轻时脾气就很不好，好酒好斗，老了在家里反倒被几乎复制了他个性的女儿压制住了。

"会好起来啊，不要那么悲观。"她说。

"就是，机票再贵，大姑小姑这点儿钱也还是有的。爸爸要实在想团聚，这个钱爸爸掏也可以。"艾黎故意说。

"哎呀，不行不行，那咱们家的生活费可要吃紧了。"牟艺琳忙接上了茬儿。几个人一齐笑出来，相互打趣。艾黎笑着，趁他们聊天，又拍了好多照片。她坐在一边，看着照片里的姑姑。随着年纪渐长，姑姑愈发富态了，虽然脸圆圆的，却特别上相。照片里的她，总比本人还要好看。认真比较下来，三个姑姑在一起，棠姑不管是气质还是样貌，从不落下风。年轻时也是如此。她翻看老照片时，时常会有这种感慨：楚天阔是走了什么狗屎运，能追到她姑姑。当然，那人不是一无是处，尤其看人的眼光还是很准的。

艾黎看着照片神游了一会儿，回过神来，桌上已经空了，而姑姑和风眠已经拿好东西准备走了。

她忙站起来，恰好这时收到一条消息："要不要出来一起喝一杯？"

她边往外走，边点开了消息，单手挑了一个表情，一只小兔子摇摆着手，大大的单词"NO"特别显眼。她把手机揣口袋里，跟到门厅里换了鞋。

韩棠拉着风眠的手，跟哥嫂道别，手里拎着嫂子给装好的两个大布袋，说："你们别送了，忙了一天，早点儿休息吧。"

韩柏抬抬手，转身回去了。牟艺琳瞪了他的背影一眼，到底跟着出了门。艾黎不声不响地将韩棠手里的布袋接过去，走在了前头。韩棠下楼梯时行动越发地慢，风眠蹦蹦跳跳地追上艾黎，她提醒了句"小心"。那么大的声，这一层的感应灯也没亮起来。

"艾黎，你在家这两天，找人修修感应灯。"韩棠提醒。

艾黎答应。

"不要紧的。"牟艺琳说。

"这楼也老，住户也老，什么都老了，磕一下碰一下，都不得了。"韩棠说。

好不容易下了楼，从膝盖到脚后跟都已经酸软疼痛。她看着艾黎打开车门上了驾驶位，说："艾黎，不用啦。"

艾黎挥挥手没有言语。

"上车吧。"牟艺琳推推韩棠，走到车边，跟坐在后排儿童座椅里的风眠亲昵地说了会儿话，道了别。

艾黎让她先上楼，看着她关好单元门才发动车子。

韩棠问："怎么这么仔细？"艾黎性格爽快，可有时挺粗心的。

"上礼拜跟她通电话的时候，听她说前面3号院儿的胡奶奶下午遛弯儿回来被抢了包。"艾黎语气平和，并不显出紧张来。韩棠看看她，她笑笑：

"您也注意点儿。小区的安保强大是好事，平时出入也注意观察一下前后左右有没有异常。上了岁数更容易成为犯罪分子的猎物。我不怕你们损失点儿财物，就怕你们受伤。"

韩棠下意识回头看了眼风眠。

风眠果然握着安全带，很用心地听她们说话呢。

艾黎发觉，也看看风眠，停了一下，才说："简直闻所未闻。咱们是出了名的治安特别好的城市。"

"是啊，可是……"韩棠叹口气，看着静静的街道。才不过八点钟，街上已经没有几个行人，车子也不多，冷清中已经带着秋天的肃杀。

"总之，安全第一。"艾黎说。

有风眠在，艾黎也不想继续这个话题。

"难怪你突然休假回来住几天呢。"韩棠叹息。到底是女儿，会因为母亲不安特地跑一趟。

"嗯，我有点儿心神不定的，倒也不全因为这个。"

"还有什么事儿？"

"要是我哥和嫂子周三抽不出时间来送风眠上学，那我就越俎代庖，勉为其难，跑一趟吧，省得您老人家不放心把宝贝孙女交给别人。是吧？风眠，是宝贝孙女吧？"艾黎笑着问风眠。

"是！"风眠响亮地答应。

"你这孩子……"韩棠笑了。她看看艾黎的神情："等会儿你把车开回去吧。"

"不用，我叫车。让楚……姑父知道您的车不在家，要问起来还得解释为什么，多麻烦。"艾黎笑着说。

"没事。我的车，解释什么。"韩棠有点儿尴尬。

艾黎笑笑："等会儿我可能跟朋友聚一下，还是不开车比较好。"

"哦，去酒吧啊？跟谁？"韩棠追问。

艾黎只是笑。

姑姑面面俱到，可有时这也表现为掌控欲，虽然在她这里不得不适可而止。

韩棠见她不语,悻悻地道:"别玩太晚。正经人谁老泡酒吧啊?你这岁数的都回家抱娃哄睡陪做功课,然后开始养生了。"

"谢天谢地我还不用。我那么辛苦健身,就是为了偶尔放肆一下,还能扛得住。"

"还没说呢,跟谁聚?有靠得住的朋友一起吗?释迦去吗?"

"释迦今儿晚上要赶活儿,可能去不了。"艾黎挡不住姑姑的攻势,干脆承认了,"池清许。"

韩棠皱了眉:"小池不是结婚了?"

"是啊,孩子都一岁多了。"艾黎微笑,"特别可爱的小男孩儿,跟嘟嘟差不多大。先送风眠回去?您上去吗?不上去的话,给楚泽打电话吧。"

"我来打。"风眠抢在韩棠开口之前说,一把将韩棠的手机夺了过去。韩棠看她麻利地解锁,瞥一眼记录先说了句"爷爷打过两个电话来您都没接,他该生气了",然后就给楚泽拨电话了。

韩棠听着风眠口齿伶俐地说明白情况,不想隔了一会儿,有点儿沮丧地说"哦你不在家啊,那我自己上去好了"。她回过身,正要让风眠把手机给自己,想教训楚泽两句,但看风眠那板起来的小脸,没出声。风眠没有给她妈妈打电话,把手机还回来时,说:"奶奶,我自己可以上楼。"

"奶奶送你上去。"韩棠说。

"不用,我可以的。"风眠转开脸,"奶奶,我爸爸妈妈要是分开了,我能跟你过吗?我不想跟他们俩,也不想跟姥姥……"

"风眠,爸爸妈妈就是斗气,不会离婚的。"韩棠尽量平和地说。

"会的,我知道。"风眠长长地出了口气。

艾黎把车正好停在了单元门口,看看风眠,轻声说:"上去洗洗睡,明天早上你要是起得来,我来接你去看我们踢球,好吧?""好啊!"风眠解开安全带,从情绪低落模式切换到兴奋模式,没用一秒钟。她扑过来亲了艾黎一口:"艾黎姑姑最好了!我以后跟艾黎姑姑过也行!"

艾黎大笑,按住姑姑让她在车上等。她没有接姑姑递过来的钥匙,走到单元门口,直接按了门铃。应门的是保姆,艾黎很客气,问了问,知道葛菲菲在家里,请她让菲菲下来接一下女儿。她随后拉着风眠进了门。等在电梯前,风眠紧紧握着她的手。

她看着风眠,问:"怎么了?"

"姑姑,明天我要起得来,你一定会来接我吧?我妈要是不同意呢?"

"等会儿我跟她商量。她答应了,我就一定来。我什么时候骗过你?"艾黎说。

"嗯。"风眠攥着她的手指,"奶奶、艾黎姑姑和杜老师都说话算话。"

艾黎摸了摸风眠的后脑勺,说:"以后我们风眠也要是个说话算话的人。

"我肯定是的!"

电梯门开了,脸上浮肿、双眼通红的葛菲菲走了出来。看到艾黎,她勉强笑了笑,伸手拉风眠。艾黎看她没有不耐烦的样子,跟她提出来明天早上想接风眠去看球:"我们早上就踢半场,也不耽误带她吃早饭。"

"风眠明天早上有国画课。"菲菲说。

"国画课老师病了,明天不去的。"风眠小声说。

菲菲皱眉,看着风眠,过了会儿才说:"那好吧。你起得来吗?"语气是不太信任的样子。风眠点头,伸手拉拉艾黎。

"那明天早上我来接你。"艾黎亲了风眠一下,摆摆手,让她跟菲菲进电梯。她看着菲菲的样子,微微笑了笑。

菲菲也笑了笑,电梯门合拢之前,才说了声"谢谢"。

"不客气。有什么事儿我能帮忙的,你尽管开口。"艾黎说。

门合拢了,不知道菲菲听见这句话没有。

艾黎舒口气,出了单元门,看到姑姑在车上接电话。她上了车,听见姑姑说"回家再说吧"就挂断了,问:"楚泽?还是楚天阔催你回家?"

韩棠看了一下手机里拨了三通都没接听的楚泽的号码,说:"你姑父。他跟朋友打了一天高尔夫,这会儿回家打牌,要我准备夜宵。"

艾黎忍了忍,到底没忍住,说:"自己打电话叫个外卖是能损失一个亿呢,还是手指头会骨折?"

车子开出小区,转弯就急了些。

韩棠握住把手:"慢点儿,有个朋友想我炖的汤,上回来家里打牌喝过,觉得特别好。"

艾黎半晌不出声。车子开得越来越快。

韩棠知道艾黎心里不痛快了，也没有再提醒她。她心里也不痛快，当然，电话里楚天阔更不痛快。今天他的电话，她都没有及时接听，一方面的确没有听见，另一方面，这一整天她也并没有闲着。他习惯了她随时随地听候调遣，她也得习惯偶尔听不见调令。

没哪个老婆会因为不及时接听电话就送了命吧？

到了小区，艾黎准备下车。韩棠叫住她，说："艾黎，跟小池最好少联系。毕竟他有老婆孩子，你也该避避嫌了。"艾黎没吭声，开车门就下去了。韩棠跟着下车。

很快一辆出租车驶了过来，艾黎招手拦车，说了声"Bye"就钻进车里。韩棠看着艾黎飘然而去，胸口一阵犯堵。想到家里还有一堆人等着应付，要强压住不适，她才没有眼前一黑。她回到车上，到底给艾黎又发了条消息，说："听话，艾黎，我是爱你的，不会害你。"

楚天阔的电话又打进来了。韩棠边开车边叹口气，如果艾黎坐在她身边，一定会"破口大骂"。她把车开到楼前，停车位几乎满了，扫一眼周围的车牌，已经清楚这会儿都有谁在楼上打牌。她的目光扫到隋明亮的那辆黄色小车时，停留了片刻，很快她拎起提包下了车。她从后备厢里把从哥嫂家里带回来的两个大布袋也拎了下来，

站到自家门口，还没有开门，已经闻到烟气。她忽然觉得一阵犯恶心，定定神，清了清喉咙，掏出钥匙来。门一开，烟气顿时重了。

她正在换鞋，里面的人听见了动静，静了片刻，隋明亮先从里屋走了出来。

韩棠看她这一身运动装，短裙T恤，显得极有活力，心想今天去打高尔夫，她也在的。这么想着，也客气地打了招呼。隋明亮忙过来帮她接了手里的袋子，一面说这么沉您怎么不打电话叫人帮忙，一面将袋子拎走，送到餐厅里去了。她熟门熟路的，脚步轻盈。

韩棠将车匙和手袋放下，看着从里屋探身出来的楚天阔。楚天阔笑着，看起来心情不错，跟电话里那语气可很不一样。

韩棠也是笑着的，于是夫妻俩就这样笑颜以对，看上去和谐极了。楚

天阔指了指里屋。不用他开口，看他神情韩棠就知道里面的客人是他很重视的，不管从哪一方面来讲，她都得先进去打个招呼。她瞥了一眼一旁的镜子。就在外奔波了一整天的六十多岁的老妇人而言，她这样子是说得过去的。楚天阔站在门边等了等，做了一个手势。韩棠点了一下头。

她进了门，未语先笑。

屋子中央放了一张麻将桌，此时还在桌边坐着的三个人被烟气笼罩着，像老版《西游记》里出场的神仙，都驾着云雾。除了老方，另外两位都是经常要跟楚天阔他们公司打交道的主管部门官员，韩棠都认识。有一位是今年初新上任的，楚天阔颇抱怨了几回其人很难搞定，最近往来才热络了些，能一起打球打牌了。不知道楚天阔用了什么办法。他这个人，人际交往上几乎不存在什么壁垒。屋角一对沙发上还坐着人，正喁喁细语，年轻些的是多时不见的楚天阔的侄子楚沛。楚沛余光瞥见她，第一个起了身，叫声婶婶。其他人看见她进了屋，也纷纷客气地打招呼。韩棠微笑着说"坐坐，各位请坐"。她一开口说起话来，烟气不住地往喉咙里钻，非常不舒服，但也忍住了。她看到楚沛顺手将窗子推开些，微微一笑。

老方是跟韩棠最熟的，只叫了声嫂子，没起身，笑着道声辛苦，说："周末你也不得闲，忙到这会儿才回来啊，我们等你的拿手美食都等急了。刚才我还跟老楚夸你呢——嫂子家里家外一把抓，让老楚完全没有后顾之忧，真贤内助之楷模。"

韩棠微笑着说回回见面你都给我高帽子戴，我都攒了一车库高帽子，可以批发零售了。

一时大家都凑趣笑起来，说话间，韩棠瞥了一眼麻将桌上的局面。牌还要继续打，几个人手边的筹码也都还差不多。她心里有数，抬眼看了看楚天阔。

楚天阔又点了一支烟，就站在她身边。

这些人晚饭应该喝过酒，但没有过量，想必今天是有重要的事在谈。没喝过量就好，她松口气，又闲聊了一会儿，见隋明亮端着茶盘回来了，挨个儿给在座的各位倒茶。

她停了停，待要说什么，看楚天阔一屁股坐下来，跟其他几位一样安闲自在地摸着牌、享受着香茶送到手边的待遇，眉头微微皱了一下，正要走开，见隋明亮站在了老方和他上家管质监的老汤之间。老汤把茶喝光了，笑眯眯地递回去给隋明亮让她再倒一杯来。茶杯放到托盘里就可以，可是他直直地递到了隋明亮手里。隋明亮脸上微笑着，手腕一转，将托盘放低些，接了杯子。老汤笑嘻嘻地看着她，老方不知说了句什么，几个人都笑起来。

这笑声不大，可是像带着刺，隋明亮脸红了，韩棠只觉得鼓膜疼了一下。稍一停，韩棠笑着说："小隋，你等一下过来帮我个忙。"她说完转身往外走，也没理睬楚天阔看过来的那一眼。

隋明亮答应一声，将茶盘拿在手里，马上就跟韩棠走了出来。

韩棠去洗了手，从柜子里把准备炖汤的材料取了出来。隋明亮问过她准备做什么，过来帮忙。韩棠摆摆手，说："我做惯了的，不麻烦——你今儿跟着跑了一天吗？"隋明亮舒了口气，点头。韩棠看得出来她很累了，鼻翼处粉底卡在了褶皱里。这一脱妆，再好看的面孔也像是蒙了一层灰。

"嗯，原先说好这个周末休息，我要带女儿去滑冰的，结果只能把她丢给我妈。"她轻声说。

"可惜。跟孩子好好解释。"

"已经道过歉啦，不过她还不愿意原谅我。我也不那么理直气壮，要是周末跑工地还好说，虽然陪打球打牌也是为了工作。"隋明亮微笑。

韩棠看看她，将洗干净的食材滤过水，放进锅子里。

"您也忙了一天吧？"隋明亮觉察自己不该说那么多话。那两句话，怎么听怎么是抱怨了。

"是啊。"韩棠点头。

"好累。"隋明亮靠在操作台边说。不知是说自己，还是说韩棠。

是啊，好累。韩棠在心里又把这句话重复了一遍。

这一天，愉快和烦恼交替出现，一颗心像是被切成几片，反复煎熬。不止今天，在过去的无数的日子，许多年里，一直是这样的。煎熬到神经开始粗壮，感觉开始麻木，人也如同朽木。

韩棠看看表，说："你过去坐吧。""我陪您待会儿。"隋明亮轻声说。

韩棠微笑:"陪着我可没意思。""不会。每次跟您说会儿话,我都有种心被按摩过的感觉。"隋明亮声音很轻。

韩棠将灶上的火关小些,说:"你们工作上的事我不懂,不过,可千万别一味迁就工作,忽略孩子。"

"没那么容易。"

"的确。孩子是以你为榜样的,小的时候可能不懂,长大会明白。"

隋明亮轻声说:"我不是好榜样。听方总说,当年您要是不调动,发展得肯定特别好,现在区里要退休的女区长,是您当年的下属?"

韩棠愣了一下,没想到她会提到这事,笑道:"啊,她的机会更好。如果是我,不一定升得上去。"

这时那边楚天阔叫小隋,问茶倒到哪里去了,又说快点儿过来替我一下。韩棠瞥了眼灶上的火,看了看锅子,让隋明亮留下看火,说:"用不了半小时就行,我去看看。"

"这……"

韩棠一摆手,把茶壶注满水,端着茶盘便走了过去。

她把杯子放在老汤手边,倒茶的工夫,几个人才看清过来的是她,一时都笑了,忙说不敢当。虽是这么说着,谁也没起身。不等他们问,她示意楚天阔让位子,说:"我让小隋替我一会儿,我来替我们老楚一会儿——你要干吗就去吧。"

楚天阔笑着站起来,韩棠坐了下去。她往前挪了挪,扫一眼眼前的牌,又看看桌上已经打出去的,问:"该谁了?"

"我,六筒。"老汤说。

韩棠稳稳地坐在位子上,没有几个回合,也就摸清了谁要什么牌、可能和哪一张。到老汤又打出一张六筒时,她一把推倒面前的牌:"和了!"老方伸头过来看了一眼,笑嘻嘻地抬眼看看楚天阔,说:"换风向了!"楚天阔笑了笑,说:"这是我们家钱匣子,坐在哪儿,可不是哪儿就是风水宝地吗?"他说着,轻轻碰了一下韩棠的肩膀。

韩棠忙着洗牌算筹码,肩膀圆熟地从他手下滑了过去,接过老汤和他上手的范主任递过来的筹码,笑着往旁边一放,麻利地码好牌,看了一下

078

表，笑着说："再打两圈就可以吃夜宵了，来来来！"

屋子里这会儿很安静，她抓起骰子在手里晃着，"丁零当啷"那细碎的声响竟非常清晰。她收住手，往桌子上一扔，看着骰子滴溜溜乱转，心里有点儿难得的兴奋。

大概是这兴奋带来幸运，两圈下来，她大杀四方，连和两把，有一把是清一色，另一把是"杠上开花"，筹码在手边堆成一堆，对家的老汤还从身前的抽屉里，现摸了两沓钞票过来，脸色已经有些勉强。

楚天阔见状笑着说"牌还没打完，等一下再算"，拉拉韩棠就要换手。韩棠笑着说休息一下吧，吃点夜宵再继续，这才起了身。

楚沛替她挪开椅子，微笑着小声说："二婶您这手气绝了。"

韩棠笑笑走开了。

隋明亮趴在椅背上，听见脚步声站起来。韩棠让她坐下，看她的样子是睡了一觉，忍住没叹气，掀开锅盖看看，厨房里香气四溢，韩棠让隋明亮坐下先吃，喊了楚沛来，让他把汤端过去。

隋明亮有点儿惊讶，等楚沛端走了汤，才小声问："您就这么支使楚书记干活儿啊？"

"在我这里，他是小辈，不是什么书记。"韩棠淡淡地说。

不一会儿，楚沛又回来了，坐下来喝了碗汤，看看时间说要走。韩棠知道他很忙，点点头送他出去。走到门口，楚沛让她留步。韩棠看他站在楼梯上欲言又止的样子，轻轻合上门，问："怎么了？"

"您提醒一下二叔，注意一下身体，最近就别老在家打牌了。我说他不听的。"楚沛说着话，往屋里方向示意一下，摇摇头。

韩棠立即意会，点头。

"您也早点儿休息，该撵人就撵人。"楚沛微笑道。

"好。路上慢点，司机来了吗？"

"早来了。"楚沛笑得有点儿无奈。

韩棠点头，目送他下了楼梯，回身就见老方他们也都拎着外衣慢悠悠一边说着话一边往外走，客厅里一时有点儿拥挤。她客气了一番，没有强留，看着隋明亮拎着几个袋子跟他们一起说笑着往外走，经过她身边时站定,跟她说晚安。她看了眼那袋子,点点头,没作声。她也没有送他们出门,楚天阔倒是难得勤快,一路将客人送到了楼下。

韩棠将家里大门敞开,把窗子全都开到最大。四面八方的风流通起来,吹得窗纱、门帘、墙上的字画和桌上的纸张、钞票,四处乱舞,哗啦啦作响。她站在南窗前,看着楼下。老汤拉着隋明亮的手不知在说什么,那脸简直要蹭到人家鬓角去了。楚天阔微笑地站在一旁,这时回头看了眼自家的窗子,才拍拍老汤,给他开了车门。

待到屋子里的烟气散尽了,韩棠把窗子关好,将窗帘合拢。在烟气中浸淫了许久,窗帘上残留有浓重的味道。韩棠想,不如明天拿下来洗干净。可是单单动了念头,窗帘的重量似乎就已经压了下来。手腕的酸痛提醒她,能忍还是再忍忍。她走开,经过麻将桌,看着桌上凌乱的牌,也不想碰。反正明天不用出门,慢慢拾掇也来得及。不过丢在桌上的那些碗是应该拿开的。她走过去,将散在那里的碗收起来。

说是等着吃这口,端到他们面前也不过尔尔。她看了下座位对应的瓷碗,楚沛的碗最干净,其次是老方。楚天阔那一碗,大概碰都没有碰。

楚天阔的手机放在桌上,突然亮了起来。

她的手停了一下,没有去看,反而加快动作,把碗收起来,走了出去。楚天阔恰好进了门,家里有风吹进来,在夜里显出些凄清。楚天阔看看韩棠,韩棠也看看他,凉风里增添了一些酒气。

楚天阔回手要关门,门借着风,"咣当"一声巨响,合拢了,倒吓了他一跳。

"该买空气净化器了。"韩棠说着,往厨房走去。

一早就该买的,这几年尤其冬季,空气质量堪忧,家里也时常烟雾缭绕,久了谁也受不了。楚泽那边装了新风系统,菲菲说嘟嘟年纪小,呼吸道格外娇弱,坚持又在每个房间都放了市面上能买到的最好的净化器。

她觉得那也挺好的,可是没有想过这边也该置办。

"你今天赢的钱够买一客厅净化器了吧?"楚天阔换好鞋,回了一句,转身去找手机。

韩棠没出声,把碗放进了水池里。

这是什么话，赢钱？钱又没有真的装到她自己口袋里。

一碗汤直接倒掉了，连着那些珍贵的食材。看着很心疼，可倒掉了，竟也有点儿痛快，她干脆将锅里剩下的那些也一气都倒进了水池。

楚天阔往自己房间走去，进门前说："我想泡个澡，给我放水啊。"

韩棠没应声，仔细地洗干净碗和锅，放到架子上控水。听见手机铃声，她看是艾黎发过来了消息，她进浴室才打开。她看了眼水温，拧开水喉，拿了电动牙刷，坐在马桶盖上翻看艾黎的消息。

马桶盖有点儿凉，但坐下来，她全身的骨节都在叫嚣着"就这样吧不要动了"，于是她就没有动。

"我跟池清许早就翻篇儿了。现在一起喝杯酒也不代表什么，不会越界的，我有数。"

水流声汩汩的，电动牙刷也嗡嗡响，屁股下的马桶盖还是那么凉，韩棠盯着这两句话，心里有点儿不是滋味。她给人撮合姻缘，最看重的就是"匹配"，可不光是看表面是否门当户对，更重要的是掂量双方精神上能否匹配，保证形成有效交流。这很俗气，她知道，但有效。把这些俗气的条款都考虑到，就艾黎来说，池清许就是"良配"。青梅竹马，年貌相当，智识上也能抗衡。两个孩子当初那么好，都以为他们会发展下去，顺理成章结婚生子。只可惜，艾黎成绩好、事业心重，进了外企，执意留在北京发展，池清许却恋家，从医学院毕了业就选择回家乡。两个人分分合合又拖了一年，到底是散了。事后两人对当年的决定究竟有没有后悔，倒也看不出什么，只是分手也有些年月了，这边艾黎始终没有再建立稳定持续的亲密关系，起码没有把人带回家来见过家长，那边池清许刚好相反。论人才论工作池清许在本地都是上佳的人选，家庭条件虽然一般，可也还过得去，就顺顺利利恋爱结婚了。想当初，两人的妈妈因为他们散了，还凑在一起垂了把泪，现在看来，不说可笑，毕竟真情实感遗憾过，可到底也烟消云散，再见都未必有心聊天了。

韩棠看看时间，想问艾黎回家没有，再看看这两句话，没忍心再问。艾黎有分寸，她知道。可是感情的事，一时冲动会冲垮理智，也毋庸置疑。

她吐掉口里的泡沫，发了条语音："翻篇儿了就好。有妻有子还想其他的男人绝对不能沾惹。小池最好不是这种人。如果是,起码你不能沾惹。三脚猫不好找,两条腿的人到处是。要沾有妇之夫,我情愿你独身。"

这段话她从前没跟艾黎说过,现在说也不晚。只是她说的声音有点儿大,不但盖过了水流声,甚至还有了回音。外面有脚步声,她也没有压低声量。

浴室门被推开,楚天阔走了进来。

"水好了没?"他问。韩棠不出声,开始洗脸。

听到楚天阔说:"你最近对我意见挺大啊。"语气里有点儿醉意,也有点儿……阴阳怪气。

韩棠慢慢揉着面颊,没理他这茬儿。楚天阔也没说话。

不一会儿,"扑通"一声,有水滴溅到了韩棠的腿脚上。她低头,余光瞥见楚天阔赤条条地坐在浴缸里,水泼了一地。她继续低头洗脸,将泡沫冲洗干净,才抬起头来。

楚天阔舒服地躺在浴缸里,闭着眼说:"你是要起义啊?"

韩棠把毛巾洗好晾起来:"这话从何说起啊?"

"你那牌怎么打的?"楚天阔睁开眼看着韩棠,又指指自己的后背。

韩棠没有动,等了会儿,她拎了条浴巾铺在马桶盖上,坐下来拿水瓢舀水浇到楚天阔背上。

楚天阔很不痛快,她当然知道是为了什么——牌局自然不只是为了玩乐。他们一行人从早陪到晚,这一局就像乐章进入了高潮,得看见满天烟花的。先不说之前花了多少时间精力去打点,单今日就花费了不少心思。但想到老汤的样子,她的眉皱了一下。

"该拿的不是都拿了吗?"韩棠冷笑了一下。

楚天阔转回头来看看她,没有说什么。

"小泽这会儿回家没有?"他换了个话题。

"不知道。"

"你都知道什么啊?"

"怎么?"韩棠看看楚天阔。

"平时恨不得把儿子拴裤腰带上,千小心万仔细的,怎么他的事儿你还老一问三不知。"

这话已经很难听，但楚天阔可不是关心儿子日常生活的那种父亲。

她抽了条搓澡巾，慢慢给楚天阔搓着背。楚天阔勤快的时候一天能洗三回澡，背上很干净。他就是享受这个搓澡的过程。

"菲菲她妈为换房子的事儿，想跟他们借钱是吧？你怎么回复的？怎么没跟我提？"

"还没来得及说，也不过就是昨儿晚上才知道。我说让她跟小泽商量。这个数目不会太大，他们俩又不是拿不出来。怎么，这话不对啊？"韩棠问。

"倒也没错。"

"那怎样？"韩棠又问。

"楚泽说不借。不但他和菲菲的钱不借，也不准她跟咱们开口。他就这么一口回绝了，一点儿余地都没给留，菲菲觉得他没人情味儿，就跟他吵起来了。"

"你怎么知道的？"韩棠心里已经有数了，可还想从楚天阔嘴里听到答案。

"梁瑶下午给我打了个电话。听着那意思也是有气的，说让咱们放心，这钱她自己会想办法。宁不换房子也不影响小夫妻俩的感情。"

"你怎么说的？"

"我那会儿正好在球场。我说她要自己能解决那最好了。"楚天阔笑出来。

韩棠看着他的笑容。虽是笑着，可没几分温度。她想着刚才在楼下，他也是笑着，跟现在的样子有点儿像。这说明，让他露出笑容的对象，起码在心理上，是他俯视的对象。他瞧不起他们。

她不作声。

果然，楚天阔接着道："先不说小泽，等嘟嘟上了幼儿园，还是让梁瑶和他们分开住吧——当时那么多条件好的家庭，那么多好姑娘，他偏偏挑了菲菲。"

韩棠仍默不作声。

楚天阔是看不上那两位亲家的。

这门婚事，楚天阔自然不满意。楚泽自己交的女朋友，没有能入他的眼的。楚泽在婚姻这件事上完全站到了他父亲的对立面。越是楚天阔觉得条件特别好的家庭和女孩子，他越反感。当年各路人马都给楚泽介绍对象，从大学老师到医生，工作好家世好样貌也好的女孩子真不少，楚泽偏偏选中了葛菲菲，一个无论从哪一方面来说，都比较平庸的姑娘。楚天阔起初明示暗示了几次，后来干脆施压让他们分手，但儿子表现出了难得的执拗，到最后，他也只好以一句"媳妇从低处娶，也不错"做了总结，但说到底是不甘心的。

楚泽的婚事，韩棠没有多干涉。她看见过婚前他们交往时候的样子，楚泽是放松的也是愉快的。菲菲也是个一眼看得到底的姑娘，有小算盘但心机不深。楚泽跟她在一起，没有必要过于担心。至于说除了楚泽这个人，菲菲是不是也看上了他们殷实的家庭，这可以不必计较，假如看上了，也无可厚非。

只是婚后长久相处下来，那些消耗人热情的零零碎碎、是是非非，就另当别论了。

"楚泽啊，楚泽，让我说什么好。还有几年就四十岁了，我四十岁的时候在干什么呢，他呢？还这么不成熟，别说工作上拿不起来，家里这点儿小事都搞不定，让老婆和丈母娘蹦起来告状——总共就几个女人，能有多复杂的心思？摆不平！说起来简直是笑话。远的不比，看看楚沛。楚沛的老婆敢随便哼一声吗？男人，老婆都驯不好，他还能干成什么事儿？"

韩棠盯着楚天阔背上的水珠，听着他数落儿子。前头的话没有什么大错，可是越到后面越刺耳……

但说到楚沛，她先问："怎么你们打牌还把楚沛叫来了？他又不打牌，不抽烟不喝酒的。"

"老汤应该有事求楚沛，老搭不上线。楚沛现在那是什么人都随便能搭话的？"楚天阔"哼"了一声，话里多少还是有点儿得意的。

韩棠想起楚沛那欲言又止的样子，一时没出声。

楚沛极谨慎。他升迁快，此时已身兼数职，尤其这一年多换了新岗位，担任掌握许多人升迁的要职了。才四十岁出头的年纪，前途无量。这么看来，那个老汤跟老楚他们走得近了，还有这一层意思在里面。这不意外，今天看到楚沛，她也该想得到。

韩棠出了会儿神，楚天阔还在数落楚泽。话里话外的意思，全是她把楚泽给惯到这个地步的——小时候就不大聪明，越大越笨。一路升学都磕磕绊绊，不是花钱就是托关系，好容易安排好了工作结了婚，日子越过越回去了，太不像样。

韩棠听得心烦。浴缸里的水晃来晃去，哗哗作响，也让人心烦。她把搓澡巾丢进浴缸里，水花溅了楚天阔一脸。

楚天阔抹了把脸，正要发火，忽然看到韩棠的脸色，怔了一下。

韩棠慢条斯理地开了口，但语气不像她平常那种即便生气也温和的，而是像冬夜的寒风般冷冷的。

"你有必要把话说这么难听吗？儿子也不是我一个人的，从小到大，你是给他换过尿布还是喂过饭？辅导过功课还是送他上过学？你有那么一次，认认真真地了解过他在想什么吗？你给他画好了路，他照着走，一步没赶上你手里的棒子就挥过去了。他摔了，是我扶起来，还是照着你画的路走。现在你来怪我把他惯坏了？怎么不说是你压制出毛病了？"韩棠的嘴巴像安了机关枪，"突突突"火力全开。她只觉得胸口那团让她憋闷的恶气像子弹出膛般冲了出去，一时心里痛快了好多。

楚天阔没敢打断她的话。他坐在浴缸里一动不动，裸露的背上起了层鸡皮疙瘩。

此时的他看起来也没那么威严了。

韩棠没有停下，继续道："老婆也不是狗，驯？把人当成狗，小心被真狗咬。楚泽的事先不说，你这么看重楚沛，还什么乱七八糟的人都牵线搭桥，当心害了他。楚沛的工作这两年很关键，咬住牙，上去就上去了。你不要因为自己的事，影响他的仕途。"

最后这句话也许是真正说到了要害，也戳中了楚天阔的心事。他脸色缓了缓，身子往后一躺，靠在了浴缸上，头枕着毛巾，放松了一下。

"楚泽虽然不聪明，但至少不闯祸。你别拿他跟楚沛比较。还有你，到了这个岁数,这个份儿上,有的钱可赚可不赚,就没有必要一定拿下,更没必要用那种上不了台面的办法——小隋工作能力强,那就让她在你手下好好工作。"

"啧,这需要你打抱不平?她也未必不愿意多个靠山。"

"老楚,"韩棠看着楚天阔,"以后这些事儿,你们另外找地方办。老方家不是没有棋牌室,单大姐打牌可比我精到,你们让她输八千她不会输一万。他们家还有厨师,想吃什么随时可以做。再说,你们也不是没有会所包间,想干什么都可以。退一步说,至少别在我眼皮子底下把女职员往火坑里推。老汤那个人,我武断地说,好色没品,眼里只有钱,更关键的是修养还不够,心浮气躁,一有风吹草动,就七情上脸,迟早会栽大跟头,而且绝对担不住事儿。你小心。"

楚天阔闭着眼,不置可否。

韩棠看人极少走眼,对很多事情的判断他是依赖她的,尽管他并不愿意承认这一点。他忽然有点儿恼火,一晚上韩棠没有一句让他的。

身体里残留的酒意在慢慢燃烧。"能栽什么跟头啊。好不容易拿住了他,当然要多办点儿事回本。至于隋明亮,挺好用的,就该物尽其用。"他说。

物……

语调那么自然,语言满不在乎,甚至有些残忍。韩棠看着他靠在那里闭目养神。

她是温和惯了的人,很多时候都保持着冷静,冷静的结果就是退让。所以人人都觉得她软弱可欺,在她面前,经常会有人大放厥词,可是最近,她觉得身体里隐藏的不安分的力量总在涌动,就像此刻,她特别想拿起浴巾来捂在楚天阔脸上,把他暴打一顿。

她是这么想的,手不自觉就伸了出去。她抓住他额前那撮软趴趴的、不再能滑倒苍蝇的湿头发,一把将他摁进了水里。楚天阔没有防备,身子突然入水,失去了平衡。可他反应还是很快的,虽然光溜溜的身子在浴缸里直打滑,但手迅速抓住了浴缸边缘稳住了。他喝了两口洗澡水,抬起头来看着妻子的脸,突然不寒而栗——妻子那圆圆的、丰润的、白净的脸上仍带着温柔敦厚的笑容,不知为何又看上去有点儿阴沉。

"你……你这是想干什么!"他猛地抓住她的手腕,将她推离浴缸。

因为生气,他这一推力气很大。韩棠身子又重,跌倒前狠狠地撞到了洗脸池上。她倒地失去意识之前心想:不好,脑浆子要泼出去了。

不过这样也好,那些乌七八糟的人和事,可以一起被泼出去。

Chapter 3
让我们荡起双桨

水声"哗啦——哗啦——"节奏非常慢，间隔一两秒钟，还伴着极细微的声响，那是船桨在摇动吧。船桨拍打水面，扬起的水滴落在脸上，又轻又柔，凉丝丝的。紧接着剧烈的疼痛袭来，面庞像被小锤子敲打着。

韩棠被敲醒了。她慢慢睁开眼。

外面的光投进屋子里，光影斑驳。她盯着对面墙上被淡淡的光照亮的那幅画，却看不清楚——因为右边眼睛肿胀得难以完全睁开。她活动了一下僵硬的手脚，脸上和头部的剧烈疼痛让她的意识越发清醒。但她想不起来自己是怎么躺到床上来的。

屋子里真安静。

门不再响得像有人要破门而入，可是心脏仍然会在她看向门锁的一瞬间急剧收缩。她慢慢坐起来，手在床沿上摸来摸去，摸到了手机。她紧握着手机坐在那里，除了疼痛，没有更多的感觉。疼痛好像也没有刚开始时那么清晰了。"咔吧"一声响，她直起后背。起风了，一片落叶被吹到窗玻璃上。她额头上沁出一层冷汗，手指触了一下手机屏。

03:17。她盯着这几个数字。

心脏跳动和头部疼痛的频率逐渐趋向一致。韩棠没有等到数字发生变化，起身下了床。身子还是有点儿不灵活。她尽量把动作放轻。即便如此，她也知道，自己仍然像头笨熊。笨熊急了也得爬树。她走到门边，弯身看了眼门锁。千真万确，这扇门被门锁牢牢地锁住了。她转过身来到衣柜前，轻轻推开柜门，再推开暗格，一个小保险柜露了出来。她只看了眼保险柜并没有动它，随手取下一件风衣，又从柜子深处拉出一个双肩包背在了身上。包很轻便，也很结实耐用，还是那年她跟团去欧洲旅行之前跟艾黎要的。艾黎背进背出都是这么一个包,她看了很喜欢。艾黎说给她买一个新的,这个该淘汰了,她说不用。这包上有艾黎公司的标志,背出去人家问起来,她会很骄傲地说侄女在这家公司工作,脸上也像多添了几分光彩。

韩棠把手机塞进包里,凝神听了听外面的动静。

仍然很安静。

她从衣柜下面的那个格子里拖出一双干净的运动鞋套在脚上。停一会儿,她才慢慢拉开门,走廊和客厅比她的卧室还要暗,黑洞洞的像个巢穴。她瞥了眼北面的卧室——地板上有一线光,十分刺眼。她侧身走了出来,关好卧室的门,没有发出一丝声响。站在黑暗中,她听到了鼾声——楚天阔睡沉了。他又没关灯。

她倒退着往门口移动了几步,拿起自己的拎包和车匙。大门没有反锁,以往她睡前会习惯性地将门锁上两道。昨晚警察上来问话后,是楚天阔关的门。

韩棠深吸了口气,把门拉开,又回头看了眼黑洞洞的巢穴般的家,迈步走了出去。门外也黑洞洞的,但摸索着应该可以下楼。她回手轻轻关好门,感应灯还是亮了。她的心一顿,趁着亮光,赶忙下楼梯。转弯时,她往楼上看了看,并没有人出来,可此时她心里竟觉得有些暖意。

楼上的老邻居上半年搬走了,就把房子租了出去。新租客是两个年轻的姑娘,住在这里四个月了,除了刚搬来时特意上门打招呼说她们是附近医院的住院医师,经常会晚下班,要是弄出响动打扰到他们休息请多包涵,平时基本没什么来往,甚至因为她们早出晚归都极少碰面。可昨晚就是她们,两个勇敢的姑娘报了警。

这么多年了,他们家里吵闹声从未断过,老邻居们要么是因为事不关己,要么是不想跟楚天阔这样的人交恶,始终保持沉默,像从来都没有听到过任何异常的动静一样。她不是责怪谁,毕竟很久以来,连她自己也认为这是家门内的事。可能年轻的一代,看法真的不一样了吧。

灯熄了,楼道里寂寂无声,韩棠在黑暗中继续走。每一步都因为膝盖疼痛而格外沉重,每落下一脚都震得头上的伤痛感更锐利。她咬紧牙关一步步往下走。

听见那声"韩棠"时,她的手已经摸到了单元门上的锁。她以为是幻觉,但灯又亮了起来。她拉开铁门迈了出去,风扑面而来,几乎把她吹回去。还好她身子够重,脚步够稳。她瞥了眼自己的车子,赶忙按了一下车匙,车子一叫,行迹已经无法隐藏。她顾不得腿脚疼,跑过去拉开车门,就听见楼上传来一声大吼"韩棠"。她头都没有抬,也知道半栋楼的感应灯都亮了,前方的街灯也慢慢亮了起来,照亮了楼前的小路。

"你要干吗去?!"

韩棠发动车子,在楚天阔的吼声里踩油门加速,很快向小区门口驶去。等待车杆升起时,她的心跳也在加速。车子开出小区大门,在凌晨空旷寂静的街道上疾驰,心跳却并没有缓下来。她的车子越开越快,越开越快。闯了一个红灯,没关系。她心想,开车几十年,收到的罚单一只手都数得过来,这没关系的。车子像是在漂移,人也像是在漂移,突然,她听见了警笛声。一辆警车迅速跟了上来。

手机"嗡嗡"作响,艾黎抬手摸了一下额头。皮肤仍有点儿黏腻,她揉了揉眉心。

"嗡嗡"声停了会儿,又继续响起来。她判断着声音来源,直觉是她的手机,可是不知道丢在哪里了,包括她的衣服。她的手机应该是在她的外衣口袋里的。

应该……应该的事多了去了。如果说应该,她这会儿应该在她家里那张宽度只有一米二的小床上,而不是这个不晓得到底有多宽,但总之横过来、竖过去都触不到边缘的大床上。

那嗡嗡声在外面,应该不远。

她正要起来,身边的人伸手按住了她肩膀,翻身起了床。

她闭了一下眼。那手已经挪开,但掌心留下的灼热像个封印,让她一时动弹不得。

她听见窸窸窣窣的声响,紧接着是脚步声。他应该没有穿鞋子,因此那脚步声虽然沉但显得很文静。嗯,是个看上去很文静的人哪。

"要开灯吗?"她记得他问过。后来,没有开灯,这屋子里的灯除了进门时被他们的脚步声踏亮过那么一两盏，持续了那么几十秒，就没有再亮起过。

她摸到了按钮，轻轻按了按，按不动。那"嗡嗡"声消失了，文静的脚步声来到近前。

她保持着原来的姿势没有动，一只手伸过来，将按钮轻轻旋转了一下，床头灯渐渐亮了起来，亮到一个并不刺眼的程度，停了下来。

她看到两条肌肉结实的腿。手机被放在她身侧后，那腿移开了。

薄被堆到肩头，她拿起手机解了锁。

好几个未接来电，最上面的两个是棠姑妈打来的，下面有池清许的，还有母亲的。这一觉睡得昏天暗地的，她完全没有注意到。

她看着棠姑妈的号码，瞥了眼床头柜上的电子钟，4:31。她马上打了回去。她从没有在这个时间接听过姑姑的电话。这让她没来由有种不祥的预感。她将T恤抓过来，套在了头上。

听筒贴在耳边，一杯水递到了面前。她怔了一下，接过来，余光瞥见他将她的衣服收起来，放在了床边那张躺椅上。

"……喂？姑姑……"电话接通了，艾黎忙叫姑姑。

听筒里姑姑的声音带着回响，好像每说一句话都撞到了什么地方，要反弹回来。

"姑姑，您怎么了？……哪儿？为什么……出什么事儿了？我马上来……好的，我知道了，不告诉他们。我一个人来。"

挂断电话，艾黎冷静了一下，重新查看了一遍通话记录。等她抬起头来，发现屋子里只有她自己了。她迅速穿好了衣服，将枕头和被子稍稍整理了一下，避免再注意到这间卧室里其他的细节，转身走到门边，拉开了门。她靠着直觉往前走，走了一会儿才觉得不对，站在餐厅门口，忽然有点儿无所适从。

当然不应该不辞而别，可是这会儿他去了哪儿。她站在原地，身子左右转了转，听到水声，转向浴室。有灯光从门上窄窄的玻璃投射出来。门里有人影晃动。

片刻之后，门开了，杜松子走了出来。他看她站在那里，是想要马上离开的意思，于是指了一下前方说："大门在那边。"

他的声音很轻柔，一点儿没有初醒时的沙哑，也没有睡眠不足带来的疲惫感。因为距离够远，他那过人的身高看上去也没给人压迫感。

艾黎轻轻抿了一下嘴唇，点点头，转身朝那边走去，找到自己的鞋子，急忙穿上。

他也跟过来穿上了鞋子："我送你。"

"不用。很近的，我出去叫车就行。"艾黎说。

杜松子没有出声，等她出了门，跟着出来。

木楼梯吱吱扭扭响，艾黎着急，一步步踏得急切。她推开楼门走出去，穿过院子时干脆跑了起来。出了大门，她边走边留意路上的车子，开始叫车。杜松子不知道何时不见了人影，她也不在意。这会儿最重要的是她要及时赶到医院去。

"韩艾黎！"一辆车子开了过来，靠近她这边的车窗降下来。杜松子歪了一下头示意她上车。

艾黎左右一看，攥了一下手机。她跑过去，拉开车门坐进去，告知目的地。她只说了谢谢，他没有问什么。到达医院之前，他们也没有再说话。

艾黎的心思都在姑姑为什么凌晨会在医院里给她打电话上，无暇顾及其他。一看见医院大门了，她马上说："就在这儿把我放下吧，进去要登记，很麻烦的。"

杜松子把车停在了路边最靠近大门的位置。艾黎急着下车，听见他说："我把车往前开一点儿，就停在那里。我会等你一会儿。如果需要帮忙，你打给我。"

"我可以处理的。"艾黎推开车门，果断地说。

"以防万一。"杜松子说着，从储物盒里抽了一张卡片出来给她，顺手又抽了一把口罩给她。她接了，听他接着说："我的号码在上面。你不用管我的。"

"谢谢你。"艾黎转身很快跑到大门口。因为跑得急，呼吸急促，口罩一上脸，简直像有一只手捂在了口鼻处，有种窒息感。

凌晨时分，门口值班的保安仍尽职尽责地把她拦下。她耐着性子做了登记,通过铁闸,往急诊部跑去。

医院前门狭小,离急诊部不过百来米,她跑到半路,就看到了姑姑的车子停在楼前,旁边还有一辆闪着灯的警车。蓝汪汪的警灯旋转着,让人心里更有点儿发慌。

她跑到姑姑车边,往里看了看,车里很整洁,除了副驾上有个背包,跟她昨晚离开前没有什么两样,车子也毫发无损。这辆车姑姑开了很多年了,她开车仔细,从没出过事故。姑姑的车就像她这个人,踏实、认真,而且历久弥坚。

"艾黎!"

艾黎转头,看到急诊部大门前,站着几个人。可是姑姑不在站着的人里,她坐在台阶上。艾黎举了一下手,赶快跑了过来。

离姑姑还有十几步远,她的脚步停滞了片刻。她看到了姑姑脸上的伤——右眼到额角至发际线,一片乌青,肿得老高。突然之间,她还没来得及感觉到痛苦,焦急和愤怒就已经把她抓住往前推了一步。

韩艾黎嘴里爆出来一长串稀奇古怪的词语,在凌晨寂静的庭院里,显得突兀而激烈,像点燃一串炮仗扔进铁桶里,威力加倍。

韩棠睁着自己完好的那只眼睛,说:"艾黎,你冷静点儿。"

艾黎看着姑姑。她只能跟姑姑的一只眼对视。

"这怎么回事?被抢劫了?还是被打?怎么在外面?进去检查啊。"

"大夫看过了,没有大问题。眼睛、骨头和脑子都没事,小伤。"韩棠慢慢地说。

艾黎看着镇定的姑姑。这个样子,哪里是一句"没事,小伤"就带得过去的?

韩棠摇了摇头。

艾黎额头上的汗珠子开始往下落。她转脸看着一旁站立的医生和警察。医生把一个袋子递过来,慢条斯理地解释说韩棠确实只是外伤,目前看没有大的问题。她道了谢,又听到医生建议说如果不放心,可以在这里再观察一下。如果想做更详细的检查得等等。艾黎点头答应,又道了谢。医生跟她们点点头,和警察交代一句,转身进去了。

艾黎见两位警察站在那里只管看着她们姑侄俩,必然是有话要说的,停了一下,才开口:"请问……"

年长的那位警察看看韩棠,跟艾黎说:"家属来了就好了,没什么大事儿。你过来签个字,我们留个档,你们就可以走了。这位大姐,以后开车慢一点儿,不为自己想,也为别人想想。谁是该倒霉的?自己守交规,被不守规矩的撞?这回没事是侥幸。"

韩棠没出声。

艾黎跟着年长的警察走到警车旁,正想着什么材料还得她签字,听他说:"没什么要你签字的。笔录和签字本人都做了。我是想跟你说,让她再仔细做个检查。她这个伤,是意外还是怎么了,你们家属心里要有数。要是被家里谁打的,要弄清楚是简单吵架偶尔被打了一次,还是在经受长期的家暴。还有,很关键的,要劝她安全驾驶。她刚刚开车那速度跟不要命似的。我们截停以后,她还特别不配合,情绪很抵触。"

艾黎听着,转头看了看姑姑。姑姑坐在那里,稳稳当当的。

她很难想象警察嘴里描述的那些行为可能会出现在姑姑身上。可是,正如她也从没有看过姑姑半张脸肿得都没了褶子,还有什么不可能的呢?她礼貌地跟警察道谢,等他们上了车,才转身看着姑姑。

韩棠扶着膝盖,想站起来,却一时起不来。她招手示意艾黎:"扶我一把。"艾黎上前揽着姑姑的胳膊,把她沉重的身子拉起来。这么近的距离,她不但能闻到姑姑身上的药水味,还把她脸上的伤看得更清楚了。她心猛地一抖,抱紧姑姑。她有很多问题想马上就问个清楚,可是看到姑姑脸上那疲惫的神色,只说:"我带您回家,吃点儿东西,再回来挂号检查。"

"不回家。"韩棠干脆地说。

"OK,不回你家,回我家。"艾黎说。

"不,别让你爸妈看到我这样。"

"这样怎么了?你受伤他们不该知道吗?"艾黎打开车门,扶韩棠上了车。她坐进车里,发动车子:"楚天阔打的吧?"

韩棠没出声。艾黎也没有急着继续问下去。

艾黎是个好孩子,应该是不想这个时候再刺激她。可艾黎不是有了疑问轻易就能放弃的孩子,这点韩棠很清楚。

车子缓缓开出医院大门,转弯前,艾黎左右看了看,像是在找什么,接着便开车直行了。韩棠松了半口气,心想艾黎还是听话,没有硬带她回家。要去哥嫂那里不是不可以,可至少应该先消消肿,不然太吓人了。刚才她在医院卫生间里照了下镜子,心窝发凉。不过,接下来要去哪里呢?

车子沿着海边跑,艾黎降下了车窗。

清早的海风吹进来,凉意袭人,海的味道很好闻。韩棠深吸了口气。

艾黎瞅了眼仪表盘上显示的时间。从接到电话到现在,不过一个钟头而已。这一个钟头可真漫长。

"你答应风眠带她去球场,别忘了。"韩棠提醒道。

艾黎斜了姑姑一眼,说:"我现在还顾得上这个呀。"

"失信于小朋友最糟糕了。"韩棠说。

艾黎点头。姑姑语气温和,她说起这件事只是想把自己尽快打发走。当然不会那么容易让她如愿。

"虽然……但是……我可以跟她道歉,解释一下原因。"艾黎说。她知道如果不是眼睛受伤,姑姑的眼神能剜到她精神创伤。"我另找个合适的理由?"

"不用费劲儿找理由。你想去就去,不想去就回家睡觉。我不用你一直陪着。要有必要再去医院,我也可以自己去。"

"那不行。"

"怎么不行?我哪次去医院不是自己去的?"

"你多久没为了自己去医院了?"

"这不刚去过吗?"

"韩小棠,你真的很不像话。"艾黎气狠狠地攥紧方向盘。

"轻点儿。这是我的老姐妹,我很疼她的,你别虐待她。"韩棠慢吞吞地说。

艾黎气结:"那你刚刚还差点儿跟人家同归于尽,真是好姐妹!"

"好啦,刚才是我不对。我现在就需要个枕头,好好睡一觉,清静一阵儿。我的伤不致命。我有数的。"韩棠说。

艾黎认真听着，心里迟疑着。姑姑需要休息，这是千真万确的。但是不去做检查，她不放心；让姑姑一个人待着，她也不放心。她看看前方，车子转弯，很快开到了一个小区大门口。

韩棠已经出了好一会儿神，看到小区的名字，转头看向艾黎。艾黎把车窗降下来，正跟保安讲话。韩棠也降下车窗，往外探了探头。小区主路两边种着粗大的法国梧桐，遮天蔽日。她看到了小区里的高楼，此时天才蒙蒙亮，已经有住户亮起了灯。这是个新小区，建在这个稀有地段也算是高档了。

艾黎把车开进去，很快停在了小区中心位置一栋楼前的停车位上。韩棠看到停车位前的编码：一单元1202户。艾黎扶她下了车，没松手，带着她走进电梯。

这栋楼总共12层，看样子她们要去的是顶楼了。韩棠看看艾黎，艾黎挠挠她的手心，说："顶层带阁楼，还有四十平方米的一个平台——我妈的梦想是有座花园，我给她一个空中花园也不错吧。"

"什么时候买的？"

"去年春节决定的，然后就买了。"艾黎说。

韩棠想了想，明白是什么让艾黎做了这个决定。

韩柏一直反对女儿单身买房，理由是女儿结婚自然会选家里有房的对象，当然也可以两人一起买。家里不是也有两套房吗？其实那就是两套鸽子笼大小的两居室，用楚天阔的话说就是："三口人在家，腚都转不开。"住不是不可以，不过也不算富余。

艾黎不是肯听她父亲的话的，工作不久就在北京买了套小房子，可不知什么原因，对回乡置业怎么也提不起兴致来。不过去年春节，艾黎在家办公一个多月，平时韩柏夫妇住得还算宽裕的小鸽子笼里像突然塞进了一只"黄鼠狼"。那情形不是鸡飞狗跳就能简单形容的。

"买了就好。"韩棠说。

艾黎早前在北京买自己的小屋的时候，她小小支持了一下。为此韩柏还跟她吵过一架，意思是北京房价那么高，背那么重的债务，艾黎的工作一点儿闪失都不能有，她的人生会被死死绑住的。

韩柏那个人，一生爱自由，就是不肯屈服于物质，年轻时不少挣钱，这只手进那只手出，工资很高可拿回家来的很少，全靠牟艺琳支撑。到了现在这个岁数，观念也没变过，牟艺琳一辈子管不住他。可艾黎不一样，她是有自己主意的。

韩棠笑了笑，不管是负债的人生还是怎样，那都是艾黎自己的选择。

艾黎以为姑姑要说什么，但她只是微笑着看着自己。棠姑姑不用说话，用眼神就告诉了她，她是赞成的，也理解她。

"当时释迦帮我选了三处，我挑了个周末回来看了看，就选中了这儿。本来还是有点儿经济压力的，可是买了房之后不到两个月升职调薪了，所以，现在也还好。"艾黎轻声说。电梯停了下来，艾黎扶着韩棠往外走。

一梯两户，两边的门一模一样。艾黎看了眼对门说："开发商的精装修质量挺高，我基本上没动。姑姑进来看看。"

"你爸妈还不知道？"

"他们要是知道了，您还能不知道？我妈什么都跟您说。我妈应该还好，一直是赞成我买房的。以前大姑、小姑和您不是说，奶奶留下的另一套房你们不要了给我吗？我爸说不行，得留着给你们。回娘家总要有个回娘家的样子，有个落脚处。我妈就问我需不需要她支援我再买一套小的？"

"她的支援啊？能买间厕所不？"韩棠笑出来。

"估计能吧。"艾黎也笑了，"我打算等我妈生日的时候带他们过来。我想以后我住老房子，让他们俩住这儿。"

"你爸够呛乐意。"韩棠听着艾黎说着话，进了门，换过鞋子，边走边看。

"谁管他乐不乐意！他一辈子就知道自己怎么乐意怎么过，不乐意就自己住那儿好了。"艾黎哼了一声。

韩棠笑。

艾黎将灯都打开了，屋子里亮堂堂的。

韩棠站在阔大的客厅里，面对着270度的大落地窗，发现远望能看到海面，不由得点了点头。

艾黎去开了主卧的房门，又过来喊姑姑去休息："我等一下去买早饭。"

"我不吃。"韩棠在床尾的长凳上坐下来。屋子里收拾得很整洁,像本没拆塑封的书。她有点儿犹豫,是该直接躺下,还是先去洗个澡……她知道自己在这里是可以完全放松的,一点儿都不用着急。

艾黎看着姑姑,轻声说:"饭还是得吃。"

韩棠转过脸去看着艾黎,像是才刚发现似的,说:"你穿的还是昨天的衣服啊!你不是从家里出来的?那你昨晚没回家睡啊?"

艾黎抬起手来,捏住自己的嘴唇。

又来了。棠姑姑不想让她达到目的的时候就会用这样的招数。

韩棠板起脸:"在酒吧鬼混呀?喝多了吗?"

"喝多了还能随叫随到?"艾黎没好气。不过这也等于承认,昨晚是去鬼混了。她摸了一下鼻子:"没喝多。"

"那就好。别一喝酒从人变回猴子。酒后乱性没品。"韩棠说。

艾黎不语。

韩棠脸上露出了笑容:"我不去医院检查,反正周三要体检,何必花那冤枉钱——要是问题严重,人家急诊大夫不会让我走。我也不吃早饭,只想睡觉。你要是还有那个体力去踢球,就带上风眠去。我能行。"

艾黎只是看着她。

"我也想一个人待会儿。等我休息一下,有点儿事情要想想清楚。"

"比如?"艾黎推开衣帽间的门,扒拉着抽屉找睡衣。

"离婚。"韩棠吐出这两个字来,她的肩膀好像又松快了一点儿。好多年都没有说出口,甚至从没想过把这个词代表的意义跟自己联系起来。

艾黎转头看了看韩棠,估量着她此时的体重,拣出那套最大最肥的睡衣,然后退出来,轻轻将门关好。她将睡衣放在姑姑身边,轻声说:"我去找把剪子把标签剪掉。"

韩棠摆了一下手,说:"不用,我背包里有。你帮我把背包拿进来。"

艾黎把韩棠放在门厅里的背包拎起来,包不算重。她往回走时,找了把剪刀。姑姑还坐在长凳上发呆,那侧影看上去像是一团凝固的油彩,长年累月堆积在那里,别别扭扭又干裂,看起来有点儿丑怪。

她走进去把包放在长凳上,剪掉了睡衣上的标签,抱着睡衣站在姑姑身侧。姑姑打开背包拿出一个洗漱包和一个小布袋。这两样东西都是她"淘汰"给姑姑的。

艾黎看着姑姑抖抖小布袋，拿出一套柔软的睡衣和内衣来，心顿时也变得柔软。姑姑这些衣物的柔软除了材质上佳，还因为历时久远，只要不破就洗干净一直穿。破了也可以缝缝补补，继续穿。

姑姑把背包放在长凳下面，艾黎看见帮她拿起来放在了一旁的柜子上。从包里拿出一些东西后，包变轻了点。一个预备离婚、凌晨出逃的老太太，能随身携带的，竟然也不过是这一点点"家当"而已。那她能依仗的又是什么呢？

艾黎一时说不出来心里是什么滋味，只抖抖手里的这套新睡衣，说："我拿去洗洗晾好，替换着穿。"

韩棠抬起腿来，有点儿费劲地弯折着她的膝盖，盘腿坐在长凳上。她没有立即换衣服，只是看着艾黎。

艾黎过来把床头柜上的几个遥控器怎么使用给韩棠演示了一下，说："我回头送了风眠回去就过来，要什么东西给我打电话，不然我就看着买了。厨房里就有点儿方便面什么的，先凑合一下。"

韩棠点点头。

艾黎看看外面的天色，要走不走，踌躇不决。

韩棠说："去吧。"

"先睡一觉，有什么事等休息好了再说。"艾黎说。

"我刚说的是真的。"韩棠说。

艾黎点头。

韩棠也点头。比起在医院里看到她受伤时的反应，此时的艾黎平静又冷静。

艾黎关门前，说："好好睡一觉。"韩棠又点点头。

门关好了，艾黎的脚步声细不可闻。韩棠盘腿坐久了，腿脚有点儿麻。她伸开腿，慢慢站起来，走过去拉窗帘。她往外看了看，阳台是开放式的，纵深很可观，只是空荡荡的，什么都没有。她将窗帘掩好，回身来换衣服。膝盖和大腿上都有瘀青，穿穿脱脱难免碰到，疼起来钻心。

换好睡衣,她额上出了一层汗。出去洗了把脸回来,就看到放在长凳上的手机亮了起来。屋子里很暗,屏幕却亮得让人心惊,是楚天阔打来的。她就站在那里看着,等着他挂断。他不依不饶的,一个没打通,打了第二个,第三个……她伸手将电话挂断,把手机反扣在床头柜上。

她在床上躺了一会儿,毫无睡意,坐起来,走出卧室,转到餐厅里来。明明这房子里什么都有,可感觉很冷清。餐厅的桌子上摆着一大盘鲜艳的水果,她觉得诧异,走过去伸手摸了摸,原来是仿真的。这一来,更增加了她的不真实感。厨房里也洁净极了,冰箱里只有一些矿泉水和啤酒;橱柜子里倒是有些方便面和午餐肉。她下意识地把随意扔在柜子里的这些方便食品摆整齐了才关好柜门。直到她拿起同样洁净的抹布,才察觉出到底哪里不对劲:她的身体已经习惯在每天这个时间段劳作。

她盯着炉灶,想象着如果此时还在家里,应该在做什么——洗米,熬粥,不是蒸包子便是做烧卖,或者做手擀面。鸡蛋面特别难擀,但仍然要擀得薄薄的,再切得细细的;也可能是在包饺子或馄饨,肉馅儿不能是外面绞的,不能粗粝,一定要切成肉末,口感才好。饺子和馄饨的皮还必须是手工擀出来。长年累月,日复一日。

韩棠在厨房里呆站了良久,才退了出来。天色渐渐亮起来,采光极好的屋子里也亮堂多了。她在屋子里慢慢地走着,从客厅到阳台,从楼下到楼上。她很喜欢艾黎布置在楼上的书房。跟其他的房间一样,书房里的家具一应俱全,却又让人感觉没什么东西。书柜里有那么几本书,看起来像是开发商赠送的。她走过去翻了翻,四大名著还是版本最普通、装饰最花哨、像盗版的粗制滥造的那类。她皱了一下眉,还是把《红楼梦》挑了出来,夹在腋下,下了楼。

她靠在床头打开书随意翻开,手机屏的亮光像剑光一样刺了过来。她把书扣住,拿起手机,仍是楚天阔打来的。

她看看时间。她离家三个多小时了。

她接起了电话,并没有出声。楚天阔也没有出声,听筒里只有他的呼吸声,粗重而浑浊。

韩棠靠在床头,四周的一切都是崭新的,甚至空气都清新而轻松,有着迷人的味道。

"你在哪儿?"楚天阔问。

韩棠听着,楚天阔的嗓音很正常,没有一点儿火气,温和中还能听出一点儿温柔。她不作声。

"对不起,棠棠。"楚天阔说。

额角像被人用手连着拍了两巴掌,一时疼得剧烈,韩棠眼前出现了模糊的影子,她深吸了口气。这清新而又轻松的、有着迷人的味道的空气像被什么乱七八糟的东西搅动了。她抬手按住额角,说:"这几天别联系我,也别找我。我不会见你的。等我休息过来,我会给你打电话。"

"你到底要干什么!"

"别这么大声,我听得见。你失忆了吗?"

"有话回来说。你这么走了,家里怎么办?我怎么……"

"家里你看着办。"

韩棠挂断电话,将手机关机了。关机前,微信图标上有红色的圆点,不知道是谁给她发了消息。不管是谁,她这会儿都不想理会。

她将手机放在一边,呆坐了片刻,躺了下去。在她记忆能到达的时间线上,在清晨六点多还躺在床上睡大觉的日子要追溯到很久很久以前。她以为自己仍然会很难入眠,但这一次并没有,她很快就睡了过去。

韩棠这一觉睡得极沉极熟极香甜。她好像被包裹进了一个柔软的气泡里,又像是回到了母亲的子宫里,感觉完全听不到外界的任何声响,但身子却被温暖地包裹着,安全又舒适。可是气泡会破,母亲的子宫也只是暂时的住所,她还是要醒过来的。

她慢慢伸展着四肢,额头和眼部的疼痛提醒着她完全清醒过来了。她叹了口气。

如果能一直睡下去多好,气泡是彩色的,而母亲是爱她保护她的。她眼眶有点儿酸软,慢慢地渗出泪来。

卧室门被轻轻推开,她看清是艾黎,又马上闭上了眼。

艾黎脚步声轻极了,来到她身边,看了她一会儿,轻轻摸了摸她的额头。艾黎的手干燥而柔软。她抬手拉住艾黎的手。

"呀！"艾黎叫出声。"醒了啊？"惊魂未定的。

"嗯。"

"好点儿没有？起来吃点儿东西吧？我回家拿了我妈包的饺子和馄饨，还有我爸蒸的包子和烧卖。"艾黎轻声说。

"几点了？"

"七点半了。"

"晚上？"韩棠坐了起来，拧亮了床头灯。

艾黎看着姑姑的脸，倒吸了一口凉气。比起早上，受伤的地方这会儿呈紫色，看起来更恐怖了。

"你回家拿吃的出来？"韩棠倒不觉得怎样，而是关注了另外一个在她看来更重要的问题。

"嗯。"艾黎知道姑姑在意什么，"我早上送风眠回去之后，回了一趟家。楚天阔去我们家了。"

韩棠没有动。她的眉头本应皱一下的，可此时这个细微的表情会牵扯到她受伤的部位，这就更提醒她此时此刻她是什么样的处境和心情。

艾黎给她递了杯水过来，看着她喝了，问："楚天阔给您打电话了？"

韩棠点头。

"我踢完球，带风眠参观了一下校舍和球场。还跟球队的教练和小朋友玩了一会儿。"艾黎明白姑姑惦记风眠。"释迦还单独带风眠活动了一下，夸风眠身体条件好呢。风眠可高兴了。释迦送了风眠一套球衣，风眠回家路上在车上就套上了，也不嫌热。我开您车，风眠都没注意。她说今天还想跟着我。"

"那怎么行！楚风眠的作业准没写完，光惦记玩可不行。"韩棠说。

艾黎顿了顿，说："您是事无大小事事都记在心上啊。"

韩棠不语。

"我送风眠上去，本来想见见我哥，试探一下他口风。我有数，见了他也不会透底的。不过他不在，问他去哪儿了，嫂子含含糊糊的……"艾黎边说，边留意着韩棠的神色，见她低头喝水，下面的话就咽了回去。

韩棠说："本来今天他们要带孩子回家吃饭的。"

"嫂子说不去了。我哥有事,嘟嘟昨晚睡得不好,早起叽叽歪歪的,不太舒服,就不带出门了。我心说他们要能回去也好,看楚天阔怎么解释。他有脸告诉我哥嫂和侄女昨晚出什么事儿了吗?"

韩棠笑了笑。她想,楚天阔吗?那怎么可能。

"他们要回去,不带上保姆,又不让叫外卖,就只能喝西北风了。"

"平常他们回去吃饭,不就累了你一个人吗,你管买管做管收拾,谁搭把手啊。"

"菲菲一个人能稳住俩孩子就不错了。"

"我不是说她,我哥和楚天阔那俩大爷就没长手。我又不是没去过你们家,又不是看不见。"艾黎说起来带气。

她抬手扇了扇风,说:"我回家的时候,看楚天阔的车在路边,就赶快往上跑。楚天阔刚好出门。他以为您会在我家才去的。看见我,他问我跟没跟您联系。我是没有什么耐心跟他掰扯的,尤其当着我爸妈的面。我说我送送姑父,让我爸妈不用下来了。楚天阔到楼下看见您的车,就心里有数了。"

韩棠看了看艾黎。

艾黎说:"他问我您在哪儿。我说我知道,但是我不想说。我不想说的理由是什么您心里很清楚。您明知道我姑姑什么样儿,不去医院找人,来我家找,什么意思?直接告诉您我姑姑在哪儿,下回我再见她是不是得去殡仪馆啊?我说我不当着我爸妈的面揭穿您,是不想我爸妈没有心理准备,突然来一下刺激,万一气病了太不划算。您是看准了我姑姑善良心软,要脸面不愿意家丑外扬,一直忍着,我可不是这种人。以后你要是再敢动我姑姑一指头,我把你卸了,别以为我们韩家没人了。还有,我姑姑今天就算是从你们楚家净身出来一分钱不拿,下半辈子我养她也养得起。"

艾黎很平静,复述这些话的时候声线平稳,一点儿波动都没有。

韩棠想,艾黎站在楚天阔面前以这样的表情说这些话,楚天阔会比挨大耳刮子还难受。被他的小辈还是个女人这么当面教育,在他这里应该是前所未有的。

韩棠半晌不语。

"我没等他上车就上楼了,我爸妈正等着我呢。"

艾黎搓了一下手。她昨晚一夜未归,一回来气色是这样的,加上楚天阔来了那么一出,二老相当不自在。她反倒心平气和。

"楚天阔跟他们说,他只是跟您起了点儿口角,您很生气。他早上听见动静,发现您离家出走了。他到处找了,您又不接电话,以为您会回娘家,就来了。我爸问他是什么口角,至于气得半夜离家出走。他没说——他能说出什么来!他在我爸妈面前可真能装蒜,说他错了,不该惹您生气。我爸没追问,也没往下接茬儿,我妈倒是接茬儿说了几句话。她说如果小棠想回家,家里是很欢迎的,住多久都可以。我妈还说,小棠这些年也挺辛苦的,尤其这两年,添了嘟嘟,添了好多事,更是忙到连体检都抽不出空来……后来他们都没话了,我爸给您打电话,您也没接,楚天阔又磨叽了一会儿才走。他走前掏了个信封出来给我爸,说平常太忙了,疏于问候。我爸给他塞回去了,没要。"

韩棠静默地听着,没发表意见。她只觉得脸上发热。

到了这个岁数,她要面对这些,还要让哥嫂、侄女面对这些。她觉得很羞耻。像是突然之间,身上那些华美的袍子都被扯了下来,将自己的裸体呈现在人前,还是伤痕累累的、饱经风霜的、布满褶皱的裸体。但也许正因为如此,她竟又有了那么一丝丝的轻松。体面这种东西,是极奢侈的。而生活里能把人绊倒、揭去体面的大大小小的沟坎又如恒河沙数,防不胜防,要维护,就要吞掉无穷无尽的委屈和苦水。尤其还是单方面维持,只会是苟延残喘。

艾黎将床头灯拧亮些,把拖鞋摆正,说:"您先洗把脸,吃点儿东西。"

韩棠去洗脸、坐到餐厅里,看着艾黎给她把加热好的包子烧卖端到面前,又把刚煮好的粥盛出来,搁在一边。

艾黎做这些的时候不出声,表情紧绷。

韩棠问:"你爸妈没再问你什么?"

"问了。"艾黎坐了下来。

"你怎么说的?"

"我没说你受伤了。"

"好。"韩棠点头。

"我觉得我爸可能心里有数,不过他也没细问。后来他走开了,我妈悄悄问,你有没有受伤。"艾黎慢慢抬起头来,看着韩棠,"我说,有。她就哭了。"

韩棠放下了勺子。

"她说那祸害是又犯病了吗?还以为上了岁数就改了。"艾黎说着,语速慢下来。她仍然看着韩棠,"我说,狗哪改得了吃屎。您觉得他好些年没犯病,那是因为我棠姑不再回家提了。其实他喝酒闹事打人骂人从没断过,不是在外面惹事,就是回家闹。我说的对吧?"

韩棠停了一下,反问:"你什么时候知道他会打我的?"

她并不记得自己在艾黎面前暴露过什么。

她的日子是花团锦簇、岁月静好的,辛苦是辛苦的,累也是累的,可完全符合传统意义上的"圆满幸福",符合这个社会和时代对婚姻尤其是对她这个岁数的女人的期待的。艾黎是满身尖刺的、眼里不揉沙子的艾黎。艾黎觉得她的姑姑辛苦劳累,日常会表示不满,对让她的姑姑处在这么一种境况的所有人,尤其是对楚天阔更是一堆怨气,连姑父都不想叫。她以为自己掩饰得很好,而艾黎也只是看到了那些圆满下的尘埃和腐败而已。

"九岁吧。"艾黎说。

韩棠睁大眼,肿胀的眼皮也多张开了几毫米。

她迅速换算着年份,艾黎九岁时是哪一年,那一年又发生了什么事,但很可惜,由于震惊,她的大脑像生了锈,一时转不动。

艾黎说:"就这样,您还老劝我找个'好'男人结婚,有什么说服力?"

韩棠听着,笑了出来。脸上当然还疼,可她就那么笑了。

崭新的饭桌上是漂亮的餐具,盛着卖相上佳的食物。她突然有了点儿食欲,不等拿筷子,直接伸手抓了个包子咬了一大口。

"好吃。"她说。这一口咬得太大,汤汁从嘴角流下来,她抬手抹了一下。

好久没有大口吃东西了。从年轻时开始,不管遇到什么事,她都认为能吃得下饭是第一位的——不吃东西怎么有精力去解决问题呢?

韩棠一口气吃了三个包子喝了一碗粥,见艾黎坐在那里看着自己,说:"我是我,你是你。"

艾黎也笑了:"我就知道您会这么说。您吃了那么多苦,也还是觉得其实是自己运气没那么好,是吧?"

韩棠想了想,这回没笑。几十年婚姻生活,很难用运气如何来定义。

"没有定制好了的完美无缺的人等着你。"韩棠轻声说。

"我知道。我也不存这念想。就像楚天阔,他的长处和短板都很突出。看他的长处,很容易被他吸引。可问题是,一个人的短板才能决定他是块什么料。他是栋梁之材,你要不用来盖屋子,对你来说他还不如一块布。我知道几十年了,你们之间感情也好,各种联系也好,早就变得很复杂。不管是维持还是了结,都不是简单一句话的事儿。所以我今天跟他撂了狠话,但没有说最狠的话,既没有必要,我也知道,还得给您留余地。这婚,离得成有离得成的办法,凑合过有凑合过的方式。"

韩棠看着艾黎。

艾黎停了一下,说:"这几年,我见过的,朋友,同学,同事,学妹,学姐……开口说离婚就离了的,也不多。有几次,我连律师都帮忙联络了,她们也请好了,但还是继续回去过日子了,结果弄得我里外不是人,还得请律师朋友吃饭。我真是赔面的厨子。"艾黎说着又笑了。她笑了一会儿,摊了摊手,"不过这也没什么,婚姻也就是个机制。姑姑,能干脆地退出当然好,但肯定不那么容易。可是您这个情况,如果暂时退不出,也得想清楚接下去要怎么办。我可不愿意以后一想到您就提心吊胆,担心您的人身安全。"

"我不会有事的。你别担心。别因为我的事,影响你的生活。"韩棠轻声说。她顿了顿,问:"你是怎么知道他会动手的?"

"您可能不记得了。九岁那年暑假,我在您家住了几天。小时候我跟我哥的感情比现在好。我记得有一天我们俩玩到很晚,我哥睡着了,我也不知道为什么就是睡不着。那天晚上楚天阔回家也很晚,是喝了酒的。我听见外面特别吵、声音特别大,偷偷爬起来看。他摔东西的样子可吓人了,我吓得一动都不敢动。那天他倒没动手打人,可我还是被吓着了。我小时

107

候老拿二姑父和小姑父比，觉得小姑父哪儿都不如二姑父，个子比不上、模样比不上、风度也比不上，可是从那以后我再想起二姑父，就会想起他面目狰狞的样子。小姑父老笑眯眯的，简直是天使。第二天早上我起床出去一看，家里干干净净的，您一点儿不愉快都没表现出来。后来没几天，您回了一趟家。您跟奶奶说的话我听见了。您说想离婚。奶奶问为什么，您说他打人。奶奶说那是你自己非要嫁的人，我早说了那个人不行。我没记得您哭，就听奶奶不停骂楚天阔，也骂您。可是后来婚没离，就像根本没这回事。我很不理解为什么奶奶要骂您，明明受委屈的是您。"

"她一辈子看不上这个女婿。"韩棠淡淡地说。心酸又痛苦，可这是事实。

结婚是违背父母意愿的，但到底在她坚持下也结了。

母亲再不满意，该给她准备的也都准备了，跟姐姐和妹妹的一样。他们的条件比不了韩松和韩穗，住的是团结户，卫生间厨房都要跟同事共用。那房子，母亲去看了一次连声叹气，脸色就没好过。按理说虽然简单些，可都按部就班地进行了，没有什么差错，可她能明显感觉出来母亲在她的婚事上的确是没有那么上心。

婚礼前她跟母亲吵了一架，说不清楚到底是为什么，好像彼此的怨气一定要找个机会在她离家开始新生活之前发泄出去。别说跟母亲，跟任何人，她都没有那样吵过架。好像她一辈子都是温水里游弋的青蛙，舒适自在，与人为善。她记得很清楚，母亲说以后有你受罪的时候，你别回娘家来哭。

她后来果然不管遇到什么事，都没有回娘家哭。跟母亲说要离婚的那一次，是唯一一次下决心要离开楚天阔，结果被母亲痛骂了一顿。她看着母亲的样子，倒也不是怨，只知道从此以后，得完全靠她自己去面对这段婚姻里所有的问题了。她那次决心要离婚了，可是因为楚天阔刚好事业上遇到困难，她不忍心在那个时候抛下他。等陪他渡过难关，却没有再提这件事。那一两年楚天阔的事业在低谷，他很艰难，也确实很感激她的付出，慢慢地事业有了起色，越来越好。他甚至在喝醉酒之后回到家里也不怎么吵闹了。几十年婚姻里，数次大的起伏，她都很坚定地陪着他闯过来了。

楚天阔感性的时候会承认，他们家有今天的日子，一多半要靠她这个定海神针。可是母亲在世时，有一次牟艺琳说起楚天阔把财权交给她，这一点还是不错的，母亲很有点儿不以为然地说"管账丫头当家不做主，钱财过手她说的也不算"，被她听到了，母亲还补了一句"小钱你是花自己的工资，大钱你私自动一点儿试试？小泽他爸把钱看得比什么都大"。不能不说，母亲是了解楚天阔的。

韩棠看着艾黎。如果她够谨慎，年幼的艾黎就不会听见、看见她的遭遇，也就不会留下这么重的心理阴影。大人有责任顾及小孩子的感受，可惜年轻时她并不懂得这些。

"对不起，艾黎。"韩棠轻声说。虽然是无意的，她还是为自己的过错愧疚不已。

"您哪儿有对不起我。"艾黎忙说。她看着姑姑，有句话忍了下来——姑姑忍这么多年，是对不起她自己。

"他确实很多年没有动过手了。楚泽结婚之前，我跟他认真铺开谈过一次。小泽马上就结婚，我们有儿媳妇了，将来还有孙辈，一喝多了撒酒疯太不像话，让他节制。那一次我就说了，如果他再动我一下，我是要离婚的。"

"他答应了？"

"答应了。"

"可是以前不也保证过痛改前非吗？"艾黎不以为然。

楚天阔那张嘴，舌灿莲花，最是会讲。奶奶从前说"好话说尽，坏事做绝"，没有明着讲是骂他，可也绝不是无所指。他们家里哪还有这样的人才？

"这一次我不让步。"韩棠长出了一口气，胸口堆积的浊气一时无法消散，可毕竟舒服了一些，"再这么下去，已经不是我一个人舒心不舒心的问题了。我们那个家，要是不改一改规矩，将来每个人都不会舒心的。我想，就从我开始吧，既然给了我这么一个机会。"

艾黎给姑姑又盛了碗粥。

"我找时间先跟楚泽谈一谈。"韩棠低着头，开始喝粥。

艾黎答应一声："姑，明天带您去买新衣服吧？"

韩棠抬眼瞅了瞅她。

艾黎看着姑姑肿胀发紫的眼，回身不知从哪儿抽出个眼罩："铛铛铛铛！加勒比海盗！"

韩棠笑出声来，一把抓过眼罩压在了屁股底下："老大个姑娘，皮得跟猴儿一样。去，给我把手机拿来。"

艾黎答应着，把手机拿过来，给她开了机，放在手边。

韩棠翻看着她的微信记录。

一大堆的消息涌进来，她把无关紧要的、包括楚天阔的留言都略了过去，只翻了她觉得重要的。

牟艺琳发了个老土的"抱抱"表情。她回了个同样的，加了一句"没事，不用担心，等见面再详细说"，接着就翻到菲菲的留言，看时间已经是下午一点钟，问她嘟嘟喜欢的超人斗篷放在哪里，风眠周一要交的手工作业该怎么搞……韩棠停了一会儿，看看时间，拨了语音电话过去。

艾黎收拾好桌子进去洗碗，听见姑姑慢条斯理地跟菲菲交代着一些嘟嘟和风眠的事，不知道葛菲菲那脑筋能不能反应过来，反正她是听出了"这些琐碎到要人命的活儿都是你的儿女债，以后你可得自己多担着了"的意思，后来竟能听出姑姑担忧之外的那一丝丝"我就要撒手啦，看你们手忙脚乱可能会很开心"的味道。不过也许这只是她想当然了，因为姑姑仍然是那么有条不紊、大权在握，一副任何事发生都能摆平的架势。她靠在橱柜边，拿起手机来，突然心一动，随手摸了摸口袋，掏出一张卡片来。

这印制了卡通图案的卡片是班主任杜松子准备好了发给学生家长的吧。手绘图案的风格非常可爱，女孩男孩手拉手奔跑在向日葵开放的田野里。她拿着卡片扇了扇风，扇得脸上还是热。

她犹豫了一下，给这个号码发了条消息："我是韩艾黎。今天早上谢谢你。"

她听见姑姑问了句"为什么"，抬起头来看了一眼，正要放下手机，一条消息回复过来：

"不用客气。事情顺利解决了吗？"他问。

这回复有点儿太过迅速，艾黎没有心理准备，只觉得心脏像是被一只手往前推了一把。她定定神，也迅速地打了一串字。在发送之前，她突然犹豫了一下。

她看着这两句简单的话："虽然还没彻底解决，不过目前情况可控。谢谢你的关心。"当然，措辞很客气，可是这样有来有往，让她有种对话会继续下去的预感，而这种"继续"，让她有点儿不自在。

她的指尖在手机壳上轻轻敲了敲。

对话框里又弹出一条消息。"需要我帮忙的话，尽管开口。"他说。

艾黎拿起水杯来喝了几口水，把编辑好的那条消息发了过去。她等了一会儿，看着这几条对话，心想她的措辞中的疏离感，他应该领会得到吧？按理说，对话就该到此为止了，这个念头还没转完，屏幕上多了个弹窗。

"佛爷"问："你孵蛋呢？这么慢，快回话。"

艾黎点开对话框，翻了记录。昨晚在酒吧，她先离开的，释迦还在跟朋友喝酒。早上在训练中心，她跟释迦也没有空儿说闲话。一整天忙到现在，这会儿才看见释迦给她留言，问她是不是确定周三回北京，让她帮忙带点儿东西过去。沈释迦这家伙，也不知道哪儿那么多东西要带，还特别会精打细算，能省快递钱绝对不多掏。要说起来，就是什么开销大，尤其足球训练班太耗财了，必须想法子开源节流。

艾黎回复道："对。不过看情况，可能用一天 sick leave（病假），周四再走。"

她是有点儿不放心姑姑，能多留一天也好。

释迦的语音消息发回来，她点开。

"干吗，舍不得回去上班啊？昨晚做坏事累着啦？'长颈鹿'这么厉……"艾黎忙按掉。

她迅速抬眼看看外面，见姑姑皱着眉盯着手机屏，不住地向上翻找着什么，应该没有留意这边，就拿起手机来，走到厨房里侧，推开门，穿过储藏间，来到阳台上。晚风吹过来，顿时觉得凉。她拨回去，释迦很快接听了，笑得很响。

III

她也笑了，没理会释迦的玩笑，跟她说要带东西可以，那到时候得负责送站。

"这回又是哪儿的黑材料啊？你就是见过鬼还不怕黑。"她说。

释迦只是笑，顿了顿，才说："怕呀，好怕的。这回让你带的就是帮我学姐整理的一点儿资料，快递怕寄丢了，麻烦你跑一趟。"

听释迦语气正经，艾黎也正经答应下来。释迦觉察她情绪不高，问："怎么了？"

"你最近跟韩婵联系多吗？"艾黎问。

"上个月还一起喝过酒。她最近手上好几个案子在忙，不大出来。你有事找她？你找肯定没问题的。"释迦说。

"我先问问。"艾黎说。

"你们家谁要离婚析产吗？难道爸妈终于要单飞了？"释迦问，她突然笑出声，"那可给你盼到了！"

艾黎听她笑得响脆，知道她没当真，正要骂她，余光瞥见姑姑进了厨房，忙说："回头再跟你说。我确定回程给你留言。Bye！"

她挂断电话走了出去，见姑姑对着那个崭新的饮水机无从下手的样子，忙过去给她演示了一下该怎么使用，说："我等会儿把这几台机器的使用办法画个图贴在上面。"

"人上了岁数，看到新东西心里发慌。"韩棠喝了口水，说。

艾黎看看她，问："家里又有什么古怪事儿了吗？"

韩棠放下杯子，拍了一下手，说："怪事还不是天天有吗。"

菲菲接到她的电话，跟救星驾到似的。才不过一天工夫，菲菲单检查风眠周末的作业，就已经跟女儿从鸡飞狗跳、大吵大闹，到了势不两立的地步。菲菲跟她说着话，带着哭腔，更别提风眠在一边干脆大哭起来。风眠抢了菲菲的手机，跟奶奶哭诉妈妈怎么态度恶劣，什么都不懂还瞎指挥，哭得上气不接下气。她安慰了好一会儿，风眠才答应收拾好书包，快点儿洗澡，准备睡觉。风眠哭唧唧地说奶奶明天见，她忍了一下，还是跟风眠说，奶奶身体不舒服，这几天不能过来接送她上学。她哄了好一会儿才把孩子的情绪安抚下来。如果不是脸上这个鬼样子，她怎么也得跟风眠当面说清楚。菲菲把电话接回去，也有点儿哭唧唧的。她想象得出来，风眠那小脾气倔强急躁，菲菲摸不清状况，得费多大劲儿，更别说家里还有个不舒服也在哼哼唧唧的嘟嘟了。这个时间了，楚泽还没回家，梁瑶照顾嘟嘟，腾不出手来帮忙，也难为菲菲了。尽管如此，她还是跟菲菲说这几天她不能过来帮忙接送风眠，让菲菲跟楚泽商量一下怎么分工。不知道是不是感应到了什么，菲菲问她是以后都这样，还是暂时的。她说希望以后都这样。菲菲好一会儿没说话。她交代了些风眠和嘟嘟的小事，菲菲也不知有没有在听。她觉得还是得自己总结一下，写好了发给菲菲，让她和楚泽都看看，记在心里。

挂电话前，菲菲突然告诉她，小丁下午跟她母亲吵了一架，她母亲要小丁立刻走人。小丁说这要奶奶发话。只要奶奶发话，她明天就可以不来了。

那会儿她只觉得额头又像被敲了一下，心说"屋漏偏逢连夜雨"就是这样了吧。她问为什么，菲菲支支吾吾，说母亲下午让小丁发海参，小丁说这不是她的事，也发不好，就是不肯做。

她听了过程，心想梁瑶这怕不是故意找碴儿的。借钱没借到手，女儿女婿吵架，楚天阔又驳了她面子，这是在拿小丁撒气吧。她可能是小人之心了，但绝不是没有这个可能性。小丁是好工人，只是在他们家，恐怕是真干不下去了。

菲菲问她怎么办，她想了一下说，我把中介公司那边经理的微信推送给你。你跟姥姥商量着，亲自去面试、挑选合适的。这回我就不参与了，你们看着办。签合同什么的，留意看一下。虽然合同里都是格式条款，但这家咱们也合作很久了，没坑过我们，可以放心。

她听出菲菲犹豫，知道这里的机关。按理说，谁去签合同，谁掏这个钱，菲菲不可能不懂这个道理。她补了一句，有不懂的可以问我。菲菲说那不如等您好一点儿再说，也可以让小丁再做几天。

她拒绝了，说我也是从同一个水池子里往外捞鱼，没什么高招儿能挑到又肥又好吃的了，还是你跟姥姥去挑挑看吧。既然不满意小丁，也别勉强。我来跟小丁处理后续的事。

挂断电话后,她长出了一口气,赶紧翻看留言,果然小丁下午就给她发了消息。小丁倒没多话,只是说下午嘟嘟姥姥和妈妈发了话,让她走人。她需要顺顺气,再跟小丁通话。处理完这一系列的事情,她简直像打了一仗。

"一塌糊涂。"韩棠说。

艾黎又给韩棠倒了杯水。

韩棠拿起杯子来正要喝,突然看到手机提示,楚泽要求视频通话。她拒绝了,看到楚泽发回语音消息来。

"妈,我听菲菲说了。你不能过来送风眠?那我们怎么办啊?我们俩哪忙得过来?"

艾黎听到这几句话,火"噌"的一下冒了上来。她看着姑姑慢条斯理地喝着水,把这条消息又听了一遍,越听,越让人上火。她没出声,不想拱火。

韩棠把杯子放下,看了眼厨房里的光线,走到里面储藏间,见四白落地,将顶灯打开,把视频通话的请求发送了出去。

很快,楚泽的脸就出现在了屏幕上。韩棠调整了一下摄像头的角度,让自己的脸也完整地出现在镜头里。

她问:"你觉得,我这样去接送风眠,怎么样?"

韩棠看着手机屏里儿子的脸,画面像是静止了。她看着儿子脸上的神情,从不耐烦到惊愕,变化缓慢而清晰。菲菲突然出现在画面里。她拉了楚泽一下,于是楚泽的脸稍稍一侧,但很快转了回来。隔着屏幕,三个人像是都僵住了,一时谁都没有出声。

她缓了口气,没有等楚泽开口,说:"这两天我就不过去了,等稍微好一点儿再说。你也不用问了。"

"是我爸?"楚泽问。

韩棠顿了顿,说:"他这次不是故意的。不过楚泽,我打算跟你爸爸分开过了。"

楚泽没出声。

韩棠看他并不像是很意外的样子,心里倒有点儿异样。

"我本来计划和你当面说的。有些事也想和你聊聊。这是我和你爸爸之间的事情,我们会看着解决的。你安心工作,照顾好你的小家,不要掺和进来。"

"妈,你现在在哪儿?"楚泽问。

"你别管我在哪儿了。我好好的呢。不早了,我先挂电话了,你跟风眠好好解释,就说奶奶身体不舒服,过几天会去看她的。风眠的事情你和菲菲多上心。风眠应付功课没有任何问题,就是性子急。孩子越这样,你们就越要耐心。你们要注意态度,控制情绪。你早点儿睡,别打起游戏来没完没了。"韩棠说完了,也没再等楚泽说话,按了挂断键。

退出对话框,菲菲的消息发了过来:"妈,我跟楚泽商量一下这几天怎么安排。您别操心。""好好休息。"

菲菲又发了个拥抱的表情。

韩棠回复了个同样的表情,然后写道:"我刚才嘱咐你的那些,你跟楚泽也说说。要是有什么不明白的,找不到的,再来问我。早点儿睡,明天周一,早几分钟出门不会堵车。"

"知道了。妈妈晚安。"菲菲说。

韩棠在储藏间里站了好久没动。通往阳台的门没有完全关严,风吹进来,有点儿凉。她推开门走了出去,站在阳台上,往远处看了好一会儿,重新打开微信,打算处理一下堆积的其他留言。顾雅芬的头像上那个未读消息的数字最大。韩棠看着她那色彩鲜艳的头像,想象着面前是一个漂亮的字纸篓,伸手捞一下,准能捞出稀奇古怪的东西。她翻了一下消息记录,最新消息又是一些雅芬跳舞唱歌的视频。她此时额头隐隐作痛,可不想被那些吵闹激昂的音乐再刺激了。翻到前面的几条 59 秒长度的语音消息,倒是正经事——雅芬说:"据前线情报,梦晨和小江分开以后,还在微信上聊天呢,可把我嫂子给乐坏了,说顾梦晨相亲这么多回,回来每次都把相亲对象批评得体无完肤,这还是头一次没说不好的,更别提还跟人家有来有往、一边发消息一边笑。我嫂子觉得这次可以保持谨慎乐观。我让我嫂子先别乐,不过要记得打听一下,现在猪头多少钱一个,准备谢媒了。"

雅芬啰啰唆唆牵五挂四又说了些话,韩棠听着,脸上露出微笑。

她回复了两句"你们不要表现得太在意，引孩子反感""猪头不要太大的，差不多就行了"。后面这句是开玩笑的，现如今谁还真给媒人送猪头吗？

她平静了会儿，给小丁回了消息。知道小丁还没休息，她们通了个电话。小丁跟她讲话没有太多顾虑，但应该也有所保留，把今天的情形跟她交代了一下。她挂断电话之后，给小丁发了个红包。小丁没有收，发了个笑脸说："阿姨以后您自己用工，我很愿意来帮忙的。家里有什么事临时找不到人，也尽管招呼我，我来帮您忙。阿姨自己注意身体，别太辛苦了。"

韩棠看着小丁的留言，一句接一句，看得老花眼越加模糊。她把手机扣在栏杆上，拉伸了一下腿脚和腰肢。

她几乎听得到自己的老腰在响，有点儿像她才参加工作时，办公室里那扇不用力推就推不开、用力推就会掉渣的窗子。

她记得有一天早上她刚到办公室，木头窗框因为潮湿吸了潮气，涨得严丝合缝。她那时年轻力壮，几拳头打出去，最后使劲儿一推，本来只是开个窗而已，没想到整扇窗连着合页都飞了出去。还好下面是花坛，并没有伤到人，不过发出那么大的动静，又是上班时间，单位里从同事到领导，有不少人目睹了那一刻，大家足足笑了好几天。从那以后，新来的小韩是个"大力士"，就众所周知了。后来，楚天阔跟她认识了，还提起这段往事来。那天他刚好到她单位办事，一早正等在楼前掐着时间到上班的点儿好头一个去敲门。"惊天动地"，他那么形容窗子落地的一刻。

韩棠舒了口气。

"姑姑？"艾黎叫她。

韩棠回头，看艾黎靠在门边，也不知道在那儿站了多久了。

"没事儿，不用担心。我不会跳下去的。"韩棠微微一笑。

"说什么呢，哪至于。"艾黎也微微一笑，"姑姑，好日子在后头呢，福气在后头呢。"

韩棠透过玻璃窗看一眼夜色。秋高气爽，夜空都格外澄净。可不是吗，好日子还在后头。

她关了灯，敲了一下艾黎的额头："干坏事不是不行，注意安全。"

艾黎捂住额头。

"我去洗澡睡觉。你回家不回？"韩棠看看艾黎。

"跟我妈说了，这两天陪您。"艾黎腮上像不小心多刷了一下腮红。

"哦，我不用你陪。你要干坏事就去吧，我不揭穿你。你落后这么多，要是能弯道超车也行啊。"韩棠拿起她的水杯，慢慢地走了出去。

听见艾黎在她背后叽里咕噜不知道在说什么，她笑了笑。

韩艾黎这个丫头从出生那天起，就是个特别好玩儿的小东西，给她带来了多少乐趣啊。她回到卧室里，洗澡之前，翻了会儿朋友圈。

韩松发了自己去超市采购的一组照片。她看见其中一张是排队付款的，画面里几个人，有一半没戴口罩。韩松贴出来的一张在车里的自拍照也没有戴。她忍不住留言："怎么不戴好口罩？"

姐妹俩没有太多共同语言，韩松也不是逢留言必回的那类人。她在韩松动态下的留言经常有去无回。不过今天，韩松几乎是立即就回复了。"我全程除了在超市，来去路上连个人都没遇见，周围这么大地方就我一个人，我戴口罩干吗？挂幸运符啊？"

瞧这呛人劲儿。韩棠想了想，笑了。

她把手机一丢，进浴室去洗澡。

从前她总觉得大姐说话太直接，经常一句话能顶人一跟头，不像她，凡事给人留三分余地，轻易不跟人争论。可以后啊，大可以学学韩松的作风，有话直说，不想听的话即时反馈。洗澡出来，她看到韩松发来了语音消息，点开听着，躺到了床上。

"你最近怎样？还累死累活地伺候你们家祖孙三代？你打算什么时候翻身做主人，看看解放区的天？"韩松这语音消息不像之前的文字火药味儿那么冲了。

"哎，慢慢儿来嘛。步子太大了容易扯着蛋。"韩棠回复。

韩松发回来一条完全是笑声的语音消息，然后把她们的对话转换成文字，截图发到了她们家族群里。

年轻人都在，马上冒出来，七嘴八舌讨论起来。

不过话题很快从韩棠日常生活转开了。

韩棠除了发了个老土的表情进去，没有参与聊天。

有电话进来，是楚天阔的。她挂断，正准备关机睡觉，看到楚泽发来的消息。

"妈，这回是真的吗？"

韩棠把这一行字仔细看了看。一只眼有时看得更清楚。

"嗯。"她回答。

楚天阔的电话又打进来了，她再次挂断。

有很久了，久到都记不清从什么时候开始，楚天阔的电话一打进来，她的反应就成了"又有事要马上去做了"。能这么毫不犹豫地拒接，并且想到以后可以经常这么干而不需要给出解释、不需要看他的脸色，她心里生出些快乐来。

照楚天阔的性子，不会就此罢休的。楚天阔在任何事情上，都有锲而不舍的精神。她能想象此时他的脸色，能想象那张即便上了岁数、收拾干净仍称得上很像样的面孔，在生气的时候会露出什么样的神情。万幸，此时此刻她不必面对。

她忽然想起来有一次艾黎问她和楚天阔怎么认识的，她给艾黎讲其实在正式认识之前，曾经有那么一段"大力女推落窗框，惊天动地"的经历。艾黎笑了一会儿，自言自语说了句"那窗怎么不长眼，要是落他头上给他一下子就好了"。

她记得那会儿自己说要那样，哪还会有后来啊。你以为是古代话本里的情节，从窗口掉下去个什么东西就成就姻缘了？艾黎说没有后来也不见得是坏事啊，棠姑姑大可以嫁一个更好的人。她就笑了，并没有太在意。

现在想想，难怪艾黎会那么问，也难怪艾黎对楚天阔自小就保持一种审视的态度，有很强烈的距离感。如果再给她一次选择的机会，她可能真的不会选楚天阔，当然这也不代表她对自己经历的所有都是后悔的。

韩棠看着对话框里楚泽的留言。

要是没有遇到楚天阔，或者也会有孩子，但孩子应该会是另一个样，也没有风眠和嘟嘟了。楚泽好一会儿没有回复她，不知在想什么。

韩棠有些难过。儿子也快四十岁了，这个年纪的人，上有老下有小，像两层硬饼干里薄薄的脆弱的夹心，随时会跟着饼干碎掉。父母此时闹离婚，他要面对的压力又多了些。可是她也这个年纪了，陪伴不了他们多久了。

看到楚泽回复了消息，她坐了起来。

"想清楚了就做吧，不用再考虑我了。我没关系的。"楚泽说。

韩棠眼前有点儿模糊。

没等她回复，楚泽又说："不用回复了。早点睡吧。妈妈晚安。"

"晚安。"她说。楚天阔的电话不依不饶地又拨了进来，她果断按掉，关了机。

卧室门被敲了两下，听到她说进来，艾黎推门探进半边身，问："还没睡？疼不疼？我这儿有止疼片，要吗？"

"不要。"韩棠说。

"您可真能忍。"艾黎笑着说。

"是呀，不然能忍这么多年？"韩棠听出话外音来。

"是呀，美好婚姻全靠忍耐。"艾黎笑了一会儿，正经些，"我哥刚跟您说什么了？"

"你怎么知道他跟我聊天了？"韩棠问。

"我哥刚才问我是不是跟您在一起。这两天，没您准话儿，我可不会跟别人透露您的下落。我不是防着他，我是怕他立场不坚定，毕竟那边可是亲爹。楚天阔那张嘴能说会道，我哥绝对不是他的对手，不给他忽悠废了就算不错了。我就想您能清静几天，不想把麻烦精惹来。"艾黎看姑姑点了点头，稍一停，说，"我跟他说，我是支持姑姑的。当然我没说我支持什么。他应该明白的。他说这事儿随您的心。然后我们也没说什么了。"

韩棠又点头。

"我哥性子随您，柔和。"艾黎说。这是客气的说法。换了她，这会儿怕是要抄家伙上了，管打得过打不过呢，管那人是不是亲爹呢，先揍了再说……可楚泽不是她。不过，遇事不会冲动，也是楚泽的长处。"可能他也觉得您离开楚天阔不是坏事吧。反正，您怎么着都是他的妈妈、风眠和嘟嘟的奶奶，只要您愿意，也还是他那小家里最尽职尽责的看护，还带着工资。嘻嘻……哎呀！"一个枕头冲着她飞过来，她赶紧抱住。

"嘴巴坏得很！"韩棠单只眼瞪艾黎。艾黎拍拍枕头，小心地放到床尾长凳上。

"我说得是难听了点儿，我也知道孙女是您心头肉，舍不得。老人们不都这样儿嘛，您也免不了俗。叫我说，往后不用管楚天阔了，只照看风眠一家，您压力能小不少，也行吧。可您要继续大包大揽什么都替他们做，什么时候是个头儿啊？等风眠长大了接您的班啊？我哥可以上啃老、下啃小？"她在长凳上坐了下来。

"嘿，你这孩子，这话说的，我们风眠将来那是……"韩棠想了一下，风眠将来要做什么呢？一时也想不出来。她看着艾黎，这会儿倒有一个念头，风眠要是像艾黎这样也不错。这念头，别说放今天，就是放在不久前也不是那么清晰。她想着风眠是女孩子，要培养得斯斯文文的，多学点儿琴棋书画修身养性，受尽可能多的教育，在最好的年龄恋爱，找一个适合的男孩子结婚生子，幸福生活。在她闭眼之前，能看到风眠这样"圆满"，不要像艾黎和梦晨似的三十多岁还在独自闯荡，像无根的草一样飘飘摇摇，让人难以安心。艾黎啊，从前是她的心病。不过，眼下她看着艾黎，心病似乎没有那么重了。这话不能直白地说出来，不然艾黎可逮住把柄要笑她了。韩棠"啧"了一声，说："楚泽和菲菲就是给我们惯的，没我们帮忙，你看着吧，没有不成的事。"

艾黎笑得要从长凳上掉下去了，点头说："一个痴心的母亲，能有多大的幻想，真是难以估计。但愿吧。哦对了，姑姑我推个东西给你看。"

韩棠说："我都关机了。"

艾黎经常推给她一些自己认为不错的东西给她看，虽然有很多涉及社会问题、艺术学术之类的，她并不总能看懂，也会尽量尝试翻翻看。

"那看我的。"艾黎爬过来靠在姑姑身边，拿了自己的手机点开对话框给她看那篇文章。

韩棠拿着花镜放在眼前。这是画室的简介兼招生广告。结尾有说明，新一期基础班招十位学员，年龄不限。

"青容画室，这名字怎么那么眼熟啊。"韩棠看着发布者的ID，努力回想着在哪儿见过这个名字,"哦!就是那个……"

"'长颈鹿'妈妈开的。"艾黎说。

韩棠拍了艾黎一下,认真地点进公众号里看历史消息。她随意点开一篇文章,是介绍学员画作的。艾黎在她耳边嘟嘟哝哝地说青容是苏教授的名字,苏青容是美院教授,退休以后开班授课,专门面向中老年人。她应着声,脑海里映着一面之缘的苏教授那容貌和气度,自自在在的,游刃有余的,也有点儿……飘然若仙。这么一比,她显得更迟钝和臃肿了。

"瞧瞧人家!啧啧。"韩棠点着屏幕,羡慕地说。

"姑姑,报名吧?"艾黎推推韩棠,"第一期学费我给您掏。"

韩棠沉默了片刻,笑了起来。艾黎看她笑,把手机捞回去,说:"那我给您报名了。"

韩棠捂住手机屏,说:"让我再想想。我决定了就自己报名。不过,你跟'长颈鹿'这……"

艾黎从她身边爬下去,光着脚丫子在床尾找着拖鞋,说:"姑姑睡吧。赶紧决定啊,人家报名有截止日期的。"

"那说不定我错过报名,还能走走后门,做做'插班生'?"韩棠笑。

艾黎边往外走边说:"净想美事儿!机会和时间都不等人。我就在隔壁房,要是睡不着随时过来找我聊天。"

"不出去了?"韩棠故意问。

"我有工作要做的。"艾黎指了一下手表,"等一下就得跟欧洲同事连线。"

"我不吵你。对了,明天早上不要叫我起床。我要睡到自然醒。"韩棠说。

艾黎待说什么,看姑姑躺下去关了灯,笑了笑。她回房间去,从药盒里拿了药回来,放在韩棠的床头柜上,给韩棠拉了拉被子,这才放心地走了。

她回到房间准备开会,瞥了一眼放在一边的手机,想了想,摸了一下手腕。突然,她发现哪里不对,将衬衫袖子向上撸了一截——她的表呢?

她一激灵。脑海中迅速闪过今天去过的地方,片刻之后,定格在了那么一个模模糊糊的瞬间。

一整天忙乱不堪,这些细枝末节的小东西,都忽略了。

艾黎正要编辑一条留言,突然手机振了一下。"长颈鹿"说:"你的手表落在我这儿了。"还附上了一张照片。

艾黎看着照片。灯光柔和,米色的小柜子上,玫瑰木的小托盘里放着她淡金色的蚝式手表,并不耀眼,也不夺目,看上去相得益彰。

"我今天一直在画室,刚回来。方便吗?我给你送过去。"他说。

艾黎握着手机,半天没有动。

隔壁隐约传来鼾声,她仔细听听,站起来去关了房门。她靠在门板上,打了一行字过去:"我自己来拿。"

去拿手表的时候,她正好可以跟他咨询一下绘画基础班的事。

韩棠的"自然醒"仍然在凌晨四点半准时而至。起初看清床头闹钟上的数字,她就要翻身坐起,然而身子起到一半,意识到不必如此,于是慢慢地躺了回去。就这样从第一天、第二天到第三天,她已经不必吃止疼片抵抗疼痛了。早上醒来之后,她可以躺回去继续睡到六点多,才从从容容、慢慢悠悠地洗漱更衣。这个时候,她出了卧室,走到餐厅里去,已经有可口的早饭在等着了。

这种"饭来张口"的日子,她几十年来起码在自己家里没享受过几回,开始当然不怎么适应,甚至还忍不住要动手改进一下摆盘的方式、洗碗的流程这些家务上的细枝末节,以期达到更漂亮更洁净的目的。只可惜韩艾黎一概不听也绝不准她动手,还开玩笑地说"姑姑不要穿上龙袍不像太子,有扫地机器人还硬要动扫帚,不是自讨苦吃是什么,要学会懒和善于懒"。韩棠得承认,自己要适应和学习的东西确实很多。

两天不见风眠和嘟嘟,她的心里老空落落的。尤其这两天又没出门,不管做什么转移注意力,到了一定的时间她都会条件反射般地想起自己那些"该做"的事来——风眠该放学了,自己在哪个位置等着她,才能一眼看到她走出校门;嘟嘟该睡午觉了,不知道今天吃下去多少胡萝卜肉泥;风眠下午有体育课,下了课一定口渴,应该多喝点儿水……

这两天家里乱了套,梁瑶打过两次电话给她,一次暗示一次明讲,都是请她"身体恢复了以后快点儿来呀,风眼和嘟嘟都想奶奶呢""我和菲菲真顾不过来"。忙乱是可想而知的,韩棠能想象得出,小丁走后,家里从外到内那乱糟糟的样子。更细的细节她并没有再往下想,不然她大概会难受到顶着自己脸上的伤门去动手收拾了。菲菲倒是比梁瑶表现得从容一些,虽然也是不住地给她发留言,但问的都是具体的问题。当然,菲菲的问题也未免太多了些,这都因为以前绝大多数时候都不需要菲菲去记,她已经全都替他们做了。这些事极其琐碎又占用时间,菲菲这两天肯定累坏了。她再三请中介公司的经理帮帮忙,请他们尽量快点儿找到合适的保姆。虽然能让梁瑶满意的,也不是那么容易找。

韩棠想着无论如何找保姆这件事要先办好了。韩艾黎目睹姑姑这两天的焦虑,有时会忍不住批评她,但更多的时候,她保持沉默。一个像陀螺一样围绕着家人转了几十年的人,突然停下来,很难一下子适应得了。

到周三早上,看姑姑起床后已经不像前两天那样魂不守舍,韩艾黎放心多了。体检安排在上午,艾黎早早收拾好,等着韩棠穿好衣服、戴上一副昨天她特地出去给挑的墨镜一起出了门,去接母亲。路上艾黎跟母亲通了电话,交代她记得带上身份证和手机。韩棠坐在一边听了半响,等艾黎挂了电话,说:"等一下从风眼学校门口走吧。"

艾黎起初没听她的话,只说又没到上学时间,看也看不到,最后还是拐了过去。

韩棠看了校门,说:"菲菲这两天焦头烂额的吧,不知道上班受不受影响。"

艾黎沉默了片刻,才说:"不可能不受影响的。我嫂子算可以的,这么多人帮她。只靠自己带两个孩子,工作上还能摧城拔寨升职的,那是超人。"

韩棠又沉默了。那天听梁瑶说菲菲这么累,菲菲这么下去哪还有心思工作,可真得辞职做家庭主妇了。她没有问,想必即便不是梁瑶的意思,未必不是楚天阔的意思,甚至也可能是楚泽开了口。她当时只说"适应一段时间会好些",心里的意见却非常明确:无论如何,菲菲的工作可不能丢下。

"您别太担心。没您全力靠上去支持,也还有她的妈妈和保姆,过了这段时间,她自己理顺过来,会好的。"艾黎知道姑妈不会完全不管表哥一家的,微笑道,"我嫂子有一次开玩笑说她羡慕我单身没孩子拖累,可以拼事业。我也开玩笑说,是呀你结婚了有退路,可以回归家庭,我没的退的只能往前走——其实我特别想批评她,她的家务和责任都已经转嫁给您、她妈妈和保姆了,很妨碍她拼事业吗?"

"菲菲事业心不是那么重。"

"不管怎样,现在让她和我哥知道你不容易,真的不是坏事。"艾黎看看姑姑,"我知道您是绝对不支持儿媳妇做家庭主妇的。"

"当然不支持。能不能升职加薪不说,工作不能放弃。"韩棠皱眉。

艾黎笑了,看到母亲站在路边,停下车让她上来。

牟艺琳上了车,拍拍韩棠的肩膀,问她们聊什么呢。

"聊女人该不该放弃事业回归家庭。其实为什么要女人来做选择题呢?太荒谬了。抚育幼儿本来应该是全社会的责任。在家庭里是全部家庭成员的责任。可是你们看,现在差不多全是女人的责任——做得好,应该的;做不好,简直要以死谢罪。"

牟艺琳说:"大早上的聊这种严肃话题——现在你们还是有的选的,过去我们哪有的选?到了岁数,你敢不结婚试试!那压力简直泰山那么大。"

艾黎看看韩棠的神色,没有继续说下去:"体检完了,带你们俩去吃好吃的、买新衣服好不好?还有什么想做的?"

车子开得很快,韩棠看到一汪湖水,发觉刚才是经过公园了。

牟艺琳轻轻拍拍她,指指湖面,问:"记不记得咱们年轻时候,可流行冬天在湖上滑冰、夏天在湖上划船了?"

"流行。"韩棠看着远去的湖,"可是我不记得我去玩过。"

小时候母亲严格,严禁她们姐妹随意跟同学朋友出去玩。母亲说那是"疯",韩家的女儿不能那么"疯"。姐姐和妹妹经常偷偷出去玩,她乖,母亲不让去的地方一定不会去。听见艾黎"啊"了一声,她笑起来。

"咱们吃完饭去划船吧。"她说。

手机在包里响了,她拿出来一看,楚天阔。

好心情顿时被扫去了大半。

她看看时间,心说这个时间点楚天阔就醒了,难得,昨晚应该没喝酒。她接听了电话。

楚天阔也许没有心理准备,电话通了之后,竟然没出声。

韩棠等了片刻,说:"我跟你说了,别老给我打电话。你有这个时间,干点儿什么不好?"

"棠棠,"楚天阔叹了口气,"你好点儿没有?"

韩棠听着楚天阔这语气,是她极熟悉的。一般出现在他心情好的时候,在他愿意的时候,在他犯错的时候……她笑了。

艾黎瞥见姑姑的神情,握了握方向盘。

车子开到医院后门处,前面已经有不少车,都需排队等候。艾黎跟韩棠示意了一下。

韩棠点点头,说:"我这会儿忙,没空儿跟你说这些——你要是闲着没事,帮忙接送一下风眠上下学不好吗?"

"为什么要我帮忙?我是干这个的人吗?"楚天阔立即反问,语气不像刚才和软而温柔。

一瞬间像是往平静的湖水里扔了一块巨大的石头,韩棠甚至能感觉到那飞溅的水花喷到了自己脸上,一片清凉。

"我跟你无话可说。你不是干这个的,谁是应该的?我接你电话就是要警告你,你不帮忙就算了,不要过去给孩子们添乱,尤其别张口就说什么让菲菲辞职带孩子这种狗屁话。"

"等等!谁说那个了?"

"你最好没说。这个建议不是不行——你可以建议楚泽辞职回家带孩子。楚泽上班就是混日子,这是你说的。在单位混日子,不如回家照顾老婆孩子!"

"那怎么行!"

"怎么不行?这不行那不行,哪儿那么多'不行'?那么多爷爷姥爷帮忙带孙辈,到你接送一下都不行?"韩棠连续问。艾黎斜眼看看姑姑。好

125

家伙,要不怎么说别惹蔫儿巴人呢?棠姑姑不动气就算了,动了气,一句不让人的。

"我干不了,再说我也不认识路。我让司机接送行了吧?棠棠,有什么话回家来说不好吗?你这电话不接、人也不见影,我这几天吃也吃不好,睡也睡不好。"

韩棠将手机拿远些,楚天阔的声音也远了些。

她冲着话筒说了句"过几天再说"挂断了电话,随后在通讯记录里勾选了"阻止此来电号码"。她没言语,艾黎和牟艺琳也没问她什么。她静静地坐在那里,等车子开进停车场。下了车,艾黎走在前面,不时回头看看她和牟艺琳。

三个人都静静的,走进体检中心大门,虽然时间还早,仍然需要排队进入。走到摄像头旁,保安示意韩棠摘下墨镜。韩棠从容地将墨镜摘下来,转向摄像头。保安盯了她片刻,马上挥手示意她往前走,待她走开,又悄悄瞄了她一眼。韩棠把墨镜放进拎包里。周围人的目光不时扫过来,她起初有点儿紧张。艾黎不时站到她身旁,因为个子高,可以挡住部分视线。好在艾黎预订的体检套餐属于 VIP 一组,检查项目虽然多而烦琐,但可以走特别通道,人也很少。艾黎跑前跑后,照顾她和牟艺琳,也节省了很多时间。

韩棠上了车,就瘫坐在位子上。这大半天,衣服鞋子穿穿脱脱,已经累坏她。牟艺琳倒是很有精神,一边给她捏着胳膊,一边问:"我们去吃点儿好吃的?你想吃什么?"

"你请客呀?"韩棠笑着问。她没有再把墨镜戴上。这样一转脸,很坦然地让牟艺琳看着她的伤。

很奇怪,从前回避遮掩的很多东西,一旦袒露出来,似乎人变得勇敢多了。原来可以这样。

牟艺琳说:"我请。你想吃什么都行。"她说着,轻轻给韩棠拂了一下额前的散发。

"去花园饭店吃牛排。"韩棠马上说。

"哎!你可真会挑地方。"

"你请客我不拣贵的地方挑，那不是亏了？"韩棠笑道。

艾黎开着车，听着姑姑和母亲说笑，笑着改换路线，很快就到了花园饭店。正是午餐时间，三个人进去，挑了最好的位置坐下，点了自己喜欢的食物。等上菜的工夫，侍应生先送上来饮品和水果糕点。韩棠看到盘子里漂亮的奶油小方，笑着问牟艺琳还记不记得第一次跟韩柏约会时候的事。牟艺琳说当然记得，接着便笑起来。两人叽叽呱呱说起年轻时候的事，牟艺琳看着艾黎坐在对面低头不停地打字，笑着说那会儿人家给我介绍了那么多对象，条件都很不错，也不知道为什么我一眼就看上了韩柏。他来见我，穿得跟个归国华侨似的，论起吃的喝的没有不精通的，刀叉用得简直可以直接派去接待外宾，绝对不会丢脸。牟艺琳说："我那会儿切个牛排，肉都能飞出去！每次约会都笑料百出。一晃啊，艾黎都这么大了。上礼拜老韩还说这儿的奶油小方估计也没有以前那么好吃了。他记得我爱吃，有一年他们船靠上海港，他从上海回来休假，特意去红宝石买，结果天太热，带回来，奶油都酸了。然后被妈骂了一顿，说他净瞎花钱、穷嘚瑟，正经事不做的。我们俩就背着妈偷偷笑。我现在想起来，还觉得好玩儿。"

韩棠笑得前仰后合。艾黎抬起头来，慢条斯理地说："您哪，就是那么掉我爸那深坑里去的。"

"人哪，要想一起过一辈子，还是多想着好处。"牟艺琳说。

艾黎看看她，刚好侍应生来上菜，也就没说下去。她又看看姑姑，母亲那句话对姑姑似乎没有产生什么影响，姑姑照旧微笑着，切牛排、议论味道。看起来，姑姑很享受眼下这轻松的时光。

艾黎笑笑，切着牛排，慢慢地吃着，不时转头看眼窗外——花园饭店的位置非常好，出门便是公园的西湖，沿着公园的围墙再往前走，就是海滩了。今天天气没有风，空气清清爽爽的，碧蓝的天空下是五彩斑斓的树，看起来极美。她听着母亲和姑姑商量等一下去湖上划船，笑起来。

吃完饭，她们散着步进公园沿着湖边慢慢溜达着，公园里的游客并不算多，零零星星地散开，多半是老人带着幼儿。午后的太阳极暖，晒得人身上舒服极了。

艾黎去岸边租了条船，带着姑姑和母亲坐上去。湖水很清，其实也很浅，湖面映着蓝天白云和湖边的水杉林，美得让人叹息。韩棠拿着手机不停地拍照，每拍一张便赞一句"好像油画"。艾黎微笑，说："所以这季节来这儿写生的人也特别多啊。"她说着，冲对岸抬了抬下巴。

对岸的水杉林前，有些人支起了画架，安安静静地写生，看起来也像是一幅画。

"姑姑开始学画，以后也来写生。"艾黎说。韩棠点头。

昨天早上，艾黎给她拿了青容画室的资料和报名表回来。资料有厚厚的一摞，她看了看，就决定报名了。艾黎说第一年的学费由她出，很支持她发展这个爱好。"春暖花开，秋高气爽，三五同好结伴，出门写生，多浪漫啊。"韩棠说。牟艺琳却说："这样一坐那么久，腰酸背痛的，万一痔疮犯了，都坐不住。""妈！您也太会破坏气氛了！"艾黎叫起来，笑得几乎握不住桨。

小船像片树叶，在湖面上慢慢地打着旋儿。

其实湖很小，从这边划到那边，再慢也不过十几分钟罢了。艾黎的划船技术不算好，船至湖心，韩棠跟艾黎换了一下位置。艾黎坐稳，等姑姑开始划船，拿了手机给她录了段视频、拍了好多张照片。照片里，韩棠戴着墨镜和遮阳帽，看起来像平常一样，脸上挂着无忧无虑的笑，似乎比实际年龄要年轻十几岁。她忽然单手握桨，将遮阳帽和墨镜都摘了，阳光照在她脸上，温暖但并不强烈。她睁开眼睛，仰头看着高而远的天空，长长地舒了口气。

"真美啊。"她说。声音落到湖面上，似乎能激起涟漪。

她微笑，看着前方。

真美啊，这自由自在、毫无负担的生活。

哪怕只是暂时的。

Chapter 4
鲜花盛开的地方

下课铃一响,一阵此起彼伏的"老师再见"之后,教学楼门一开,穿着蓝白相间的校服的小学生成群结队地涌了出来。韩棠看着那些吵吵闹闹的孩子,好像看着蚂蚁洞口覆盖的树叶终于被掀开,小蚂蚁们乌泱泱钻了出来。

她微笑着,双手交握,垂在身前,一眼就看到了杜松子老师。

送孩子们放学的老师里,再也没有比他更显眼的了。

杜老师低着头,不知在跟孩子们说什么。他脸上挂着微笑,孩子们仰着头看他,叽叽喳喳、争先恐后地抢话。风眠站在队尾,说一句话就蹦一下,蹦得最高、喊得最大声。杜老师很耐心地伸手拍拍她肩膀。韩棠看得发笑,心想风眠这孩子,绝对不必担心有话会憋在心里不说出来。

"奶奶!"风眠看到了她,高声喊起来。

这一声在嘈杂的环境里不算太出挑,可韩棠马上就接收到了。

她摇摇手,看到杜老师远远地跟她点头打招呼,忙回礼。

风眠走出校门,跟杜老师鞠躬说再见,撒开腿就冲她跑了过来。

"奶奶、奶奶,想死你啦!"风眠扑到韩棠怀里,手里的东西噼里啪啦掉了一地。

韩棠笑着摸摸风眠的头,弯身给她把这些零碎捡起来,问她今天在学校过得怎样。有经过的小同学大声说"楚风眠你奶奶好酷啊""楚奶奶好",韩棠忙直起身,跟孩子们微笑点头,看着他们从杜老师带的队伍里分别奔向各自的家长,才拉着风眠的手,往路边车子走去。

杜老师身边的队伍越来越短,往相反方向走去。韩棠上车前,看见杜老师手里拿着小旗子,站在路口指挥交通,跟同行的女老师各据一边、有商有量，那样子温和而帅气。

"隔壁班的班主任梁老师可能喜欢杜老师。"风眠跪在座椅上，从后窗看着那边，说。

"是吗？"韩棠关好车门，让风眠坐进安全座椅，看着她系好安全带。

"是呀！奶奶，梁老师人很好的，我们批准她喜欢杜老师。"风眠叽叽咕咕地跟韩棠说起为什么她会觉得"梁老师人很好"。

韩棠认真听着。这会儿学校附近的交通简直水泄不通，她得见缝插针把车开走。一个多礼拜来，都是菲菲接送风眠，她也有意少去关注那个编外"家长群"的消息，信息比较滞后。但自从上次杜老师和她讲过风眠在学校的表现，她一直放在心上，这些日子跟风眠通话时，会留意她喜欢、不喜欢哪个同学和老师。这会儿风眠正在解释为什么她会认为梁老师人很好。这是因为前天上课的时候做游戏，风眠发现自己对手的小组作弊，当场拆穿，梁老师很公平地罚了对手的分。

"下课以后，她们不高兴，可是不敢来找我麻烦，就欺负我们组的乐易宁。她们把乐易宁堵在厕所门外，不让她进去，被我揪住……"

韩棠听到"揪住"两个字，忍住没有打断风眠的话。她的神色有点儿紧张，风眠马上就发觉了。

"奶奶别怕呀。我又没有打她们，只是揪住衣领推了一下。我要保护乐易宁啊！啊哟，就这一下，可了不得啦。她们就去告老师，跟杜老师说我打人。奶奶，她们好坏呀。还好梁老师相信我，帮我跟杜老师说，不是她们说的那样的。杜老师很聪明，没有相信她们胡说八道。奶奶，我没有做坏事啊。"风眠小胳膊撑在扶手上，忽然有点儿沮丧，"可是回家以后我妈和姥姥把我说了一顿，让我以后聪明一点儿，还说，她们作弊拿高分我们也可以啊，让我再发现这种事不要当场揭穿，不然只会吃亏。我觉得她们说得不对，而且杜老师和梁老师都没说我错啊，奶奶，您干吗不摘墨镜？"

韩棠听着风眠说的话，眉头越皱越紧，正在琢磨该怎么回答风眠，突然被风眠这一问，下意识抬手摸了一下脸。脸上的青瘀已经很浅了，除了眼窝那里有一道深紫，不留意的话其他部位已经看不出异样，就像画了个半边脸的烟熏妆。这个样子到了人多的地方还是要戴上墨镜，当然不太方便。"那奶奶一会儿摘了墨镜,你看见可别害怕。"韩棠慢慢地说,"奶奶呀,前阵子摔了一跤,不小心撞伤了,正好身体也不舒服,膝盖疼得走不了路,就好些天没出门。"

风眠不出声,看着韩棠。韩棠把车停下,回头看看风眠——小家伙的红领巾简直系成了死疙瘩。她摘了墨镜。风眠歪着头,看了她好一会儿,才说:"奶奶,太疼了。"

"已经不疼了。风眠啊,你平时跑跑跳跳千万要小心,受了伤啊,可太遭罪了。"

"我不怕。我要是怕,也不会想去踢球了。佛爷阿姨说踢球首先就要不怕身体对抗、不怕受伤。"风眠解开安全带,趴到中控台的位置上,歪着脸看韩棠。

"可是,奶奶,我爷爷不让我爸妈送我去踢足球。"

"爷爷什么时候说的?"韩棠控制住没有马上让两道眉毛在风眠面前拧在一起。

"前天爷爷来家里看弟弟的时候。我妈妈和爸爸说我喜欢踢球。他说小女孩儿踢什么足球啊,学点儿钢琴书法就行了。我爸说可以强身健体,要不以后遇见什么事儿只有挨打的份儿,还有,女足可是能为国争光的。爷爷把茶杯扔我爸脸上了。后来我爸跟爷爷吵起来了,我姥把我和弟弟带到楼上去了,不让我们听他们怎么吵的,可急死我了。"风眠小嘴叭叭地跟奶奶说着,并不知道奶奶听得一边心惊胆战一边火冒三丈,可还得耐着性子不要在孙女面前失态。

韩棠只觉得脑子里嗡嗡的,像塞了一把苍蝇进去。这些事,没人跟她提。楚泽没提,菲菲也没提——菲菲昨天不得已才给她打了电话,请她这两天帮帮忙接一下风眠,新保姆下个礼拜才能来上班,赶上她单位最近特别忙,托管班偏又歇了业,雪上加霜的是,楚泽有任务,这些天在单位也回不了家,实在找不到能搭把手的人了。菲菲在电话里声音都带着哭腔。这还有什么好说的,她当然责无旁贷。况且正想风眠和嘟嘟想得抓心挠肝的,她就答应了。退一步说,无论如何,得帮忙过了这段难过的日子吧?楚天阔这人,不帮忙就算了,尽添堵!

韩棠这么想着，在心里把楚天阔骂了几个来回，脸上尽量保持温和平静，安慰着风眠，带她去逛了一圈超市，跟梁瑶通电话，问了家里都缺什么，买了一大堆的东西。

风眠背着书包，帮奶奶拎了一个大袋子，一路叽叽呱呱说着话，情绪好极了。等电梯的工夫，祖孙俩恰好遇到了双胞胎开心喜悦和她们的姥爷。看小姑娘们凑在一起高兴的样子，韩棠微笑。出电梯时，她听见开心的姥爷轻声说再见，然后多说了一句有日子没见小朋友这么乐呵了，跟奶奶感情真好。韩棠心一动，看着风眠的后脑勺，要不是手里拎着东西，真想马上把孙女搂过来亲一亲。

她回头跟开心姥爷笑笑着说再见，开心姥爷也笑着点头。

电梯门合上，韩棠走了两步，轻轻摇了一下头。

她总觉得开心姥爷这人眼熟。这会儿工夫，风眠已经跑到家门口了。她没去开锁，直接按门铃。

梁瑶来开了门，看见韩棠的样子，轻轻"哟"了一声，帮忙接东西时，偷眼打量了一下她的脸。韩棠一进门就闻到了一股奇怪的味道。她不动声色，坦然地走进门，换了鞋，躲避着从门厅堆到客厅的乱七八糟的东西，穿过杂乱的餐厅来到厨房——餐桌上还摆着不知是中午还是早上的碗碟，水池里堆着不知是什么时候的脏碗，一个烧煳底的锅扣在水池上。韩棠也就知道了怪味来自哪里。她默默叹了口气，听梁瑶有点儿尴尬地说本来要趁着嘟嘟睡着收拾一下，哪知道那孩子今天也不知道怎么了，就是哄不睡，好歹才刚睡着。

韩棠笑笑，说："你歇会儿吧。风眠，洗洗手换衣服，过来吃点儿水果点心，马上写作业。"

风眠痛痛快快地答应着跑开了，韩棠站在厨房里，左右看看，琢磨着从哪儿开始下手。

"到底还得是你。风眠在你跟前和在我跟前，简直是两个孩子。"梁瑶说。韩棠戴上塑胶手套，拿了垃圾桶走到餐桌边，拿起餐盘"哗啦"一下倒了进去。下手有点儿重，汤水溅了出来，梁瑶圆滚滚的身子像个球一样往旁边弹开。

"别小看小孩儿，觉得他们不懂事儿，其实啊，也会见人下菜碟。"韩棠没抬眼，三下五除二把餐桌上那些外卖盒子扫进大垃圾袋里，把盘碗杯碟连同那个烧煳了的锅一股脑全塞进洗碗机。她没有跟梁瑶闲话的心思，很快将她打发去看着嘟嘟了。风眠特意跑来餐桌上写作业，认认真真写，偶尔抬头看看奶奶，像是能看到她在自己眼前，就心满意足。

韩棠把厨房收拾出个大概来，已经腰酸背痛。趁喝口水的工夫，看了一眼微信上的消息。艾黎给她留言，问她晚饭怎么吃，让她不要凑合。艾黎回去上班之后，这几天早晚都会发消息来确定她没事。艾黎是不放心她。

"来看看风眠和嘟嘟，在这边吃晚饭。"韩棠没把家里的情形跟艾黎说。

"嗯……"

韩棠看着这个省略号。艾黎应该皱了一下眉。

"好好吃，多吃点儿。你们约什么时候见面谈？"艾黎问。"明天。"韩棠说。"约在哪里，定了吗？"艾黎问。

韩棠一杯水喝光了，还有好多事要做，此时没空儿跟艾黎细说。没等她回复，艾黎的消息发过来了。

"姑姑先吃饭吧，不用回复我了。晚点儿有空儿再说。""要是没定地儿，可以去沈释迦那里。我跟释迦说了，您有事儿可以随时找她。她家楼下就有茶馆，很方便的。"

"姑姑不用跟沈释迦客气啊。自己人帮忙应该的。她支使我给她干活儿张口就来的。"艾黎发了一连串"生气""冒火"的表情包。

韩棠忍不住笑出来。艾黎这趟回京，不知道释迦到底让她帮忙带了什么东西，可把艾黎累得不轻。据说艾黎回去之后正经跑了好几趟远路"送货上门"，于是这两天逮住空儿就骂两句沈释迦。风眠听见笑，抬起头来看她。她示意风眠继续写作业，小声说"艾黎姑姑"。风眠眉眼一弯，说："我有点儿想艾黎姑姑了。她要能老在家就好了。"韩棠叹口气，心说哪儿有这种好事儿哦！艾黎要不离家千里辛苦工作，哪儿来的应付生活游刃有余。她给艾黎回复了一个"OK"，给风眠倒了杯水，放在她手边。风眠今天写作业很顺利也很认真，她看了觉得舒心。

"奶奶，要不咱们吃外卖吧。"风眠低着头，小声说，"我可以的。"

韩棠摸摸她的头，也小声说："奶奶来了还吃外卖，那奶奶来干吗？咱们吃简单点儿好了。"

风眠没再出声。韩棠微微一笑，回厨房去，果然做了最简单的晚饭——海鲜面。面做好了，葛菲菲到了家，嘟嘟也睡醒了。韩棠看着菲菲一到家那灰头土脸的样子，催她快点儿去洗洗来吃饭。嘟嘟多日不见奶奶，一点儿都不觉得生疏，虽然步履蹒跚，韩棠走到哪儿，他就跟到哪儿，跟只刚学步的小企鹅似的。待到大家坐下来要吃饭，嘟嘟非要韩棠喂。梁瑶纳罕，菲菲有点儿抱歉，要自己喂饭。

韩棠忙了许久，没什么胃口，笑着让菲菲先吃，说："你吃饱了，跟我换班。"菲菲这才埋头吃起面来。面前一大碗海鲜面，她吃得气儿都不喘。其实韩棠觉得今晚的面有点儿咸了，她这些天自己吃饭都很简单清淡，有时甚至不吃，再动手做饭，下手有点儿没数。好在菲菲没有挑剔，梁瑶也很捧场一个劲儿说好吃。

"妈妈，您是不是瘦了？"菲菲问。韩棠给嘟嘟擦擦嘴角，随口道："有吗？没觉得瘦。我这些天连镜子都不照。"饭桌上沉默了片刻。

菲菲说："我看是瘦了。瘦了显得更有气质了。"

韩棠笑笑，看菲菲嘴角有油光，抽了张纸巾给她。

"妈妈今晚住下吧？楚泽又不在家。"菲菲说。

韩棠余光瞥见风眠抬起头来，虽然没吭声，眼睛一亮。她笑笑，轻声说："我还是回去吧。这阵子我负责接送风眠上下学。风眠，早上到时间下楼，奶奶在楼下等你。你自己掌握好时间，迟到了，奶奶可不负责。"风眠点点头。韩棠见她这么好商量，有点儿惊奇。

吃完饭，梁瑶带嘟嘟去洗手，菲菲收拾桌子、洗碗。这会儿工夫只有婆媳俩在，韩棠才问："风眠这几天还算听话？"

"嗯，挺听话的。"菲菲点头。

韩棠看她的神情，就知道这话有所保留。她轻声说："风眠脾气倔，一遍说不通多说几遍，可记得，千万别动手。"

菲菲挤了一大坨洗洁精，搞得碗盘上全是泡沫，半天冲洗不干净。韩棠看着，忍住不伸手。

"妈妈,您这些天住哪儿啊?方便吗?不然等保姆来上班,您还是搬过来住。"菲菲轻声说。她看看韩棠。"您自己在外面住,我们挺担心的。"

"没什么可担心的。我都这岁数了。多个人,家里多添份儿乱。"韩棠也轻声说。她没说出口,别的不讲,如果她在这儿,保不齐楚天阔哪天借酒装疯上来闹一场,大家岂不是都难看?

"那等楚泽忙过这阵儿,让他过去陪您住几天吧。他也挺不放心的。"菲菲说。

"都不用。"韩棠微笑道。她顿了顿,说:"我报了个美术班学画画,已经上了一次课了,又报了个线上英语课,平时还得完成作业。"

菲菲手里拿着碗,水哗啦啦往下淌,有点儿吃惊地张了张嘴。韩棠以为她可能会显得有点儿不高兴,因为自己目前这情况竟然还有心思去学东西,而且这边家里还一团乱,记得以前梁瑶就说那些上了岁数还去老年大学上课的人其实是社交需求大于学习的需求,菲菲还附和过。即使这样,她也愿意早点儿承认自己要学点儿想学的知识了。

不想菲菲笑了,说:"那真挺好的。您还记得有次您陪风眠上国画课,回来把老师教的给风眠演示了一遍,那会儿我就想,风眠根本没兴趣,根本是白扔学费,不如换您去跟老师上课算了。楚泽说您小时候就想学画画来着。"

韩棠心里宽慰,脸上的神情就极放松。

菲菲说着话,看着她,有那么一会儿有点儿发愣。她很少见到婆婆有如此自在的样子,印象里从她和楚泽恋爱结婚到现在,也没有几次。如果眼窝里没有那紫色的瘀痕,这一刻多美好啊。

韩棠拿了布把碗上的水擦干净晾起来,拍拍菲菲,说了句"我去看看风眠",就上楼去了。

她进了风眠的房间,等她洗澡的工夫,给她检查了一下今天的作业。她把要注意的事项写在纸条上,提醒菲菲。她休息了一会儿,打开微信看一眼,见楚泽有一条留言,待到细看,却被撤回了。她皱了一下眉,问楚泽发了什么又撤回了。等了一会儿见他没回复,又问他怎么样了,这些天吃住都在单位,还习惯吗。

楚泽仍然没回复。

韩棠等风眠洗过澡出来，跟她玩儿了一会儿，看时间差不多了，把菲菲叫来让她陪风眠预习一下功课，自己去看了看嘟嘟。吃饱喝足的嘟嘟极乖巧，梁瑶把他的玩具弄乱，都堆在垫子上，他一件一件把它们摆回柜子里。

韩棠看着小嘟嘟认真的样子，看了好一会儿。梁瑶坐在她身边，看了她好几眼，问："不住下啊？"

"不了。我回去还有事。"韩棠看了看手表，把包拿过来。

"这会儿就看出房子多的好处来了，离开家去哪儿住都行。老韩，我说得不中听，你别介意啊。这个年纪了，保重身体是第一的。至于说其他的，也不一定非要弄到不能挽回的地步。我看嘟嘟爷爷的态度，不像是会同意的。你们家的情况跟别人家也不大一样，你可得想好了。"梁瑶轻声说。

韩棠好一会儿没出声，看着嘟嘟柔柔软软的一团小背影，点了点头。梁瑶提醒她有她的用意，她很清楚。"你得好好儿给自己打算，替楚泽打算。"果然梁瑶接下来补了这么一句。

韩棠抬起头来，说："我先走了。悄悄地，别让嘟嘟发现。你早点儿休息。"

梁瑶要起身送她，韩棠按住她的肩膀，起身慢慢走开了。梁瑶到底送她到门外，扶着门框看她走向电梯，才关好门。

韩棠听见"滴"的一声响，站下来，按了电梯键，回头看了眼——没了那盆"八方来财"，加上也没人好好儿收拾，门口的空间显得乱糟糟的。电梯来了，门一开，她待要走进，抬眼看到开心喜悦的姥爷站在里面。

她打了个招呼，微笑着走了进去，忽然意识到，自己没戴墨镜。

她瞬间紧张起来，明显感觉到额头出了一层汗，可是不消一会儿，又放松了——唉，不过是不相干的人。她镇定下来，仔细一回忆，似乎下午在车上把墨镜摘了，就没再戴上，也就是说，之前遇见开心姥爷的时候，她这脸上的伤就暴露了。当然，也许人家根本就没注意。她这么想着，忍不住"扑哧"一声笑了。

她听见一声低沉的笑，像是被她这一笑勾起的回声，心一动，接着就听开心姥爷叫她："韩棠，你怎么还是这样啊。"

韩棠皱了一下眉，慢慢"咦"了一声。电梯恰好在此时到了底楼，门一开，她先走了出去，转身看着开心姥爷。底楼大厅灯光明亮，开心姥爷清瘦的面孔泛着亮光，微微笑着，眉眼弯弯的——眉毛浓而长，眉梢尤其长，翘起来看着很威风，有点儿像……"关老爷！"韩棠抬手指着他的眉，脱口而出。

开心姥爷愣了一下，哈哈大笑。韩棠也笑出来。两人响亮的笑声像躲避球，这儿撞一下、那儿撞一下，在大厅里回荡着。

韩棠握起手指，说："对不起啊，上岁数了，一下子想不起来你的名字了。""有什么关系啊！还能喊出'关老爷'来就了不起了！"开心姥爷笑道。两人穿过大厅往外走。到门边，开心姥爷先一步开了门，让韩棠先走。

外面起风了，不大，但有点儿冷。韩棠的头发被吹起来了。她忙摁住，转头看着开心姥爷，笑问："咱们俩是……是小学同学吧？"

"是啊！你一班我二班。我是二年级转学来的。"

韩棠心想还好还好，不是同班同学，一时没能想起来，还情有可原。不过，就算是同班同学，以她目前的记性，也很难讲是不是能一眼就认得出来。"真不好意思，我说怎么看你有点儿眼熟，就是想不起来在哪儿见过了。"

"重新认识一下也行。你好，我是刘成思。"

"对哦，刘成思！刘馆长！"韩棠拍了一下手。

"对，以前大家都叫我刘馆长。因为我是学校图书馆的义务管理员，只有你，叫我关老爷——因为我小时候眉毛就长，而且还凶。每次有同学把书给弄坏了、弄脏了，我会不高兴的。我还会告诉老师。"开心姥爷说。他笑眯眯的，想起小时候的事来，像是让他格外开心。

韩棠无声地笑着，持续性的，很没有负担的。

她不记得自己有没有损坏过书籍了，但是，学校里那个小小的图书馆，其实也只不过是一间图书室、十来个书架加上十几张书桌而已，却留下她很多、很多放学后美好的记忆。她还记得自己是在图书室里第一次看到了

《红楼梦》，尽管是残缺的、繁体的、只看了一次就不知所踪了的。她忍不住拍了一下手。

"那会儿你脖子上挂着钥匙，站在图书室门口可神气了。"韩棠笑着说。

都是小学生，有了正经的任务，就特别要装大人，格外地郑重其事。当然，那年月，后来他们上学的日子也开始动荡。很多的记忆戛然而止，有些碎片，如今想要拼凑，都渐渐模糊起来，捞起一片来，格外珍惜。遇到曾经同路的伙伴，能帮忙捞起一片来，再拼凑起一部分，也是很好的。

"是啊，以后干什么工作都没再那么神气过。"开心姥爷笑道。

韩棠忍不住笑出声来。"你后来去哪儿了？"

"我啊？后来当兵去了嘛。我父母都是海军。我当兵去了南方，一待就这么多年。我退下来以后才回来的，还是想家。"

"小刘老师是……"

"孩子从小跟我母亲特别亲，也喜欢北方。她大学在北京念的，女婿是她同学，也是咱们这本地人。毕业以后，两人一起回来安了家。"刘成思说。

"这样啊。那家属一起回来了吗？"韩棠问。她想了想，从来没见过开心姥姥。

"没有。她是南方人，一直不适应咱们这儿的气候，来了以后就过敏。"刘成思停了停，"前些年病着，我陪她住在南方，那边医疗条件更好些。"

韩棠点点头，照顾病人可不易。不过这话她没有说出来。

"这种情况我们也帮不到孩子。开心喜悦还是亲家帮忙带得多。还好孩子们寒暑假可以来南方待一段时间，我们愧疚也轻一些。"刘成思轻声说。

韩棠又点点头，很能体会他的心情。

"家属现在身体好多了吗？"韩棠问。

"去年走了。"刘成思说。

韩棠停了一下，才说："真不好意思。"

"唉……病了很多年，她太辛苦了。"韩棠听着，没出声，但不知为何就难受起来。

"看我，说起来就……我呀，照顾病人有经验了，回来又接茬儿照顾我的老母亲和老父亲。早前都是我弟弟妹妹照顾，现在我得接手。好在老人家身体还说得过去，就一日三餐要细致，其他时候都能自理，我也有时间能来帮忙接送外孙女。"

"开心喜悦太可爱了。"

"聪明伶俐，调皮捣蛋。"刘成思说起外孙女来，笑得眉梢眼角都颤巍巍的。

韩棠也笑。

寒风吹拂，两人走一步，停两步，很慢。

韩棠的车子就停在旁边了。

刘成思看看韩棠，问："你还好吗？"

韩棠点头。她忽然明白过来，在楼里进进出出这么久了，开心姥爷明明有很多机会可以跟她相认，但只有今天喊出了她的名字，想来她的状态看上去挺让人担心。

"挺好的。"她说着笑了，"你现在住哪儿？"

"住我老父亲那里。哎呀，不好意思，一把年纪，还要跟父母同住。"刘成思笑道。

"要照顾老人，可不得同住？我记得你们家，将军楼嘛！走吧，我送你。"韩棠说。

"不用！你快上车吧，怪冷的。我出去坐公交就两站路，走路也就一刻钟，特别方便。"刘成思摆手，"回头再聊啊。开车慢点儿。"韩棠拉开车门，让他上车："跟老同学还啰哩啰唆的。"

刘成思的手机响了。他看看说是女儿，接听了。原来是女儿问他走远没有，他的颜料忘记带了。他"哎呀"一声，说"我马上上去拿"，女儿让他等等，自己下来送。挂断电话他笑起来，说："我这记性也不行了。让孩子给我买的东西，拿了两天没拿走。"

韩棠笑了："很理解。我的记性，现在连猫都不如。"

她又客气了一下，老刘坚决让她先走。上车前，跟老刘交换了电话号码。

车子开出去不远，转弯的时候，看到小刘带着开心喜悦一起下了楼，俩小姑娘一边一个挂在姥爷肩膀上打秋千，那笑声传得这么远，悦耳动听。她轻轻叹口气，所谓天伦之乐，不过如此啊！

从小区出来，她的车子慢慢行进在窄窄的街道上，经过那片"将军楼"时，刚好有个红灯，就停了下来。这一区环境极好，紧靠山顶公园，她路过时偶尔会看一眼。从前就安静，如今显得更安静。可今天，也许是遇见了老同学的缘故，再看，忽然添了分亲切感。她笑了笑。红灯一过，她开车翻过了这条坡道，将车开到路边停了下来，下台阶走进了一个老旧的院落。她抬眼看看这只有四层的老楼房。她站在院子里跺跺脚，老楼都可能掉渣。她会住在这里，楚天阔大概想破脑袋也想不到。

院子里突然蹿过一道黑影，无声无息的。韩棠停下脚步，往花坛里看了一眼。稀疏的枝杈间，有一对小灯泡似的眼睛。那是一楼老太太散养的黑猫，到晚间总是从阳台窗子的缝隙溜出来。猫大概认出了她，没有再跑开，只远远地看着她，一双眼睛，在夜色中亮极了。韩棠回头看了眼院门——不算结实、有比没有强一点儿的一道铁栅栏门。楼上有邻居要十点多才下班回家，他会负责锁院门。韩棠进了一单元。单元门倒是新的，门锁滴滴响过，她进了门，上了二楼。水泥楼梯被踩得光滑极了，楼道里干干净净的，墙上贴满了小广告，开锁的、通下水道的、清洗油烟机的……每一个小广告都像是鸡眼膏，贴上去像是注定要拔下什么来。有点儿碍眼，可不讨厌。

韩棠站在201的门前，歇了口气。膝盖隐隐作痛。感应灯坏了，她拿出手机来照亮。锈迹斑斑的防盗门上贴着春联。陈旧褪色脆弱的春联，好像伸手一碰就会碎裂。她小心地将门拉开，从门缝里掉下来的铁锈差点儿迷了她的眼。她回手关门时摸了摸门框，想着明天如果有时间，要不还是把这门擦一下吧。可是再一想，反正是一个人住这里，脏一点儿乱一点儿怕什么呢？

"可以自由地乱，这是独居最大的意义。"艾黎就是这么说的。说完了就被她母亲照背后敲了一巴掌。

这话是有点儿歧义，可怎么听都觉得也很有点儿道理。

那天在公园里划着船,她说,等一下你们跟我一起去个地方吧。那会儿她们没有问她准备去哪儿,她也不急着说。艾黎拿着手机给她拍照,不知道到底拍了多少,一个劲儿地说这环境、这氛围,随便一拍都好看极了。她开玩笑问是不是可以入选遗照的水准,艾黎随口说那可不行,脸上还有伤呢,要用还得精修。三个人沉默了好一会儿,她才说,那不正好吗,一张照片替我把话都说尽了。

船飘飘摇摇地靠了岸,脚踏实地的时候,她就更觉得自己的决定做得对。

艾黎开着车子,在韩棠说出目的地之后,根本不用导航,一路就开过来了。牟艺琳在车上说:"这是你结婚后,第一套属于自己的房子吧?你们结婚时候住的还是团结户,真的挤。"韩棠说:"是单位分的小房子。那会儿楚天阔还上不下下的,我能分到这房子实在是幸运。也是因为那些年我在单位的表现足够突出,分房名单里,我的分数很高,排在前几位。"

他们在这里正经住了几年,虽然楚天阔越来越忙,在家里的时候并不多。他从开始就对这小房子的布局不太满意,总是想着有机会就置换。后来的房子一套比一套大,也不需要置换了。他从搬出去就没有再回来过,可是这套房子的意义对她来说仍然是很不一样。房改的时候,楚天阔已经不太在意这小房子了,但是能付出小代价多一套房,还是很乐意的。

后来,这套小房子虽然"破破烂烂、户型又差",却正好位于一个特别好的学区,或者租或者卖都会有不错的收益。楚天阔提过一两次让她收拾收拾处理掉,她没行动,他也没再提。他要惦记要筹划的事太多了,这件事还排不上号。这套小房子就这么闲置了多年。

韩棠把钥匙放在客厅的小饭桌上。从这里搬出去的时候,除了一口旧锅几副碗筷,一切的家具用品都没有动,因此不管什么时候走进来,她就像是一步回到了许多年前。

屋子里已经收拾得干干净净。

那天下午一进来,艾黎就开始动手打扫。那孩子效率可真是高,在确定她的确想要在这里住段时间,马上就在 App 上下单找了清洁工人。不到一个小时,就来了两个中年女清洁工。两个工人加她们三个人,忙了四个小时，小房子里就清爽起来了。唯独外面的铁门，艾黎不让清洁工人擦，说暂时别动，维持现在这个样子，看上去不像有人住。牟艺琳说艾黎这是"掩耳盗铃"，楚天阔要有心找，还能想不到这儿？能瞒几天啊。艾黎说姑姑要是不想见他可以不开门装不在这儿，能清净几天算几天。她倒不大在意这个，但她知道，楚天阔应该是想不到她会到这里来的。如果能想得到，他们也不必走到这个地步了。

韩棠叹了口气。她走进厨房里，烧了一壶水，泡脚。沙发还是老式的，坐在上面稍稍一动就咯吱咯吱响，但并没有坏，还是那么结结实实的。她泡着脚，回手从一边的架子上拿了本书下来。那天在这里打扫完卫生，她跟艾黎和牟艺琳一起吃了晚饭。原本想继续在外面吃的，可是艾黎不让，直接开去了她的新房子。

牟艺琳从进了小区就开始夸，一直夸到了阁楼的平台上，还说有这样的漂亮新房子不住，你回去住那"老破小"是想忆苦思甜呢还是面壁思过。艾黎憋笑憋得都要岔气儿了，才跟她母亲说别夸了，词汇量不够了，都开始重复使用形容词了。这里不是姑姑的"狡兔之窟"，是她原本打算下个月妈妈过生日的时候再揭幕的秘密场所，可凑巧了，当然也是不凑巧，提前献宝了。牟艺琳于是叹着气，从平台叹到了餐桌上。

晚饭是艾黎动手煮的馄饨。韩棠趁艾黎洗碗，悄悄问牟艺琳叹什么气啊。牟艺琳说，艾黎这孩子从小到大没让他们操什么心，她和韩柏也确实没有帮到她什么。艾黎看到她母亲的神情就知道她在想什么了，开玩笑说老太太要是觉得过意不去，可以帮忙还一下贷款，这比较实际。母女俩互相打趣着进了电梯走了。电梯关门前，她嘱咐她们回去先跟韩柏保密。

艾黎第二天早上带着早餐进了门，又陪她来小房子收拾了一下，进进出出跑了几趟，帮她采购些日常用品和食物，确保她有吃的、有用的，时间一到背上包就奔火车站，回北京了。艾黎那天早上回来的时候，身上的香水不是她平常用的。不过那味道很清爽，倒是跟艾黎一个路数。艾黎用香都是很中性化的，最爱说的话就是极致的美人都雌雄同体——所以喜好也是。

仔细想想，那阵子艾黎身上，确实是有那么两三次，沾了相似味道的香气。韩棠微微一笑，把书放在了一边。艾黎来的时候特意打包了几本书给她带上，知道她睡前醒后缺不了闲书。

说来也奇怪，尽管这里简陋极了，她却住得踏实。往往把书打开还没看两行，她就睡了过去，一觉到天亮。当她躺在床上感受清静安宁的早晨，一转头看到空了半副的床时，竟不觉得有什么不对劲儿。

韩棠去反锁了门，到阳台上去把窗帘拉好。从窗子里往外看了看——清亮的月光穿过有点儿稀疏的树枝，在院子里投下阴影，密密的像一张网。她记得从前楼前有两个很大的花坛，到了五月，会有拳头大的粉色月季花开放，一直开到十一月。如今花坛只剩下了一个，里面光秃秃的，也没有像样的花了。如果能在这里住下去，到明年春天，她或者可以选几盆喜欢的花栽进去。

韩棠躺到床上去，看到微信里楚泽回复了她，说："没什么，发错了消息了。我这里很好，吃得尤其好。妈妈不用担心我。"楚泽没有问她怎么样，不过他发了配餐的照片。她仔细看了，的确够丰富。楚泽单位食堂伙食很好的。他在单位吃饭，她是不用挂心的。艾黎也有留言给她，说已经跟释迦商量好了，由释迦找人过来安装监控。

韩棠回复了个"好"字，把手机放下，很快又睡着了。

楚天阔让司机把车停在路边，交代一句"半小时后来接我"，下车站在马路牙子上，看了一下四周的环境。

车马稀疏，人迹寥落，街边一排小店关门的比营业的还多。

这一带在他印象里，曾热闹到有些嘈杂，两边路上白天咖啡馆茶馆书坊各种特色小店客似云来，晚上小餐馆和酒吧灯火通明，到深夜，就是三教九流会聚之地。这地方他年轻时候常来，跟朋友路边拉张桌子坐下来，边喝酒边谈事情，酒足饭饱事情也谈好了，拍拍肩膀就走。现在，让他在这里坐下吃烤串喝啤酒，都有点儿坐不下去了。

他不知道韩棠为什么会选这个地方。如果只是想找个公共场所，咖啡馆遍地都是。这间酒馆隔壁，就有两家看起来很有格调的咖啡馆。不过当他走进酒馆，看到坐在吧台前的高脚凳上跟里面一男一女两个酒保笑着聊天的韩棠，突然有点儿明白了——这是她的主场。

楚天阔被这个想法刺了一下，打量了一下酒馆的环境。酒馆的装修很粗犷，看起来有点儿年头了，但很洁净，走进来没有陈年油腻的古怪味道，反而有股特别的香味。他吸了一下鼻子，这香味来自啤酒花。这酒馆应该有自酿的啤酒。他斜眼瞥了一下左边那堵墙——墙上贴满了积年累月堆下来的海报和照片，全都属于同一支球队——呵，这里有人是米兰球迷。

他又看看吧台。他人高马大的，进了酒馆可不容易被忽略。可他站在这儿有一会儿了，愣是没人招呼他。他习惯了前呼后拥、人人笑脸相迎，这样子还真不习惯。他不禁有点儿恼火。他往前走了两步，看着韩棠的背影——那宽阔的背、平直的肩膀、高挑的身材……他几十年已经看得熟悉到不能再熟悉。不管隔多远，那敦实到有些臃肿的体态、迟缓到有些呆滞的动作，都让他能一眼就认出她来。他都忘了韩棠年轻时候是什么样子的了。他想像往常一样大喝一声"韩棠"，但不知为何却没有出声。

吧台里那一男一女一定是早就看到了他，可他们脸上带着笑，只看着面前那位老阿姨，没理会他。这也让他不快。

此时韩棠正跟沈释迦和酒馆的老板雷斯特比画自己今天上课时被老师纠正的握笔姿势。她报的是基础班，苏教授上课特别认真。苏教授有两个助教，一个是年轻的女孩子，负责高阶班，一个是杜松子，负责基础班。韩棠的微信里又多了个绘画班的群组，她每天看着这班年龄差距有几十岁的同学或笨拙或熟练地发送着跟学习绘画相关的信息，又新鲜又兴奋。苏教授和杜老师母子俩都是话不多但很有趣的人，像群组里的灵魂。

她只觉得这样的生活开始得太晚了些。虽然只是上了一堂课而已，她太喜欢坐在教室靠窗的那个角落里了。画材和颜料的味道很好闻，从窗子里投进来的秋日阳光既不毒辣又特别清透明亮，像是能把她正在腐朽的躯壳和灵魂都翻新。这感觉可真好。如果不必去想走出画室，她要面对的事情还有千千万万，那就好了。

她下了课，拎着背包和画夹直接来了酒馆。虽然对基础班学员来说，画夹的用途有限，可是素描纸塞进去，各式各样的画笔装起来，也很像那么回事儿。背起画夹来，她立即精神抖擞。早上风眠看到她的画具，惊叹数量之多，笑她说"奶奶知道吗，这是差生文具多"，她想起来就要笑。

选画具的那天，她带上风眼直奔画具店，照着班里发的表格采购，可一进店门，她看着什么都喜欢、都想买。画具店老板说先买基础的，您能坚持下来再升级装备也不晚，免得浪费。她很有自信地说我不会半途而废的，我喜欢的事一定要坚持到底。她买齐了画具，风眼帮她抱上车。风眼说："奶奶我还是想去踢足球，爷爷不高兴，那不让爷爷知道不就可以了？反正你们不跟爷爷说，爷爷也不会知道我在学什么。他不怎么关心我的。"虽然是孩子话，可听起来却现实到让人觉得心酸。她跟风眼说，如果爸爸妈妈这回都支持，那周末就由她来接送风眼去足球学校上课好了。祖孙俩同时开始上自己喜欢的课，这多让人高兴啊。

释迦知道她下午在这里见楚天阔，尽管昨晚熬了个通宵，过午就爬起来，下来帮忙看店了。释迦就住在酒馆楼上。雷斯特的父亲在释迦爷爷在世的时候就租了底楼开店，释迦爷爷去世，雷斯特也从父亲手里接过生意继续干，熬到现在快三十年了。释迦和艾黎到了可以喝酒看球的年纪就跟一帮朋友在这个酒馆玩，这是她们的大本营。

她在墙上层层叠叠、乱七八糟的照片里看到艾黎她们的照片，还看到了杜松子。听说"长颈鹿"是球迷，经常跟朋友踢完球在这聚会，她不动声色，但是脑海中有那么一点点的"豁然开朗"。当然，"长颈鹿"年纪还是小了点儿。韩棠仍然觉得这是硬伤，如果要她来配对，这是首先就要剔除的不良因素。那句"男人至死是少年"的话不见得是对的，但很多时候，却会被拿来当作犯错脱罪的借口。像……韩棠早就看到了释迦和小雷的神情，知道时间差不多了，刚刚进来的客人一定是楚天阔，但她还是多说了会儿话才转回身来——楚天阔站在明亮的光线里，显得真是帅气又有风度啊。

她笑了笑，楚天阔，这个比她年纪小了才不过几个月的男人，大半辈子都在凭借这一点跟她撒娇撒痴，像松子和艾黎那年龄差，那还了得？

韩棠又笑了笑，站起来，拎起她的包，跟楚天阔点点头，示意他坐到靠窗的位子。楚天阔站在那里没有动，韩棠从他身边走过去，仍然动作迟缓、身子不再轻灵，可不知是不是因为她手里端着一杯咖啡，整个人带动

145

的气流味道有些不一样了。他看着韩棠坐到了她挑选的位置，没有问他的意见，恼火又增加了几分。不过他还是跟了过去，看着韩棠那杯咖啡皱眉。这时有个看起来很干练的女人走了过来，放了一壶茶和杯子在桌上。他抬眼看看，那女人没看他，只跟韩棠笑了笑。

韩棠啜口咖啡，等那女人走开了，才说："先喝杯茶。这里没有别的可以选，不爱喝可以不喝，然后咱俩好好儿聊聊。"

她说着，打开手包，从里面拿出一个文件袋来。

楚天阔没喝茶，看着文件袋，眉毛凑到一处，一齐抬了起来，盯着韩棠的脸——她没有及时去给头发补色，头发根部露出白色，非常扎眼，可她看起来毫不在意。对了，刚才她从他身前走过去的时候，头发飘啊飘的，看起来特别轻盈。他不知哪里来的一股子火气，一伸手把文件袋给拂了出去，手掌"啪"的一下拍在了桌子上。

"你演电视剧呢？这是干什么？"楚天阔大声问。

"你都不看看是什么？"韩棠看了眼掉在地上的文件袋，没动。

小雷过来，捡起文件袋放回桌上，往里推了推，看着楚天阔说："大爷，有话好好说。"

楚天阔看了眼他那文到手背的刺青，眼珠往上一翻，露出大片眼白来，盯着小雷，说："小哥，我跟我老婆两口子说话，没你什么事儿，别插嘴。"

小雷笑了笑，看看韩棠，一哈腰，说："阿姨，我就在那边，有事随时叫我。"

韩棠也笑了笑，点头。

小雷走开了，韩棠把文件袋又往前一推，推到了更靠近楚天阔的位置，心平气和地说："我跟你见面，不是要吵架的。你打开来看看。"

"韩棠！"楚天阔声音又高了些。

"小点儿声，这儿不光有你一个客人，影响别人不好。"

"那就回家说。我知道你没消气。你要怎么才能消了气，你说。我都照办。"

韩棠看着楚天阔，正要开口，他一摆手。

"除了离婚。这个你想都别想。我今年都六十六了，离婚？开什么玩笑！我不会跟你离婚的。"楚天阔说。

"你是不离婚，还是不跟我离婚？"韩棠问。

"这不一回事吗！"

"不是一回事。"

"别跟我玩儿文字游戏。你整天看《红楼梦》就学怎么咬文嚼字跟我斗心眼子是不是？都什么岁数了你真是矫情！"

韩棠看着他，拿起身边的拎包来就要起身。

楚天阔见她要走，一把拉住她："你干吗？"

"你要这个态度，咱们就法院见吧。"韩棠甩开他的手。

楚天阔瞪着韩棠，深吸了口气。脸上的红潮没那么容易消退，气息却稍稍平和了一点儿。他按住桌子，示意韩棠坐下："你说，你继续说。我听着。"

韩棠把包摁在身边："离婚不是什么丢人的事，老楚。六十六怎么了？六百六该分也得分，这跟吃喝拉撒一样，是人的正常需求。"

楚天阔憋着气，忍下了那句"我看你是被现在网络上那些观念洗脑了"，脸又红了。

韩棠很清楚他在想什么，停了一下，说："先说，你得把这事儿告诉大哥大嫂。你完全可以直说，这婚是我要求离，至于我为什么这么要求，原原本本地告诉他们。你让他们别给我打电话了。老楚，省省，不用谁劝。这次就算你有本事把你妈妈和我妈妈都请回来，我也不会听她们的——你也知道，要请回来她们会说什么。她们不会站在你那边的。她们很清楚你的本性、你都干了什么。"

"我跟你道歉了。这次我不是成心的。"

"我早和你说过，不管成不成心的，再有一次，咱们就掰。现在你耍无赖？"

"我改。我这么多年也……"

"你改不了，老楚。你跟我强调你六十六了，你忘了吗？我今年也六十六了，比你还早三个半月过生日。这个年纪，这一次我就算死里逃生了。下一次你再'不是成心'，我可能就粉身碎骨了。老楚，老人经不起摔的。"韩棠说。指尖戳戳文件袋。

楚天阔不出声。

"还有,我没那个耐心也没那个精力去改造谁,等着谁改。我有这个时间和力气还不如花在自己身上,过得舒服点儿。"

"那这个家呢?你只想你自己?"

韩棠看着他,非常认真:"老楚,你在家里,是不是从来没有体会过累、郁闷、喘不过气来?"

"没有。"

"这就对了。我有。"韩棠说。

楚天阔白皙的面孔渐渐又涨红了。他额头上的青筋也渐渐清晰起来。韩棠看着他的手,从拍到桌上就没有挪动过,干净的手指、修剪得整整齐齐的椭圆的指甲,非常漂亮。她的目光从楚天阔手上挪到身上、脸上。几日不见,楚天阔是见了瘦,衬衫和外衣仍然干净整洁。当然,他衣柜里搭配好、熨烫过的衬衫,每天更换,也足够他顶半个月二十天。这不成问题。这都是她成年累月在做、在准备的无数小事中的一件而已。这些小事,楚天阔注意到了吗?

"我们请保姆。"楚天阔说。

"你请保姆吧。"韩棠说。

楚天阔听出措辞的不同,微微侧了脸,看着韩棠的眼睛。

"你给自己请个保姆照顾日常生活。请之前好好考察。你的口味那么刁钻,不是厨艺水平一般的保姆能对付下来的。可是达得到这个要求的保姆要贵很多。"韩棠慢慢地说。

楚天阔半晌没有出声。他轻轻攥了攥手。

"我不是没给你家用。"

"你也说了是家用,都用在家里了。我额外付出的太多了,可没得着额外的好处。"

"你计划好了的吧?挖坑给我是吧?你就等着我犯错是不是?"他问。

韩棠啜了口咖啡,眉头微微皱了一下。她眼眶上还有淡淡的阴影。她的身子慢慢地靠近桌沿,看着楚天阔,目光仍然温和。她竖起左手食指,指向自己的眼睛:"老楚,我拿着你的手,让你打的吗?"

楚天阔喘了口粗气:"对不起。"

韩棠放下手,点了一下头。

楚天阔像是个鼓鼓囊囊的人形氢气球,在半空中飘啊飘,耀武扬威的,可是看起来,这个氢气球开始漏气了。她轻轻摇了摇头。楚天阔不会这么容易漏气的。果然,她听见他说:"我们夫妻这么多年了,眼看过几年都该庆祝金婚了,这时候离婚?"

韩棠看着楚天阔。

他们的对话像是两条平行线。楚天阔不是听不明白她的意思,他既不相信她是真的有决心离婚,也不打算接受这个提议。还好她有足够的心理准备,没有幻想这件事可以一次成功。

她见楚天阔还想继续说下去,轻轻摆了摆手。

这个动作非常轻。她没有立即放下手来,因此她那皮肤松弛、食指微微变形的手就那么立在两人中间。

楚天阔愣了一下。

韩棠性格敦厚温柔,沉稳平和,通常不管她有多不赞成他的意见,也会等他说完了再发表意见。哪怕在他们有争执的时候,彼此说出来的话也仍然一句是一句。这一样很少有人能做到,在过去的几十年相处中,他偶尔会意识到这一点。韩棠是个到关键时刻非常冷静的人。但今天,显然情况有了变化。

"文件袋里是我起草的离婚协议书。我一字一字写的,希望你拿回去好好看看,有什么意见就提出来,我们再谈。"韩棠说。

"你现在住在哪儿?"楚天阔问。

韩棠看着楚天阔,笑了。

阳光从窗外投进来,她圆圆的脸上每一条皱纹都被照亮了,这让她的笑容显得格外动人。可是看在楚天阔眼里,好像每一条皱纹都在嘲笑他。

他沉着声问:"笑什么?能去的地方我都去找过了。连咱们家的毛坯房都去过了,除了乡下。我知道你不可能去乡下。"

"确实没有。"韩棠说。她不笑了,看起来很认真。"也没什么特别的,就找了个能让我觉得舒服的地方住下了。我想清净几天，休息休息。"

"休息够了就回家吧。"

"我不会回去了，除非那处房子将来分给我。"韩棠说。

"你可真会开玩笑。"楚天阔笑了。

"我没开玩笑。你要是当我开玩笑，那是你的问题。"韩棠看着楚天阔古怪的表情，知道他现在特别生气。她的手放下去，在桌布下慢慢地攥成了拳。她知道楚天阔生气起来什么样，虽然也知道此时此刻他一定会克制住，但心里难免会有一丝紧张泛上来。"我的要求都在协议里。你知道我这人不贪，但是该我的一分都不能少。你考虑好，尽快给我答复。"

楚天阔拿起茶杯来，大口喝着已经半冷的茶水。茶很好。就算他现在火冒三丈，也仍然能注意到这茶很好。他又喝了两口，才说："你不用拿这些话来激我。离婚？还要分财产？除非我死了。"

"别动不动死啊活的，搞得像舍命不舍财似的。"韩棠说着，看了看表。秒针不动，她仔细看了看，时间竟然停在了她走进酒馆的那个点。她又忘了给表上弦。她轻轻弹了弹表壳。秒针又动起来了，苟延残喘似的，几下又不动了。她索性不管了，抬头瞥了眼墙上的挂钟，发现楚天阔拿着茶杯，一瞬不瞬地看着她。确切地说，是看着她手腕上的表——这块梅花表，是多年前楚天阔出国考察的时候，在瑞士买的。他们结婚的时候，他也没给她买什么东西，那会儿还流行送女方手表，他的钱也只够买本地产的金锚。她还是很喜欢。可是新婚没几日家里就进了贼，稍微值钱点儿的东西都被洗劫一空，包括那块表。楚天阔知道她心疼，说以后有钱再给她买好的，过了很多年之后他果然给她买了。

韩棠看着楚天阔脸上的神情，突然有点儿伤感。

她正要说什么，听见楚天阔说："这表买了一对，我那块不知道什么时候坏掉了。"

"买回来的第二年就坏了。"韩棠淡淡地说。那以后他也颇买了几块好表，坏掉的那块倒也没扔，仍旧收着。所有的机械表，从日常上弦到保养，都是由她来做的。这几年他只戴一块光动能的手表，倒是不用她打理了。她瞥了一眼他的手腕："所有的东西都有保质期，不好好维护就坏得快。"

楚天阔沉默了好一会儿，说："又给我上课。现在我要维护我们之间的情感，你要跟我说再见。"

"风眠该放学了，我得去接她。"韩棠说。

几乎与此同时，楚天阔说："你要不想回那个家，咱们可以换个环境住。去乡下也行，反正有车，通勤也就一个多小时。你不是喜欢种花吗？那边前后院子加起来，你种树都行。"

韩棠想了想，这愿景不可谓不美妙。他们当初去看那处房子时，站在院子里，抬头可见后面的山坡，正好是春天，漫山遍野的野杜鹃开得红红火火。其实她有点儿嫌弃被人为改造过的，山上的植物过于单一，毕竟自然环境里，物种多样才是正常的。楚天阔没听她的意见。他觉得好的一定要拿下。后来一场山火将满山的杜鹃都烧了个干净，据说当地也没及时补种，反正那一片儿的开发都完成了，不急着再卖地卖房了。楚天阔在家里破口大骂，她却窃喜——把自然的还给自然，当然是好事，虽然她其实也没想过自己真的会去那边住。

"好啊，那你把那处房产给我，将来我会去种的。"韩棠说。

楚天阔的胸口鼓了起来。像只气蛤蟆。

韩棠看着他，就像小时候在草丛里发现气蛤蟆的时候，偏要敲它，看它生气，让它鼓得像只球。那是独独属于小孩子时期的残忍和快乐，没想到上了年纪，还能再体会到。她拿起茶壶来，给楚天阔倒了一杯茶。

楚天阔脸色缓和了点儿。气蛤蟆于是小了一号。他喝口热茶，说："上回跟你说的，瑶园的房很不错。你说要带院子的，哪天有时间，一起去看看吧。你想清净清净，就清净一段时间。棠棠，我们这个家不能散，不管发生什么事。"

韩棠又瞟了一眼挂钟，说："我得去接风眠了，再不走要误点了。"

"我说的你听见没有？"楚天阔问。这鬼打墙似的对话，让他急躁了起来。韩棠看着他，说："要不这样吧，现在你跟我一起出去，不用司机，你自己开车能找对学校、找到风眠的教室、把孩子给接出来，离婚这事儿就当我没提。"

楚天阔身子往后靠了靠，靠在椅背上。

151

"要不降低点儿难度,你现在跟我说一下风眠或者嘟嘟最爱吃的东西、你妈妈或者我妈妈忌日是哪天,离婚这事儿也可以当我没提。"韩棠把手放在桌子上,"说吧。"

楚天阔摇头,说:"你们女人,就是在意这些小事儿。这么多年一起过日子,谁能……"

"老楚,其实过日子来,大事很少,几十年能遇到几遭?可是每天,每一天,都被小事儿塞得满满当当的。"韩棠站了起来,"你好好想想我说的话,仔细看看协议书。"

她说完,抬手跟吧台里肩并肩伏在那儿一直关注这边的释迦和小雷挥了挥手:"记账!"

释迦乐颠颠儿地跑出来,帮她把画夹子背起来,一路送她出了门。

韩棠没回头,也没理随后出来的楚天阔。她上了车。释迦站在车边跟她笑笑。她谢了释迦,说:"今儿麻烦你了。"

"小事。明后天我带人过去给您安监控,提前跟您联系。您有事儿就给我打电话。"

"不急。"韩棠微笑。她看着释迦,跟看着艾黎一样安心。她们都是能让人放心倚靠的孩子。她默默叹口气,看到楚天阔从酒馆出来了,又看了一眼他的车。

释迦也回了一下头,说:"您慢点开车。"

韩棠点头,让释迦回去,发动了车子,才问:"等你有空儿,我咨询点儿事?"

释迦笑着点点头。

韩棠驱车离去,车却开得很快。

释迦看韩棠那彪悍的开车方式,哑然失笑。这位老阿姨,内心深处其实很朋克。温良恭俭让,只是她足够压抑自己的需求而已。她笑着往回走,迎面遇到了楚天阔。

"大爷慢走,欢迎再来!"释迦大声说。

楚天阔斜了她一眼,还得顾着风度,到底勉勉强强"哼"了一声。

他看了眼街上,韩棠的车子早没了影。

韩棠已经开过了两个街口,估摸时间来得及,放慢了车速。

等红灯的工夫,看到手机屏亮了,有新消息进来,她拿过来点了一下。除了艾黎母女关心她见楚天阔的情况,就是顾雅芬给她发的跳舞视频,以及问她有没有空儿跟她们聚会打牌。她想等一下空出时间了给她们回复,看到通讯录位置有好友请求,点了一下。她把手机放在一边,到了学校门口找位置停好,才来看这是谁。

"阿姨您好。我是楚泽的朋友。能加您好友吗?"韩棠皱了一下眉。

ID和头像都普普通通,看不出端倪。楚泽的朋友?

按理说,有朋友来加她,楚泽应该会提前跟她讲。不过,以楚泽那个凡事不问到他跟前不开口的性子,倒也未必。

她脑海中瞬间闪过了许多男孩子的面孔。她突然意识到在她的认知里,楚泽的朋友多半还是在他小学、中学阶段开始结交的那些。一想起来,他们都有着幼童般可爱无邪的模样,但其实他们也都接近不惑之年了。当然,凑在一起玩的时候,他们还是像幼童一样,打游戏、踢球、喝酒,没日没夜的,像没有家庭、不为人父人夫似的。

韩棠先截了张图,发给楚泽,问了一句"这是你朋友?",又戳了一下屏幕。她没戴花镜,眼神儿差了点儿,没有戳到"通过",正要再戳,余光瞥见有人走近车边。她马上转过脸去,看到车窗外,一个矮矮胖胖的年约六旬的女人笑眯眯地看着她。她见韩棠看过来,忙把手里拎着的袋子提了起来朝韩棠示意。

韩棠以为遇到了沿街兜售自制小商品的商贩,待要摆手拒绝,又细看了看这人,立即注意到她的打扮很精致——挺括的风衣、漂亮的丝巾、梳得高高的发髻、一丝乱发都没有,虽然戴着口罩,但露出来的眉眼能看出来化过妆。她心一动,推开车门下来,听对方微笑着问是不是楚风眠的奶奶,忙点头。

"我是。您是?"韩棠问。她见对方面容和善,不像是来兴师问罪的。

"您好。我是乐易宁的姥姥。"

"啊,您好您好。"韩棠暗暗松了口气,心想这下可以放心了。乐易宁是风眠最好的朋友之一。不过乐易宁一向是她妈妈亲自接送,偶尔会见到奶奶，这还是她第一次见到乐姥姥。

"早想跟您打个招呼，每次都匆匆忙忙的。接送孩子我还是新手，不太熟练。"乐姥姥微笑着说。

"适应了就好了。"韩棠也微笑。她看着乐姥姥。

乐姥姥说："这阵子易宁在学校里能过得这么开心，多亏了风眠。孩子前一阵子因为家里有点儿事情受了些影响，很提不起劲儿来，学习也退步了，我们都担心坏了。真的，楚奶奶，易宁每天来上课，最大的动力就是能跟风眠组队。风眠对易宁帮助可大了。"

韩棠笑了。风眠被夸奖，对她来说是特别值得高兴的。她乐呵呵地听着，见乐姥姥把手里的纸袋递过来，说这是送给风眠的小礼物，忙推辞，说："孩子们在一起相处得好就最好了。"

"这不是值钱的玩意儿。我手工做的娃娃。易宁说风眠喜欢，我就可着风眠的样子给做了一个。"乐姥姥笑着，从袋子里拎出几个透明的塑料袋。韩棠看一眼就知道哪一个是给风眠的了——毛线钩的娃娃，特别精致。跟别的穿公主裙、戴公主冠的娃娃不一样，这个手里抱着足球，身上穿着球服，长头发扎成丸子束在头顶，有着圆嘟嘟的脸、笑眯眯的眼，不活脱脱是卡通版楚风眠？

韩棠一看这个，哪还顾得上客气，直说："您这手也太巧了！"

"不会做别的，从年轻时候起，我就很喜欢织毛衣、钩线衣。"乐姥姥笑着说。

两人说着话，孩子们放学了。风眠和易宁拉着手从班级队伍里跑了过来，身后还跟着一个豆芽菜似的窦远星。韩棠看着这仨小孩儿来到跟前儿，心里乐开花了，一切的不快顿时烟消云散。

窦远星的爷爷也走了过来，三个孩子叫了楚奶奶、乐姥姥，又叫窦爷爷，一看见有毛线娃娃，高兴得叫起来。

窦远星拿了她的公主娃娃，跟爷爷先走了。风眠抱着她的足球娃娃还笑得连蹦带跳。

韩棠问过乐姥姥家住在哪里，让她们上了车，顺路捎了她们一段。乐姥姥下车前跟她加了微信。

韩棠看着她们走远，回头又看看风眠，笑笑。

"你这还没正式开始学踢球呢，满世界都知道了？"韩棠笑着问。刚才在车上，乐姥姥还问起来这事儿。乐姥姥打算送易宁去学跆拳道，易宁想跟风眠去踢球。乐姥姥托她帮忙打听一下，人家学校具体有什么要求。她想着易宁那文文弱弱的样子，忍不住想笑。"易宁要去踢球，是不是你撺掇的？"

"不是！我跟她说，要是足球班不要她，我跟她一起去学跆拳道好了，星星也去——奶奶，我可以去吗？"风眠问。

韩棠心说好家伙，你这孩子不学跆拳道就够敢动手了，要学了，那可不得打遍天下啊？

她想了想才说："你得量力而为啊，风眠。什么都想试试，这是好事儿，可人的精力有限呢，不然咱们回头先上几节看看？行的话再去。"

"乐易宁妈妈想让她学的。她怕乐易宁老挨欺负。"

"易宁妈妈怎么好久不见了？"

"她妈妈上班去了。哦，她爸爸妈妈离婚了。"风眠说。

韩棠看看风眠。风眠的语气特别平淡。

"这样啊。"韩棠说。难怪乐姥姥那么说。家里有点儿事情，原来是这样的变故。乐易宁的妈妈原先可是"全职太太"。离婚后重回职场，应该也不是那么容易。她又看了看风眠，说："你跟易宁和星星好好相处，互相帮助——但是不能学那些欺负你们的孩子，抱团欺负别人。"

"奶奶，我们是要做屠龙少年，但不会变成恶龙。"风眠翻了个白眼。

韩棠听不太懂这话，但知道风眠是懂了她的意思了："那好……你这跟谁学的呀？""艾黎姑姑啊。姑姑带我去踢球那天，跟我说的。"

韩棠想听详细点儿，可是风眠不想说了。她心说韩艾黎这古怪丫头，怎么跟风眠说这么不容易消化的话，别不小心给带沟里。

"乐易宁因为她爸妈分开可伤心了。"风眠过了一会儿才说，她抱着那个足球娃娃，"要是我爸爸妈妈也分开，我可能也会伤心吧。"

"他们不会的。"韩棠说着，把车子停在了楼前。

"随便吧，我是小孩子，哪管得了那么多。"风眠叹口气，拿好她的东

155

西准备下车。

韩棠看着风眠，欲言又止，盲目地替楚泽和菲菲给孩子做出保证，这不是负责任的做法。何况，下一步该怎么跟孩子解释爷爷奶奶要分开过了，才是摆在眼前的问题。她跟着下了车，风眠却又开开心心地问起来她今天画画课上怎么过的。

祖孙俩走进单元门，等电梯的工夫，交换起各自今天在课堂上的经历来。

韩棠看了一眼手机，楚泽回复她消息，说："这人是个骗子，不用理她。最近要有谁打着我的旗号来加您，都不用理。"

韩棠皱了一下眉，电梯来了，她拉着叽叽呱呱的风眠进了电梯，把手机放回包里。"她"，楚泽用了这个字。这个骗子还是个女的？她有点儿走神，心想等一下再找时间细问问。

这时听见有小朋友喊"楚奶奶等一等我们"，她忙按住键，就见开心和喜悦跑了进来，后面跟着她们的姥爷。孩子们进来先问奶奶好，看到风眠手里的娃娃就叫了起来。韩棠跟刘成思笑笑，电梯门关上，这时，韩棠手机响了起来。一看来电显示是梁瑶，她忙接听了。梁瑶的声音有点儿急促，问她到哪里了，说嘟嘟突然上吐下泻，得马上去医院，菲菲那边走不开，她一个人弄不了。

韩棠说："你别慌，我们马上到家了，孩子们的就诊卡就在书房。我来找，你别慌，给嘟嘟先穿好衣服。"

她语气镇定，心却突突跳。这时候缓了口气，才发觉轿厢里安静了下来。

她摸摸风眠的头，小声说嘟嘟生病了，得去医院，等会儿到家你乖乖写作业，我们很快回来。风眠点头。韩棠有点儿不放心把风眠一个人放在家里，可是带着风眠去医院，也是不放心。她眉头皱了起来。

"楚奶奶，让风眠去我们家写作业吧。"开心忽然说。她看看刘成思。

刘成思先看看风眠，见风眠点头，问韩棠："行吗？你要是放心的话，让风眠上来吧。开心妈妈也在家，作业她可以辅导。"

电梯停了下来，韩棠也看着风眠。

风眠又点点头,说:"奶奶去吧。您别忘了早点儿来接我就行。"

韩棠摸摸她的头,跟刘成思说:"那麻烦你们了。风眠去开心家里,记得跟阿姨问好。"

"嗯。"风眠点头。

韩棠匆匆出了电梯,看着轿厢门关了,才赶快往家里走。没进门就听见嘟嘟大声哭号,她心一提,按门锁进了门,就见梁瑶抱着嘟嘟站在厅里。嘟嘟整个小身子都后仰着,哭得声嘶力竭。她顾不得安慰嘟嘟,先去书房把嘟嘟就医需要的东西拿了下来,让梁瑶拿好,抱过嘟嘟来,轻声安慰,说奶奶在这儿,嘟嘟不哭。

嘟嘟搂着她的脖子,仍是哭,可从挣扎号叫变成了抽噎。

韩棠贴贴孩子滚烫的脸,抱着他出了门。她绷着劲儿,脚步很快,几步把梁瑶甩在了身后。梁瑶拿着包和手机跟着她,不得不一路小跑,下楼上车。韩棠给楚天阔打了电话,让他马上去儿童医院。

"嘟嘟生病了。楚泽请不了假,菲菲还没下班,你不来帮忙谁来?别光动动嘴就是疼孩子了。"韩棠说完就挂了电话。她正要把手机扔一边,忽然看到一个陌生号码打了进来。她拒接了,发动起车子来,才想起来这号码是体检中心的。电话没再打进来,她也不在意,赶快开车往医院赶。出小区大门时横杆都还没完全抬起来,她就闯了过去。看到门口的警卫追出来大喊了一声,她转弯时抬手示意,急速离开。还好此时并未到下班高峰期,路上交通并不拥堵。

梁瑶陪嘟嘟坐在后面。嘟嘟又开始哭了。

韩棠听梁瑶絮絮叨叨地说着"也没吃什么古怪东西怎么会这样",忍住没有吭声,只是从后视镜里看了她一眼,待听到她说嘟嘟"别哼哼唧唧一直哭了,男孩子有点儿男孩子样儿好吗?"她忍不住道:"让他哭一下也好。身体不舒服又说不出来。"

梁瑶不出声了,应该听得出来韩棠的不快。

韩棠也觉察自己语气不好,缓了一下,说:"男孩儿什么样也没规定。""也是。"梁瑶轻声说。

韩棠跟嘟嘟小声说着话,慢慢安抚他。突然听到"噗噗"声,接着隐约便是一阵臭气。梁瑶"啊呀"一声,说句"又拉了",手忙脚乱地开始翻包找纸尿裤。片刻之后,她又一声"啊呀"。听这一声,韩棠就料到了是怎么回事。平时带嘟嘟出门遛弯儿,手推车和随身的包里都会及时补充必需的日常用品,尤其是纸尿裤。梁瑶一定是忘了这茬儿。果然韩棠看着梁瑶那简直有点儿绝望的神情,示意她别紧张。

"后备厢里有,马上就到了,别慌。"韩棠虽然这么说着,自己却略有点儿紧张,怕嘟嘟刚平稳些的情绪又激动起来,不想这回嘟嘟只是哼唧几声,虽然不舒服,似乎也还能克服,倒是梁瑶显得焦躁不安。

儿童医院周边的交通永远像血液过于黏稠的血管,进出都慢。今天已经算是顺利,虽然上坡入院门的速度不快,却没有堵塞,还在停车场顺利找到了一个车位。韩棠下了车,看楚天阔的电话打进来,边接边将后备厢打开。她的后备厢里整整齐齐放着几个塑料箱子,有两个分别搁着风眠和嘟嘟的东西。她打开嘟嘟那个,扯出一包纸尿裤,先扔给梁瑶,接听电话,果不其然楚天阔说这会儿有急事过不来,让司机过来帮帮忙。韩棠站在车边,说:"不用别人。你今天不来,以后也不用来了。"

她说着挂断电话,弯身过来帮忙给嘟嘟换纸尿裤、擦屁股。孩子的小屁股都已经红了,她看着心疼。换下来的纸尿裤,她随手裹起来,放在了包里,然后又拿了几个没拆封的放进背包,嘱咐梁瑶带好东西,就抱起嘟嘟又走在了前面。

进了人满为患的大厅,一看这场面,韩棠沉住气,单手抱住嘟嘟,在一排自助挂号机中选了只有三个年轻女子排队的一台,然后让梁瑶把就诊卡拿出来准备好。果然前面这几位很快操作完毕,轮到她们,韩棠戴上花镜,几下就挂好了号,赶紧抱着嘟嘟转移阵地。梁瑶跟在后面跑得气喘吁吁。韩棠去科室外刷了卡,看着坐在等候区密密麻麻的家长和孩子,转身跟梁瑶说你先坐着休息一下吧。她抱着嘟嘟去卫生间洗手,消消毒,回来把嘟嘟交给梁瑶,自己也缓了口气。她一头汗,胸口闷得发慌。

这时,她的手机突然响了,还没接听,就看到了远处站在大厅人群里,拿着手机一脸茫然的楚天阔。正好这时楚天阔往这边看了一眼。韩棠点了一下头,他就往这边走过来。韩棠看着他迈着四方步、不紧不慢的样子,脑门上的汗像是被一把火燎干了。等他来到近前,她也没出声。梁瑶看到楚天阔,吃了一惊,客客气气地打招呼。楚天阔微笑着,过来摸摸嘟嘟的脑袋。嘟嘟捧着水壶,看着爷爷,小嘴巴动了动,细细弱弱叫了一声。

"哟哟哟……"楚天阔看着孩子,心一软,伸手抱了起来。闻到孩子身上酸唧唧的味道,他脸上的肌肉抽搐了一下,待要放下,余光瞥见韩棠冷眼看着他,不禁又往上托了托,"这可怜巴巴的小模样儿,怎么突然就生病了呢?平时不是挺好的吗?"

韩棠淡淡地说:"嘟嘟肠胃弱。你不带着来医院看病,不代表他不生病。"

楚天阔怔了一下,看韩棠的气色,倒没出声,只是脸色也不好看。他轻轻拍着嘟嘟的背,抱着走来走去,哄了一会儿,嘟嘟又找奶奶。这时,正好系统报了嘟嘟的大名,韩棠干脆让楚天阔抱着嘟嘟跟她进诊室去。

梁瑶知道楚天阔没有来过儿童医院,要接过嘟嘟。韩棠又拦了她一下,悄悄推推她,让她去休息区坐一会儿。韩棠让楚天阔抱着嘟嘟跟上,看诊、缴费、化验、等候、取报告,等检查结果出来。医生诊断嘟嘟得的是急性肠胃炎,需要输液,韩棠又让楚天阔跟着一起去排队缴费、取药,再带嘟嘟去输液。整个过程下来,不但韩棠满头是汗,楚天阔白皙的面孔也泛了红,额头鬓角全是汗珠,再加上嘟嘟怕打针,在他怀里扭来扭去大哭,他的耐性简直就要耗尽了。

韩棠怕嘟嘟受委屈,把嘟嘟抱过来,哄好了,让护士妥帖地将针扎进去,挂上水,照旧抱着,在注射区找了个相对来说最舒服的位置坐了。楚天阔掐着腰,看着韩棠给嘟嘟擦脸擦手,轻声细语地安慰着,半晌没动。

韩棠抬起头来,看了楚天阔一眼,让他去卫生间洗把脸。楚天阔巴不得这一句,可是他一走出注射区,就晕了头,转错了方向。韩棠看见了,本想喊一声,可她此时也累极了,就没出声。她看嘟嘟昏昏欲睡,发消息让梁瑶过来,接着给菲菲也发了消息。不一会儿,菲菲和梁瑶一起到了。

菲菲从她车上拿了童车来,嘟嘟睡着了,几个大人轻手轻脚地把他放了进去。韩棠看菲菲急得一脸汗,想安慰她几句,想了想,没开口。菲菲去饮水机接了两杯水来给她一杯,梁瑶要接,菲菲没给。

"跟您说了嘟嘟这两天不太舒服,吃的东西一定要注意,还弄到这地步!"菲菲跟自己妈妈是完全不客气的。

哪知道梁瑶不服气,随口说了句:"谁能保证他一点儿毛病没有,你这什么态度?"菲菲紧跟着就说:"为什么奶奶照看的时候就不会这样?您这24小时不离身儿,到底都在干什么?只看着嘟嘟一个都看不好?我一天天地都要累死了,能不能让我省心点儿。"

韩棠眼见母女俩就要吵起来,看了眼嘟嘟仍然睡着,伸手按住菲菲。她没出声,菲菲看她的神情,没有继续说下去。梁瑶本来就着急,又被女儿抱怨,还是当着亲家的面,脸上很挂不住,正要说几句,瞥见楚天阔走过来了,少不得暂时忍住。

韩棠等楚天阔走近,看看表,和菲菲说:"我们出来得急,把风眠放在楼上小刘老师家了。"

"妈妈您跟爸爸回去吧。我和我妈在这里看着嘟嘟就行。"菲菲忙说。

她简直完全没想起来女儿,这会儿被提醒,脸顿时发红。

韩棠看她的样子,倒也没忍心责怪,只是心里叹了口气。她跟梁瑶说声辛苦,和楚天阔先离开了。

走远了,她还回头看了一眼。菲菲母女俩一站一坐,看样子又起了口角。她忽然听见楚天阔说"这大半天连坐都没坐,腰酸背痛",转过脸去看了看他,淡淡地说:"这才到哪儿。还好孩子情况不严重,今天不用住院,要住院你在这里陪一晚试试?"她料着楚天阔说不出什么好话来,干脆迈步先走。楚天阔跟上来,说让司机回去了,要坐她的车回家。

"自己打车。"韩棠没回头继续往停车场走。

"我有事跟你说。"楚天阔知道她没好气,但这回表现出了耐心。

韩棠看看他神色,知道他没撒谎。"说完了就下车。"韩棠上了车,先给刘成思打了电话,知道风眠已经写完作业,在吃饭了,长长地松了口气,反复道谢。老刘劝她不着急,慢慢来。她挂了电话,脸上露出微笑来。

"谁呀?"楚天阔问。

韩棠没理他,又接听了艾黎打来的电话。

艾黎问她怎么不接体检中心的电话,说:"那边联系不上您,给我打了电话,让您明天或者后天不管什么时候去一下,拿一下报告。"

"报告这么快就出来了?"韩棠诧异,"嘟嘟病了,这两天我肯定没空儿去,要不……"

"姑姑,别耽搁。"

"有什么问题吗?"韩棠问。

"这倒不是。主要是咱们买了这么贵的套餐,人家服务也细致不是吗?有医生专门提供咨询的嘛。"艾黎知道她在开车,说,"我这边还有会。您明天一定去一趟。行吗?"

"行,我看看时间。"韩棠答应。

艾黎很不放心,又强调了一遍。她笑了,挂断电话。

发动车子开出医院,楚天阔才问:"什么报告?你怎么了?"

"没事儿。常规体检。VIP(会员)套餐的 VIP 待遇,享受一下。"韩棠道。她趁着红灯,轻轻捏了捏酸痛的手臂。抱着嘟嘟跑了那么长的距离,真是体力活。她看一眼楚天阔,心说还是这老头儿身体更好一点儿,这会儿一点疲色都不显。"你要说什么?"

楚天阔看着她,停了一下才说:"也不是什么要紧事。人家让你去拿体检报告,你就赶紧去拿。嘟嘟需要照顾,菲菲会看着办的。实在不行,她可以请假嘛。"

韩棠好一会儿没出声。绿灯一亮,她踩油门加速。车子风驰电掣地开到小区门口,她正要停车把楚天阔扔下,忽然看到前方一个瘦高的身影。她认出是老刘,便把车子开了过去。

车子在老刘身前不远处停了下来,韩棠降下了车窗。

刘成思停下脚步,一看是韩棠的车,笑着点头:"回来了?"

韩棠又道谢:"今天真是给你添麻烦了,太谢谢了!风眠还乖吧?"

"乖得很!"刘成思跟坐在副驾驶位的楚天阔点点头,说,"客气什么呀!邻里邻居的,开心喜悦也没少吃你们家好东西不是?"

韩棠笑着点头:"那就不客气了。以后需要我帮什么忙尽管说。"

刘成思笑着挥挥手,指指手机,说:"公交车还有一站地就到,我得赶

161

快去乘车。回见啊！"

"回见。"韩棠看他走开了，转头看了楚天阔，"嘟嘟生病，你怎么不说你工作时间宽松，可以帮帮忙往医院接接送送呢？动不动就让菲菲请假，她的工作还要不要干了？"

楚天阔看着她，说："别借题发挥。我就那么一说。自古就男主外女主内，女人多管管孩子有什么问题。"

"我不是要跟你算这些账，更不是借题发挥。你今天也走了一遍流程，以后孩子再有个头疼脑热，别说你干不了这活儿——给多少钱都不如这个时候搭把手。"

"这不有你、有老梁吗？"

"我今天还能帮忙，要是我'嘭叽'一下明儿就死了呢？孩子们自己照顾孩子，就有忙不过来的时候。"韩棠本想说以梁瑶那遇事就麻爪（手足无措）的性格，到时候哪里能指望得上，话到嘴边仍然忍下没有说。

"你这瞎说什么呢。"楚天阔皱眉。

"我没话跟你说了。"韩棠一阵气闷，开了车门锁，"下车。"

"刚那谁啊？怎么跟你这么熟？"楚天阔不动，问起这个来，"什么人，你就跟人说说笑笑的，还把孩子拜托给人家。"

韩棠指了指车门："下车。我还得去接风眠。"

楚天阔屹然不动。

两人僵持了会儿，楚天阔悻悻地下了车。

韩棠立即开车往小区里来。楚天阔在便道上站了片刻，转身跟着往小区大门走来，那步子迈得很大，一看就气哼哼的。韩棠没理会，很快就把他甩下了。

进大门时看到值班警卫，韩棠特地慢下来说声不好意思，下午要送孩子去医院，出去的时候太着急了。警卫笑着点点头，摆手让她进门。

韩棠把车停好，坐在驾驶位上待了好一会儿才下车。跟出去的时候腿脚麻利、行动如风很不同，此时她动作迟缓下来，像只树懒。

她抬手按了开心家的房号，看到屏幕里出现的是开心爸爸的笑脸，忙笑着问了好。开心爸爸赶快给开了门。乘电梯上到17楼，开心家门外很整洁，窗台上摆着绿植，墙上还贴着孩子们画的水彩画，显得比楼下他们家要宽敞和温馨多了。

韩棠闻到一股淡淡的香气，发现窗台上有几盆菊花，绿色的、黄色的，细细长长的花瓣垂下来，非常美。她看着花，只觉得一阵神清气爽，按了下门铃。待门开了，三个小姑娘一拥而出，花朵般的笑脸出现在她面前，更让她笑得合不拢嘴了。开心妈妈请韩棠进家里坐，问她是不是还没吃晚饭。韩棠忙推辞，让风眠进去拿好她的东西准备回家。她站在门外，跟开心爸妈聊了一会儿。她往里粗粗一看，开心家里更整洁，地板亮得像镜面似的，不禁夸了一句"好干净"。开心妈妈指指丈夫，笑着说："我们家分工合作，卫生由爸爸搞，辅导功课由妈妈搞。韩阿姨，风眠今天作业全做完了。我检查过，只有两处小错误，都改了。功课也预习过了。这几天家里要是忙不过来，尽管把风眠送来我们家，不要客气的。"

韩棠又道谢，这才带着风眠下楼。开心和喜悦一直把她们送进了电梯。

韩棠看看风眠，把她搂进怀里。

"奶奶，嘟嘟病得厉害吗？"风眠问。

"不太严重，等一下姥姥和妈妈就带他回来了。你晚饭吃的什么？"韩棠问。

风眠开始给她数，自己去了开心家之后都吃了什么，从进门的饮料点心说到晚饭桌上都是什么菜什么汤……祖孙俩都快走到家门口了，风眠还没数完。韩棠感叹开心妈妈真能干、厨艺真不错。

风眠纠正她："不是的，奶奶，是包叔叔做饭的。开心姐姐说，姥爷做饭也好吃，比包叔叔做得还好。奶奶，我以后能去开心姐姐家吃顿她姥爷做的饭吗？"

韩棠笑了："你这孩子，还惦记着下一顿呢？"

风眠也笑。她拉着奶奶的手，刚要说什么，忽然看到远处门前站着的人，停下来，小声问："爷爷也来了？"

韩棠给风眠摘下书包，说："去跟爷爷打个招呼。"

"哦。"风眠的情绪很明显低落了些，磨磨蹭蹭地过去跟楚天阔问了声好，转头看韩棠。

"嗯。"楚天阔答应，显得很有派头的样子。

韩棠瞧着他在孙女面前摆谱，心里不以为然，打鼻子里哼了一声。风眠开了门赶紧钻进去，没听见，楚天阔却是听见了的，越发拉长了脸。

韩棠进了门，示意风眠可以上楼去了："把书包整理好，带好明天上课要用的东西，等一下奶奶陪你洗澡。"

"奶奶今晚不走了吧？"风眠问。

韩棠想了想，点头。

风眠高兴地大喊一声，拉起书包就跑。

楚天阔已经走进去，坐在餐桌边喝水。她也口渴了，但要喝水就得自己倒，楚天阔是不会主动给她倒水的。她不想动，在鞋凳上坐了下来。这时候，楚天阔问她饿不饿。

她摇了摇头。

楚天阔问她这个问题，多半是因为他饿了，而且想让她动手做饭。可此时别说她没什么胃口，就是有胃口，也没力气。她靠在墙上，刚想说你要是不点外卖，就自己动手吧，就听楚天阔说："那我煮面吧。"

她顿了一下。就见楚天阔把外套脱了，搭在椅背上，进厨房了。

韩棠在鞋凳上坐了一会儿，换了拖鞋，听见厨房里"嘭嘭咔咔、嗤嗤啦啦"响起来。她已经记不清上回楚天阔动手做饭是什么时候的事了。

韩棠仍坐在鞋凳上，给菲菲打了电话，问嘟嘟怎样了，她们有没有吃点儿什么。菲菲说怎么也得两个小时才能打完点滴，嘟嘟还好，一直在睡觉，她和妈妈还不饿，不过车里有面包和奶，让她放心。韩棠挂断电话，扶着膝盖缓缓地站起来。她的动作很慢，像生了锈却偏要启动运行的机器人，每动一下都发出"咔嚓"一声响。她半直起腰来，还没挪出步子去，就见楚天阔站在餐厅门口，正看着她。

他那眼神也像是看着生锈的老机器人，并且是第一次发现它老化得这么严重了，可要让他开口说话，说出来的却一定是"不至于吧"。

韩棠知道。她若无其事地直起腰，走两步，闻到了葱花香。

"吃饭吧。我煮了两碗。"楚天阔说。

韩棠走过去，倒了杯水，示意他先吃。她坐下来，看着面前这只汤碗。

今天难得饭桌上干干净净的。白色的汤碗里是清汤挂面,葱花浸在油里,差不多覆盖了面汤。韩棠抬了一下眉,心说楚天阔煮这碗面,怕不是倒进了二两油,这是吃面还是喝油呢,谁看了这个能有胃口。楚天阔见她不想吃,也没有再问,低头稀里呼噜吃起来。

韩棠看着他。这么挑嘴的人,饿极了也能自己动手了,就是下手的确没数,龙须面抓这么多一气儿煮出来,这会儿面越吃越多,汤就捉襟见肘了。她缓了口气,问:"你刚才说有事跟我说,是楚泽的事吗?"

楚天阔抬了一下眼皮。热面吃得他额头又冒汗了。

韩棠看看表,惦记着风眠,就问:"是不是?"

楚天阔把她面前那碗又端过去,捞了几挑面到自己碗里,说:"不是什么大事儿。我今天也挺累的,回头再说吧。"他继续埋头吃面。

韩棠看着他的发顶。梳得油光水滑的大背头,这会儿低下来,有一缕掉了下来,显得软塌塌的,露出疲态来。可是直觉告诉她,话还是得继续问下去,这个问题很重要。

"是楚泽出了什么事了吧?"她问。

楚天阔停了一下,从外衣口袋里把手机摸出来,点开翻出来一个微信账号让她看。

韩棠一看那头像和 ID,正是下午申请加她好友的那位。她拿起挂在脖子上的花镜戴好。对话记录全是语音,总共三条。韩棠下意识地回头看了看楼梯处,将语音转换成文字。

她看着并不是 100% 精准但已经能让人领会到基本意思的文字,反复看了几遍,确定自己没有看错。白底黑字,方糖上聚了蚂蚁似的,突然跑动起来,她眼前模糊了一下。

"有说欠了多少吗?"

"本金六十万,滚到现在,我毛估估,得百万以上。"楚天阔说,他语气很平淡,"我跟这个人通了个电话。他很谨慎,说只是先通知一下咱们,楚泽如果再继续拖延,那他们就不客气了。"

韩棠回想着自己问到楚泽时,他那言之凿凿的语气。

"男的?确定?"韩棠问。

楚天阔不经意地皱了一下眉,点点头。

"你问过楚泽了吗?"韩棠说到这里,感觉胸口像被一块大石头砸中,闷得喘不过气来。

"我给他打了电话,问到底怎么回事,他说不用我管,说这事儿他可以搞定。他让我别告诉你。其他的,再怎么问都不说。"楚天阔说着,停顿了一下,"就是你给我打电话让我去医院那会儿。"

韩棠没有出声。楚泽干什么了?为什么要借这么多钱还要借高利贷?她想都没想过,闷声不吭、倒了油瓶都不扶的楚泽会跟高利贷扯上联系。一个老老实实的孩子,怎么会这样?

她忽然有点儿不敢想下去了。

"只要不是沾了毒和赌,就还有救。"楚天阔说。

韩棠仍没出声。

楚天阔的语气异乎寻常地平和。这跟他平时提起楚泽来恨铁不成钢的恶狠狠的样子很不一样。以钱在楚天阔心里的重要程度,他"毛估估"就到了百万的一笔债务,换到他自己身上,怕是宁可跳海的。"亲生的儿,要命的钱",两样全摆在眼前了。他此时抓不到楚泽来眼前骂,没在心里把他砍上几刀是不可能的。但韩棠这会儿并不想细究楚天阔的心理是怎么样的,更要紧的是楚泽。

"我跟放贷的人说,楚泽会还钱的。不管怎么说,得先稳住了,别把事闹大。"楚天阔说。

韩棠点头。

楚天阔顿了顿,说:"听楚泽说话那口气,不用我管,他自己能解决。不知道他要怎么解决?要能解决得了,还至于追债追到咱们这里来?一个月单还利息就是几万块,他拿什么还呢?这么下去,闹到单位,可就更好看了。不行,得提防着点儿,我晚上打个电话给楚沛。万一有事,及时消除影响。"

"你看着办吧,跟楚沛可以说实话,对外就不要声张了。"韩棠沉吟。她看看楚天阔。他脸色不好看。虽然是亲侄子,但因为这样的事情去跟楚沛说,他非常丢面子的。就是她,也绝不想给人添这样的麻烦。

"他有这么多钱吗?"楚天阔问。

韩棠想了想,果断摇头。楚泽的经济状况她了解。"毛估估"的这个数字,靠他自己哪里会有?工资是有定数的,而且还要上交。菲菲那里应该有一些存款,但不可能让他动用,这是一定的,况且这事儿菲菲恐怕根本就不知道。债主找到父母头上,不是没有原因的。

她深呼吸,尽量保持冷静。

"还有,他是什么态度?我就问问他具体什么情况,他就给我堵回来了,好像我是向他要债的一样!这哪是儿子,是冤家,是我债主。"楚天阔说。他看着沉默的韩棠,说:"我说什么来着?快四十岁的人了,做事完全没有数,你还护犊子。"

韩棠没搭理楚天阔的刻薄挖苦,但她脸色也非常难看。

楚天阔看出来了,适可而止。

夫妻俩相对而坐,有那么一会儿谁也不想开口。头顶像是有一团巨大的乌云,随时电闪雷鸣,暴雨如注。

楚天阔不知想到了什么,脸又拉长了。韩棠发觉,先开口道:"先别告诉菲菲。省得还没闹明白怎么回事,把矛盾激化了。"

"你担心菲菲知道了,他们俩也闹离婚?"楚天阔问。

韩棠皱了皱眉。

"不会的。菲菲应该看得很清楚,起码现在离婚对她没有什么好处。她跟楚泽离婚,能带走什么?"楚天阔慢吞吞地说。

韩棠的眉心跳了一跳。楚天阔说得露骨,却也不是没有道理。

楚泽名下没有房子也没有车,所有不动产和值钱一点儿的动产都在她的名下。如果要离婚,可供分割的财产就剩两人的存款了。

韩棠也慢吞吞地回道:"就不兴人家不稀罕这些,就图个自由身?"

"真不稀罕,何必整天想办法攒小金库、想办法借钱买房。这不就已经是在找退路了吗?你不可能看不清这小算盘吧?"楚天阔问。他摸了一下口袋,想拿烟。

韩棠制止,说:"要抽出去抽。"

楚天阔把烟盒和打火机拿在手里,又塞回口袋,说:"这回楚泽闹的窟窟窿要是填不上，你看看会是什么结果。"

韩棠一瞬间已经想到了许多可能性。她抬眼盯着楚天阔，楚天阔极恼火的。她知道，也能体会。

楚天阔见韩棠盯着自己不出声，后脊梁突然有点儿发凉。

"钱这种东西，生不带来死不带去，别看得太重，但活着不能不攒点儿钱，以备不时之需。这是咱妈在世的时候反复说的。什么是'不时之需'，这就是了。"韩棠慢慢地说，"有窟窿就补。现在要紧的是弄明白怎么来的窟窿、到底多大。谁也没说无底洞都要填死，你先别摆出这个样子来。楚泽说他自己能解决，就看他怎么解决。你说得没错，他快四十岁了。做父母的给他的人生兜底也不是没有限度的。他得明白这一点。"

楚天阔没出声。

"他有今天你我都有责任。还有，他和菲菲的事你我就少插手。这事情暂时不告诉菲菲不是说要一直瞒着她，是得让楚泽自己去说。日子过不过得下去，那也是他们自己的事。你呀，"韩棠看着楚天阔，语气始终平和，"咱们家条件还可以，可也没好到让人不计较其他。菲菲要走，舍不下的恐怕不是这些，连楚泽都是次要的，主要是孩子。这你懂吗？你不懂。"

韩棠听见楼梯响，接着风眠叫奶奶。她迅速看了楚天阔一眼："我上去看看风眠。你走不走？"

楚天阔看韩棠这态度，本来应该很生气，可是今晚也许久违的，夫妻俩因为同一件事坐下来有商有量，让他平和了很多。他拿起外套来，说："走。"

"出去关好门。嘟嘟生病，菲菲正心烦呢，没事儿别过来添乱。有什么话咱们换个地方说。"韩棠说完，就上了楼梯。

"棠棠。"楚天阔往楼梯上看了眼，叫了她一声。楼梯仍然在响，韩棠没停脚步。

"到时候回家说？"

"再说吧。"

"你跟楚泽聊聊，能问清楚就告诉我一声。我这边找人打听一下看看怎么办。还有，你赶紧去拿体检报告。"他说着，换鞋出了门。

韩棠走到风眠房间门口，听见楼下门锁滴滴响。

楚天阔走了。

她敲敲风眠的房门，走了进去。见风眠已经抱着浴巾等她了，笑了笑，陪风眠进浴室。祖孙俩一起洗了澡。

韩棠尽量把自己的心思都放在风眠身上。她给风眠吹干了头发，才听见楼下有动静。风眠先跑下去，她走得慢，还在楼梯上就听菲菲抱怨梁瑶"你到底会干什么啊……"她停下脚步，叫了声"菲菲"，楼下安静了。

菲菲抱着睡着的嘟嘟走进厅里，小声说："妈，嘟嘟睡着了。"

韩棠看看在菲菲怀里睡得安安稳稳的嘟嘟，轻声说："我来。"

"我送他上去就行。您休息一下吧。"菲菲说着上楼了。

韩棠回头看看，没见梁瑶，正要找她，风眠突然从卫生间里跑出来，跑到她身边才小声说"我妈把我姥姥说哭了"。韩棠晓得这时候过去会让梁瑶尴尬，指指楼上，说："我去看看嘟嘟。"她抬抬下巴，轻声说风眠你陪陪姥姥。

风眠鼓了一下腮，还是答应了："那奶奶您等一下陪我睡，还要给我讲故事——太姥姥讲的那些！"

"你这孩子怎么那么爱听鬼故事。"韩棠念了一句，也答应了。

她看着风眠跑开了，上楼去了嘟嘟房间。嘟嘟躺在小床上，衣服已经脱下来，连体睡衣放在栏杆上，还没换。菲菲趴在栏杆上不动。她轻手轻脚地走过，看菲菲闭着眼睛，知道她是累了。听见动静，菲菲直起身，看见她，揉了一下额头。

韩棠没出声，摸摸菲菲的后脑勺，让她一边坐着，动手给嘟嘟擦了下身体，换上新尿裤和睡衣。她手法熟练而轻柔，嘟嘟睡得很沉。

"妈。"菲菲忽然开了口。

韩棠心一跳，转头看她。见她神情复杂，心更是一沉："怎么了？"

"谢谢您啊。要是没您，有时候真不知道该怎么办。"

"慢慢来。迟早呀，我也得没。"韩棠笑了笑。她看着菲菲，突然有些抱歉。"菲菲，以后，多支使楚泽做事。你妈妈虽然比我年轻几岁，可也上岁数了。"

菲菲停了一下，才点头。

"我看着嘟嘟。你先去洗洗。还没吃饭吧？"

"我妈说她做。"菲菲说。韩棠看着她，菲菲皱了一下鼻子，说："知道啦。我等一下跟她道歉，刚才是急了。她真的什么都做不好！"

菲菲咕哝着出去了。

韩棠坐下来，看着嘟嘟，发了会儿呆，听见了风眠的笑声。

快活的风眠，乖巧的嘟嘟。韩棠抚着嘟嘟柔软的、胖胖的手臂，拿过手机来，单手编辑了一条信息，发给了楚泽。

她给嘟嘟盖好被子，听到手机振动，楚泽回了信息，只有几个字。

"好的，妈。"

Chapter 5
如果这是滑铁卢

韩棠拿起一块方形的馄饨皮，挖起半勺肉馅放在一角，卷了一卷，对折，捏起，托在手上，给新来的保姆小杨示范。小杨并不是不会包馄饨，而是包得不够好看。为了哄风眠多吃点儿饭，韩棠通常都会考虑到尽量把食物的卖相弄得漂亮一点儿。

难得小杨愿意多学一样技巧，韩棠也愿意分享。她把自己会的五种馄饨的包法都给小杨演示了一遍。梁瑶带着嘟嘟在一边看，看到这时开玩笑说韩棠是"包法利夫人"，"会五种馄饨包法，至少会三种包子包法。烧卖小笼包煎饺锅贴没有什么不会包的，不是包法利夫人是什么？"

韩棠笑了。梁瑶是不读书的，不知道怎么晓得包法利夫人了，也许看短视频习得了金句。

"管是包什么夫人，不是包子夫人就行。"韩棠笑道。说话间，又包好了一个馄饨。小杨笑眯眯地拿过去跟自己包好的对比，已经有八分像。

"包子夫人有什么不好？"梁瑶笑起来。

"不好，人家都说现如今这世道，做人不能太包子，为什么呢？是包子身后就老跟着狗。"

梁瑶和小杨都笑起来，嘟嘟听见狗字，"哟"了一声，抱着他的奶瓶说"狗狗"。韩棠凑过来亲了亲嘟嘟，看看恢复了精神的小孙子，笑着说："是呀，狗狗。嘟嘟爱狗狗，姐姐爱猫猫。"

"这俩孩子还都挺喜欢小动物。楚泽上回还说要不给他们养只猫。"

韩棠听着，眉抬了抬，把剩下的馅儿归拢了一下，再包一个，余下的一点点留在那里。见小杨要再包一个，她摆手说不用："记着，每次稍微剩一点儿搁着。"

小杨没明白什么意思,梁瑶说:"是剩财(菜)的意思。我说老韩,又不是过年,讲究这个干吗?"

"想起来了就讲究一下。"韩棠淡淡地说。她继续给小杨演示该怎么把馄饨放进冷冻盒保存。

小杨学东西很快,才来了不到两天,不管她交代什么,都不用重复第二遍。昨天她带着小杨往附近超市和菜市场走了走,今天再去,小杨不但方向感清晰、路线选择合理,连哪个是家里相熟的摊位都记得清清楚楚了,做事做饭都干净利落,话也不多。她还是比较满意小杨的,就连梁瑶这样很会挑剔雇工的人,也说"贵有贵的道理"。

韩棠看看时间。

今天她原本有堂绘画课的,但早上群里临时通知,苏教授有急事,把课调整到明天。风眠姥爷今天过生日,菲菲会去接风眠放学,晚上跟姥爷一起吃饭。菲菲特地说她妈妈和嘟嘟不去的。这样,她突然有了几个小时的空闲。她正踌躇有这点儿时间是回自己的小窝睡一小觉呢,还是去大哥家里坐一坐。大嫂这两天不停地给她发语音消息,空下来了该跟她好好说说话的,偏巧顾雅芬打电话邀她参加同学聚会,她想了想就同意了,不过加了个要求,大家一起吃顿午饭,她来请。小群组里欢欢喜喜的,差不多是一呼百应。她看着她们争先恐后发那土土的表情包表示很开心,看了好久。

梁瑶知道韩棠中午有聚会。韩棠出门时,她拉着嘟嘟的手一直送到门外。这几天不管是去医院复诊还是在家,嘟嘟总是跟着韩棠。韩棠很高兴嘟嘟和自己亲近,但还是有意识地跟他慢慢讲道理,让他明白奶奶并不总会在他身边,但肯定会再回来的,试着减轻他的分离焦虑,免得每次分别,这孩子总哭唧唧的。今天嘟嘟的表现就好多了,只是恋恋不舍地看着奶奶进了电梯。

韩棠上了车,看了眼微信。楚泽那里静悄悄的。他应该快下班了。她给楚泽留了言,提醒他回来路上慢点儿开车。楚天阔公司今天要应付检查,不一定什么时间结束。她要跟楚泽好好谈谈,楚天阔晚点儿回来倒也是好事,当然她也没有十分的把握,楚泽跟她就会顺顺当当地交底。

养了几十年的儿子，对他再细小的习惯都了如指掌，但他究竟在想什么、在做什么，她简直一无所知。以前夜半时分醒来，万千思绪涌上来，总归不会觉得自己是个失败的母亲。可这一次，她没有这个自信了。

韩棠看着楚泽那沉寂的毫无反应的头像，连叹气都省了，转而看了看消息列表。给她留言的除了雅芬她们说"马上到"，剩下的全是韩家的人——韩松、韩柏、韩艾黎，就连忙得不可开交的韩穗一家四口都在给她发消息，更别提牟艺琳了。她突然很不耐烦。他们应该也很不适应，因为从前他们无论给她发什么消息，她只要看到就是"秒回"，哪怕只是发一条搞笑视频，她也会很捧场地看完然后认真回复一句。她越这样，他们越频繁地发消息过来。

她一条都没回复，放下手机开车去了聚会的小店——球迷酒吧。小雷答应中午给老阿姨们做一顿他号称行走江湖几十年的拿手菜，不知道到时候端上桌的会是什么，这让她有点儿期待。

聚会约在十一点半，她到达时不过十一点，可才进院门，就听见了顾雅芬那"嘎嘎嘎"像鸭子一般的笑声。笑声像大鹅一样的一定是潘薇，至于笑声有点儿沙哑的像鸽子那么轻快的肯定是凌清。韩棠忍不住笑出来。老年人，什么都没有，就是有大把时间可供挥霍，约会只会提前到。当然，并不是每个人的时间都这么充裕了。

"韩棠！"窗子被推开，顾雅芬趴在窗台上大声喊道。

韩棠看着她那火红的毛衣、橄榄绿的围巾，一只手抬起来飞快地舞动着，就好像当年在宿舍楼窗口朝她喊"韩棠你去食堂吗？给我捎俩肉包子！"那喊声，恨不得半个校园都能听见。韩棠心想，如果能回到那个时候，该有多么好。

"来啦！"她应了一声。

午餐时间，馆子里人也不算多，加上她们这一桌老阿姨，也就三桌客人，稀稀落落的。韩棠看了一眼吧台，小雷没在，应该是下厨去了。

"快来快来。"顾雅芬又招手，"金主来了，快请坐。"

潘薇伸手推了一把身边的椅子，让韩棠坐在自己身边的位置。韩棠坐下来,看看她们——都笑眯眯的,满面红光,只有凌清单薄又苍白。韩棠伸手过去,拉拉她的手。凌清的手微凉、粗糙,她握紧了,问:"最近没去北京?"

"上半年去过了,现在正准备再去,可是儿子那边又不用,让我在家休息休息。"凌清说。

韩棠看出凌清神情里有点儿犹豫,想着大概她是有什么难言之隐,想起之前她跟自己说过家里的情况,便只点了点头,悄悄给她个眼色,示意自己都明白的。凌清很明显松了口气。

顾雅芬点着她们俩,说:"凌清说这个,韩棠太有共鸣了——这么多围着孩子转的,就你们俩可以得军功章。回头要是有什么'为儿子做出特殊贡献奖',你俩要没得着,我第一个上微博发帖、去抖音控诉,鸣个不平。"

潘薇哈哈哈大笑,说顾雅芬你这就叫"笋都给你夺光了","不至于啊,她们俩对孩子是用心,也没到这份儿上。"

"怎么没到?用'鞠躬尽瘁'四个字,当得吧?就差'死而后已'了——凌清你别忌讳啊,你要不是那么操劳耽误了体检,何至于病那么重才发现?这不假吧?能吃苦,能忍耐,是什么美德?身体是自己的。肉身没了,你要美德干什么?韩棠你也注意点儿啊,别重蹈覆辙。你们家比凌清家情况还严重。凌清至少和他家老吴是共进同退,你们家就消耗你一个。你看你们家老楚,上个电视节目,容光焕发,哪像六十多的?顶多五十五!你嘞?"顾雅芬说。她但凡开了口,就跟机关枪一样。

这会儿一梭子子弹打出来,韩棠跟凌清这心都快成筛子了,可两人谁都没有生气。尤其韩棠,笑得脸上的皱纹都在发颤。顾雅芬话说得没一句好听的,可也没一句不到位的。

潘薇虽然也笑,可这时候并不附和雅芬,只拿了茶壶给其他三个人倒茶水,偶尔看一眼雅芬。雅芬说得更起劲儿了,越发连"好好儿一个人在家里混得跟耗材一样,小心用完即弃,转眼被换掉"都说出来了,潘薇这才把茶杯放到雅芬面前,"差不多得了啊。"

她向来是反对老一辈帮忙带孩子的。女儿家里两个小孩,她哪个孩子都没帮忙带,口头禅就是"谁要生谁来带""我生的我带大了已经完成任务了"。周末她会让孩子们来家里住两天,也是根本不具体负责他们什么事,洗澡、喂饭,全都由女儿女婿自己来。当然她自己也很忙,退休以后又被返聘,至今还有工作。潘薇自己是这样过日子的。平时就看不上韩棠和凌清的生活方式,但是,她不像顾雅芬一样直接说出来。

韩棠笑着,接了潘薇递过来的茶,问她最近都忙些什么。

"也不算忙,上个月我跟萌萌爸又去了趟新疆。十年前去过一趟,玩了一半,这回玩了剩下的一半——新疆可太大了!给你们带了特产,走的时候拿上。"潘薇笑着说起旅行的见闻,把手机放在桌上,挑照片给她们看。顾雅芬是早就都看过的,这会儿抽空问韩棠,手上还有没有什么好小伙子可以介绍。韩棠的目光从手机上挪出来,看着她问:"怎么了,梦晨跟小江不是交往得好好的?你又变出个侄女来?"

"就是他们俩好着呢,我们亲戚知道了之后,非常羡慕,不是还有俩二十八九岁的大姑娘没对象吗。"顾雅芬笑着说。

韩棠还没开口,潘薇头都没抬地说:"你们家也有意思,专门出嫁不出去的大姑娘。"

"这话说的!我们家专门出高学历、高收入、高要求的三高大嫚儿!谁家硕士博士毕业工作能自立了,不得三十岁了?百岁时代,这才刚成年呢,你少瞎说。有吗?"顾雅芬转向韩棠,满眼期待。

韩棠笑着说:"那你把她们的基本情况发给我,我先看看,掂掇掂掇。不过得过阵子,这些日子怕是顾不上。"

"不急。她们也都不急,专门急死我们这些'太监'。"顾雅芬说。

这时候小雷带着人来给她们上菜了。三个人走了好几趟,盘碗杯碟就摆满了这张大桌子。冷菜热菜加汤,总共十道菜,海鲜为主,新鲜、清淡,色香味俱佳。韩棠粗粗一看,拿筷子夹了只八带鱼,先说着"这个倒是好吃可是能咬动吗",马上"噢哟"一声,喊其他三个人来尝尝,"这个烫得很见功力了,又软又嫩又新鲜,一咬就断。"

小雷听见,笑着说:"您放心,这一桌啊就没有咬不动的。你们慢慢儿吃,要什么喊我。"

韩棠又夸了他几句,问:"释迦在吗?"

"今儿还没看见她，可能还没起床吧。"小雷说。

韩棠点点头，继续跟同学们吃东西聊天了。她看凌清只捡素菜吃，给她剥了虾和鲍鱼放盘子里，说："你都这么瘦了，还吃草。老吃草，蛋白质摄入不够，那可不行。你看你这小身板儿。你现在吃药，要忌口吗？西药没有忌口这一说吧？"

"大夫说不用。"

"那你别吃得太素，注意荤素搭配，肉蛋奶要充足。"韩棠认真地说。

潘薇笑着看她。

韩棠抬头，看看埋头剥蟹肉的雅芬，说："真的，都好好吃饭，注意身体。"

"儿子说海鲜太寒，吃着靶向药，别吃这些。"凌清说。

韩棠没出声，雅芬低着头，嚼了满口蟹肉，含糊地说："是、是、是，你儿子说话就是圣旨。"

"适量吃。"韩棠说着，又给凌清盛了碗汤。

潘薇看着忙着给大家布菜的韩棠说："你也吃吧，照顾这个、照顾那个的，不照顾自己。"

韩棠笑，"最近不怎么有胃口。"

"你好像瘦了不少。"潘薇说。雅芬听见，抬头看看，也说瘦了。

"有吗？"韩棠随口应着，转而说起了别的。老同学们许久不见，当然很多话可说。她的耳朵和头脑里被不断塞进去各路信息，庞杂但有趣。她听得津津有味，忽然雅芬问："还是跟我们聚会有意思吧？"她笑着点头。

四个人吃完了饭，换了张小圆桌，边喝茶边打牌，玩到快三点钟，凌清觉得累，预备回去休息了，她们才准备散场。这时候释迦从外面进来，韩棠看到她，让同学们稍等一下，去吧台跟释迦说了会儿话，顺便把最近的账都结了。小雷说不用着急，韩棠笑着说："做生意都不容易，不兴动不动欠账的。"

"也不差这会儿。"小雷笑着说。

释迦看着韩棠，跟她笑笑，小声说："资料晚点儿我给您发微信上。"

韩棠点头，拍拍她手臂，嘱咐道："别跟艾黎说。"

"知道。"释迦点头,"还需要什么,您随时跟我说。"

韩棠点头,又说了声谢谢。见释迦要送她,她摆手笑道:"我们几个老太太聊着天儿慢慢儿走,一顿饭吃这么久,耽误店里休息了。"

"给老雷增加点儿人气,他高兴都来不及。"释迦笑。

雷斯特也笑着说是,抬头见有客人进来,看清楚是几个阿姨叔叔,跟释迦说"那个把猫画成狗的大叔又来了"。韩棠跟着回过头去看,进门的几个人都拎着画具、背着画夹子,正说说笑笑往里走。其中有个戴渔夫帽的高瘦身影十分眼熟,不过还没等她看清,就看到潘薇从圆桌边站了起来,喊"刘班长"。

"渔夫帽"往上拎了拎帽檐,露出额头来,看着潘薇笑。韩棠一看是刘成思。

"他们认识呀?"她自言自语。

小雷轻声说:"那几位叔叔阿姨隔阵子就来这儿坐坐。那帅大叔画画可一般了,可是特别爱画,我们一开始以为他画得很好,仔细一看,照着我们店里的黑白猫愣是能画成比格犬——我们说大叔画得挺好,不过还是先从一般的纸开始练习吧,要不太浪费钱了。"

韩棠忍住笑走过去跟他打招呼。潘薇和刘成思已经聊了一会儿,两人都喜笑颜开的。韩棠看潘薇站在老刘面前说着话,整个人都显得轻盈起来,像是年轻了好几岁,不禁也微笑。

两边又寒暄了几句,韩棠她们先离开。

走到院子里了,潘薇还在笑,说:"这么巧啊,真是……得二十年没见了吧。"

"谁呀?"雅芬回头看看,问。

"潘劲松的战友。我回头跟劲松说去。他肯定特别高兴。你们还是邻居呢。"潘薇揽过韩棠,想到什么,忍不住笑起来。雅芬说"这又笑什么,再帅也就是一老头子了",被潘薇照她背后捣了一拳头。"你们还记得那时候我要给韩棠介绍个对象吗?就是他!家里条件可好了。棠棠都知道人家的情况了,还是坚决不去见,把我气得够呛。我当时说要是我没找我们家那位,我自己就争取了。"

"看你这样儿，这会儿争取是不是也不晚？"雅芬先跑开几步，笑着说。

潘薇"呸"了一声，转而又笑了，说："也不是不行！"

四个老阿姨，就站在院门口笑得前仰后合。

潘薇忍住了笑，看了看韩棠，说："所以缘分说不准的。该着谁的就是谁的。韩棠该着跟楚天阔吃吃苦，也没办法——哎，吃到现在也可以了啊，以后别惯着了，多跟我们出来玩儿一下。"

"好。"韩棠答应。她拿着手机。虽然今天吃饭打牌已经拍了好几张合影了，还是拿出来，拦了个路过的大学生，正经在这红墙前又拍了两张。

那边潘薇顺路带雅芬走，这边韩棠送凌清，告了别上车。

凌清家住得不远，路上两人说着话，很快就到了。

下车前，凌清说："雅芬说话有时候不好听，可是挺对的。你真的不要像我，身体不舒服就赶快看医生，别忍，忍出大毛病来。"

"知道。"韩棠看着她，点头，"盛盛工作有着落了？"

"哪儿那么容易。这个年纪被裁，高不成低不就，他那行业如今也不景气，大家日子都不太好过。他自己压力大，我们也不敢多问。韩棠，那个……"凌清犹豫。

"好啦。什么时候有什么时候还，你看你，这点儿事老放心上。我还有事要办，你快下车。"韩棠说着撵凌清下车。她想起来，下车打开后备厢，拎了两盒干海参出来。"差点儿忘了，这个你拿着。我前阵子收拾杂物间收拾出来的。别客气啊，跟你们家老吴一天一个，吃一阵子。你快上去吧，回去好好睡一觉，今天怪累的。"

凌清谢了她，坚持等她开车走了再上楼。

韩棠见状，也就上车走了。车子开得很慢，转弯的时候，凌清还站在路边看她。凌清上学的时候，那是壮壮实实的姑娘，现在瘦得像纸片了。

她忍住没有多看一眼，加速离开。

车子开进小区大门，她看了眼自家所在的那栋楼。也不过这些天没回来，小区显得更旧了，楼也更旧了。不但旧，还陌生了。她停下车，上了楼，打开家门，一股熟悉的、有那么一丝发霉的气息扑面而来。

地板上有一层灰，有人经常走的位置，留着脚印，拖出了一条条痕迹。并不太脏，也不比想象中更乱，倒像是她走了之后，楚天阔其实也没有在这里住似的。她没有去别的房间看，回到自己卧室，拖出行李箱把冬天的衣服塞进去。这一收拾，就收拾了三个行李箱。她气喘吁吁，听见外面有动静，走去看了看，看到楚泽进了门。

"妈。"楚泽叫她。

韩棠直起身，喘了口粗气，指着房间里的行李箱，让楚泽放到后备厢里去。

楚泽应声，跑上跑下两趟，把行李箱放下去了。

这会儿工夫，韩棠去餐厅看了看，烧了水，泡了茶。她站在那里等着楚泽上来，刚好能看见自己卧室门。一束光线投在门上，把门上被砸出来的坑坑洼洼照得清清楚楚。耳朵里忽然响起"嘭嘭"的巨响，让她心跳加速。这时楚泽走了进来，就站在那门边，她一恍惚，一瞬似乎以为那是楚天阔，手不禁握紧了。

"妈？"楚泽又叫了她一声。

韩棠一激灵，回过神来，睁大了眼睛。

"楚泽啊。"韩棠指了一下餐桌的位置，让他坐下。

楚泽把外衣脱了，拿起茶来喝了一口，说："这什么呀？"

韩棠的手按在桌上，看着楚泽的神气，要忍住才没抬手给他一巴掌。

楚泽立即感觉到了母亲身上的低气压。他慢慢放下茶杯，坐在那里不动了。

韩棠盯着儿子，慢慢地说："说吧。"

楚泽圆圆的下巴有了线条。就在不久前，她看着儿子丰润的面庞还在想，这个孩子无忧无虑的，屏蔽了应该操心的事和要承担的责任，活得一点儿负担都没有，虽然本身这种状态就让做母亲的无法完全放心，可毕竟他是快活的，也算聊以慰藉。

"楚泽？"韩棠叫他，"还不打算说？"

楚泽两手交握，放在桌上。他的头半低着，却并没有几分沮丧。

韩棠突然拍了一下桌子。这桌子用料扎实，拍这一下纹丝不动，可是她从来没有在儿子面前情绪失控过。这一瞬，她想到了自己的母亲。

看着楚泽抬起头来，她深吸了一口气，说："我们有话好好说。我不会打你的。"

"我知道。"

"你姥姥，经常揍孩子。因为生活不容易，要拉扯大孩子，供他们上学，压力很大，脾气暴躁。做她的女儿不容易的。我就想，我一定不打孩子，让我的孩子过得容易一点儿。楚泽，你懂我的心吗？"韩棠看着楚泽的眼睛。在意识到有一天她也会成为一个母亲的时候，她就决定，绝对不靠打骂来教育孩子，或者说，驯服孩子。她应该是做到了这一点，虽然也并没有什么特别值得骄傲的。

"我做您儿子，其实也不容易的，妈。"楚泽说。

韩棠愣了一下："什么？"

"我不是说您做得有什么不好。妈，您是太好了。"楚泽看着母亲，"这次别为我操心了。我自己的问题自己来解决。"

"你有这个能力吗？"

"相信我一次不行吗？"楚泽反问。

韩棠点了一下头，说："那咱娘俩就当聊聊，你怎么能做到欠这么多钱的。你来给我摆摆龙门阵。你是怎么搞的，能搞到这个地步！说出去都丢人。"

"说到底，您也不是真的关心我，是为了面子，是吧？"

"楚泽！"

"妈，您是为了面子委屈了大半辈子，我呢？为了我爸和您的面子委屈了自己这么多年。我有什么事是自己真想干的？"

韩棠手指戳着桌面，盯住楚泽的眼睛："欠高利贷欠到让人追债追到你爸妈跟前儿、把你堵到单位里不敢出门还得跟家里撒谎说是有任务，这就是你想干的？你就这么解决问题？你可真有出息！"

楚泽抓起手机就想走。

"坐下！我话没说完，你什么态度！"韩棠高声说道。

楚泽没有动。他看着母亲，一模一样，几乎一模一样，母亲此时的神态语气，跟父亲一模一样。他忍不住转了一下头，正好看到客厅角落里那只碎成两半又想办法找人锔好的花瓶。锔补过的痕迹对着墙角，从其他角度是看不见的，就好像有些伤痕和隐疾，藏在华丽的表皮下，轻易不会暴露。那花瓶是他父亲酒后在家找碴儿大闹打碎的。他记得的，那次"碴儿"的起因是他的工作。他是学文科的，大学里的成绩虽然不那么突出，当年就业形势也不是很好，但临近毕业时他幸运地找到了自己喜欢的工作，可是父亲早有安排。他不是不知道父亲给安排的工作更好更有保障，但还是想试着离开父母离开这个城市，挣脱从小到大压在身上的枷锁。父亲把这视作他的忤逆，大发雷霆，天天喝酒回家撒酒疯。后来，他不得不让步，进了父亲托关系给他安排好的单位，脖子上的套索又紧了几分。

"我没干什么坏事。"楚泽轻声说。

韩棠看着他，平放的手握成了拳。

"我喜欢打游戏，您知道的。经常一起打游戏的就是那几个同学和朋友。曾晓植、汪鸣、老常他们几个，大部分您都认识。"楚泽慢慢地说了几个名字。韩棠听着，没有插话。楚泽说："一般是在周末，要不就是在我调休的日子，我们就约着一起打比赛。这几年我打比赛得了些奖金，就存着了。一起打游戏认识的朋友有开酒吧的，我们经常去他的酒吧聚会、商量事。前年夏天有家酒吧要转手，他就问我们有没有兴趣投资。正好他们几个也有那个心思，就一起去看了那家酒吧的情况，我想想手上还有点儿钱，打比赛的奖金、平时发的补贴，葛菲菲不要的那些小钱，就投进去了。钱也不多，三十万。"

韩棠心说，这孩子不得了。不多，三十万。上嘴唇一碰下嘴唇，说得轻巧啊！她活到这个年纪，三十块也不会轻易说出"不多"来。这么一比，隔了近三十年的代沟，委实是她格局小了。她拿起杯子来，喝了口茶，皱了一下眉。一股子火油味。

但她不动声色地又抿了一口，才说："你打游戏还打出名堂来了？真是小看你了。开酒吧得在市面上黑白两道都吃得开啊，你有资源吗？就敢接手开酒吧？"

楚泽抿了一下唇。

韩棠"哦"了一声:"楚少爷没有,楚老爷有。朋友以为你能罩得住?"

"他们没指望我罩得住。本来人家就开过酒吧,有经验。再说我也不参与管理。"

"所以到底怎么经营的,你根本也不清楚,对吧?"韩棠问。

楚泽语塞。

韩棠看他的脸色,知道他也明白问题出在哪里,问:"赚过钱?"

"嗯。刚开业那阵儿生意还是挺好的,不过前期投入大,得慢慢回本。后来吧,四周新店开得多了,人气没那么旺了,可是水电租金员工,开支也很大,就开始赔钱。我们几个商量着重新装修了一下,改改风格路线,就又投入了一部分钱。钱就是这期间借的。装修期间有员工出事故,赔了一大笔钱才了事。酒吧再开业就一直在赔钱。那段时间有两个朋友顶不住就退出了,剩下我和老常两个人了。老常占大头。我没钱往里投了,他还在顶着。眼下这生意也就是那样,一直在巨亏。我没再投也没再借钱了。总共其实也就是六十万的债。因为利息我每个月都在还的。"

韩棠只觉得胸口闷得厉害:"你的工资卡在菲菲那里,每个月就那点零花,你哪来的钱还利息?你利息就要还那么多!"

"用几张信用卡倒腾。"楚泽说。

"我们单位正在转制,不是有笔钱嘛。我寻思那钱到账,我压力就小很多了,再跟人借点儿,就能对付过去了。我已经跟朋友借到钱了,下周就能把高利贷的钱还上。所以我跟爸爸还有您都说,不用担心。借朋友的钱我慢慢还。这也不用担心,单位发了那笔钱,就够还大半。我还可以打比赛呢。"

韩棠听着,丝毫没有感觉到轻松。

"我不能理解你这做法。家里不缺钱。你也不缺钱。为什么?"

"您就当我昏了头吧。我想找点儿事做。到了这个岁数,就算是没什么成就,能赚点儿小钱也好。"

"不需要你有什么成就。妈妈一直说,你健健康康的,做好了手上的工作,把家里顾好,跟菲菲安稳过日子,培养好两个孩子,就足够了!"

"妈，这日子我过的，真的很没意思。我一点儿都不喜欢我的工作。开始去的时候被安排在岛上，那一年多我倒是觉得挺好的。坐船都要一个小时才能上岸，再开车一个半小时才能回市区，最主要的是一两个月不回来也显得挺正常的。我根本不想回家。你们就完全不能接受。您觉得我在那么偏远的地方，又受罪又孤单，吃不好睡不好，其实我样样都好，除了值个班出个操，平时不知道多清闲。我爸更是觉得我在那儿是虚度时间，耽误提拔。他一边嫌弃我没本事，一边使劲儿推我、替我钻营，不成就怪我烂泥扶不上墙，总而言之什么都是我的错、我不行。单位里一个萝卜一个坑，都是算好了的，我占一个下面的坑就不错了，上面的坑我没兴趣，再往上占坑那代价也太大了。妈，我有兴趣的工作我很愿意干的，可是我到现在为止也没捞着干我喜欢的什么事儿。这次我错了，我会慢慢儿把窟窿堵上的。"楚泽说着，看了一下手机。

韩棠瞥了一眼他手机上弹出的对话框。字是看不清的，她也不想看清。

她敲敲桌面，让楚泽抬头："儿子，有句特别糙的话，说得难听，可是有道理——这年头，借老婆都不借钱。什么朋友能跟你这么赴汤蹈火？我认识吗？"

"您不认识的。我们单位的。我们俩同一年入职的。"楚泽说。

韩棠点头，问："女同事？"

楚泽皱了一下眉，但没否认。

韩棠脑海里突然闪过了昨天还在背单词 App 里复习过的俗语，"like father, like son（有其父必有其子）"。她听见自己问："她借给你钱，条件是你离婚娶她吗？"

"没有。没这个条件。"楚泽说。

韩棠一个耳光抽了过去。一声脆响，像惊雷。

韩棠只觉得耳边轰隆隆作响，好像有炸弹被接连引爆。她的手火辣辣地疼，楚泽脸上出现了一个清晰的手印。

"你太让我失望了。"韩棠看着儿子脸上那个手印。

楚泽一动不动。他没有看母亲，也没有出声。

"你有家庭，你有孩子，你有责任。"韩棠说。

得知儿子欠债都没有此刻让她觉得她实实在在是面对了一种失败。

"哪一步？"韩棠沉着声音问。

楚泽抬手搔了一下耳后。

"她有家庭？"

"是。她也不会离婚的。"楚泽说着，迅速看了母亲一眼，"不是像您想的那样。"

"我想的哪样？"韩棠盯着楚泽。压住她胸口的巨石向上挪了几寸，呼吸和言语开始变得困难。

"楚泽。"

楚泽没应声。外面似乎有声响，但母子俩都没有在意。

韩棠看着楚泽的脸，白皙的面孔泛了红，巴掌印那里肿了起来。天色有点儿暗。现在天越来越短，不开灯，很快她就要看不清楚泽的模样了。

"人要往下三烂走，没有头儿。你听妈妈这句话。妈妈活到六十六岁，乌七八糟的人和事看得太多了。妈妈不想自己当宝贝呵护的儿子，变成下三烂，这是妈妈人生最后的愿望。"韩棠说着，把手机挪过来，戴上花镜，找到释迦发过来的文件，仔细看了看，又抬起头来，看着也盯着自己的手机但是并没有改变姿势的楚泽。她看着儿子，只觉得跟他的距离是这么远。

"妈妈的话，你是听不进去的，是吧？"

楚泽还是没出声。

韩棠觉得叹气都是在浪费时间和精力，索性不叹了。她点了点头，说："你呀，不要这么自以为是，不然再这么下去，以后还有更大的坑等着你。这一回损失一些钱，你要得到教训还好。贵是贵一点儿，至少让你知道这里面什么是对的什么是错的。你应该也意识到了，你们那家酒吧的经营肯定是有猫腻的。常浩二进宫，第一次是因为偷第二次是因为诈骗，我再提醒你，酒吧是常浩的老婆在管账，酒吧两次装修签的装修公司都是他老婆表弟的，员工出意外受伤到底赔了多少钱……这些你完全可以想办法了解了解。盈利亏损，自己看账看不出门道，你可以找会计师看。再不行，你打个电话给潘薇阿姨。我今天见过你潘薇阿姨了，已经打过招呼。你不要怕丢人，也不要怕麻烦。你自己也好，联合一下曾晓植和汪鸣也好，自己看着办。"

她说着话,把文件资料发给楚泽。屋子里几乎全暗了下来,楚泽的手机屏发出绿幽幽的光,映在他脸上,跟黑白无常似的。

韩棠放下手机,喘了口气,说:"你说的单位转制发的钱不是你自己的,应付一时可以,但那钱也有菲菲一份。这你该明白。你还应该明白,借给你钱的,不可能不图回报的。不管你们关系到哪一步了,一定有你还钱还人情的一天。你算计好,还不还得起。你的事,自己去跟菲菲坦白。包括欠债和其他的,所有的,以前你干了什么,以后你打算怎么样。今天就回家去。不过今晚别说。今天是菲菲爸爸生日,她心情应该还不错,不要在今天给她添堵——你已经干了很缺德的事儿了,别再缺德了。"

"妈,您说话能不能别这么难听?我……"

"难听?难听你也听着吧。你也听不了几天了。"韩棠听见声响,抬眼看到门厅亮了灯,顿了顿,问:"还不打算过来吗?回来不就是为了开个家庭会解决问题吗?"

楚泽愣了一下,转过头去。

楚天阔从门厅里走了出来,说着"怎么摸着黑说话",抬手按了开关。他一下子按开了一排开关,瞬间壁灯、顶灯,连脚下的小夜灯都亮了,屋子里顿时亮到刺眼。韩棠微微眯了一下眼,等他过来坐下,看了一眼脸色发白、巴掌印已经发紫的楚泽,说:"我现在没力气也没心情把我说过的话重复一遍。你可能也听见一点儿,要是没听全,让楚泽跟你重复一遍。"

楚天阔看着她,一时没出声。

楚泽额头上汗涔涔的。

韩棠转向楚泽,说:"菲菲日常有点儿小毛病,不是大问题。这是站在我的立场来说的。她没有对不起你的地方,还生育了两个孩子,尤其是嘟嘟还小。楚泽,在跟菲菲的关系上,我也希望你仔细想清楚,做得像个人样。我管不了你这些,只能给你建议。"

"韩棠。"楚天阔伸手拉了她一下。韩棠抬起手来,几乎是立刻摆脱了他的碰触。楚天阔脸色一变。

韩棠看着楚泽,说:"你有什么不满,你想干什么,四十岁了,儿子,你尽管说出来，尽管去干，但是别拉别人下水。工作不顺心不满意你也尽管辞职，空出编制来外面大把人等着考进去。不管将来干什么，你能自己谋生，妈妈尊重你，也会为你高兴的。"

"你这是说什么呢！工作哪能随便就辞了，绝对不行！"楚天阔拉住韩棠的手。

韩棠干脆甩开了他的手，看着楚天阔。

楚天阔本来已经升起来的怒火，在看到韩棠的神情时，像遇到了冰。他转而看着楚泽："你看看你都干了些什么！顾头不顾腚的，没有那个本事别玩那么大，现在好，一腔的屎还得给你擦。你还瞪我！"

"你先闭嘴。"韩棠说。她看着剑拔弩张的父子俩。很多年了，在父亲面前一直低着头的儿子，此时竟抬起头来，那样子，丝毫不畏惧。她分明听见楚泽说"不用你管我，你管好你自己就行了"，不知为何有点儿想笑。就这会儿工夫，楚天阔骂了句"小白眼儿狼你出息了，敢顶撞老子了看我不收拾你"，伸手就要拿起桌上的杯子来，可杯子提前被楚泽抄在手里，一挥手朝那只花瓶砸了过去。一声巨响，铜过的勉强维持着体面的花瓶在架子上摇晃了两下，摔在了地上。

这一下，粉碎了。

韩棠看着满地的碎片，看着父子俩脸对脸吵了起来，韩棠非常冷静，但也非常疲惫和伤心，不高不低地道："行了，都住嘴吧。我还有话要说，都给我听着。"

"什么话？"楚天阔面红耳赤，转过脸来看着端坐在椅子上的韩棠。

韩棠示意他们俩坐下来，说："本来我想晚点儿说，可咱们一家三口，也不是老有机会这么坐下来。说完了楚泽的事，我想说一下我的。我的体检结果不是那么好。"

"怎么了？"楚天阔和楚泽一起愣了一下，又一起问。

"不出意外的话，是恶性肿瘤。具体的情况要详细检查。我得住院了。大嫂找了老同事，已经安排好了，明天一早空出床位我就住进去。"韩棠心平气和地说。

寂静仍旧在蔓延。

良久，楚家父子俩就那么站在那里，一动不动。

韩棠说完了，像是卸下了包袱，长出一口气，双手按了按桌面，看看表，说："就这点儿事。"

"妈……"

韩棠看着楚泽，灯光过于明亮，楚泽惨白的脸上掌印越发清晰。韩棠一刹那很后悔自己动了手，不过她把这份情绪按捺下去，说："今儿打了你就打了，妈妈不道歉了，只跟你保证以后绝对不会再打你。你也不要学妈妈，跟风眠和嘟嘟只能讲道理，绝不能动武。你的麻烦你好好解决。"

"咱先解决你的麻烦吧。楚泽的事儿我会帮他处理。"楚天阔说。

韩棠看看他，说："让楚泽自己看着办吧。你也不能帮他一辈子。挺晚了，都没吃饭吧？老楚你自己看着吃，楚泽你可以回家吃——新来的保姆姓杨，做饭很好吃。不过要是回家晚了不要麻烦人家，冰箱里有冻好的饺子和馄饨，自己煮一碗吃。"

韩棠说完回手去拿手机，楚天阔摁住她的手机，不可思议地看着她，问："你去哪儿？都什么时候了，还要走吗？"

"回我自己那里。明天就要去住院了，我得好好休息休息。"韩棠把手机抽了过来，目光从楚天阔脸上移到楚泽脸上，"很多检查得住院以后再做，可能也没那么坏。你们不用紧张，有什么事，需要签什么字，非要用到你们了再来也可以。一般的我都可以自己签。"

"你是我老婆，不紧张你紧张谁啊！"楚天阔大喊。

"你现在紧张有个屁用啊！"楚泽突然也大喊了一声，"我妈为什么会生病，还不是给你气的？！她平时就只知道围着家里转，有什么事儿都不吭声，就憋着，憋了这么多年。她要不憋着能生这么大的病吗？"

楚天阔面红耳赤的脸上像刷了一层黑漆，伸手过去揪住楚泽衣领，使劲儿一拽又一推，骂了句"小兔崽子，你妈生病还不是被你那一家子累的"。楚泽个子没他高力气也没他大，可是这些年因为职业到底也参加了一些体能训练，让他比一般人反应要机警和灵活些。他下意识反手握住父亲的手腕子，一把将他推到椅子上。楚天阔整个人带椅子在光滑的地板上滑了出去，"咣"的一下撞在了墙上。

"你敢跟老子动手!"楚天阔反应能力确实不如年轻人了,撞这一下又实属意外,更气得发昏,像只被翻过来的乌龟似的要划拉几下才站起来。

眼看他要照着楚泽的脸扇巴掌,韩棠开了口:"住手吧。"

她声音很轻。楚天阔举起的手就停在了半空。

"你们俩都住手,闭嘴,我现在需要清静。"韩棠深吸了口气。

"那你住下,我出去。"楚天阔说。

"我留下照顾您。"楚泽说。

韩棠看着气喘吁吁的父子俩,一样的神色紧张,一样的汗流浃背,楚天阔还是比楚泽要镇定些。她叹口气,看着楚天阔,说:"明天住上院,我会跟你说。"

"还等什么住上院!我陪你去医院。明天几点钟?"楚天阔问。

"不用很早。医院八点半才上班,去早了也没用。床位说不定什么时间才空出来,一样要等。"韩棠说。她看看楚泽:"你照常上班,不要影响工作。"

"妈,我请假。"楚泽说。

"不用。有必要再请。"韩棠说。

"你的体检报告呢?初检结果呢?发给我,我去找找人。"楚天阔镇定多了,一会儿的工夫,他已经数出了好几个人名,也想出了去哪个更有名的医院再做检查。"多看几家医院、几个专家,不能只听一家的。你不用想这些,我来联系。"

"老楚,"韩棠抬眼看着他,点点头,"你没明白我的意思。不要慌,等详细结果出来以后再说。我现在就需要一个清清静静的地方安安稳稳睡一觉,别的不需要。"

"那我送您过去。"楚泽说。

"不用。我自己开车走。"韩棠想起来,"回去先不要跟菲菲说这件事。结果还不一定怎么样,提前让她跟着紧张不好。"

楚泽看着她,一句"都什么时候了您还惦记着别人"含在嘴里,却没能说出口。菲菲跟母亲的感情还是不错的,他很清楚。他勉强答应了。

"你先走,我有话跟你爸聊两句。"韩棠说。

楚泽不出声，也不动。

母子俩僵持了几秒，韩棠也知道儿子的性情是那种很绵软的倔强，转而跟楚天阔说："你也别急着敲锣打鼓地到处去说。等要搞告别仪式了，再大张旗鼓宣布——楚老头总算恢复单身了。"

"妈！"

"你是不把我先气死不算完，这会儿说这个？我这心里……"楚天阔做了个拉扯的动作，眼睛就见了湿。

韩棠看着，倒笑出来，想了想，说："不用说那么多了，我明白的。你要不放心，由你开车送我回去。要是这都不行，我要翻脸了。"

她还是微微笑着的，可是语气不容置疑。楚天阔沉默了好久都没有说话。

"行不行痛快点儿。反正我不会住下。"韩棠不耐烦地说。

"走吧。"楚泽先说，"坐我车。"

"我有车干吗坐你的？你回家去解决你的事。"韩棠语气开始严厉。

楚泽闭了嘴。

"我来开车。"楚天阔终于说。

韩棠去拿了包和手机，头也不回地往外走。楚天阔看着她的背影，等了等才跟上去，可是临出门又折回去，跑回他的卧室里拿点儿东西，赶紧追了出去。韩棠往楼下走，楚泽跟在她身边，要搀扶她，被她推开了手。

"我还能走。"韩棠说。

楼下有脚步声，女孩子的声音清脆极了。楼梯间的灯亮了起来，韩棠看清是楼上的住户，微笑着打招呼。两个女孩子见是她，客客气气地问好，先上去了，在楚家的家门口正好遇见楚天阔，两人连声都没出，直接上楼去了。韩棠没看楚天阔什么神情，但发觉两个女孩子低头看了自己，于是微笑着、非常坚定地点了点头。"谢谢你们。"她无声地说。

然后，韩棠低头继续下楼了。她走到自己车边，拉开副驾驶室的车门坐了进去。楚泽站在车边看着母亲系好了安全带，才上了自己的车，跟在他们车后出了小区。

韩棠把地址告诉楚天阔，两人好久都没出声。

韩棠静静坐在那里，看着前方。楚天阔开车有点儿慢。

"我怎么也没想到你会回江源路去住。"楚天阔说。

韩棠不出声。她把手机解了锁，看到了堆积的未读消息和未接来电。她重新锁了屏，把手机放回包里。

"这车开了多少年了？有七八年了吧？"楚天阔见她不出声，没话找话。他好像很怕再沉默下来。

"十一年了。"韩棠抬手摸摸车门。虽然是老车了，性能还是那么好。她一直用得很仔细，维护得很好。

"江源路上的小吃店什么的还都在吗？"楚天阔又问。

韩棠想了想，说："没剩什么了。"

那些开在毛细血管般的老街上的小店各有特点。这次回去一看，一大半都关门了。剩下的勉强维持，也是因为店面用的本就是自家的房子，经营成本低一点儿。让她觉得安慰的是，她最喜欢的几家小店都在。住在那里，她的一日三餐和蔬菜水果都很方便就能解决。

"在这边住挺好的。"她说。

楚天阔没吱声。车子开上坡，在狭窄的单行道上慢跑。

韩棠看了一眼一直跟在后面的楚泽的车，眉头微微皱了一下。

楚天阔说："不用操心楚泽的事。他解决不了，我们帮他还。那个包你拿着，明天去医院带上。"

韩棠看了眼他放在车座上的袋子，一看形状就知道里面是什么。

"嫂子找老同事也得走关系，到这一步不用计较那么些。治病要紧。这个你随身带着，其他的我来准备。明天早上我过来接你，别自己开车了。过两天出院了，咱去选辆新车。你想想喜欢哪款。"楚天阔絮絮叨叨地说。

韩棠知道，楚天阔一开始絮叨，那就是心乱了。

此时她的心倒很静。

车灯照亮了前方，有辆出租车停在院门口。楚天阔车子慢下来，突然伸头出去喊了声"快点儿"。

"别喊。"韩棠立即说。她看着车上下来一个人，往前探探身，被安全带束缚住了。

不过就是这样,也看清楚了,那细高挑儿女孩子,是艾黎。

韩棠怔了一下,脸上露出笑容来。

楚天阔也认出那是妻子的侄女,原本因为急躁待要升级到骂街的话全都缩在了嘴里,可一时也咽不下去,叽里咕噜了一通,只得等着那出租车开走。他看了一眼坐在旁边的妻子——韩棠在笑,神情和在家的时候很不一样。他心里有些不舒服。

韩棠没看他,见艾黎站在路边等着,催他快点儿把车停下。这小路窄窄的,车停在路边,占了将近一半的路。楚天阔前后看看,皱着眉,那样子又要抱怨。韩棠不想听,看看没有车经过,只有楚泽把车停在了后面,就先下了车。

她拎了背包,慢慢地朝艾黎走去,道:"你怎么又来了?"语气是嗔怪的,但还是透出了一点点的喜悦,听起来,非常温柔。

艾黎一手搭着外套,一手揽过韩棠,轻轻抱了一下她,说:"又想休假了呗。"她脸上微笑着,抬眼看着从车上下来的楚天阔和楚泽,轻声打招呼。"姑父"和"哥"叫出口,简短而清脆,既不显得亲热,也不显得过于疏离。

楚天阔应了一声,掐着腰站在车边,转头看向院内的老楼。他眉头皱得紧紧的,韩棠看了问:"上去吧?"

韩棠见父子俩都站在那里,顿了顿,才说:"楚泽,给我把行李箱拎上去,等会儿你下来,把你爸送回去。"

"谁用他送。"楚天阔说着,夹着他的手拿包,拎着那个袋子,走在了前面。

楚泽默默地把行李箱取了出来。艾黎过来帮忙拿了一个。兄妹俩对视一眼,谁都没出声。艾黎看楚泽那沮丧样子,心里有数,但这不是说话的时候,也不是地方。她推起大行李箱就走,进院门、上下台阶,拎起来健步如飞,很快超过了楚天阔和韩棠,先上楼了。好一会儿,楚泽都没跟上来。她站在门口等姑姑上来开门的工夫,抬头打量了一下——释迦的办事效率还是可以的,监控镜头已经装好了。

韩棠上来开了门,楚天阔跟着进去,艾黎才听到楚泽的脚步声。沉重,缓慢。

她忍不住冲下面说了句"你也太没用了",跟着就拎起行李箱先进了门。好一会儿,楚泽才上来,站在门内,气喘如牛。小小的厅里,只有一张小圆桌和两把椅子,突然进来四个大人三个行李箱,顿时像个塞满了小银鱼的猫罐头。艾黎看看这一家人的神情,借口换衣服,进了里屋。

"住下吗?"韩棠问。

"住下。"艾黎响脆地应道。

韩棠看看这父子俩,一站一坐,把她的小窝空间挤占得让人觉得胸闷。她知道这不光是身体的反应,还是心理的。从前,他们一家三口住在这里的时候,楚天阔比现在还壮实,显得块儿大;楚泽虽然小,可满家里乱跑。那时啊,那时……她看着楚泽,说:"去吧。艾黎在这儿,你们放心。到家给我个信儿。你们也好好吃饭,好好睡觉。没什么大不了的。"

小厅里静得空气像是凝固了。韩棠看他们还不走,先坐了下来。

过了好久,仍然没有人出声。

楚天阔的手放在腿上。韩棠看着,他两手握在一起,不住地握紧、松开……她没抬眼看他的神情,再过一会儿,看了看表,说:"你们俩要不走,就在这儿坐着吧。我准备洗澡睡觉了。"

楚天阔这才抬起头来。韩棠看他两眼发红,眉微微皱了一下,说:"行了。楚泽,你跟爸爸下去,要是饿了先去对面芳芳家吃碗馄饨再走。"

"好。"楚泽答应。

他看着母亲,去开了门,等着父亲。

楚天阔把小圆桌上的袋子往前推了推,小声跟韩棠说:"你好好睡一觉,明天早上我来接你去医院。艾黎啊!"

"哎。"艾黎在里屋应了一声,赶紧出来了。

楚天阔看着她:"麻烦你了啊。"

"应该的。"艾黎轻声说。

两人客客气气地说着话,楚天阔又站了站,这才跟楚泽一起出了门。他转身又说了句把门锁好,艾黎看看姑姑,答应了。两层门都关好,艾黎

192

把链条也挂上。好一会儿,才听见外面的脚步声。她转过身去,看着坐在那里,盯着桌面发呆的姑姑。

"韩小棠?"她叫了姑姑一声。

韩棠抬起头来,看着侄女。

"饿不饿?"艾黎问。

才几天不见,姑姑的双颊都凹了下去。

艾黎当作没看见,撸起袖子来去看冰箱里的存货。这些食物大都是她上回来时给采购的,姑姑还没来得及吃。听见姑姑说她不想吃,让她给自己做点儿,她立即说:"开玩笑,不吃饭能行?我来煮碗馄饨。姑姑,明天开始降温啊。"

说着话,就听到窗外风声呜呜作响,树枝打着玻璃。韩棠听见响动,转头看着窗子。

"看预告这次降温十几度呢,一夜入冬。"艾黎去煮馄饨了。

韩棠想,可不是吗,一夜入冬。

她看了一眼桌上的袋子,推到一旁,拿出手机来,在家族群里告诉所有人,说:"艾黎在这里陪我呢,你们放心。有结果了会跟你们讲。"

不单牟艺琳,时差党们也几乎全部立即就回复了消息,七嘴八舌地说"你一直不回信儿,担心死了""别有负担,先做好检查""让艾黎随时跟我们汇报,你不用费神""需要什么马上讲……"姐姐妹妹和嫂子还有外甥们中英文混杂着,又发文字又发语音,比初一拜年还热闹,甚至也超过了她发大红包时候的积极劲儿。她到这会儿,才觉得眼睛有点儿湿润。

"早点儿睡。"韩柏也发了消息给她。

他没在家族群里。因为嫌吵闹,也跟不上大家聊天的速度。韩棠看着这三个字,简直像是看到了哥哥怎么笨拙地手写出来想办法发送。

"知道了。"她说。

艾黎把馄饨端过来放在她手边,随手拎起那碍事的袋子来。可一把没拎动,才扒拉着看了一眼,"啧"了一声,悄悄拿进去了。再回来,她看姑姑还是不太想吃东西的样子,问:"要不给您煮个面?"

韩棠笑笑,说:"不用。你抛下工作,上司没意见?"

艾黎说："没有。我工作效率很高的。这次回去连续完结了两个项目，还剩下一个，不是我们这组积极就能推进的。巧了这回遇上的加拿大和印度的同事是不同型号的拉胯者，我们能怎么办，只能协调着，等等他们的进度。我说我想休年假，老板也就准了。您甭担心我。我自己的工作没有比我更上心的——指着这安身立命呢！"

韩棠吃了口馄饨，轻声说："别因为我，耽误你的前程。知道吧？"

"耽误不了，瞧您。我还问问您的意思，是不是直接带您去北京。我回来之前联系朋友找了专家。这个您甭担心。"艾黎说着，没停了吃。

韩棠沉默了片刻，才说："到时候再说吧。这个程度，我看哪里的专家和方案也都相差不大。"

艾黎低头吃了最后一颗馄饨，过了会儿才说："好。这边先住院。"

韩棠吃不下，艾黎就把碗收了。她洗碗的工夫，听见姑姑接了两个电话，应该是表哥和姑父的。语气里听不出什么来，彼此像是都挺平静的。她看着姑姑坐在那里不动，像是发了呆，没有马上出去。过了一会儿，姑姑直起背来。

艾黎也站直了。

"艾黎。"韩棠回头。

"啊？"艾黎看姑姑转过脸来，满脸是笑，心尖儿像是被谁用手指掐了一下，疼得厉害。

"'长颈鹿'知道你回来了吗？"韩棠问。

"谁顾得上他啊！"艾黎转过身去，吸了吸鼻子。

一瞬间，想笑，可没笑出来，又想哭了。

"我忙死了，没空儿搭理闲散人士。"她说着，把碗晾了起来，洗洗手，去查看热水。

回北京这周工作太忙了，艾黎确实没空儿理杜松子，杜松子也没有打扰她。

姑姑还在开玩笑，说"长颈鹿"才不闲——他要教书，还是班主任，学生们个个儿都不省心；业余又得在绘画班帮忙，事事需要他打点。

她说："嗯，我知道。"

杜松子偶尔会发动态，基本上全是照片，极少有文字描述。偏偏他拍的照片仿佛会代替他说话，而她又偏偏能听得懂。

她拧了开关，花洒出水顺畅，水流绵密温柔。不知为何，这绵密温柔竟让她想起杜松子低沉的嗓音。她轻轻摇了摇头。

这想到哪里去了。

她忙关了花洒，在身上擦了擦手，站到浴室门口，示意姑姑可以洗澡了。

韩棠说："听风眠说好几个女老师都喜欢杜老师。"

"韩小棠，你的八卦之心能有太平洋那么宽、马里亚纳海沟那么深！快洗澡！我给你搓搓背？"艾黎问。

"好啊！"韩棠痛快地答应。

艾黎忍不住笑出声来。

韩棠走进小小的卫生间脱了衣服。艾黎把浴衣给她拿过来准备好，等了一会儿才进去，卷起袖子来，给姑姑搓背。看着棠姑姑的背，她好一会儿没出声。浴室里的蒸汽争先恐后往她眼里钻，她不住地眨眼，跟姑姑闲闲地说着话。

原本胖胖的姑姑，瘦了好多。一切一定早有迹象，可是她没能发觉。

"艾黎啊？"

"啊？"艾黎回神。

"在加拿大，'一顺边儿的'可以结婚吗？"韩棠问。

艾黎反应了好一会儿才明白过来姑姑在说什么。她扑哧一笑，说："您这是惦记着小弟啊？他还小，能结婚也不急。小姑都不急。"

"哎，不急。你们就会说不急。"韩棠笑着把艾黎推了出去。

艾黎关好门，在门边站了站，去卧室把床铺好了。

一张双人床，不过一米三五，窄窄的。因为房间小，当年可着头做帽子，只能做这么宽。

艾黎坐在床边等着给姑姑吹头发，没过多久有电话进来了。她看是池清许的，接听了，原来他白天在肿瘤科邓主任那边遇见艾黎的妈妈了。

"有什么事吗？需要帮忙吗？"池清许问。

艾黎听见脚步声,轻声说:"我现在忙着,回头再打电话给你吧。谢谢你关心啊。"

"跟我客气什么呀,那我先挂了。记得啊,用得到我一定打给我。"池清许很干脆地挂了电话。

艾黎刚要放下手机,心一动,往下翻了翻,看到了"长颈鹿"的来电。来电时间还是她回北京的那天晚上。他打那通电话,是问她安全到了没有。她看着,轻轻点了一下,看了看通话时长。

那会儿她在从地铁站走回公寓的路上。他们聊了五分钟。等她进了门,他说了"晚安",挂断电话。

"艾黎,我决定了。"韩棠走进卧室,甩了甩头发。

"啊?"艾黎忙把手机放下,去拿了吹风机。

"这回我要是死不了,就和你的妈妈、你的大姑小姑,去乘那个豪华邮轮环球旅行。你觉得怎么样?"

艾黎马上扔下吹风机,换回手机,说:"来,您把刚才的话重复一遍,我录个音。"

韩棠大笑起来,对着手机话筒大声重复了一遍刚才的话。

艾黎确认录音完整,保存好之后,晃着手机,说:"早就该这么干了!你们就该一起走出去,想怎么玩儿就怎么玩儿、怎么开心怎么过。我姑姑,韩小棠,好日子就要来啦!"

"那是。你妈妈从年轻时候就说,你爸爸的工作是在海上漂啊漂,虽说很辛苦,可是能去那么多国家,看到那么大的世界,也很让人羡慕。她就想退休以后,和你爸爸环游世界。"

"我爸是漂了大半辈子,可是他回到岸上就不想再出去,也不愿意陪她去。我又没时间陪她,你们俩要能结伴去旅游,那就完美了。哎呀,快点儿先吹干头发。空调有点儿热是吧?关一关?"她故意问。

姑姑节俭,不管在冬天还是夏天,能不开则不开空调的。可是寒潮来了,又是这个季节了,真冷。

"开着!"韩棠拍了一下腿,很豪气地说,"来暖气之前这几天,最难熬了。"

艾黎笑了，给她吹着头发。姑侄俩说话都要大些声，商量起出国旅行来，煞有介事。

她抚弄着姑姑柔软的头发，说："我让大姑给她和您都没去过的地方做攻略。她还可以兼职翻译和导游，没问题的。"

"还要做什么攻略啊。船靠岸就去玩，船出海就睡觉打牌跳舞，随便玩好了。要不我们不带你大姑了吧？她动不动就教训我。人们现在都说，这样爱说教的男的，叫'爹味十足'，英文单词对应叫什么？"

"Mansplaining（男性说教）？"

"对，你大姑就是woman（女人）版本的。"

艾黎笑得在床边打滚。

韩棠自己倒不笑。她换了睡衣，钻进被窝里。艾黎靠在她身边。

艾黎知道自己该去洗澡了。可是她搂着姑姑胖嘟嘟的腰，捏捏姑姑的肚皮，姑姑又暖又好搂，她完全不想动。

"刚谁给你打电话？"韩棠拿肩膀碰碰艾黎。

"池清许。"

"说过了啊，不准跟有妇之夫有任何暧昧。"

"那真不会。他在医院碰见我妈了，可能觉得不太对，问我有没有什么事儿要帮忙。"艾黎抬起头来，"不信啊？真的，我跟他现在就是同学关系，外加普通朋友。"

"这种带着前任关系的普通朋友和同学，最容易擦枪走火。艾黎，比起有妇之夫，小那么七八岁都不是问题。"韩棠很认真地，"你听话不？"

"听！你还说大姑。你最啰唆了。大姑从来不管人家私生活。"艾黎给姑姑拉拉被子，"睡吧。明儿早上想吃什么？"

"你做什么我吃什么。"韩棠说着闭上眼，又突然睁开，"不准哦！"

艾黎一头扎进她的肩窝，笑得浑身发抖，两条腿不停地踢着被筒。

"哎呀哎呀，陈年老土都给你踢腾出来了。睡觉睡觉。"韩棠也笑了。

艾黎看着姑姑闭上眼，那样子竟像乖巧时候的风眠。她发了会儿呆，听见姑姑的呼吸缓了下来，知道她睡着了。

姑姑这时候还能睡着，艾黎着实觉得安慰。反而是她，从收到消息到现在，心急火燎的，昨晚没睡好，今晚也毫无睡意。躺在姑姑身边，听着外面的风声，那树枝不停地扫着玻璃窗。她恨不得爬出去把树枝都掰折了。姑姑打起了鼾，她悄悄起了床，去洗了个澡。母亲发消息来问她姑姑的情况，她坐在沙发上给她回消息。已经十点了，这时间父母亲都该睡了，看来今晚也会是不眠夜。

她看看那个新组建的没有棠姑妈的家族群里，堆积了些对棠姑妈来说应该算是"负面"的消息。群里有棠姑妈设想过的"旅游团成员"，还有她。下午在艾黎回来的路上，大姑喊她组个新群备用，说如果最终的检查结果出来非常不好，她们可以在这里商量对策，平时还是以另一个群为主，多发点儿正面的消息进去，鼓励韩棠。大姑还说艾黎你这几天辛苦一点儿，当然你二姑有丈夫有儿子和儿媳妇，不一定需要你做什么，你就代表我们给她点儿精神支持也好。

艾黎答应了。她想大姑有些话大概没说出来，那就是大姑对楚天阔也不怎么放心，怕棠姑姑既要忍受病痛、还要受委屈，两面夹击，难上加难。她想着要不要往备用群里发几条消息，转述一下晚上看到的情形。

艾黎组织了半晌语言，仍觉得词不达意。楚家父子也是慌乱和难过的，可是不知道为什么，看起来他们心里应该还有别的事，包括姑姑也有。不过姑姑没说，她也没心思去问。微信突然显示有未读消息。她退出去一看，小姑韩穗给她发起了几笔转账。她一看数额，回复道："小姑您干吗，铁公鸡拔毛了呀？肉痛不？"

韩穗骂她"死孩子专门会阴阳怪气"，说："钱多的这笔是我和你小姑父的，钱少的那两笔是姐姐和弟弟的。你去提现金交给二姑。"

"你干吗不直接给她转账啊？"

"现金比较有仪式感。"韩穗开玩笑，接着才说，"我们转账她肯定不接的。我们还不知道她啊。她不缺这点儿钱，这是我们的心意。"

艾黎答应道："明天我就办这事儿。"

"辛苦大宝儿。"韩穗说。

照往常，艾黎得给穗姑姑发一个"亲亲"的表情包，可今天没心情。她发了会儿呆才回复："不辛苦。"

艾黎又收到一条消息，是大姑的转账。数额跟小姑一样，看样子她们商量过了。大姑倒没多话，艾黎也简单回复了个"OK"。她把手机放在一边，轻轻敲着屏幕，心里七上八下的。

绿色弹窗又闪了闪，她瞥了一眼。

长颈鹿："你是不是回来了？"

她心猛跳了一下。

弹窗消失了，她还没回神，过一会儿，长颈鹿又发来一条，接着又一条……

长颈鹿："没有吧？"

"我只是突然觉得跟你距离特别近。"

"这边降温了，北京一定更冷，多保重。"

最后一条，明明字数也不多，却显得那么长。

艾黎回复道："嗯。我是回来了。家里有点儿事。"

"那你先照顾好家里。需要我帮忙尽管说。"他说。

艾黎不自觉地笑了笑，鼻尖却有点儿发酸。

"嗯。"她说，"谢谢。晚安。"

"晚安。"他说完，发了一个长颈鹿晃脑袋的表情过来。

艾黎看着，笑了出来。

多看两眼，这只长颈鹿还真有点儿像他。她点了一下这个可爱的表情准备收藏，发现这是一个系列的表情包，要付费的。她仔细看了一下设计师的名字，由一长串的字母组成。头像是个卡通人物。也不知怎么了，这个头像看着也像杜松子。她揉了一下眼。作为一个不怎么为表情包付费的人，她果断付了钱。

就在她看表情包的时候，有电话打进来。艾黎一看是池清许的号码，犹豫了会儿才接听。

"喂？"听筒里没声音，她看了看手机，没挂断，"喂？喂？池清许？怎么了？是不是误触了？"

还是没声音。艾黎皱了皱眉，直接挂断了，没有再理会，轻轻走进卧室里，看了看姑姑，在她身边躺了下来。

六点半韩棠睁开眼，一伸手摸摸身边，艾黎已经起床了。

韩棠坐起来，伸手拉开窗帘。天气阴沉沉的，像是要下雪的样子。

昨晚睡得还不错，中间短暂醒了两次，都没影响她再次入眠。她每次都下意识地拿过手机来看看时间，看到楚天阔发来消息，也没打开看。这会儿她拿了手机来看，发现他凌晨两点和三点分别发了两条特别长的文字信息。

卧室门一开，艾黎探身进来，见她醒了，说："我煮了鲜虾面，还买了甜沫、油条和发糕，洗洗脸吃饭？"

韩棠点头，没急着看楚天阔的信息，起身去洗漱。出来一眼就看到艾黎已经把住院要带的各种用品都装进了一个小行李箱，她轻轻叹了口气。

竟然什么都不用她操心，什么都不用她动手。

吃过早饭，楚天阔就打来电话了。他已经到了楼下，让她不用着急，慢慢儿来。韩棠答应一声，拿起包起身。出门的时候，她特意回头看了一眼。艾黎一把将门锁好，拉着她下楼。

外面寒风呼啸，韩棠缩了缩肩膀。出了院子，看到楚天阔站在车边踱步，她脚步迟滞了一会儿，才朝他走去。

上了车，除了司机问了好，其余三个人谁都无心说话。

一路往医院来，韩棠心里倒希望能慢一点儿，可因为时间还早，也没堵车，比预计时间还早到了。楚泽已经在医院里等他们。

韩棠眼尖，马上发现楚泽脸上、耳下和颈后有两道红痕。她心里有数，昨晚楚泽跟菲菲起码大吵了一架。

楚天阔也看到了儿子这模样。要在平常，他准大发雷霆，保不准就会说出"一男人还会被老婆打"这种话来。他一口气咽不下去又吐不出来，可还是什么都没说，只让楚泽从后备厢拿出那张新轮椅来，照顾好韩棠，自己先去拿号、排队，等着见肿瘤科邓主任去了。

韩棠趁楚天阔没在跟前、艾黎去一边接电话了，悄声问楚泽："你没动手吧？"

楚泽摇了摇头。

韩棠点点头，其余的，也就不问了。

"无论如何，不准你跟菲菲和孩子们动手。你给我记住这句话。"她说。

楚泽点头："不会的，您放心。"

他说完，抬手摸摸颈后。

韩棠见儿子精神萎靡，沉默了片刻，还是说："打起精神来，儿子。今天是夜班？早点儿回单位去睡一觉。"

楚泽又点头。

韩棠伸手，楚泽看着母亲的手，伸手握住了。韩棠不出声了。她想，以前好多年，她大多数时候要靠忍耐力才把一些话咽下去。她觉得自己忍得也很辛苦，可总算有一天，不管她说什么，身边的人都会忍耐下来。她却不想说，也没力气说了。

这真是个神奇的变化。

她这么想着，竟禁不住笑出来。

楚泽看母亲露出笑容，不明所以。他蹲下来："妈？您没事吧？"

韩棠摇头。

这时艾黎回来，看着姑姑和表哥这样子，停了停，跟姑姑说："我妈来得晚了点儿。她直接去邓主任办公室了。不过那边说，邓主任有个紧急手术，不知道什么时候能结束。哦，我哥的堂哥也来了。邓主任这会儿没在，他就陪姑父去楼上见什么人去了。我妈说的，我没记住名字。"

"楚沛？"韩棠愣了一下，看看楚泽。

楚泽点头，说："我爸昨天晚上应该跟楚沛说了。楚沛过来找找他的关系。"楚泽看看母亲。昨天晚上他跟父亲又吵了一架。父子俩暂时达成了共识：在给母亲治病期间，不当着她的面起冲突，要合作不要战争。另外，谁也不要在这期间闹幺蛾子，退一步说，即使闹幺蛾子，也不能被母亲知道。

楚天阔当然是警告他的意思。毕竟眼下一屁股债、婚姻岌岌可危的是楚泽，虽然说，严格论起来，楚天阔也好不到哪儿去。不过这会儿不是说这些的时候。

韩棠微微皱眉，随即叹口气。她既不想再多给人添麻烦，也不想过早惊动太多亲戚朋友,这毕竟不是好事情。她早就跟楚天阔说过了,看样子楚天阔也没放心上。

艾黎和楚泽看她眉头皱得紧紧的,交换了个眼神。

楚泽说:"您别管这些了,安心做检查、接受治疗就好。"他见母亲不出声,小声跟艾黎说:"我妈刚才突然笑了,笑得好诡异,会不会是心理压力太大了。"

艾黎斜了他一眼,也小声说:"你这不废话,你心理压力有多大,棠姑的心理压力不得是你的百倍千倍?"她把楚泽挤一边去,把轮椅接过来,往僻静处推了推,用脚后跟踢了楚泽一下。

她蹲下来,看着姑姑,说:"您觉得麻烦楚沛不合适啊?楚沛能来,说明肯定是把您的事儿放心上了,要不人忙得那样儿,打个电话就行了——再说,这会儿有什么劲儿使什么劲儿,治病要紧,其他的先往后推一推。您就别想什么麻烦啊面子的了。"

韩棠点头:"我是不想你们受影响。"

"那您快点儿好。"艾黎给她拧开水杯,让她喝口水,"对了,我爸说他上午不过来了。他让您别在医院订餐了,住院期间,饭由他做。昨晚他让我妈列了营养食谱,早上去菜市场买了菜,这会儿正在家准备呢。"

"那怎么行!"

"他自己说的,也帮不了别的忙。您就先吃两顿试试,不行您再辞退他。"艾黎开着玩笑,握握姑姑的手,"放心,我爸很会偷懒的,自己会调节。说不定,他做不了几天就临阵逃脱了,到时候您得回家揍他去。"

韩棠笑起来,拿手帕擦擦眼角。

医院里人开始多起来,不一会儿,牟艺琳和楚天阔叔侄一起回来了。果然,他们带回来的消息跟艾黎之前说的没有两样:邓主任还在给人做手术,最早也得中午才能做完,但是病房那边已经空出床位,医护人员让先去办手续入院。一行人忙着往住院部转移,韩棠坐在轮椅上,看着自己被前呼后拥的架势,心里忽然冒出来个念头——太后出行。她有点儿想笑,但没笑出来。

也不知为何,这几天,虽然她的心情很沉重,可不时也会有些奇奇怪怪怪的、好玩儿的念头冒出来，让她获得片刻的愉悦。这也许是她的灵魂给这具肉身送的礼物吧，让这具肉身能坚强一点儿，因为还不到放弃的时候。

电梯停在了16楼，灰色的标牌上，"肿瘤科病房"几个字，规整而醒目。

韩棠转开脸，牟艺琳伸手过来，安抚着拍了拍她的肩膀。

手续办得很顺利，牟艺琳和艾黎陪着韩棠等了不到一刻钟，楚泽就回来了。他们推着轮椅，直奔病房。走廊很长，也很宽阔，两边的病房几乎都开着门。韩棠余光不停地瞥见穿病号服的病人、进进出出的护士和医生。她干脆闭了会儿眼。

病房在走廊尽头，是个双人间。此时另一个床位上的病人不在，病床空着，一旁陪护的小床叠起来，竖在床侧。韩棠的床位靠窗，她一眼望出去，能看到海。她轻轻叹了一声，没夸奖这景色无敌，不然，家人们恐怕会觉得她过于没心没肺了。她从轮椅上站起来，轻轻活动着腿脚。这时候护士进来，语气有点儿不太好，说："怎么这么多家属在这儿？不能有这么多陪护的，家属只能留一位。有什么情况，有医生和护士。家属都先出去。这是病房，病人养病的地儿。"

楚沛和楚泽赔着笑脸，先出去了。艾黎让母亲和姑父也先出去待会儿，自己留下来给姑姑把东西放好。楚天阔磨磨蹭蹭地走到门外站好，往里看。牟艺琳跟护士求了个情，说："我们的病人刚住进来，通融一下，容我们给她把东西放好。"她看着护士，微笑着说，"她是邓主任的病人。"

艾黎拉开下面的衣柜，拿了一套睡衣和洗漱用品出来，把行李箱放了进去。听母亲说完，她回头看了一眼那护士。其实按理说，这话不必挑明的。她这么一看，只觉得护士的面容有点儿眼熟。待护士也看了自己一眼，那尖锐和不善的目光投过来，艾黎一下子认出了这是谁——池清许的妻子贾筱茜。

贾筱茜听了牟艺琳的话，倒没说什么，此时看见韩艾黎，不阴不阳地说："那你们注意点儿，病房有病房的规矩，我们也很为难。"

艾黎没出声，只是对她笑了笑，见贾筱茜看了看旁边病床，皱眉说了句"去哪儿了",转身就往外走。

经过艾黎身边,她停了停,板着脸走了出去。

艾黎舒了口气,见母亲和姑姑都看着自己,小声说:"她是池清许的妻子。"

牟艺琳和韩棠一起露出惊讶的神色。牟艺琳说"好漂亮",韩棠趁牟艺琳倒水去了,小声问艾黎:"看她这态度,我是不是得转个院?"

"瞧您说的!人家是专业人士!"艾黎说。

艾黎瞥见临床的标牌,看到了病人的名字——苏青容,脑海中如电光石火般闪过了什么。

韩棠见艾黎神情奇怪,问:"怎么,想起什么来了?"

艾黎"哦"了一声,欲言又止。牟艺琳给韩棠倒了水,让她坐下休息,看看艾黎,说:"小池的媳妇儿看着工作挺认真的。本来病房规矩就严,现在也是特殊时期,很麻烦的。等住下了,咱们进进出出就再注意点儿,有什么事儿找她们,和气点儿,姿态低一点儿,别硬戗。你那脾气得收一收。姑姑在这儿住院呢,嗯?"

艾黎点头:"是、是、是,有人质在人家手上,我会夹尾巴做人的。"

艾黎心想老母亲做了大半辈子护士工作,作为家属她还能不了解、不体谅吗?问题是贾筱茜明显不只是因为工作态度差。不过她没吱声,因为看到"苏青容"三个字,心里突然乱了,竟半晌没平静下来。

艾黎看看正在换拖鞋的姑姑,正要问姑姑话,余光瞥见病房门口姑父的身影一晃,想起来说:"对了,等会儿要去登记陪护人员信息。姑父的意思是他和哥哥都不会照顾人,在这儿也是添乱,他要找个专门陪护。"

韩棠坐在病床边,看着艾黎。

牟艺琳摸摸她的肩膀,说:"考虑的也是,他们父子俩,是会端茶呢还是会倒水?"

韩棠微微皱了皱眉,说:"不用人陪护。我自己可以的。"

"那不行,身边得有人。"牟艺琳说着,咽下了后半段话。牟艺琳没说,韩棠心里也明白。一个人住院,一天两天可以,如果持续住下去,需要人照顾是迟早的。

"我先去登记我的信息。这几天我在这里好了。"艾黎说。

"不用你。这边陪护的人很多,打打电话就有。"韩棠马上说。

"哪能什么人都给你做陪护?慢慢找合适的。这个不急。"艾黎看看韩棠说,"姑父跟你说起来,你就说这段时间有我。陪护要找靠谱的人,得严格把关。姑姑,你也想想有没有差不多的、能用的人。你们家没用五十个,也用过二十个保姆了吧?你跟中介公司那么熟悉,打听一下有没有合适的人,筛选一下,让我哥抽空儿去面试。"

"就让艾黎在这里吧,陪护得好好找。艾黎回去了,还有我呢。"牟艺琳说着,示意自己要接电话,走出了病房。

"晚上休息不好的。"韩棠轻声说。

"不怕。我一年365天,起码有360天在熬夜加失眠。"艾黎不在意地说,"等会儿我就去登记。"

韩棠沉默了一会儿,才点了点头,不过轻声说:"你就待这两天,找到人就不用你了。"

"再说。"艾黎一笑,眉眼弯弯的。

韩棠看着艾黎,默默叹口气。

这时,听见一个清脆轻快的女声说:"苏教授您去哪儿了呀,我找您半天了,您该吃药了。"艾黎身子往后仰了仰,见贾筱茜端着药品站在病房门口,脸朝外微笑着说话。贾筱茜戴着口罩,可是艾黎只看她的侧脸,也看得出来她这态度跟刚才判若云泥。艾黎倒不把贾筱茜的态度放心上,拉了拉姑姑的手示意。韩棠也看向病房门。不一会儿,一个高高瘦瘦的、穿着舒适的妇人走了进来,轻声笑着跟贾筱茜道歉,说自己去医生办公室了。"真对不起,耽误您时间了。"她说。

"哪儿呀。"贾筱茜笑着走进来。

韩棠怔了一下,认出来那身材纤细高挑、气质高雅的妇人,是她的老师——苏青容。她正要开口,苏青容也发现病房里来了新病友了。苏青容往自己床边走着,礼貌地轻轻点了点头,当她看到艾黎,站住了,转眼看看韩棠,脸上露出惊讶的神色来,一时却也不知该说什么好。韩棠姑侄俩也是如此。

在病房相遇，毕竟不是什么喜事。

苏青容点点头，坐在床上，让贾筱茜给她挂上点滴。贾筱茜把口服药放在了床头柜上，叮嘱她一番，临走又看了看艾黎，说："病人身边一次只准留一位家属。你们新来不知道，后面注意点儿。"

"好。"艾黎很痛快地答应了。

贾筱茜昂首阔步离开了病房。

屋子里瞬间静了下来，苏青容靠在床头，轻声说："规矩是那样的，不过等熟悉了，偶尔也可以通融一下的，只要不过分。"

韩棠走到病床这一边，看着她，轻声说："不知道您生病了……"课程推迟，她还以为只是寻常变动，哪里知道是老师要治疗。

"谢谢你。我没关系的。"苏青容说。

韩棠点头，看看她挂的药水袋。

"别紧张。"苏青容轻声说。

韩棠又点头，轻声说："您休息会儿。"

艾黎过来扶了韩黎，也让她上床休息会儿："我出去会儿。"

她经过苏青容床尾，略站了会儿，轻声说："您需要帮忙尽管说。"苏青容微笑着点点头。她匆忙走了出去，听见苏青容和姑姑说："我记错了吗，这是侄女儿，不是女儿吗？"艾黎在病房门外站了会儿，才去了护士站。贾筱茜和另外一个护士不知道在里面交接什么工作，好一会儿没理她，还恶狠狠地瞪了那位同事一眼。那位年纪跟她相仿的护士过来，知道艾黎要登记陪护，很快帮她处理好了。

艾黎看着贾筱茜在护士站另一边忙碌，不管做什么都发出"嘭嘭咔咔"的声音，像是跟谁示威似的，不禁抬手挠了挠眉毛——要是能给姑姑转院就好了，好像也确实该转。她客气地跟面前这位护士道谢，问了她一些日常要注意的问题，才离开。

她走回病房，往里看了看，见母亲在，又看了眼走廊尽头，楚天阔父子和楚沛都在那里——楚泽坐在长椅上盯着手机，楚天阔和楚沛不知在说什么，比比画画的，情绪看起来有点儿激动。她走了过去。

楚沛见她走近，矜持地点了点头。

艾黎也点点头。她看着这位哥哥，从小时候聪明的小男孩，长到现在这样。他人到中年，越来越有派头了。

楚沛看了楚天阔一眼，似是想让他停一停。楚天阔却不觉得正在谈的话题需要避着艾黎。艾黎听下来，原来是楚天阔在安排接下来要怎么答谢医生。听着他提出的"作战方案"，艾黎不好批评什么也不便直接否定，毕竟这个时候比较特殊。她只是在心里感叹了一句"做这些事，楚家叔侄是内行"。做这种事，她远远不及他们。

她看看楚泽。楚泽仍在看手机，仿佛对父亲和堂哥说的话题完全不感兴趣。

艾黎踢了他一脚。这一脚踢得有点儿狠，楚泽的手机"啪"的一下脱手落地。不只他，楚天阔和楚沛也吓了一跳。

"姑父说了什么，你听见了吗？"艾黎问。

楚泽眉一抖，看了他父亲一眼，说："少搞些有的没的。"他把手机捡了起来，在裤子上擦了擦。

"你懂个屁。"楚天阔说。他看着儿子，脸上又露出"恨铁不成钢"的神情来，"我安排着，你就听着，不参与，也别废话。就得这么办！"

"真的，别搞这些有的没的。"楚泽又说了一遍，很不以为然。

艾黎看着楚泽，说："那你搞点儿有的——这几天晚上的陪护有我，以后，你不值夜班的时候，你来。"

楚泽张了张嘴："我……"

"照顾病人得细心周到。楚泽懂什么？他自己都照顾不好自己，还是要找专门的陪护。"楚天阔说。

艾黎顿了顿，轻声说："姑父，陪护是陪护，我哥是我姑的儿子呀，多少也该尽尽心的，有什么不会的可以学。不过，我已经先登记了。这阵子我陪床。"

"好。那这几天先辛苦你了。艾黎啊，真没想到要麻烦你。我们抓紧时间找个合适的陪护。"楚天阔没再反对，客客气气地跟艾黎说。

"应该的。"艾黎轻声说。她看着楚泽，眉头又皱了皱。

"艾黎啊，还有件事要问问你的意见。"楚天阔温和地说。

艾黎转脸看他，点头。

"现在你姑姑还没有做详细检查，但是我想，万一，如果万一，你姑姑得的是不好的病，我们是不是要缓着点儿和她说？要不瞒一瞒？冲击太大，她精神上受不了，这样对治疗也不好，是吧？"楚天阔问。

这话虽然是问艾黎的，但几个人都听着。艾黎见楚泽点了点头，楚沛却皱着眉，就明白他们三个应该讨论过这个问题了，而且意见并不一致。她看着楚天阔。楚天阔问得很认真，样子也很诚恳，像是确实有些举棋不定的样子。

楚天阔见艾黎没立即回答，停了停，才说："其实也是我有点儿受冲击。昨天你姑姑和我说了之后，到现在我的脑子都是嗡嗡的，不敢相信。她还不知道怎么难受呢！"

"可是，姑父，我觉得，我姑姑对自己的病情是有数的。您是了解我姑姑的性格的。她不是担不起事儿的人，对吧？"艾黎问。

楚沛点了点头。楚泽没出声，像是在发呆。

楚天阔一动不动站了好一会儿，才说："我也知道她坚强。可这一回毕竟不是小事。"

"病人本身有知情权的。检查结果、治疗方案、用药情况，都一目了然，要想瞒也是瞒不住的。"艾黎说。

楚天阔叹了口气，说："要我说呢，这还不如以前呢，要是韩棠没文化，我还能蒙她一下。我再想想啊，再想想。"

"您别太焦虑，自己也得多保重身体。"楚沛说。

几个人沉默了一会儿，楚天阔说："不行，我还是得去邓主任办公室等着。在这里等太焦心了。"他正准备走，就见走廊那头，走过来几个人，走在最前面的就是邓主任。楚天阔马上就带着楚沛迎了上去。艾黎走得慢一点儿，拉了楚泽一下，走到病房门口，把他推到了前面。

邓主任刚做完手术，整个人看上去却精神百倍。他进了病房，见到牟艺琳先打了招呼，没有寒暄也没有多余的话，直接跟韩棠对话。病房里包括病人在内，也有近十个人，除了韩棠和邓主任说话的声音，其他人都悄无声息。他仔细安排了接下来的检查，离开前微笑着告诉韩棠不要有什么心理负担,等看结果再说,说完,很快离开了。艾黎站在门边,看着母亲和姑父叔侄跟着走出去,一直将邓主任送到电梯处,又聊了几句。随后牟艺琳往回走,楚天阔站在原地,楚沛却跟着进了电梯。

艾黎一口气提到嗓子眼,明白楚沛是照楚天阔的方案做事去了。她低了低头,回脸看到楚泽坐在姑姑床边,握着姑姑的手,母子俩不知在说什么,便没有进去。

艾黎探身看看,苏教授这边的病床边,帘子拉了一半,苏教授躺在那里,似乎睡着了,非常安稳。

艾黎看了眼那点滴袋子,药水还有一大半。她悄悄退了出来,将病房门关好了。

牟艺琳和楚天阔边走边说着话。他们走近看着艾黎,脸色都有点儿凝重。这时护士又来提醒他们离开,正好医嘱下达,楚天阔跑去办手续、缴费,艾黎就让牟艺琳去休息室等一会儿,不必跟着四处跑。

她进去招呼楚泽,让姑姑照旧坐了轮椅,把她推出了病房。那么多的检查项目,到午饭时间,他们也只完成了几样。

韩棠回到病房时,精神远不如早上刚入院时好。

艾黎看着她手腕上的条码,心里愈发难受了。进入病区,楚天阔父子被拦在了外面,护士只允许登记陪护的艾黎凭证件入内。两人无奈,只能看着艾黎把韩棠推进了门。韩棠回头看了一眼那父子俩。电子门合拢,他们俩站在那里,都抻着头看着她。父子俩样貌和体态都不太相像,可这一刻的神情却极为相似。她甚至不记得他们俩什么时候如此相似过。

韩棠笑了笑,朝他们摆了摆手,嘱咐他们俩去吃午饭。

"您这会儿就别操心他们了。他们会找饭吃的。您累不累?"艾黎推着姑姑,来到病房门口,小声问。

"累。"韩棠也不掩饰,"这才刚开始,我怎么就这么累呢?"

"来来回回折腾的嘛,单做 CT(计算机断层扫描,一种医学影像技术)上去下来就麻烦得很。您等会儿吃了午饭就睡会儿,下午还要做其他的项目。"艾黎说完,看病房门关着,正要过去先推开,这时候,门从里面被拉开了。

"谢谢。"艾黎忙说。

"不客气。"

她听见这一声,抬头看去。

杜松子将门推到一边卡住,轻声叫"楚奶奶",跟艾黎示意要来帮忙。

艾黎反应极快,摆手说不用、我可以的,马上将轮椅推了进去。经过苏教授的病床边,韩棠和艾黎都看了一眼,苏教授仍在休息,床头柜上放着保温盒。

艾黎回头看了一眼——杜松子没有进来。

艾黎将姑姑扶上床去休息,接到母亲的电话,让她到外面拿午饭,护士太严格,不给开门不让他们进来。

艾黎答应一声,快步往外面走去,走到电子门处,看到父亲拎着两个大袋子站在那里,她赶紧刷卡出门,过去接了,问他吃饭没有。

韩柏点头,看看里面,问:"你姑姑怎么样?"

"状态还行。"艾黎说。她看看父母亲,说:"你们休息会儿,回去吧。爸爸,姑姑说不用你送饭,你太累了。她后来又说,如果一定要送,那做简单点儿就可以了。她怕你累坏了。"

"我不累。你问她想吃什么,再告诉我。家里有好多保温盒,你不用洗。每次我来送饭,就换回去上一次的。你去吧。"韩柏挥挥手,"我跟你妈这就走。"

"我给你们叫车。"艾黎说。

"我自己会叫车,放心吧。照顾好姑姑。下午有结果出来,记得先和我们说。"牟艺琳叮嘱女儿。

"好。"艾黎答应了,站了会儿,先往病房走去。她回头看看,父母亲转身往休息处那边走去。她刚才只顾跟父母说话,没看见楚天阔父子还在那里。她脚步没停,往病房走来。这时,杜松子从走廊那头的楼梯间出来,低着头仍在讲电话。他声音很低,脸色很不好。

看见她,他停下脚步,挂断了电话。

艾黎看着他。

杜松子眼睛周围有了黑眼圈,白皙的面孔也瘦了些。她还记得上回见面,他整个人健康而有活力,红润的面颊弹性十足,捏一下简直能捏出汁水。她知道自己此时此刻想到这些实在很不合时宜,可心是没办法控制的,就像她不由自主地开口问道:"你还好吗?"

"还好。"他说,"你呢?"

艾黎点点头。

现在的情况当然谈不上好,可她也不能在这里诉起苦来。

她看看松子,明白他也是一样的想法。她抬手肘轻轻碰了碰他,问:"你吃午饭了吗?今天不用上班?"

"吃不下。我请了两小时假,中午过来送饭。等一会儿我就得走。"杜松子说。

艾黎又点点头,问:"苏教授一直睡没关系吗?"

杜松子顿了顿,说:"那个药是会让人犯困。"

艾黎不出声了。

"没事的。我妈妈她的情况比较稳定。"杜松子说。

艾黎往病房里看了看。

"快点儿进去吧,楚奶奶该饿了。"杜松子的声音轻快了点儿,他给艾黎推开门,"我等会儿再进去。"

艾黎进了门,回头看他一眼。

他把门关好,拿起手机来,拨了电话。

艾黎轻手轻脚走进去,看到姑姑躺在床上已经睡着了。她把小饭桌拉过来,把保温盒放在上面,坐在一边等了一会儿,姑姑都没动。她走到飘窗处坐下,拿出手机,看到家族群里发了好多消息,正准备进去汇报一下上午棠姑姑都做了什么项目,却发现母亲已经汇报过了。牟艺琳发了一些照片,发了三段长长的文字,把情况汇总了一下。其他人发了很多鼓励的话,棠姑姑也发了一条消息,就在三分钟之前。看样子,她发完以后就睡着了。艾黎把消息全都看了一遍,抬眼就见杜松子进了病房。

杜松子进门要低一下头,不然额头就撞到门框了。他看看她,低头打着字,拐到帘后,不见影子了。

艾黎也低了一下头,不一会儿,"长颈鹿"发了条消息过来。

"长颈鹿"说:"我妈妈是昨天住进来的,没有问题的话,明天就可以出院了。她隔段时间就会过来做检查、用药。三个礼拜一个周期。不知道楚奶奶是什么情况,但是你不要太担心。多鼓励她,没事万幸,有事也会有针对性的治疗方案的。"

她看了一眼那静静垂下的帘子,回复道:"谢谢你。"

"不客气的。虽然这个时候说这个不合适,但是今天能见到你,我还是有点儿高兴的。"他说。

艾黎没回复,轻轻抽了一下鼻子。韩棠像是听到了这一声,睁开眼。

艾黎放下手机,过来小声问她饿不饿。韩棠摇头。

艾黎见她有点儿没精神,想将床头摇起来一点儿。她弯下身,左右试了试,怎么都不行。她正着急,忽然听见杜松子叫她,问她需要帮忙吗?她蹲在地上,看到长手长脚的杜松子走过来,他真的像只探头探脑、摇摇摆摆的笨拙长颈鹿。不知怎的,她从鼻子到喉咙一路哽住了,只看着他发出了一声像"嗯"又不是的声音。

"艾黎要帮我把床头摇起来。"韩棠小声说。

杜松子微笑着跟韩棠说:"我来。这个开关不太灵活的。"他走过去,蹲在艾黎身边,给她演示了一下该怎么打开、摇上来、再卡住位置:"这样就好了。"

韩棠抽了张湿纸巾给杜松子,笑着说"谢谢"。她看着高挑的艾黎站在杜松子身边,顿时显得艾黎人也瘦了、个儿也矮了,微微一笑。杜松子帮忙把小饭桌拉开,推到韩棠面前。艾黎把餐盒袋子放上去,将保温盒打开,把菜和米饭一样一样摆出来。

杜松子看到这丰盛的饭菜,忍不住赞叹,问道:"这是家里做的吗?"

"我哥哥,也就是艾黎爸爸做的,他做饭好吃极了。"韩棠一边说着一边谦让杜松子:"杜老师吃一点儿?"

杜松子忙摆手:"我等等我妈妈一起。"

韩棠看着眼前的四菜一汤,那个冬瓜排骨汤味道极诱人。她顿时有了点儿胃口。她正要吃,看见杜松子要走。艾黎没出声,却伸手一把拉住他。韩棠低头吃饭,只作没看见。艾黎打开另一个保温盒,从里面拎出一盒油炸鸡米花来，直接塞给了杜松子。

"我爸奖励我的。拿着，谢谢你帮忙。"艾黎说着，像往常习惯的那样，踢了一下床腿。

杜松子被吓了一跳。韩棠看着汤碗里泛起的涟漪，忍住了没吼艾黎。

艾黎轻轻皱了皱鼻子，杜松子笑笑，伸手拿了一块鸡米花塞嘴里，一边吃一边点头："能认识一下伯父吗？"

艾黎翻了个白眼。这人，得寸进尺。她挥挥手示意他可以走了，杜松子笑笑，转回帘子后头去了。

艾黎站在那里，出了会儿神，才坐到床边。

韩棠见她不吃饭，问："想什么呢？"

"想晚上该点什么菜。"艾黎开玩笑。其实她吃不下，只喝了一碗汤。

隔壁床苏教授还在睡，杜松子却得回去上班了。他走上前跟韩棠道别。见韩棠看着自己，他轻声说："我会照看楚风眠的。您放心。"

韩棠轻声说："谢谢。"

她看着杜老师离开，倒没有再特意跟艾黎表示什么。

艾黎面上也淡淡的。

韩棠靠在床头，忍不住微笑。

现在看起来是什么都没有，可是一定是有些什么，只是还没有到汹涌澎湃的时候。那句流行的话是这样说的：两个人奔赴对方的过程，才是最美好的。

不确定，有不确定时期的可爱。

人嘛，谁知道下一刻会怎么样，此时开心就好了。

她伸手揉了一下艾黎的脑袋。

"鬼丫头，改改你动不动踢人的毛病——说起来你是'IT人士'，可动不动就让人挨踢。"

听艾黎不知道咕哝了几句什么，韩棠笑笑，闭上眼。她得休息会儿，下午，还有"星辰大海"在等着她呢。

韩棠好好睡了个午觉，顺利地完成了下午的检查。楚泽把她送回病房，没有等报告出来，就赶去上班了。

韩棠知道到了这个时候大多数检查的报告已经出来了，检查结果起码主治医生、楚天阔和韩艾黎已经知道了。

所以当楚天阔走进病房，站在床尾看着她，欲言又止的时候，她直接开了口，说："你可以直接跟我讲的，不要瞒我。我要看报告，我要见医生，我得知道所有的情况。"

楚天阔哭了。

韩棠看着楚天阔。几十年了，她从来没有看见过这个人哭。

一瞬间她觉得手脚发凉。她的手放在被子上，她却感觉指尖像被针扎了一下。她陡然清醒了，直起身来。

楚天阔还站在那里，没出声。

韩棠拍了拍床边那张方凳，轻声说："你过来，坐下。"

楚天阔走了过来。

韩棠抬起头来，没看到艾黎。

这孩子，刚才还在这儿。她沉默了一会儿，转头看着楚天阔。

那张方凳离床边有点儿远，楚天阔伸手臂扶住床沿，姿势有点儿奇怪。但这距离也足够近了，她能看到他发红的眼。

楚天阔见她不说话，伸手过来，握住了她的手。他的手掌大而柔软，还肥厚。

韩棠点了点头："结果不好，也是意料之中的事，你看看你。"

楚天阔不出声，也没看韩棠。

"怎么，还不能治了啊？"韩棠问。

楚天阔摇了摇头，深吸了口气。

韩棠看着他胸口鼓了鼓，说："那就行了。老楚，我跟你说。"

"嗯。"楚天阔答应。

"就算是多活一天，我也要活。"韩棠说。

很简单的一句话，字字清晰。

"嗯。我知道。我相信你。"楚天阔点头。

韩棠反手握住他的手，轻轻拍了一下："邓主任什么时间有空儿，你陪我去见他。我想听听他的意见。你先跟我说一下，让我有个心理准备也好。"

楚天阔又点头，停了好一会儿，才说："肺癌四期，癌细胞已经转移了，除了左侧肺叶上有，膈膜上也有。你的情况还有点儿复杂。邓主任说他也没有遇见过相似病例。手术难度会特别大，也不能解决全部问题。"

"就是说，不考虑手术了？"韩棠轻声说。

"我们多去几家医院。我们去上海，去北京，找最好的专家再看看。"楚天阔说，他声音有点儿发抖，"我会想办法的。棠棠，我会尽最大的努力给你治病的。"

韩棠不出声。好一会儿，她一动不动。她耳边嗡嗡作响，一会儿像母亲一巴掌扇过来，打得她头晕目眩；一会儿像是风眠摇着她喊奶奶、奶奶……突然，她听见楚天阔大声叫她："韩棠。"

韩棠回过神来，盯着楚天阔的脸，良久才缓过来这口气，说："竟然这么严重啊。"

不知道有多久了，她总是觉得累，时时胸闷，喘不上气，每天必须咬着牙做很多事。她以为是没完没了的家务和琐事让她透不过气来，原来还有癌细胞在给她加码。

楚天阔低下头，肩膀在发颤。

韩棠看着他的后脑勺和宽厚的背，眉心一跳一跳的。"老楚。"她再开口，声音还是很平稳。她这会儿冷静得自己都觉得见鬼了，但也可能是她这个慢半拍的性子使然，得睡一觉才能反应过来眼下是个什么情况。

"嗯。"楚天阔不抬头。

听到楚天阔略微沙哑的嗓音，韩棠在心里叹口气，么么，这还是最具有本地男人硬汉特色的、把大男人主义从脑筋武装到嘴巴的楚天阔？

"不要瞎折腾。折腾多了，精力跟不上，结果更坏。"她舒了口气，"我不是悲观，是不想多生枝节。另外找专家会诊，我赞成，但是我不想跑来跑去，白花钱还落得受罪。这例子咱们也见过的，是吧？"

"那不行。"

"听我的。我的病怎么治，我有一票否决权。"韩棠说。

"这些年攒钱，不就是为了不时之需，不就是为了有个病啊灾啊的能顶上吗？考虑这些干什么，再说后面都可以报销。"楚天阔坚持。

"总而言之，不折腾。我很累了，别让我这时候再浪费精力跟你吵架。"韩棠说。

楚天阔不言语了。

韩棠看他一额头汗，从一边抽了毛巾给他："去洗把脸。找个地方抽支烟去。"

楚天阔听见"烟"字，把毛巾摁在脸上，半晌没动。

韩棠似乎看见了家里那时常缭绕的烟雾，忍不住咳了一声。楚天阔扔下毛巾，起来给她倒了杯水，虽然倒水的动作很不熟练。他拿过来时杯子"波涛汹涌"，还把一些水洒在了地上。韩棠在心里叹了口气，看着地上的水渍，又看着楚天阔那不知如何是好的样子，轻声说："等会儿让艾黎收拾吧。你去找找艾黎，让她来陪我一会儿。"

"你自己待着可以吗？"楚天阔问。

韩棠喝口水，看他一眼，说："可以。这几十年，很多时候我都是自己待着的，不会突然待不住。"

楚天阔站在那里，良久才走开。

韩棠转过头去，出神地看着窗外。今天海上风浪很大，海水的颜色浑浊极了。

她听到窸窸窣窣的声响，转过头，看到艾黎半蹲着，正在擦地上的水渍。就那么一团水渍，艾黎擦了好久。她不出声，艾黎也不出声。好一会儿，艾黎才拄着拖把站直了。

韩棠看着艾黎的脸，心说好样的，不愧是这一代孩子里心理状态最稳定的、每逢大考准能超常发挥的韩艾黎。

艾黎的脸上看不出明显异状来，甚至还有点儿笑容。

韩棠着实松了口气。此时此刻，她最怕的就是看到一张崩溃的哭脸。

"韩小棠，你睡着的时候，邓主任亲自过来一趟，看了看你。"艾黎说着，摇晃了几下拖把。

"嗯。"

"我觉得他有点儿兴奋，因为病例不那么常见。大夫嘛，多少都有点儿变态的想法，有难度才有挑战，对吧？"

"嗯。"

"我刚才跟去他办公室跟他聊了一会儿。现在他去会诊了，半小时以后有时间。你去听听他怎么说？"艾黎问。

"好。"韩棠点头。

艾黎拎起拖把，走到了床尾，回过头来跟韩棠说："棠姑姑，我爱你哦！"

韩棠看她迅速走开了，过了会儿才说："肉麻兮兮的。"

隔了老远，艾黎笑了一声。韩棠嘴角牵了牵，听见艾黎叫苏教授，问她要不要什么东西，就知道苏教授醒了。再过一会儿，帘子被拉开了，她看到苏青容斜靠在床头，仍挂着点滴，但手上拿了一本书，正在读。见她看过来，苏青容抬起头来，笑着点了点头。

两人都没有说话，苏青容继续看书，韩棠在艾黎的帮助下，加了件外套，坐上轮椅，去见邓主任。

楚天阔站在病房外，韩棠走近了，立即闻到他身上一股子烟味。

楚天阔看她脸色，过来要推轮椅，艾黎摇了摇头，推着韩棠往外走。

进了电梯，韩棠突然抬头看着楚天阔，说："你还是把烟戒了吧。"

楚天阔顿了顿，答应了。

再没有人出声，一直到了邓主任办公室里，谁也没说话。

韩棠看着文文雅雅的邓主任，还有他带的几个学生。他们都带着笑意，看着很和气、很平静。她这个病例再复杂，其实也不过是他们经手治疗的成千上万个病人中的一个。这么一想，确实没有什么大不了的。

韩棠拿出记事本和笔来，自己动手挪了一下轮椅，不然觉得看不清电脑上显示的片子。邓主任非常认真地给她指病灶在哪里，长得什么样子，有多大。他没有强调病情有多复杂，反而给她分析了一下她目前的情况有什么优势。他说："韩棠你最棒的一点是，在你这个年纪，难得没有什么基础病。身体底子好是你最大的武器。虽然不能手术，但可以使用靶向药。目前药物选择还是不少的。"

韩棠听着邓主任给她解释药物治疗的原理，头脑中像有支画笔在涂抹。

在讲到药物有国产和进口等等不同选择的时候，她还没有出声，就听楚天阔说了进办公室以后第一句话："大夫，我们用最好的。"

"老楚，别插话。"韩棠说。

"不、不，这个得说。大夫，不管是进口的、国产的药，只要能匹配得上，多少钱都不要紧。我们不考虑药的价格。"楚天阔说。

邓主任静默了片刻，点了点头。他看着韩棠，很和气地说："结果一出来，有匹配的药物，我们就给你用上。住院期间，你配合治疗就好，有什么问题及时和我讲。我们一起努力，好吗？"

韩棠点头。她伸出手去，跟邓主任握了握手，说："谢谢邓大夫。以后要麻烦您了。这可能是我人生最后一战，但我不希望是滑铁卢，希望是诺曼底登陆。"

Chapter 6
海鸥飞处彩云追

"妈啊——妈妈——"接连两声长长的呼唤,之后便没了声响。

韩棠没睁眼。

四周静极了,她仍然很困倦。

走廊上细碎的脚步声连带着轮子摩擦着地板的声响,像潮水一样,从这边涌到那边、又从那边涌到这边,终于完全消失不见了。可接着,又传来一阵压抑的哭声。

病房门开了,有人走了进来。

"是哪个走了?"

"7号病房那老太太。昨天给她下病危通知的。"

"哦,她是复发的。"

"嗯。这两天走了三个了。"

"没办法嘞。今天天气这么好。"

"你喝水吗?"

"不了,我想吃巧克力。"

"哟,这回我还就没带巧克力。等会儿我去买晚饭的时候,给你买,好吧?"

"好,我还要那款贝壳的,别的不要……"

对话细细碎碎的,声音压得很低。

韩棠睁眼看看外面——时隔两个月,她又住进了第一次住院时住过的这间病房,连病床都是同一张,一切都似曾相识。不过,这回同室的病友很年轻,才三十二岁。她的丈夫年纪比她还要小一岁。她住进来的时候,小两口就打了个招呼,然后躲在帘幕后面,像鸟巢里的一对小鸟,嘀嘀咕

219

咕、嘀嘀咕咕……夜里这嘀嘀咕咕的声音伴着仪器偶尔的声响，在冬夜里，给人一种又虚幻又真实的幸福感。

昨天天气很晴朗。早上来医院的路上，她特意让司机绕了点儿路。海边没什么人，海面蓝得发黑，海鸥在空中飞来飞去，自由自在的。

她已经有很多天没有亲自开车、脚踏实地走在街上了。

"阿姨，醒了吗？要不要喝点水？"保姆小丁走过来，悄声问。

韩棠答应了一声。

小丁给她把杯子打开，她就着吸管喝了大半杯。

"你歇一会儿吧。"韩棠看着小丁说。

小丁把杯子收了，看了一下药水袋，摇摇头说不困："再有顶多四十分钟就打完了，我盯着点儿。您睡吧。"

韩棠不出声了。

药一吸收，人就困得不得了。有时候她迷迷糊糊的，会分不清现实和梦境，老觉得有人絮絮叨叨地跟她讲好多话。稍微清醒点儿的时候，她能辨别出来说话的人，大部分时间是楚天阔在说，小部分时间是母亲。楚天阔这两个月隔三差五跟她谈心，做她的思想工作，讲怎么跟病魔做斗争、怎么好好吃饭以及吃什么饭才好，还讲很多其他的事情。她绝大多数时间都只是听他说，不打断也不插话。他是需要时间接受她"时日无多"的现实，也需要一个宣泄情绪的出口，可她也会觉得厌烦。第一次出院，他没经她同意，让司机把车开回了他们家。那时候她正虚弱无力，没有坚决反对。那天艾黎的脸色很差，要不是她阻止，恐怕会大吵一架。

出院初期韩棠是很需要休息的，可是楚天阔的朋友们不断地上门探望，她不堪其扰。艾黎气得硬是把卧室门锁了不让人进门，然后去跟楚天阔正儿八经地谈判，要求他尽可能拒绝他的"亲朋好友"登门探望。他们至少在这个时候不要打扰病人。

艾黎有一阵儿说话很大声，说："姑父您需要找人聊天疏导情绪可以理解，可这么多人来来往往，每天每一拨儿人来了，您都讲一遍我姑姑到底什么情况、用什么药，还得让姑姑配合，这就有点儿过了。我姑姑需要清净的环境好好休息，别一边花了钱用着药，一边给她增加负担，这哪头划算？"

当时楚沛的父母和妻子都在。那一家人修养极好的。当着艾黎的面，他们说："对的，小韩说得正在理，我们也是这么觉得，最近就别让人来家里打扰了吧，等病人好些了再说。"艾黎回到房间里，知道外面的人听见了，也没避讳，说楚家大伯和大伯母好厉害的，别人来探望、慰问病人，有的坐都不坐就走，他们倒好，每天都来，一整天待在这里，吃喝完了拍拍屁股走人，然后落个心疼弟弟、照护弟媳妇的美名，可真是好呢！

艾黎还不满意楚天阔请的保姆——做饭不好吃，卫生打扫得不怎么样，做饭都以楚家人口味为主，倒忘记了要先照顾病人的需求，除了嘴巴很甜会说话，简直一无是处。有一天保姆把一条韩柏送来的很新鲜的一条海捕活鱼给烧成了炭，艾黎等楚泽下班回家，两人一合计，三下五除二，当晚就趁着楚天阔出去见朋友，把她送回了江源路的老房子。新请的保姆就在江源路家里等着，给她做了一顿清淡的、营养丰富的晚餐。

保姆就是小丁。

韩棠后来一问，艾黎说一看家里那个保姆不靠谱，就开始另做打算，跟菲菲要了他们家合作过无数次的那家中介公司经理的电话，问到了韩棠用过的保姆里最满意的丁杏梅的联络方式。

小丁这段时间都在做零工，刚签约给另一家做住家保姆，听说韩阿姨需要人照顾，毁约赔钱过来这边帮忙了。艾黎要求她住家、做饭、清洁、兼住院时期陪护，很辛苦，但工资可以给到她满意。小丁没犹豫就答应了。

因为这件事，楚天阔很不高兴。虽然楚泽说是他的主意，可是楚天阔很清楚是艾黎在背后主使。碍着儿子和妻子都是一样的想法，连菲菲也说最好还是让妈妈住在她觉得舒服的地方养病、让合妈妈心意的人来照顾，他就没有再反对。他过来看了，只说这里条件实在不行，准备另外收拾一处带电梯的房子让她搬过去。

这一收拾，就收拾了快两个月。

她的病情稳定下来，她每隔三周要住院三天检查和用药。邓医生的预言在一步步变为现实。她没什么基础病，强效的靶向药用下来，肿瘤虽然没有缩小,但也没有再长大和扩散。艾黎把年假用完了又请了几天假,陪她熬过了前两次治疗。得知药物有效果的那天,艾黎激动地跑到住院部大楼的屋顶大声呼喊,不停地打电话、发消息,告诉家里的每一个人。

韩艾黎回去上班了,隔周就会回来看她。

楚天阔每天下班以后会到江源路的家里坐一会儿,陪她说说话。他们俩这几十年一起走过来的日子,每天被他翻来覆去地讲。那是从他的角度讲述的版本,她听得耳朵都起茧了。

精神好的时候,她会拿着她的笔记本和钢笔写一会儿字。有一次小丁从笔记本里找菜谱,惊讶地说韩阿姨你这几十年是不是攒了好多本菜谱笔记了,整理出来可以当传家宝。

传家宝?谁会在意这些。

菲菲对下厨没兴趣、没天赋更没有时间,楚泽哪里是这块料,韩棠又没有女儿——艾黎倒像女儿,可她也想象不出来艾黎绕着锅台转的样子。这些东西,干脆随她去算了。

韩棠给小丁看之前写的一篇日记,讲的是回想小时候跟父亲冬天出去买烤红薯的事,连带记下了父亲当时回忆他小时候的一些生活。小丁说阿姨要不然有精神的时候,把老家儿(长辈们)的事儿写下来吧,太好看了,我肯定追着读。韩棠笑了半天,想了会儿,说等我梦见老母亲的时候跟她商量商量,可不可以。

这两个月,老母亲时常出现在她的梦里,絮絮叨叨地和她说些话:"要饭也要抢在头里,干什么都别松劲儿。"前天晚上,老母亲这么说的。

每到住院前,药物带来的副作用近乎消失殆尽,她刚好能舒服一两天,再经历下一轮的煎熬。老母亲偏在这个时候来给她上课,可能冥冥之中知道她有些抗拒医院和无休止的、循环往复的治疗吧。

"这几天太冷了。零下十几度,好些年没有了,是吧?"小丁问。

韩棠想想,可不是嘛。

有一年气温降到零下十四度,家里水管都冻裂了。她看看外面,天气这么冷,海上却平静无波。

"快过年了。"小丁说着,过来给她按摩,韩棠的腿又肿了。

韩棠点头。往年每每到了腊月，韩棠都格外忙。她要早早置办年货、打扫卫生、做好人情往来。今年她不用操心这些事，就彻底轻松了下来。

想起前天晚上菲菲带着风眠和嘟嘟来看她，也说起快过年了。菲菲每次过来看她，只要带着嘟嘟，就会带着她母亲当帮手的。前天晚上没带，她就知道菲菲可能有话要跟她说。

楚泽和菲菲眼下正分居。楚泽住单身宿舍，菲菲带着两个孩子住在家里，有梁瑶和保姆帮忙。

菲菲是在她病发后一周得到消息的。楚泽的大伯母给她打了电话。菲菲回家扑到她身前哭了一大通，哭得气都喘不过来了。后来平静了些，菲菲跟韩棠说："放心吧，我会跟楚泽一起解决问题，不用爸爸妈妈操心。至于其他的，等过阵子再说。""其他的"是什么，菲菲没说，楚泽不提，她也没精神问。

这期间梁瑶骂女儿傻骂女婿不着调，楚天阔明确表示不同意他们俩离婚。不用别人说，比如楚泽的大伯母就会来嚼舌。韩棠很了解身边这些人的性情。他们会怎么做，韩棠心里有数。

不过，菲菲来和她说，不打算跟楚泽离婚的时候，韩棠虽然料到了，还是觉得有些吃惊。

"阿姨，阿姨？"小丁轻声叫她。

"啊？"韩棠看着小丁。

"艾黎在回来的路上了。她说今晚她在这儿陪床，让我回家休息。"小丁说。

韩棠叹了口气。

小丁这个月只休息了两天，按理说是该让她放假的，可是艾黎也辛苦啊。

"那我答应她了？"小丁问。

韩棠点了头。

"艾黎这两月体重跌了七八斤。您可快点儿好，要不艾黎就成排骨了。"小丁说。

韩棠听了，心里难过了一下，可随即却又笑了出来。

艾黎啊,再瘦下去,有人该心疼了。

那天艾黎把不晓得原本要发给谁的照片不小心发进了家族群——嚯,艾黎刚举完铁,穿着运动内衣,背部线条、臀部线条美极了!虽然艾黎马上就发觉了,赶紧撤了回去,但群里却早就炸了锅——那些姑姑、表姐和表弟,这么长时间一直都充满低气压,说句话都得小心翼翼避免触发"癌症"这个关键词,总算逮着个机会开开玩笑、逗逗乐了。韩松反应最快,不但把图存了,还让艾黎多发几张来看看。艾黎一直不出声,到第二天早上才在群里冒了个头,说昨晚喝多了,发错了图。

韩棠笑出声,让小丁把自己的手机拿过来。刚好艾黎给她发了消息,说上车前特意去打包了烤鸭。

"打包了几个啊?有'长颈鹿'的份儿没有?"韩棠问。

"没有!"艾黎干脆利落地回复了俩字。

韩棠眉开眼笑。说到"长颈鹿",艾黎基本上从不正面回应,韩棠也不多嘴去说什么。

后来住院,韩棠遇到过苏教授两次。她们每次治疗的时间点差不多,但再也没有被安排到同一间病房。苏教授偶尔会跟韩棠交流一下应对药物反应的经验,还让小杜问韩棠要不要退课,因为她总共没有上过几次课就生病了。韩棠没退,跟杜松子说"我好点儿了就回去上课"。苏教授现在每周会给她单独上一次线上课,就教她一点儿简单的绘画基本原理,点评一下她的作业——说是作业,也不过那么一两张画得特别不像样的素描。苏教授很有耐心,每次都表扬她有天分、有进步,观察力很强,下笔也果断。从苏教授看杜松子,也就知道为什么杜老师对学生那么有耐心、那么受孩子们欢迎了。

绘画班的同学们经常在群里讨论。韩棠可真喜欢她的同学们啊,如果能回去跟他们一起上课、写生,那可太好了。上周高阶班的班长分享了几个同学去海边写生的作品。她看着他们的画中的栈桥、海滩、小岛和海鸥,像是跟他们一起看过了风景,呼吸过了冬日清透的空气,也吹过了寒冷的海风。

有同学发出画来,苏教授就会稍加点评。学生虚心,老师耐心,群里的气氛轻松而活跃。

韩棠很喜欢"潜伏"在群里看老师和同学们聊天，虽然知道内情，晓得苏教授带病教课肯定会辛苦，还是觉得很开心。她现在最喜欢的就是找点儿让自己觉得舒心和愉快的事情做。她还特别喜欢看一个 ID 是"军港之夜"的同学说话。她一眼就认出他就是刘成思，因为他的头像是一幅看着像比格犬其实是只奶牛猫的动物画像。刘成思好像很喜欢画里那只猫，也很满意他那幅其实画得很烂的画。

韩棠有时候会想，起码要跟老刘学习一种精神，那就是"热爱"。他不管画得怎么样，都很敢亮出来让老师和同学点评。大家有时候会故意开他的玩笑，他一点儿都不生气，总是乐呵呵的。

老刘听梁瑶说起她生病的事，给她打过一个电话，没有啰唆，只是说"相信科学，相信医生，保持乐观，多多吃饭"。再后来，他隔段时间会发消息给她，有时候问问她的情况，有时候就只是分享一点儿随手拍的照片或者科普文章。她倒是听菲菲说起，最近经常会麻烦开心姥爷和开心妈妈帮忙接送风眠。

韩棠默默地坐了一会儿。药水打完了，小丁请护士来给她拔了针。

今天值班的护士是贾筱茜。

韩棠每次见到贾护士，都格外客气。贾护士业务能力没的说，就是态度真的不算好。她也知道贾护士不是冲她，是冲艾黎。韩棠倒是能理解贾护士这态度，可是如果有机会，也很想跟她说一句，别对艾黎多心。妻子防着丈夫有外心，是人之常情，但是，"只有千年做贼的，没有千年防贼的"，何况，没有家贼引不出外鬼来的。

贾筱茜今天情绪倒是很不错，跟隔壁床的病人说说笑笑的，到这边来，虽然没笑，但手法也很温柔的，而且看了看韩棠，说："您这回来，脸色比前几次好多了，还长体重了，是吧？"

韩棠点头，说："是。"

"真不错。邓主任今儿来查房，出去的时候也挺高兴的，说您情况不错。家里人照顾得好。"贾筱茜说着，转身走出了病房。

小丁等她出了门才小声说："她一来，我大气都不敢出。"

韩棠笑了，看看时间，让小丁收拾一下东西，准备跟艾黎换班。病房里的陪护每次只准进来一个人。韩棠来住院，来看她的就是韩柏和牟艺琳，还有楚天阔和楚泽。韩柏许下诺言管她住院期间的病号饭，果然做到了，从来没有迟到过，而且每次都多做些饭菜，花样繁多，不重复。韩棠回家休养的时候，韩柏隔几天就跑很远的地方去买新鲜的海产，好让牟艺琳过去探望她的时候带上。艾黎都说，老爸这俩月算是有了用武之地，再也没时间催婚了。

韩棠给艾黎发消息，说："该下高铁了吧？慢点儿，别急。"

"马上下车。我先回趟家，放下烤鸭，把晚饭带来。您等我啊。"艾黎发过一条语音来，声音清脆。四周围有点儿嘈杂，混着嗡嗡的声响，是车厢里特有的动静。

韩棠回了句"好"，半躺下，闭目养神。

外面起风了，今天天气虽然好，可也真冷。

隔壁床的小夫妻又在聊天了，说起贾护士和另外一个护士吵架的事儿。韩棠皱了一下眉，心想贾护士脾气这么不好，小池跟她一起生活，那日子是不是过得鸡飞狗跳的。韩棠转念一想，好脾气又怎么样呢？她还不是好脾气吗？过了几十年，日子过得又怎么样呢。

小池有一次在医院遇到艾黎，知道韩棠住院，特地来看过她。也别怪贾护士看得紧，那小伙子确实长得帅嘴巴又甜，来站了十几分钟而已，病房里所有的人，包括隔壁床的病友都喜笑颜开。等他走了以后，她越想越觉得，艾黎没跟小池在一起，可能是注定的，也不失为幸事——从前她没有细想过这个问题，可能现在后撤了几步，完全把他当成外人，就能清楚地看出他和艾黎不合适的地方来。小池有些地方很像楚天阔，最突出的一点就是太会说了。

韩棠揉了一下额头，梁瑶的电话打了进来，梁瑶说风眠和嘟嘟想奶奶了，缠着她打个电话。听见听筒里风眠清脆悦耳的那声"奶奶"，韩棠露出了笑容。

"我刚才跟艾黎姑姑说了，这个周末我们要参加比赛，让姑姑来给我们加油！姑姑答应了！"

好家伙，才踢了几天球，还参加比赛，韩棠笑眯眯地跟风眠说起话来。

此时韩艾黎已经提早把行李拿好，正在等高铁停稳。门一开，她第一个冲出了车厢。她一路跑向出口，只不过排了几十秒队，还是觉得着急。

站在她前面一个身材高大的男人行动慢条斯理的。她抬眼一看，怔了一下，这身形体态未免太像杜松子了。冷风一吹，她马上回过神来。杜松子这会儿还在当"孩子王"，怎么可能出现在这里。不过出了闸口，她一边往外跑，一边偷偷回头看了一眼——嚯，连长相都很像。要不是空不出手来，她一定要偷拍一张照片发给"长颈鹿"看看。

这位老绅士可太有气质了。他虽然有一头灰发，可并不显老，看着像五十多岁，顶多六十岁。他穿着一身合体的衣装，考究极了，手里拎着卷筒和皮包，就像是开完会才从会议室出来，从容而镇定。可能发觉了她的目光，老绅士看向她。

艾黎赶紧加快脚步往外跑。她冲到路边，约好的车已经在等了。她上了车，回头看到那老绅士也上了路边另一辆车。

也许老绅士跟杜松子也没有那么相像，她只是看到儒雅的高个子男人，难免会联想。最近她未免太经常想到杜松子了。发错图片那次之后，她尽量克制自己不要总是想起他。可是，并不怎么奏效。

艾黎好多天来第一次跟朋友去喝酒，喝得确实多了。艾黎喝多了的时候想起他来，不但选错了照片，还发错了地方。幸好她反应快，可是一瞬间也醒了一半酒。她突然意识到自己喝醉酒的时候，竟然还是想着他，这问题有点儿严重了。至于在家族群里丢人，那倒也没有什么关系，反正也不是第一次丢人，肯定也不会是最后一次。

艾黎舒了口气。这次回来会跨过整个周末，但应该跟他见不到面吧。

车子停在路边，艾黎让司机打表等候，拎着行李箱冲上楼。今天可真冷，她戴着手套，还冻得手指发木。她不禁想起有一天自己发动态，说北京的冬天，冷得让人想哭。杜松子在下面留言，说海边的风像箭，站在礁石上，万箭穿心。

杜松子这家伙，有点儿古怪的可爱。

艾黎推开家门，闻到香气，心里赞了句太棒了，正要喊爸妈，突然听见父亲大声说"狗改不了吃屎的东西"。她站住，接着又听父亲说："他想都不要想，棠棠好着呢。"她心一顿，赶紧喊了声"爸、妈"，问："饭盒装好了吗？快拿给我，车在下面等。"

屋子里瞬间安静了。

一会儿，艾黎看到母亲提着两个保温盒走了过来。她搓搓手，从行李箱里拎了一个密封盒出来，说："里面还有一只烤鸭，您跟我爸晚上吃了它。"牟艺琳应了，看艾黎穿得不多，皱眉问她怎么搞的，这样会感冒的。

艾黎背好包，把保温盒塞进一个大袋子里，看了一眼母亲的脸，"嗯"了一声，说："我穿够了的，跑得身上冒汗呢。再说病房里面热得要死，晚上一躺下，恨不得脱精光。"

牟艺琳朝女儿背上敲了一拳头，说："又张嘴就来。我今天不过去了，明天早上我去送早饭。"

"知道了。"艾黎推门往外走，见父亲没出来，看看母亲，一抬下巴，无声地问爸爸发什么脾气呢。

牟艺琳摇摇头，说："有空儿再说。"

"哦。"艾黎答应，回身走了出去。

"艾黎，你等等。"牟艺琳跟出来，叫住艾黎。

艾黎回头看着母亲。

"你跟姑姑不要说不该说的话。你这个脾气一点儿都不压事。姑姑养病是第一位的，其他的都不要紧。"牟艺琳说。

艾黎皱了一下眉，问："谁说什么了？"

牟艺琳回头看了一眼屋内，没看见韩柏的影子，轻声说："你姑姑的病那阵子不是特别危险吗？你什么事都跑前面，我跟你爸也跑前跑后的，人家觉得咱们另有所图，话传回来，很难听的。这事你搁心里，别跟你姑姑说。她知道了怪难受的。我不是怕别的，就怕你这个脾气，动不动就跳起来。你姑姑跟你虽然是血亲，可是她毕竟有家庭有儿子儿媳。"

艾黎看看表，说："我这会儿没空儿问您这是谁说的。得了，我要思前想后，考虑每个人的想法再做什么，谁知道这会儿我还有没有这个姑姑？没事儿，我既插手做事就不怕这些风言风语。我先走了啊。"

"你小心点儿，别摔喽！"

"摔不了！"艾黎跑下去，跟母亲说，"您跟我爸说，咱们该怎么着就怎么着。甭理他们说什么！"

牟艺琳看着艾黎一溜烟儿跑下去了，不一会儿单元门就发出一声巨响，轻轻叹口气，这才回身进门。

韩柏正在研究那密封盒子里的烤鸭，问："艾黎走了？你跟她说了？"

"能不说吗？都听见了。我就说让你先别嚷，让艾黎知道，她不生事心里也别扭。你偏不！"

"我心里不痛快还得挑时候说啊？"韩柏气呼呼的。

牟艺琳摆了摆手，不打算跟他争了。她看看这"老破小"，说："该盘算着打扫卫生了啊，眼看就快过年了。"

"没心情。"韩柏过了好一会儿才冒出这仨字儿来，抱着密封盒坐在沙发上发呆。

牟艺琳也过去坐下来，说："不想自己动手，就找人来打扫。你这两个多月确实也累。"她说着，发现韩柏睁大眼看着自己，眉一皱，"你别没完没了啊。我不是不让你和艾黎对韩棠尽心，只不过以后咱们得适当避避嫌。"

"我亲妹子，艾黎的亲姑姑，我们避什么嫌啊？那些小人！"

"艾黎也这么说。"牟艺琳倒笑了。这父女俩一模一样。

"人啊，不到紧要关头是看不出来的。这才两个多月呢。"韩柏说。

牟艺琳顿了顿说："还是我天真，快七十岁了，看不透世间事。我是没想到，韩棠人还在呢，就有人帮忙算计身后事了。就这么等不及？"

"你忘了跟我同期的老齐的事情了？"韩柏近乎冷笑了。

牟艺琳想了想，记起来了。老齐跟韩柏关系不错的，退休没多久老婆就去世了。老婆五七那天，老齐上午刚哭完，中午就在饭桌上商量着相亲了。一帮人积极地给他谋划，打听谁是什么条件。仔细听他们说话，哪儿是从老齐的老婆去世开始的，老齐的老婆人还在呢，就有人开始牵线搭桥了。

"记得。我没吃完那顿饭就回来了。"牟艺琳说。在那之后,她和韩柏以及一帮老朋友和老同事再没跟老齐凑一起吃过饭。旧人尸骨未寒,新人已经登堂入室,老齐未免太过凉薄。他对妻子尚且如此,对朋友可见一斑,谁不惊心?

牟艺琳看看韩柏,这老头脾气顶坏,但对家人没什么可以挑剔的。所以听说眼下不少人等着给楚天阔介绍对象,韩柏心里的气儿能顺才怪呢。

"哎,不一定准的事儿,别听风就是雨。老楚应该不至于这么不得体。"牟艺琳说。她语气很和缓,并没有看韩柏。果然韩柏用鼻子"哼"了一声,虽然没发出太大声,显然不太同意牟艺琳的话。

她心里明白,楚天阔最近的态度是有些异样了。她看得出来,韩柏也不傻。

牟艺琳继续说:"别想这些了。你看棠棠生病,老楚也没心疼钱,都给她最好的吃穿用住,也要求用最好的药。"

韩柏说:"你说得对。可你想想,这是不是应该的?不说棠棠是他老婆,四十年了!这些年棠棠在楚家当牛作马,简直真的是头只知道拉磨的驴呢。棠棠没功劳还没苦劳啊?"

"你看看你……"

"说起来就来气。他们家有条件,花钱治病不费劲儿。要是赶上没条件没钱的,卖房也得给治病不是?那才是考验呢。"韩柏一边说一边敲得密封盒咚咚响,牟艺琳脑袋瓜子嗡嗡的。

说起来,也怪她自己,牟艺琳想想就后悔,不该听见动静就回来跟韩柏讲。圈子太小了,楚天阔和韩棠两口子又有点儿名气,再加上现在这种情况,风言风语传得特别快。这还不是最让人生气的,韩柏之所以这么恼火,是被人误解他们一家三口对韩棠尽心照顾,是图他们的钱财。韩柏听见这话气得拉了三天肚子、嘴上起了三个大燎泡,还得忍着火、铆着劲儿,照样给妹妹寻摸好吃的、做好了送病号饭。

"从老子到儿子儿媳,没一个省心的。要不是跟那一家子过得憋屈,棠棠怎么会生这么大的病?我还没算账呢,他们先在这儿胡说八道扣帽子。惹毛了我就找出来谁胡呲（胡说八道）的，扇他大嘴巴子去！我闺女图什么？他楚天阔和楚泽不也就点个卯，把病人扔给保姆照顾？他们就嘴上会说！做一分出去吹出十二分来，往自己脸上贴金。"韩柏越说越来气。牟艺琳看看他的脸，从手边拿了把扇子给他。"你也气我是不是？"韩柏问。

"行啦！只要棠棠好起来，我们受点儿委屈有什么啊？艾黎也这么说。艾黎都不计较，你也别生气。棠棠心里有数的。她不糊涂。谁对她好，她心里门儿清。快点儿，准备吃晚饭。闺女买烤鸭回来慰劳你辛苦，可不是为了让你吃了不消化。"

"你瞅我嘴上这燎泡，我还吃烤的，烤鸭不是让我火气更大吗？"虽这么说，韩柏一边扇着风，一边抱着密封盒没撒手。

牟艺琳看着他，笑着想了想，说："今年春节咱们去新房过年吧。以后啊，等韩松和穗子一家子回来，咱们也能铺摆开，住一起都没问题。棠棠要是乐意和我们一起，春节咱们一起过。"

韩柏没出声，牟艺琳说完，也不出声了。

两人同时想起来，韩棠在确诊之后曾经说过：她的第一个目标是过了今年春节，第二个目标是能看到中山公园的花开。

韩艾黎坐在出租车上，一路上翻来覆去地想着母亲说的那几句话。最后冒出一句："狗屁。"她才不在意别人说什么呢。

交通开始拥堵，艾黎让司机在医院大门对面就停了下来。下了车，她撒腿就跑。进大门、进住院部。住院部一楼大厅里，好多人在等电梯。她决定往上走几层再说。

艾黎往楼梯间走去。比起大厅，楼梯间简直像冰窖，走的人不多，到了五楼，就只剩她一个了。她喘了口气，站着休息了会儿，正准备拐去乘电梯，突然听见了哭声。她停住，歪头往上看了看，又向楼上走了两步。

艾黎看到转角处有两人拥抱在一起，立即反应过来，转身往下走。背对着这边的那人身穿白大褂，应该是位医生。她鬼使神差地又回了一下头，恰在此时，那穿白大褂的听到脚步声也回了一下头。

看清那人的脸,她差点儿一脚踩空。那人也愣了一下,下意识想要叫住她。

艾黎摆了一下空着的那只手制止他,迅速下楼梯,打开通往电梯间的安全门,正好电梯到了。她一口气钻进轿厢,直奔16楼。站在轿厢里,她的心还怦怦跳。

艾黎嘴里咕哝着骂了两句,身旁同乘的人似乎觉察到了她的怒气,往旁边挪了挪。

手机在口袋里振动,她拿出来一看,果不其然是池清许。她摁掉通话,走出电梯,看见小丁站在肿瘤科病房的大门外,忙叫了她一声,问:"干吗这么早出来,等我啊?"

"不是。叔叔来了,在里面跟阿姨说话。我就出来了。"小丁说。

艾黎听说楚天阔在这里,就没往里走。她跟小丁问起姑姑这些天的情况来,从包里拿出两支护手霜给小丁。小丁推辞,艾黎说:"朋友给我的,我用不完。要不你先走吧?我在这里就行。等会儿我去护士站登记。"

小丁点点头,笑眯眯地说:"不急。我还得跟阿姨说一声呢。阿姨今天情绪不错的,晚饭准能多吃半碗米饭。"

两人正说着话,电梯门开了。

艾黎余光一瞥,看着第一个走出来的那位一头灰发的老绅士,愣了一下,心里赞叹了一声"wow(哇)"。她心里这么想的,嘴里也就出了声。老绅士看了她一眼,站定,回头说了句什么。艾黎看着紧随其后出来的"长颈鹿",咽下了第二声"wow"。

杜松子出了电梯,看见艾黎,也稍稍愣了一下,接着微笑着向艾黎点了一下头。

艾黎脑门上突然就冒了汗。

杜松子和老绅士站在一起,可以说两张面孔有八分相似,如果再猜不出他们是什么关系,那也太愚钝了。

艾黎攥紧了手里的包袋,回了杜松子一个微笑。

杜松子走过来,轻声问:"楚奶奶也又住院了?"

艾黎点头:"苏教授也……"

"嗯，我妈妈今天下午刚住进来。这两天床位有点儿紧张。"杜松子说着，转头看看身后的父亲，给他介绍道："这是韩艾黎，我朋友。艾黎，这是我的爸爸。"

"叔叔好。"艾黎忙问候道。

老杜看着艾黎，微笑点头："你好。"他不着痕迹地打量了艾黎一眼，在艾黎察觉之前转向儿子，轻声说："我先进去看看你妈妈。"

杜松子点头，把手里的包交给父亲，走到电子门前，正好有人出来，老杜就走了进去。杜松子回头看看艾黎，问："姑姑在哪间病房？"

艾黎愣了一下，小丁反应很快，小声说："走廊东边靠边那间。"

杜松子点点头，跟她们摆摆手，跟着父亲走进去了。

艾黎看着两人走进病房，低声说："他俩真会浑水摸鱼，能不按规矩来就不按规矩来啊。"

小丁微微笑着，又小声说："杜老师这么漂亮、个子这么高，原来是像爸爸啊。"

艾黎一想，可不是嘛，杜家一家三口的气质形象简直不得了。有一次她看到杜松子发的苏教授和母亲、姐妹的合影，那可是一家子美人。如果硬比较，杜松子得算他们家里最普通的呢。不过，她没有见过杜松子发跟父亲有关的动态。

她瞥了一眼墙上的挂钟，想给姑姑打电话，突然想起母亲说的话来，踌躇了一下，转头问小丁："我姑父来多久了？"

"探视时间到了没多久他就来了，到这会儿有一个钟头了吧。叔叔给阿姨带了有名的馆子里的燕窝还是什么吃的。现在吃了，晚饭就晚点儿吃。阿姨昨天打了针，胃口不太好。得亏咱们家病号餐是自己家做的，净捡着她爱吃的给做，要不然肯定更吃不下。"小丁说。

艾黎点头。也幸亏姑姑皮实。姑姑不管怎么难受，都尽量好好吃饭，能多吃一口就多吃一口。可是药物反应单靠意志力是无法对抗的。

她再看看时间，皱了一下眉，只好继续耐心等待。

此时病房里，韩棠跟楚天阔发了不大不小的脾气。

楚天阔带来的燕窝粥就放在小桌子上，她一口没吃。本来她对这些珍贵食材就不是特别感兴趣，楚天阔是知道的。而且除了头几次住院，楚天阔来医院看过她，最近住院，他也不过是打电话问一问情况，不会亲自上来。所以见他这会儿拎着燕窝粥来病房，她就料定他是有事要说。

被吸收进身体里的药，正在她身体里横冲直撞，让她除了困倦还感到恶心。

楚天阔先问了楚泽和菲菲到底打算怎么样，听说菲菲还想挽救这段婚姻，就露出了"早就料到会是这样的"的神情。

接着说的事倒很简单，楚天阔一点儿都没啰唆。第一件事是他之前提过的房子。他打算照他们之前商量过的方案买下来。他说，你喜欢一楼就要一楼，院子那么大，你想种什么花就种什么花。L形的大院子，种树都没问题；第二件事是他的新打算。他最近跟老方看中了一块地，打算拿下来投资建厂。韩棠听到楚天阔要动用存款，她一口回绝了这两个"提案"。

楚天阔让她再考虑考虑，不买房子太可惜了，这个房子户型又好、地理位置绝佳、价格也很优惠。

韩棠说："你要是有钱你就去买下来，但我坚决不同意。现在不是买房的好时机。至于投资建厂搞项目，还是再观察一下吧。现在也不是投资的好时机，风险太大。我不知道你在想什么，我想的是现金在手，不能随便挥霍掉。"

楚天阔就说："你这话说得真难听，什么叫挥霍，这不是想着以后还有大钱嘛。"

韩棠一点儿没客气，说："你也这个岁数了，求稳吧，别大钱没入手，养老钱打了水漂。"

楚天阔说："还没怎么样呢，你就讲丧气的话。"

韩棠看着他说："对，我现在就这么丧气。我直接交实底儿，家里的钱不可能花在看不到回报的项目上。你要有办法你去想，但我会白纸黑字写下来，我不同意。产生债务，我也不负责。"

看她生气了，楚天阔态度马上就软下来，说："这不是跟你商量吗，你不同意的话，就再说嘛。我也是觉得最近这几个月花钱如流水，有压力。"

"我的医药费大部分都可以报销，现在花出去的顶多算替国家垫付，你少拿这个当借口。"韩棠只觉得一股邪火儿冲了出来。

楚天阔这个人，把钱看得那么重，花他的钱跟要他的命似的，最近更是一会儿一个赚大钱的主意。前阵子有朋友跟他借钱周转，说生意不大好，快顶不住了。借钱给人？楚天阔肯借钱给人的时候，是一定要见着切实的好处的。如果没有好处就借，那么就算是不能不借的关系，他也会把这事儿放心里搁嘴上千年万辈子地念叨。比如韩柏那年出了事故，因为就他们家能马上拿出来那么多现金，牟艺琳才求他们帮了个忙。渡过难关人家马上就把钱还了，因为这件事，楚天阔还是特别瞧不起韩柏两口子，在韩棠跟前儿也没少碎碎念，直到她忍不了跟他冷战将近一个月，这事儿才搁下。

韩棠见楚天阔顾左右言他，说："行了，差不多了，走吧。别耗在这儿了，我也得休息。"

"我再陪你一会儿。"

"你再气我一会儿吧？"

"哪儿的话。要是跟你商量事儿就是气你，那以后什么都不跟你说，就好了？"楚天阔又笑了。

韩棠顿了顿，说："哦，还有一件事。两边的大哥大嫂因为我生病，都没少操心，我很领情。你替我跟那边大哥大嫂说，我好着呢，他们可以不用那么挂心了。他们有时间多关心关心你就可以了。改天我过去看看他们，谢谢他们最近这么帮忙。"

楚天阔愣了一下，说："为什么突然说这个。他们关心还不是应该的吗？他们家有事儿，我跟你也没少出力。"

"一码归一码。"韩棠说着，看看手机上的时间，"走吧，你不是晚饭还约了人谈事情？"

"我去一下卫生间。"楚天阔说。

韩棠皱了皱眉。

楚天阔起身离开，手机和包随手放在床边。看着他的手机振动，韩棠瞥了一眼。忍住了没拿过来看。

韩棠的手扶在小桌上，突然就抽搐了一下。楚天阔回来，拿起手机来看了一眼，没再坐下。他让韩棠好好儿休息，定了明天中午出院，到时候让司机来接，闲话了几句，也就走了。

韩棠深吸了一口气，靠在床头上，闭目养神。直到听见脚步声来到床边，她才睁开眼，见是小丁，点点头。

小丁把床头柜上的东西收拾了一下，说艾黎到了，她先回去。看看韩棠的脸色，她有点儿不放心。

韩棠示意她放心走，没开口。跟楚天阔说了这么久话，她觉得精力不济。

小丁赶快出去，把艾黎给换进来。

艾黎刚在门外遇见楚天阔，客客气气地打了招呼。她的态度比往常甚至还要好一些。楚天阔笑眯眯的，也站下来多说了几句话，等电梯来了，才说了句辛苦艾黎啦，进了轿厢。

艾黎吸了吸鼻子，皱了一下眉。楚天阔人离开了，雪花膏的香气还留在那里。"俗气。"艾黎低低嘟哝了一声。他也不是没有钱，可除非人送才用，自己是舍不得花钱买高级化妆品的。他的品味就停在几十年前，他好像总不愿意面对老去的事实，仍然觉得自己是二十九岁的小伙子。

姑姑刚确诊那些日子，楚天阔也低头耷脑的。看看楚天阔现在这意气风发的样儿，他确实心理恢复得更快。艾黎一时心里有点儿五味杂陈。

小丁小跑着出来，朝艾黎招手让她快点儿进去。

艾黎一惊，忙问："怎么了？"

"我看阿姨不大舒服的样子。我刚去和管床医生说了，他正忙着，马上过去。你先进去看看吧，我在这儿等等。要是不大好，我就留下。"小丁说。

艾黎顾不上多说，撒腿就往病房跑。正好管床大夫到了，检查了一下，又问了韩棠几个问题，让她休息，跟艾黎说不用紧张，是正常的药物反应。艾黎这才放心，去跟小丁说了让她放心下班。

艾黎没开灯，借着外面的一点儿灯光，看着姑姑的脸。韩棠眉头紧锁，因为脱发，也因为很久没再染发，头发稀疏而且灰白，从背影看，完全是一个老太太了。她直起身，看看时间，决定让姑姑再睡会儿就把她叫起来吃晚饭。趁这会儿工夫，她正好可以到护士站登个记。

刚走出来，艾黎看到杜松子进了斜对门病房。她站了会儿，转身往护士站走去。贾筱茜跟一个同事正在里面忙碌，她等了一会儿。贾筱茜看见她，走了出来。

艾黎把磁卡递过去，贾筱茜操作电脑在系统里登记，延长了使用时间，扔回给她，又把一个本子扔过来，让她手动登记一下信息。

艾黎看着扔到面前的这两样东西，顿了顿，说："贾筱茜，我忍你好久了。"

贾筱茜停下手里的事，旁边的同事也停了下来，一起看着她。

韩艾黎看了一眼那个同事。那是个清秀的、微胖的、跟贾筱茜年龄相仿的护士，经常会遇见她值班，平时话不多，但也挺和气的。见艾黎看过去，她目光躲闪了一下，挪开了。贾筱茜却跟着回了一下头，恶狠狠地盯了她一眼。

这会儿工夫，艾黎抓起笔，飞快地把信息登记完毕，把笔一把拍在本子上，往贾筱茜那边一推，抓过磁卡来，说："我没得罪过你。你每次见了我鼻子不是鼻子、脸不是脸的，凭什么呀？有什么事儿你明说，干吗呀这是？因为我姑姑在这儿住院，常来常往，我才忍这么久，你还来劲儿了是吗？"

旁边有人碰了一下她的手臂。

她随手一推："走开！"说完觉得有点儿不对，转头见是杜松子，仍瞪了他一眼。

杜松子没出声，站在她身边。

艾黎转回头看了看贾筱茜，问："单独聊几句？还是当着同事的面儿聊？"她说着，往后退了退。

杜松子也往后退了退，这时低声说："好好说，在这儿别动手。动手你就成医闹了。"他说完，赶紧先闪开了。他那长手长脚躲避得灵活着呢，一点儿不见笨拙。

"这边。"贾筱茜打量一下他们俩，指了一下旁边。

护士站东侧有一间放器械的小房间,再往里是医护专用的卫生间,中间就是条很短的走廊。艾黎往那边走了几步,贾筱茜跟着走了过来。杜松子没有上前,仍然站在护士站外。

艾黎等贾筱茜过来,说:"我跟你之间要能扯得上什么联系,也就是池清许了。你要是因为他对我有意见,我这就跟你解释清楚——没错,他是我前男友,我们也偶尔有联系,但是仅限于节日问候、看球喝酒。你们结婚以后,我们见了几次面都有数的,每次都有朋友在场,从来都没单独见过。本来这些话根本没必要说,可我不想你猜疑到我头上来。今天我一定要把话说在明处。我和池清许是同学,共同的同学和朋友很多,不可能完全不见面,但我以后也不会跟池清许有多余的联系,你放心好了。我周围高质量的男人还是有不少的,完全没必要跟有妇之夫牵扯不清。"

艾黎说着看了一眼外面。正好杜松子低下了头,在登记簿上写着什么。"长颈鹿"的脖颈修长而有力量,弯下来时却显得特别温柔。"你也别做些有的没的——首先你别因为池清许,隔山打牛,怪罪到我和我姑姑这边来;其次你也别疑神疑鬼的,之前你用池清许的手机拨过我的电话吧?"艾黎看着贾筱茜的眼睛,问。看她没否认,艾黎忍了一下,还是说:"你至于吗?这是把自己搞到什么地步了?"

贾筱茜也看了看外面。此时护士站里几近无声,除了"装模作样"的杜松子,也没别的病人或家属。

她说:"用池清许手机给你拨号,我是干过。因为我发现池清许老给你打电话,每次一打电话,通话时长都至少是一刻钟到半小时,有时候他值班,夜里通话会长达一小时。他科里忙得要死,老打那么长时间电话,不对劲儿。"

艾黎听了,睁大眼:"我什么时候跟他打过这么长时间的电话了啊?我最讨厌煲电话粥浪费时间了,跟他谈恋爱的时候也没这么干过。"

贾筱茜点了点头:"对,不是你。"

艾黎脑门像被拍了一下。

"那个电话号码显示的是你的名字,微信也标注艾黎,但微信是个小号。他们在微信里经常会相互发一些照片。照片没什么特别露骨的,可是他们那个状态就是热恋期的状态。他们早上起床吃什么都要拍张照发过来，更别说'晚安''早安''累不累''来不来'之类的话了。不过，有一次你来做登记，我发现你的右手手腕有颗痣，那个人没有。而且你两次登记留的电话号码，跟那个号码都对不上。还有个细节，我用池清许的手机给你打电话，你是接通之后马上说话的；那个号码的主人不出声。我不出声，那边也不出声，两边都跟鬼一样。我知道另外有人，而且她的戒心很重。池清许本人打给她，是会先出声验明正身的。"贾筱茜说着，冷笑了一下。

艾黎一脸不可思议。这是什么样的婚姻又是什么样的夫妻关系，硬生生把人逼成了大侦探。

"你知道是谁了？"艾黎问。

"知道了。"贾筱茜说。

"你知道不是我了，还跟我摔咧子（发脾气）？"

"这是我不对。可是我看着你还是窝火。"

"你窝火就拿我撒气。看准了我一病人家属必须得忍你是吗？你这是滥用权力！我跟你说，贾筱茜，以后你要再这样，我肯定跟护士长投诉，一直投诉到你们医务科，你看我会不会！"

"对不起。我也没怎么着你。"贾筱茜说。

韩艾黎狠瞪了她一眼，一看时间，五分钟了。

"贾筱茜，你们夫妻俩的事儿，按理我一个外人也没必要多嘴。不过我说句真心话，这又何必呢。人的精力有限，把精力放在这些地方，太不值当了。池清许如果是这种货色，那他配不上你。其实他也配不上那个女人。没人该落到这么不堪的地步，那个女人不该变成贼，你不该变成怨妇，他不该左拥右抱坐享其成。"

贾筱茜看了看艾黎，说："我生气不光是因为他出轨。你知道他出轨对象是谁吗？"

艾黎停了一下，说："这跟我没关系。我跟你摊开来说，是为了以后不看你的脸色——你是护士，这是你的职业，不该因为私人原因对病人和家属摆臭脸，这是有损职业道德的行为。工作是工作，生活是生活，对不对？"

贾筱茜好一会儿没出声。

艾黎静默着，看着她。贾筱茜的情绪控制能力起码在这几分钟里还是相当不错的。贾筱茜越这样，艾黎越想到之前她对自己的恶劣态度，觉得更难接受了，于是又瞪了她一眼。

贾筱茜说："以后不会了。加个微信？"

"方便你监控我？"艾黎没好气地说。

"今天不太方便多说。以后有空儿一起喝一杯。从我们开始谈恋爱到结了婚，池清许就不准我出来玩，喝酒就更不用提了。"贾筱茜说着，掏了手机出来。

艾黎推了一把："登记簿上有我电话，你回头再加。要离婚吗？"

"要。"贾筱茜说。

"OK。"艾黎回身就走，听见贾筱茜说："他出轨对象是我关系最好的同事。她也是我们结婚时候的伴娘。你现在再往前走两步就能看见她。"艾黎脚步没停，只觉得脚下生火，恨不得飞起来。

杜松子叫了她一声，她停下脚步，回头看着他。

"我这会儿情绪特别恶劣。"她说。

杜松子点头，指着她的手机说："你有电话。"

艾黎拿起来看一眼，见是池清许，抬眼往护士站看了看。贾筱茜和那位同事各据一边，都低着头在做事。

她按了接听，听见那句"对不起啊，真不是你想的那样"，又看看表，问："你在哪儿呢？"

杜松子听她的语气瞬间变得温和起来，甚至听得出几分温柔，不禁抬手搔了一下后脑勺。

艾黎瞥见他的小动作，稍微转了一下身。

"哦，那你上来吧。楼梯间见。我现在出去。"艾黎说完挂了电话。

手机在手心里转了个圈，她转脸看了看杜松子。她不言语，松子也不说话。见她先往病房去，他先开口了："你怎么样？"

"没事。"艾黎看着他，欲言又止，指了指病房里。

杜松子点了点头。

艾黎迅速回到病房去,看姑姑还在睡,上前查看了一下,转身走了出来。杜松子已经不在走廊了,她没有停,一直往前走,准备出病区。经过护士站时,贾筱茜抬头看了她一眼,她没理睬。探视时间即将结束,外面人已经少了很多。

艾黎走到楼梯间门前,往外一看,就见池清许站在转角处。她一把将门推开,走了出去。看到她,池清许走了上来。艾黎看着池清许——他结婚以后,她见他一次,就觉得他又胖了几斤。大家开玩笑说池清许这是"幸福肥",老婆是养猪小能手,他自己说这是"辛苦肥",工作家庭加育儿压力好大,越吃越多。压力这么大,没耽误乱搞。

池清许双手合十,露出一副可怜相:"下午的事,不是你想的那样。"

"离婚了吗?"艾黎问。

"还没有。"池清许愣了一下,说。

"打算离吗?"

"艾黎,你听我说……"

"我问你,是不是把情人的名字安我脑袋上了?"

"……"池清许愣住,回过神来,他伸手过来拉艾黎,"你听我说……"

艾黎躲开他,看着这张就算胖起来,仍然好看的面孔。"你怎么会变成这样?兔子还不吃窝边草,你恶心人呢是吗?"艾黎说着,扯住他领口往前一带,直接起脚就踢。池清许既没防备,也没躲避,被艾黎顺手一推,又挨了一脚,"噔噔噔"倒退了几步,一屁股坐在了楼梯上,整张脸疼得变了形。楼梯间的感应灯灭了,脚步声和说话声都很遥远,细细碎碎的,带着点儿回声,距离很近的两个人听着对方呼哧呼哧喘着粗气,睁大眼在昏暗中盯着对方的脸。

艾黎搓了搓手,说:"被我撞见瞎搞,比对你老婆不诚实还严重?你忘了,我跟你的关系,根本不需要你解释。可能对你来说,这也不是什么了不起的事儿。不过池清许,你也别过这种日子。整天在无菌环境里工作,怎么能把自己搞那么肮脏？"

池清许没出声。

"今儿这顿揍是你自找的。你要还这么过日子，以后咱就别见面了。什么同学聚会，有你没我。听见了？"艾黎见他不出声，走过去，作势又要踢，池清许赶紧躲开。

艾黎"呸"了一声，他"哎"了一声勉强表示不满。

"滚滚滚，不想再看见你了。"艾黎说着，转身就走。

出了楼梯间，就见杜松子站在面前。

她抬头看看他，一摆下巴，表示没事了。

松子跟过来，两人并肩走着，先后刷卡进门。

"干吗老跟着我？看戏啊？"艾黎揍了池清许一顿，火消了大半，这会儿跟杜松子说话，语气柔和多了。

"没有。就是不太放心，跟过去看看。"杜松子说。

艾黎斜了他一眼："不放心谁啊？"

"你要把人揍出毛病来，就不算医闹了，得算故意伤害。这可是很严重的。"

"鬼话连篇。"艾黎小声说。

"没有啦，担心吵起来，万一他动手，你会吃亏。"

"不会的。"艾黎说。她停了停，"以前在一起的时候，吵架他吵不赢我、打架也打不赢，他会还嘴，但没还过手。"

"人是会变的。"杜松子轻声说。

艾黎点了点头。是的，人是会变的。

走到苏教授病房门口，艾黎进去问了好。

苏教授正坐在病床上画速写，见了艾黎很高兴。她微笑着跟艾黎说了会儿话，也问了韩棠的情况。艾黎一一回答。她惦着姑姑，只站了一会儿，就离开了。

杜松子送她到门口，没再往前走。

看着艾黎往走廊尽头走去。她身形显得越发苗条了。艾黎最近瘦了很多，尽管瘦了，那修长的腿踢起人来还是很有力量。松子有点儿出神。

那就叫"窝心脚"吧？他抬手摸了摸上腹部。

"松子。"苏青容轻声叫儿子。

杜松子忙回身，过来问母亲要什么。苏青容笑了，让他坐下，说："这么会儿工夫进进出出的，你看你这一头汗。爸爸带了点心来，你等会儿去给韩阿姨和艾黎送一盒。刚才只顾说话，我忘了。"杜松子点点头，然后说："爸爸明天早上来陪你。"

苏青容拿起笔来，继续画画，说："我也不是非要有人陪着。你忙你的，我一个人可以的。"

杜松子在床边坐下来。

苏青容看了儿子一眼，说："你爸爸问你是不是在跟艾黎谈恋爱。他好像对艾黎印象不错。"杜松子撑着手臂，笑笑，说："让爸爸见一面就说印象不错的女孩，罕见。"

苏青容也笑笑，抬手在儿子额头上弹了个榧子："自己看着办吧。"

杜松子夸张地揉了揉额头，突然眼前又闪过艾黎抬脚踹那医生的样子，身上不由得一疼。

艾黎回到病房，拐进卫生间洗了手。叫醒姑姑，问她想不想吃点儿东西。见韩棠点头。她把病床摇起来，把晚饭摆好。韩棠喝了两口汤，慢慢往下咽。

艾黎说："燕窝放在冰箱里了，你要是半夜饿了，我热一下。"

"不想吃那个。"韩棠说。

艾黎看看她的神情，小声问："姑父惹您生气啦？劝您多少次了，宽心，养病，管它洪水滔天。""知道。我没生气。意料之中的事。"韩棠继续吃着饭，比先前还动作慢了。

艾黎看韩棠若有所思，不知道她在想什么，但也不打算问。九成九跟楚天阔有关系，能有什么好事。

"姑姑。"

"明天就回家了，艾黎，你帮我看看，能不能约律师上门，我想做个咨询。要是不方便，就约个时间，我去事务所。"韩棠低声说。

韩棠声音实在是很低，艾黎几乎没听清，不过她迅速领会了姑姑的意思。

"要不先做线上咨询？"艾黎问。

"我也想过。但线上咨询应该不太够用，有些东西得让律师看看。"韩棠说。

"那我问问韩婵。"艾黎说着，拉过椅子坐近了些，"您这还病着呢，有什么事儿可以委托律师先办着。不着急吧？身体恢复恢复再操心那些杂七杂八的。"

艾黎给韩棠添了点儿汤。韩柏今天炖的鱼汤又清爽又美味，用料十足。艾黎看着姑姑憔悴的面容，虽然不知道姑姑是为了自己的事还是为了楚泽的事想见律师，可病中还要思虑这些，让人心疼。

"我本来也觉得不用着急。"韩棠说着，微微一笑。她捧着小汤碗，看着碗里乳白色的鱼汤。汤炖得很够火候。

"咨询我哥的事儿？"艾黎轻声问，"他们俩决定啦？"

韩棠喝口汤，轻声说："不是。我的事。"

艾黎不出声。

韩棠看看她，问："怎么不说话？"

"您照着自己想法做嘛，我没意见的。"艾黎说。

韩棠点头。

艾黎不说话，应该不是没看法。

得了一场大病，除了生死，韩棠又看开了很多事。想必不止艾黎，楚泽夫妇、韩柏夫妇，都觉得这么大的关口上，楚天阔的表现还算有情有义，她也许就放下了离婚的心。韩棠自己也不是没有动摇过。她相信楚天阔当时的确是非常难过的，那是装不出来的；可现在，楚天阔为自己打算的心，也是真实的，更装不出来。而韩棠，已经没有了戴假面具陪着演戏的精力，更没有那个意愿了。她的人生还不知究竟会剩下多少日子，勉强自己实在太不划算。

何况，就算她想继续维持，楚天阔也未必想了。再拖下去，只怕楚天阔要嫌她意志怎么这么顽强了。她可实在不愿意落这么个结果。最近他左一个主意又一个主意，又是朋友借钱又是投资。不只他，他的兄嫂也话里话外在帮腔，无非是因为家里的财权还掌握在她手里。他们这点儿心思，她可太明白了。

不是大富之家，遇到这种情况人心尚且如此不堪，还不如家徒四壁来得清爽，起码大家不会在这些地方钩心斗角。最近一些身边人越发显得面目可憎。

她想到这儿，忍不住冷笑了一下。

她一生光明磊落，在财务上没瞒过楚天阔一丝一毫。临了他是这么不放心，非要攥在自己手里才踏实。这真应了当年她老母亲那句话：管家丫头当家不做主；也应了她老婆婆那句话：她小儿子就是舍命不舍财的主儿，有点儿聪明劲儿都用在算计怎么对自己最好上了，关键时候，那是六亲不认的。到底老婆婆是他的亲娘，对他的了解再深入不过了。

韩棠叹了口气。

艾黎见她叹气，笑着说："瞧您，别想太多。吃了饭，我陪您到走廊上遛两步？"

韩棠点头，问她："你怎么不吃？"

"不饿。我下午在高铁上吃了半个比萨。"艾黎笑着说。

"这都几点了，还没消化啊？"韩棠靠近些看看她，说，"有心事，是吧？"

"没有。"艾黎靠在椅背上，看着姑姑。

"那你这跑进跑出的，是有什么事吗？看你像是跟谁生气了。要是跟小贾，没必要。"韩棠劝道。

艾黎轻轻摇了摇头，说："等会儿再跟您说。"

"后天风眠有比赛，要是天气好，我也想去看看。"韩棠说。

艾黎转头看向窗外，说："这两天搞不好会下雪。这么冷，您要感冒了不是开玩笑的。我到时候站场边给您直播，可以吧？沈释迦也喊我去踢个半场。我几个月没触球了，脚痒。"

艾黎脱了拖鞋，把穿着棉袜子的脚丫子举起来，朝姑姑伸过来。脚指头在袜子里扭动着，像几只毛毛虫。

韩棠伸手照着她小腿就拍过来："熊孩子，没点儿样！"

艾黎笑着把腿往椅子上缩,一个没稳住,连人带椅子翻了过去,摔在窗台上。还好她灵活,身子一团,在窗台上滚了一下,虽然人落了地,可没摔着。她就那么坐在地上,忍不住笑了起来。这一笑,人就没了力气,起了几次都没起来。

韩棠也被艾黎的样子逗得前仰后合的。姑侄俩都怕打扰隔壁床病人休息,一齐摆着手,无声地大笑起来。笑了一会儿,韩棠就要下床拉艾黎,艾黎忙摆手。

艾黎刚要爬起来,听见有人轻轻敲了一下门。她往床尾挪了挪,探头看看,杜松子正站在门外。他见她坐在地上,忍不住低头凑近玻璃窗,脸就"嘭"一下撞在了玻璃上。

艾黎笑得差点儿趴在地上,赶紧起来,去开了门。

杜松子没进来,只把点心交给了她。见她笑着,知道她心情好了点儿,他也笑了:"你帮我问姑姑好。时间晚了,请她好好休息,就不打扰了。"

"好。谢谢你。"艾黎举了举盒子。

两人正说着话,却见韩棠慢慢地走了出来,杜松子连忙问好。

韩棠笑着说费心了,又问:"苏教授休息了吗?"

杜松子说:"还没有,这会儿在备课呢,我妈妈闲不下来。"

韩棠笑着点头,说明早过去看她。

她往外走了两步,扶着艾黎说出来走走消消食。

艾黎抱着点心盒子,让韩棠稍等,她把点心送回去。这会儿工夫,韩棠和杜松子慢慢往前走着,轻声说着话。

韩棠问起风眠最近在学校的表现,杜松子笑着说:"她还是很顽皮,但是比以前讲道理了。我很喜欢风眠这性格,有棱角,有想法,也不固执,还特别有冲劲儿。姑姑,您别担心风眠。"

韩棠笑了。

杜松子忽然意识到,自己叫"姑姑"叫得有点儿太顺口了。

韩棠却觉得,这个称呼,从杜松子嘴里叫出来,听起来很顺耳。她见艾黎从病房出来,拎了个密封盒,笑着轻声说:"风眠不太像她爸爸妈妈,可能从小常跟艾黎一起玩儿,像艾黎多一点儿。"

杜松子顿了顿,也轻声说:"好像是这样。"

韩艾黎走过来,把密封盒塞到杜松子手里:"拿着,走吧。我跟姑姑有私房话说。"

韩棠瞪了艾黎一眼,杜松子却笑笑,拿着密封盒走开了。

"有你这样撵人的没?"

"我不撵,护士看见又该问了。"艾黎笑嘻嘻地说。

韩棠见她回头往那边病房看了眼,慢条斯理地问:"你打算什么时候带'长颈鹿'回家见你爸妈啊?是不是也该过个明路了?"

"就知道您迟早绷不住劲儿,还是得说这句话。"艾黎说。

韩棠无声地笑了:"这天啊,要下雪了。"

"嗯。"艾黎点头,"这两年北京变得雨多雪也多。夏天都有点儿像南方城市了。"

"你在北京十几年了吧?"

"从上大学到工作,北京占了我人生将近一半时间,是我成年以后待得最久的一个城市了。"艾黎说着,忽然有点儿感慨,"我有时候想,是不是在北京待得太久了,也许换个城市也不错。"

韩棠轻轻点了点头,说:"你还年轻,什么可能性都有,想换就换——换到更好的地方去。"

艾黎笑了。

韩棠问:"笑什么?"

"以前啊,我说以前,棠姑你要是遇上这话题,肯定会说'啊,你已经很稳定啦,该考虑成家啦''你再转到别的国家别的城市去,又要花多久时间才能适应啊,哪有空儿恋爱结婚'这样子的话。"

"以前嘛……"韩棠微笑。

"我还年轻,什么可能性都有;姑姑也不老,想干什么也尽管去干。"艾黎抬起手来,握了一下拳。

韩棠笑着握了握她的拳头,说:"最近天气这么冷,你就别老跑回来看我啦。我打针吃药有医院,平时生活有小丁、有你爸妈照顾,我没问题的。"

"嗯，我知道你没问题。"艾黎笑，"其实吧，以前我周末时间都安排得很满的。我工作了一周，到了周末就会想办法放松一下，看看展，逛逛公园、逗逗街边的猫，跟朋友吃吃饭什么的。这两年改了习惯，周末基本上除了去做公益，我也没有什么活动。回来看看您，就当短途旅行了，哪儿有比咱们这儿还美的冬天啊！"

"那来来回回，也够麻烦的。"韩棠微笑。艾黎这孩子，贴心得让她心疼。

"能看到您，跟您聊聊天儿，这些麻烦都可以忽略不计。"

韩棠盼咐她："哦，对了，回都回来了，跟'长颈鹿'也见一见嘛。要是……"

"打住！"艾黎笑了会儿，说，"今儿是个无须考虑将来的日子。"

韩棠说："因为姑姑到了古稀之年，还准备离婚啊？对不起，可姑姑得说，像姑姑这样的情况，还是少数。你不是承担不了后果的人，也一定不是拖到如我这种'病入膏肓'的地步才做决定的人。是吧？"

艾黎说："那也是，能不走弯路更好。"

"弯路上会有不一样的风景。"韩棠说道。

艾黎笑出来。

她想到了池清许。那是她错过了的弯路，原先想起来便觉得有些遗憾和心酸，到如今终于可以完全把这篇儿掀过去了。她叹了口气，跟姑姑说了下午她跟贾筱茜"算账"的事儿。个中细节，她没有全跟姑姑讲，不过以姑姑的智慧和经验，应该不难猜出来。

韩棠挽着艾黎，站在窗前出了会儿神，才说："换到以前，凡是遇到年轻人结婚没几年，闹着要离婚的，我都会劝该忍则忍。两人一起过日子，没有忍让和包容是不行的。现在就可以拿我自己举例子，婚姻里当然要有忍让，但肯定不该是一方对另一方无原则、无限度地退让。"

艾黎给她拉了拉外衣，问："回去吧？"

"再待会儿。让隔壁床小病友暂时享用一下单间待遇。你看他们俩多好，相互照顾，不离不弃的。真让人羡慕啊，别说现在了，年轻时候我也没有过这样的待遇。至于楚天阔，我可不敢想他照顾我。我也很羡慕贾护士——走在路上踩到狗屎是常有的事儿,站在原地跳脚骂一顿很解气,可是更要紧的是赶快洗洗鞋底!拖着一坨狗屎走路,又脏又臭还污染环境,那多不好啊。年轻人该当机立断,及时止损,就是勇敢的。"韩棠微笑道。

艾黎扶她在走廊的长椅上坐下。

这么会儿工夫,池清许就从青年才俊、前途无量的帅气医生,变成了"狗屎"。

她对姑姑说:"要是早有人这么骂他,可能他变不成现在这个样子。以前啊,我们大家都干干净净、很单纯的,真想念那个时候啊。"

话虽如此,也要接受一个人每时每刻都在变化,最终可能变成自己不认识、甚至最厌弃的那种人。艾黎仰仰头,靠在椅背上。她一定不要变成自己讨厌的人。

"姑姑,有一个问题,我特想问您。"

"问啊。"韩棠抚抚胸口。

艾黎一认真,韩棠就知道这孩子准要问扎心窝子的问题了。"您究竟是从什么时候开始对楚天阔彻底失望的?这肯定不是一夜之间就发生的变化。我记得您以前从来不说他的不是。"艾黎意识到,就算现在,姑姑也不说楚天阔的不是,但能看出来,她一刀两断的心很坚决。

韩棠又抚了抚胸口,果然是扎心窝子的问题。

她想了好一会儿,说:"我跟你说两件事吧。你听完就明白了。第一件,楚天阔的父亲患癌去世那会儿,我们条件有限,才刚刚好起来。他四处张罗着给老父亲看病。都癌症晚期了,老父亲特别痛苦,其实到了那个地步,缓解痛苦,让老人舒服一些更重要。但是,他非要开车拉着老人到处跑。在外面跟人说起来,他痛苦得不得了。自己的父亲病了,他想尽办法求医求药还是回天乏术,感情上确实很难接受。可事实上,老人病了那么久,住了那么多次院,他没有给父亲端过一次尿盆、喂过一口饭。我有时候不方便伸手,他和他哥哥就看着老太太照顾老爷子——那时候不像现在很容易找到护工,而且我们也没有多少钱。老父亲去世,老太太就累得躺倒了。我又照顾老太太。人人都说楚天阔孝顺,给老父亲治病尽心尽力。其实他所谓的尽心就是花钱,然后让所有人都知道他给老人花了钱。所谓的尽力就是剥削别人的劳动力,以前剥削老太太,后来剥削我。

"第二件,你奶奶去世前后,他的表现让我很失望。照顾我的老母亲这事儿,他一直不让我插手,说那是儿子媳妇的责任。其实你也知道,你爸爸以前因为工作不常在家,三个女儿只有我离得近,却帮不了多少忙,全累了你妈妈。抛开这些不说,你奶奶去世,我是又痛苦又内疚没有尽心照顾,最初那一个月,我天天睡不着。我特别想有人能听我说一说心里的话。有一天晚上,楚天阔回来得比较晚。他看我情绪不好,也不想伺候他吃夜宵,就说我有完没完。他说,活人的日子还得照常过不是?整天哭丧个脸像什么样?我说想跟他说会儿话。老母亲去世之后,我们从来没聊过。你奶奶没喜欢过他,他们之间有心结。哪怕我们能聊聊他们的心结其实也好。可是他又说有完没完,人不是都有这一天嘛,人老了哪有不走的,为什么你这么想不开?我妈也走了,那会儿你可没多久就缓过来了。我那会儿的心啊,拔凉拔凉的。

"一个是,他不在意我情感上到底有什么需求。我的心情是痛苦的还是喜悦的,这些他不关心,但是影响到他的生活,是不可以的。而且他根本不理解也不想知道为什么我会特别难过。婆婆走的时候我也难过了很久。不过,我尽心尽力照顾她,老太太卧床多年,连褥疮都没生过,我没有遗憾。在我自己妈妈这里,我是有遗憾的。再一个是,他的表现让我意识到我已经不再依赖他给予的情感支持了。

"我们从那时候就开始在家里分房住了。我心里很明白,我们之间原先就有条沟,经年累月不断地裂开、加深。以前不管是他还是我努努力还是能跨过去的,就好像一件内衣有了破洞,缝缝补补还能再穿一阵子,反正外人又看不到,但在那个时候,那条沟一下子就裂得完全不可能跨过去了,更别提弥合了。我们还能继续一起过日子,不过是因为有其他紧密的联结。我想,都这个岁数了,如果能维持家庭完整,就维持吧。对他来说,我也实在是太方便好用,最要紧的是,忠诚可靠。基本上就是这么一回事。你要问我从什么时候失望,失望了很多年了,可我也会自我安慰,会看到他很多的优点,维持下去也不是不可以。就是现在,我也能看到他很多的优点,只不过再维持下去就不是难题而是'送命题'了——我需要过清净的、舒心的日子。一个人就算再没有勇气改变现状，当清楚意识到时日无多的时候，也应该勇敢一点儿。"

艾黎静静地靠在韩棠身边，这时候伸出手臂来，勾住韩棠的肩膀，使劲儿箍了箍。

"不那么容易的，要做好打硬仗的准备。"韩棠说。

"也可能没那么难。"艾黎一摊手，"韩婵她们都是专业做家庭事务的律师。"

"嗯。本来我还想，我的事不那么急，可以缓着点儿来。菲菲说想维持，我想我帮不了什么，不扯后腿就算好的。我打算训练一下楚泽的生活自理能力。"韩棠说。

"这……还来得及吗？"艾黎丝毫不掩饰自己对表哥的"绝望"。

"哎呀，趁我的病是货真价实的，还可以挟天子以令诸侯的时候试试吧，以后身体好起来了，那就更没办法了。我现在说什么，楚泽还听。他就跟'懒老婆'一样，抽一下，转几转。"韩棠说。

艾黎笑出声来："我嫂子大概跟您一样，也确实看到了我哥身上不为人知的优点了吧。"

她摇了摇头。当然，除了这些，也可以想想菲菲的进退两难。维持下去挺难的，离婚也不那么容易决定。她与楚泽可共同分割的财产没多少，又共同分担了债务。况且十年婚姻、两个孩子……她叹口气。这段婚姻简直是泥潭，菲菲想要脱离出来，得花好大的力气。

"其实也还是有感情，有执念和不甘心，同时，有现实的考虑。两个孩子要判给楚泽，她舍不得；自己带着俩孩子过日子，很艰难。她妈妈其实帮不了太多忙。"韩棠轻轻摇着头，"所以也真的得训练楚泽了。"

"敢离婚，除了一身孤勇，还得有兜底的，不是靠社会福利兜底，就是靠家庭兜底，还要自己有足够的能力。"

"总而言之，这些多半都是为难女人的，对吧？"

"那以后要是我嫂子想开了，不跟我哥过了，把俩孩子丢下就走呢？"

"这不就更得训练楚泽了？我是只打算搭把手的。楚天阔那人，根本不要指望他会帮忙。楚泽还不到四十岁，还有救。我这也是做母亲的痴心，

251

相信自己的孩子还有成才的那天。"韩棠笑出来。

艾黎说："可是他说不定会觉得你在绑架和勒索他，让他去做自己不想做的事。"

"会吗？"

"有可能。所以你要不要在失去丈夫之后，再失去儿子？"艾黎憋不住要笑了。

"啧，经常会跟你学到一些新的想法。我想想啊。不怕的，本来他们两个也是我的两大包袱。"韩棠愉快地笑了起来。

她终于可以轻松而坦然地嘲笑自己的失败了，不得不说，这感觉不错。

韩棠看看手机，微信收到好多消息。

"试试吧。实在行不通也就算了。那毕竟是楚泽自己的生活。"

"我刚是开玩笑的。我哥应该还有救。我嫂子又不是真的笨。"艾黎笑嘻嘻地说，"咱回去休息吧？"

"等等啊，看看消息我就回去睡觉。"韩棠说着，把花镜戴上。

她手指在屏幕上滑动着，翻看最新的留言。

艾黎凑过来，看列表密密麻麻的小红点，头皮也麻麻的。她看清顶头第一个是"明亮"，啧了一声，说："真亮堂。"

韩棠笑笑，打开看了一眼，划过去，轻声说："她是楚天阔公司的得力干将，有时候会问问我的身体情况。"

艾黎没出声。

韩棠手机振动了一下。她一看是家里监控的提示消息。她皱了一下眉，拉过艾黎来看。

艾黎凑近了些，看到家门口站了一个男人。

背对着镜头，出现了一个灰色的背影。艾黎扶着姑姑的手，让她把镜头拉近一点儿。这时候，那个人刚好转过身，抬起头来，一张脸正对上镜头，把两人吓了一跳。

艾黎嘴里蹦出一句京骂。

这回韩棠没怪她粗鄙，皱着眉，看着镜头里这个人。他有着瘦削的面孔，高颧骨，小眼睛，一对大耳朵，在暗影里探头探脑，左顾右盼，活像成了精的耗子。他很快往后退了退,踮脚仰头往门上瞅了一会儿,伸手在铁门上摸索着,扒着猫眼的位置往里看。这时候楼道里有动静,他缩了一下身子,顺着楼梯往下走,走到转弯处,还回头看了一眼,脸上露出了诡异的笑容。

艾黎又骂了一句,看到镜头里出现了一对中年夫妇,问:"这是邻居吧?"

"对,这是楼上的住户。"韩棠说。

"那个男的是谁啊?"艾黎发现姑姑很镇定,不像是第一次遇到这种情况的样子,忙问。

艾黎把影像资料往回倒了一下,画面静止下来,看着那贼眉鼠眼的中年人,确定自己不认识他。

韩棠说:"小丁的前夫。"

艾黎的眉毛竖了起来:"小丁?保姆小丁?"

"嗯。"韩棠点头。

艾黎忍住没有再来一句京骂,问:"怎么回事?这男的来找小丁,干吗鬼鬼祟祟的?"

"是呀。他一来,把小丁也吓够呛。"韩棠说。

艾黎转脸看着姑姑:"没出什么事儿吧?您怎么不早说?"她回过脸去再看一眼画面里的那张脸。如果"相由心生"有统计学数据的支持,那这个人的来路八成不那么正经。

"没出事儿。上个礼拜二,小丁下去买早点,有人敲门。我以为她没带钥匙,就去开门。我从猫眼看了看,发现是个生人,就问他找谁。他就说找丁杏梅。我就很奇怪,小丁怎么会让人找到咱们家里来。我问他有什么事儿,他也不说。正好小丁回来了,一看见他,脸色都变了。我可从来没见过小丁那么生气。小丁撵他走,让他不准到咱们家来。那男的就走了。小丁一进门就跟我道歉,说没想到这个人能找她找到雇主家里来。"

艾黎的眉皱得像打了结,问:"这里面有什么隐情?"

"我想也是有隐情。我就问小丁。小丁说这个人是她前夫。他们俩离婚挺多年了。他们有个女儿,判给了男方。她每个月给抚养费。离婚以后,小丁就来咱们这边做保姆了。男的去南方打工，孩子就被扔给奶奶带。那边家里老以孩子的名义跟她要钱，可是并没好好带孩子。有一年暑假，孩子掉进水库里差点儿淹死。小丁就回老家把孩子给接来了，开始说这边夏天舒服，过来避避暑，孩子来了她身边就不愿意走。她当时的雇主想办法让孩子在这边入了学。问题是孩子抚养权还在男方手里，男方就是不愿意做变更。男方这两年也不正经打工，知道小丁做保姆收入不错，就纠缠要求复婚。小丁可不愿意再跟他有瓜葛了。听她说这人吃喝嫖赌抽，五毒俱全。婆婆和公公都哄着他，但他一个不高兴连亲妈都打。"韩棠有点儿无奈地说，"目前他倒是还没有做出其他举动，不过晚上会在附近徘徊。我从监控里看见了，还没跟小丁说。我在想要怎么办，才能干净利落地处理好。"

"小丁的态度呢？完全没有要复婚的想法吗？"艾黎问。

"完全没有。"

艾黎轻轻点头。

千思万想，各方面都安排得很周全了，没想到在这里遇到了麻烦——小丁是单身女性，做住家保姆很久了，口碑很好，履历近乎完美，从来没有因为私人生活给雇主惹麻烦的记录。想到监控镜头里那张面孔，艾黎本能地想把小丁直接辞退，一劳永逸。可是理智提醒她，再找小丁这样合心意又勤勉的保姆很不容易，尤其跟姑姑又合得来，一定要慎重处理。况且麻烦的是那个前夫，不是小丁。

艾黎看看韩棠，问："要不先报个警？就说有人骚扰。这样也方便留个备案。"

"恐怕不顶事儿。"韩棠说。

艾黎心里也清楚，是这么回事。人家又没有做出什么危险的举动来，警察也不会管啊。

"要不咱这样吧，"艾黎盘算着，"出院别回江源路了。那边环境是舒服，可是姑姑，不管是因为小丁这事儿，还是考虑到其他因素，没有门禁和保安的小区住起来确实不安全。而且上下楼对您来说也是负担，对吧？您这还能走，要是不能走，我也好，我哥也好，小丁也好，哪一个想背着您上下楼也累。不如干脆您和小丁就去我那儿住。等回头您的事儿了了，再想辙。"

韩棠点了点头。艾黎顾虑得对。

她说:"我也考虑过了,确实得换地方。要是什么事儿没有,我也没毛病,在那儿住简直不能再完美了,上课啊,玩啊,都是走着就到了。唉,人算不如天算不是?"

"不过我不能去你那里。这会儿住进你家里,人家可要说出更好听的来了。不说你图什么,也要说你撺掇我离婚。"韩棠说着笑起来。

艾黎瞪她:"韩小棠,你笑得出来,啊?"

韩棠说:"我有数儿。明儿一早我给老楚打电话,出院的时候,就让司机直接把我送过去——他说收拾出电梯房来让我养病的。"

"这……"

"他确实安排人过去看房子。有一天那边业主群里还有人问呢,1701家门口的花篮是在哪里订的,太漂亮了。对门邻居早加了我微信,私下和我说,前阵子有人进进出出打扫卫生了,还摆了花篮,看样子是做过什么'乔迁'的仪式。你知道,楚天阔有时候是迷信的。"韩棠脸上露出微笑来。

不知道他是不是真的计划跟她一起入住,但那套房子是精装修后交付的,后来的微改造和软装饰是完全按照她的想法来的。她很喜欢。那套房子位置好,物业管理水平很高,小区的安保也很严格。

"住过去,还有个好处。"韩棠眼睛眨了眨。

艾黎歪头看她。

"过个十字路口就能到你那里。"韩棠微笑着说。

"不管咋说,先解决眼下的问题。"艾黎照大腿上拍了一巴掌,说,"就这么着!走,咱回去休息。"

艾黎先起身,伸手扶韩棠时,在韩棠脸上亲了一下。

"啧!肉麻!"韩棠故意推开她的脸,"赖乎乎的,换个地方使你这肉麻劲儿去。这会儿有胃口了没有?"

"有了。"艾黎笑着说。

她挽着姑姑的手臂回到病房。

房间里的灯都关了,隔壁床帘里传出均匀的鼾声。

韩棠进浴室去洗澡,艾黎则抱了饭盒、拎了把椅子坐在门外,一边听着里面的动静,一边大口吃饭。

她盘腿坐在椅子上,把手机搁在膝盖上,不时划动一下手机,看看她们球队那个群里都在聊什么。忽然看到释迦问韩婵周末到底能不能定下来参赛。韩婵这个大忙人竟然在线,马上回复说不行,周末要加班,有工作要做。释迦骂韩婵,说:"你还主力队员呢,这几个月才踢了几场,再这么下去就退出球队吧,占着坑不出力。"两个人在群里半真半假地相互挤对了半天,艾黎看得忍不住笑。

她忽然想到什么,发私信问释迦:"雷斯特说有朋友以前当过混混是真的吧?"

"干吗?"释迦马上反问。

艾黎看她戒心很重的样子,晓得自己问对了。

"我有点儿事儿,看看是不是能麻烦他们一下。是这么着啊,你听我说……"艾黎见姑姑出来了,忙回了句"我晚点儿再跟你解释",扔下了手机。

艾黎把姑姑扶上床,让她休息,自己也去洗了个澡,又把浴室收拾干净,把垃圾拿出去扔掉。

她站在走廊上,给释迦发了几条长长的文字消息。释迦看完,痛快地回复道:"我跟老雷说说看。回头给你信儿。"

"好。"

"你跟姑姑说,注意安全。有事儿招呼一声。这种人不能不防备。"释迦说。

"知道。"

"哦对,你记住啊,这两天你要禁欲。周日比赛一定要赢。半年没赢'小银龙'了,再输我可真丢不起这个人了。禁欲啊,你给我记住了,禁欲!"

艾黎隔着屏幕翻了个白眼。

"我禁欲很久了好吧,再禁下去,要成仙女了。"输入完这句话,她又删掉,看释迦发来个笑得贼兮兮的表情包。

释迦接了一句"开玩笑的",又说:"'长颈鹿'他们球队周末也有比赛。"

艾黎"嗯"了一声。

释迦扔下这句话,继续去群里聊天了。艾黎应该回病房去的,但不太想动。良久,她抬眼看了看斜对面的病房。姑姑虽然是开玩笑的,可也提醒了她,从旁观者像姑姑这样的角度看,艾黎也到了一个关口。是往前走,还是到此为止,必须做一个决定了。只是不知道,杜松子是怎么想的?

"睡了吗?"绿色弹窗闪了出来。

"睡了。"她说。

发了这俩字,艾黎忍不住笑了。

手机拿稳,看着对话框里发来的表情包——那只长颈鹿原地跳了两跳,倒在地上打滚,笑得四肢打战。她发了个小皮鞭表情包过去。

"心情好点儿了?"他问。

"好多了。"

"要是还不好,改天请你喝酒。"他说。

艾黎看到"酒"字,心想罢了罢了,这一喝,不知又要闹出什么笑话。看最近这势头,不管有事无事,她都不能碰酒了。不然,发错一张照片是小事,再惹出更大的麻烦来,可不得了。她边想边笑了笑。

艾黎近来一个人喝酒的时候比较多。发错照片那天喝酒却是因为朋友聚会。姑姑生病了,她求医问药没少麻烦朋友。大家很久没见面了,话说得长了,自然酒也喝多了些。

"没事啦。听说你们球队周末有比赛?你是不是去不了了?"她一边打字,一边往病房走。

"我可以参加周日早上那场。你去吗?风眠周日也有比赛。她邀请我去看比赛了。"他说完,发了个"长颈鹿微笑"的表情。

艾黎怎么看都觉得这个"微笑"有点儿坏坏的。她轻轻哼了一声,发回去:"去啊。我家宝贝侄女的活动我怎么能不去支持。"

"那到时候球场见？她们在室内比赛，时间也晚。我们踢完了，她们还没开始呢。"他说。

"嗯。"艾黎答应。

她伸手推开病房门，这时下意识抬了一下头，看到杜松子站在病房门口，冲她轻轻摆了摆手。

她也摆了摆手。

这个时间走廊上已经空无一人，连护士站都静悄悄的。虽然距离很近，他们俩这样子，却有点儿像隔着银河相望的牛郎织女。

艾黎在心里暗暗"啧"了一声，什么比喻呀！她看杜松子示意她回去，那漂亮修长的手在半空中摇摆着，心突然一荡，左右看了看，念了句"算了不管了"，飞一样冲到他面前，拉了拉他的前襟儿，在他嘴唇上迅速亲了一下。

杜松子有点儿错愕，她亲这一下有点儿突然。嘴巴撞在一处，其实有点儿疼。她飞快地松手跳开，迅速跑回病房，蹑手蹑脚地溜到病床边，弯身把小床放倒，躺在上面，心还"怦怦"乱跳。

"长颈鹿"的鼻息好像还在她脸侧，是清凉的、干净的，可是她脸上好热。

艾黎呼了口气，随手拿起一本杂志来，轻轻扇着风。

这时，韩棠的手机在床头柜上亮了一下，可能韩棠忘了关机。

韩棠伸手过去，把手机拿了起来。

"没睡吗？"艾黎坐起来。

"睡了一觉了，还是挺困的。"韩棠轻声说。她翻了翻手机，轻轻"哟"了一声。

"怎么了？"艾黎问。

韩棠翻身坐起来，整个人都精神了。她把屏幕往艾黎眼前推了推，艾黎往前挪了挪屁股，看到了姑姑跟顾雅芬阿姨的对话框。顾阿姨发了一张年轻男女的合影过来，男的帅气女的漂亮。等看清楚，艾黎也忍不住"哟"了一声。

这是江雪飞和顾梦晨的结婚登记照片。

"成啦？"艾黎压低声音，有点儿不敢相信，把屁股再往前挪了挪，再一看，"肯定是真的，不是PS（合成）的？"

韩棠抬手拍了她一下："你看顾阿姨都说了，今天登记的。他们俩谁都没通知，登记了才跟家里打了个招呼。"

"这效率。"艾黎拿过手机来，仔细看看照片，"照这个速度，说不定明年这时候俩人都给孩子摆满月酒了。"

韩棠听了，扑哧一乐，点头。"金字招牌不倒。"她有点儿得意。

雅芬发来语音消息，说两个孩子想找一个休息日，请双方家长和至亲坐下来一起吃顿饭，俩孩子还特意说了，如果身体情况允许，特别希望韩阿姨出席。

韩棠微笑，回复雅芬，说："我也希望到时候能去给他们祝福啊。"

"过几天我们去看你。你好好的啊，天冷，好好猫冬，开春儿咱们一起去看花。"顾雅芬说完，又嘱咐她早点儿睡。

韩棠答应了，把手机里的未读消息都看了一遍，关了机。

艾黎还坐在小床上，不知在想什么，一动不动。

"睡不着？人家结婚，你心动啦？"韩棠故意问。

艾黎笑了出来。

屋子里特别热，艾黎扇着风，又出了会儿神，才说："我有时候看到真正相爱的、合拍的人走到一起时会心动，可这种幸运，真不是人人都能有的。"

韩棠伸手摸摸艾黎的额头："瞧你，这一头汗。"她当然是同意的，有些幸运，的确不是人人都能有。不过，她希望艾黎能有。

手续办得很顺利，十点半，韩棠就出了院。艾黎和小丁拎着行李，司机在楼下等着。韩棠上车跟司机说去燕栖园，司机小吉马上答应了。看样子司机一早就接到指示了，而且对那里一点儿都不陌生。韩棠坐在车子里，搓搓手。寒潮正在劲头上，今天零下十摄氏度，冷得透骨。

清早邓医生来查房时，在她这里停了好长的时间。邓医生看起来情绪很好，直说她的病情控制得不错，这次住院检查结果也比较理想，她可以算是"教科书级别的病例",鼓励她要继续努力。邓医生走后,艾黎开心地转了好几个圈圈,说等会儿中午回去吃饭,一定要开一瓶酒。

韩棠笑了。刚好楚天阔打电话来问情况,她就把邓医生的话转述了,然后提出等会儿出院就去燕栖园住,没用商量的口气。

楚天阔有些意外,不过他也只停顿了片刻,就说那样也好。然后他说:"你先搬过去吧,我过阵子再来。"韩棠问怎么了,他说:"我最近有点儿事。昨晚吃饭的时候,老方的那个很会看相的老朋友在,他给我看了看,说我最近不适合挪窝儿。你也知道,咱们家的风水是很好的。"

韩棠这会儿想起来,还是忍不住想笑,尤其想到自己当时听到这句话的时候脸上抑制不住的笑容。

他们说好了明天晚上一起吃饭。楚泽今天上夜班,明天再把风眠和嘟嘟都接来。一家人好久没有坐在一起吃饭了。这几个月过得兵荒马乱的,每个人心里都不安稳。

韩棠接过小丁递过来的水杯,喝了一口水。

车子正经过海边,她看了看窗外,轻声说:"小吉,前面停一下车。"

小吉答应了一声,找到合适的位置把车停了下来。

艾黎回头看看姑姑,问:"怎么,不舒服吗?"

韩棠看着远处平静的海面和飞舞的海鸥,摇了摇头。

艾黎见她若有所思,说:"外面太冷了,不然就准您下车逛逛。"

韩棠笑着说:"我不能下车,你们下去逛逛。"

"那给我十分钟?"艾黎笑着对小吉说,"就十分钟啊,多一秒都不会耽误的。"她下车,招招手,把小丁也喊了下来。

小丁犹豫了会儿,看着韩棠。

韩棠小声说:"你去吧。"

小丁下了车,跟在艾黎身后,走到海边。看到路边有兜售鸟食的小贩,艾黎给自己和小丁各买了一包。她回头看看路边停的车子,朝车子挥了挥手。车窗玻璃是深色的,不知道姑姑是不是在看着她们。

小丁搓搓手,说:"这些鸟很凶哦。"

艾黎拆开包装袋,掏了一把粮食出来,海鸥飞扑过来,确实凶巴巴的。

她把粮食撒在岩石上,看着它们落下来抢食。小丁如法炮制,笑着说:"我闺女有一次说想来海边看海鸥,我带她来,大老远就看着海鸥扑下来抢食,开心得不得了。"

艾黎拿手机拍了几张照片。太冷了。她赶快把手插在口袋里。听小丁主动说起女儿来,她问起小姑娘的学习情况。小丁很高兴地说:"我的女儿成绩很好的。她将来能考上大学,我就高兴了。我没上几天学,就想让孩子多读书。我会一直供她,供到她不想读为止。将来她要能自食其力,不靠别人,那就好了。"小丁说起女儿来,眉飞色舞,"等她放假,我也带她来喂海鸥。"

艾黎点头,问:"孩子爸爸最近来找你们了是吗?"

"阿姨和你说了?真对不起。"

艾黎直接把昨晚在监控里看到的情形跟小丁说了。艾黎看小丁脸色大变,整个人变得又慌张又气愤,非常自责又害怕,忙说:"你别着急。我跟你说这个事,也是提醒你要有所防备。他现在只是骚扰你和你周围的人,如果达不到目的,做出什么其他举动,出了事就来不及了。"

"我没想到他还会来。上回他走了,也没再找我,我以为他……"

"你留个心眼儿,以后出入当心些。你在我姑姑这里工作,我们也得对你的安全负责。不过你也别太担心,我先了解一下情况——我听姑姑说,你想争取变更监护权是吗?"艾黎问。

小丁使劲儿点头,说:"想,太想了。孩子也想跟着我。我无论如何都得把孩子好好养到成年。她能自理了,我就不管了。以后她愿意养她爸爸,那是她自己的事儿,反正我不需要她养。"

艾黎笑出来:"那你不得气坏了?"

"生气也没办法呀,养孩子又不是存钱,一定能看见利息。"小丁在身前衣襟上搓搓手,"艾黎,我是真对不起阿姨。要是阿姨觉得有负担,我就辞工不干了。我很怕给阿姨添麻烦的。"

"我姑姑啊,哈哈……"艾黎笑着回头看了眼车子。这时车窗降下来一点儿,韩棠冲她们招招手。艾黎拉着小丁,往车的方向边走边说:"你只要做好你的本职工作就行。我姑姑,不怎么怕事的。对于你这个事儿,我问清楚你的态度，才好打算怎么办——你确定没有复婚的打算，对吧？"

"我再活八百辈子，也绝对不会这么想不开，跳回火坑去。我为了爬出火坑，遭了多大的罪！"

"好，我帮你解决这事儿。你问问我姑姑变更监护权咨询哪位律师合适。"艾黎说。

"怎么解决？不是把人解决了吧？那是犯法的！"小丁拉住艾黎。

"你想哪儿去了。"艾黎笑着说。

"艾黎，"小丁犹豫了一下说，"咱们人矜贵着呢，就好比青花瓷瓶不去碰缺了口的粗瓷碗，碎了太吃亏，知道吗？"

"老丁，你确定你没念过几天书吗？"艾黎笑问。

"书念得不多，道理还是懂那么一点点的。粗瓷碗念到高中毕业了，还不是念到狗肚子里去了？"小丁说。

艾黎笑笑，给她拉开车门，让她上车。

"小吉，开车。"艾黎系上安全带。

车子里有股香甜的味道。艾黎吸了一下鼻子，正要问什么这么香，韩棠把一个打开的铁盒递了过来。

"巧克力曲奇。小吉的闺女亲手做的。"韩棠笑着说。

艾黎拿了一块曲奇，见姑姑和小吉笑着又说起了家常话，咬了一口曲奇，赞道："好吃！"

小吉眉开眼笑。他发动车子，很快就开到了燕栖园。进大门的一套程序多少有点儿烦琐，还好小吉对这里比较熟悉也机灵，顺顺利利地把车开了进去。

外面天寒地冻，一行人赶忙上了楼，一出电梯，看到门口小台子上摆了鲜花。艾黎先走上前，摸摸花瓣，回头跟韩棠说："姑姑，是真花哎！这是随时欢迎女主人回家的架势。"

韩棠看是香槟玫瑰，笑了笑。她伸手拨了一下配花的枝叶，看到花篮上的店名，又笑笑，跟艾黎说："等过两天，你给我把那棵'八方来财'搬回来，就摆这儿。"

"行！我妈把它养得可好了，油光水滑的，比您拿回去的时候大了一圈。我妈可真是养绿植的能手。"艾黎笑着说。

韩棠走到门口,伸手按指纹开锁。

这时候对门邻居听到动静出来,跟韩棠打招呼。韩棠让艾黎他们先进门,自己跟邻居说了会儿话才进家。

艾黎跟小丁、小吉三个人四处转了转,见姑姑回来了,跑出来夸她品位好:"这儿收拾得又干净又敞亮,站在阳台上,看山看水,视野特别敞亮。"

韩棠笑笑,让小丁给小吉泡茶。小吉忙说:"我该去接楚总了,中午楚总还有个饭局,去晚了可不行。"韩棠点头,让他慢些走,把他送到了家门口。小吉有点儿慌,不让她再往外走,赶快离开了。

韩棠站在门厅里,看着胡桃木的柜子上放的一对白瓷大象,伸手摸了摸,听见艾黎叫她,才转身,说:"你们也歇会儿,我得去躺一躺,下午还有重要的事儿呢。"

艾黎跟着她进了卧室,看看里面生活用品一应俱全。只是东西都是全新的,姑姑未必用得惯。她等姑姑换了衣服躺好,打开所有门挨个儿看了看。衣帽间是空着的,浴室里的东西倒是很全,都还没开封,只有洗手台上的香皂是用过的,也有了裂纹。

"屋里太干燥了,得再放个加湿器。"艾黎说着走了出来,"下午您约韩婵她们几点见?"

"两点。"韩棠说。

"那我等她们来了再走。我先回江源路给您拿点儿衣服和日用品,然后约个搬家公司。咱们不用出力,省得您看着着急。"艾黎说。

"好。"韩棠答应。

她推推艾黎:"你去隔壁屋睡会儿,昨晚也没睡好。"

"不困。我有点儿兴奋哎。"艾黎笑着说,"房间这么多,以后我哥他们一家四口来都住得下。"

韩棠笑笑。

"我哥下午过来吗?您跟他说住这边了吗?他可别去江源路扑空了。"艾黎说。

"让他过去吧，正好帮忙拿东西过来。"韩棠说。

"也行。青壮年劳力不用白不用。"艾黎笑着，看看姑姑，"您跟小吉聊了聊？"韩棠点头。

"你问过小丁啦？"韩棠问。艾黎也点头。

艾黎把跟小丁的谈话内容跟姑姑大致重复了一下。"她是这个态度就好办了。她前夫那边我找释迦和小雷想想办法。"

"你要干吗？"

"对付无赖，常规办法可能不那么管用。小丁老家那个地方的人，在咱们这里有他们的圈子。他们主要控制的行业是收废品。"艾黎笑嘻嘻地看着姑姑脸上的神情，"小雷有几个朋友，废品行业里有他们那边的人，看看能不能说上话。"

韩棠想了会儿，才说："你们这些孩子，路子怎么这么野。"艾黎笑着给她搭了一条毯子，让她先睡，说："放心，我有分寸的，就是传个话。""千万把握好尺度。"韩棠嘱咐。

"嗯。"艾黎坐了一会儿，拿了遥控器把窗帘合拢，起身走了出来。

小丁看完了厨房里的家电和用具，一个劲儿地夸设计太合理了，用起来会特别顺手，又带着艾黎穿过一段走廊，去看她那带着阳台的保姆间，小声跟艾黎说："这里可真舒服啊。阿姨早该换换环境，哪儿方便住哪儿。艾黎，你帮忙在买菜软件上下单买点儿菜和肉好不好？我不熟悉周围环境，现在出去买会耽误做中午饭。"

"你要什么给我列单子。你不用发愁中午饭，咱们先吃外卖。"艾黎说。"那怎么行，阿姨在新家第一顿饭要吃自家灶头上做出来的。你快点儿下单。"小丁推艾黎往外走。艾黎走进书房，小吃了一惊。很显然姑姑考虑到两代人共同居住方便，装修了两间带卫生间的卧室。她以为姑姑住的那间就是主卧了，可这间竟然更大，不过直接被布置成了书房兼影音室。

艾黎坐到看起来舒服极了的沙发上，看着对面墙上半垂的幕布，心想姑姑装修的时候，一定考虑到了自己那颗爱好文艺的心。没事的时候，坐在这里看看书，或者带着风眠和嘟嘟看会儿动画片，多享受啊。

艾黎把双臂抬起来，枕在脑后，用脚丫子按了一下遥控器。

音乐响了起来。

是贝多芬第五交响曲。

艾黎站起来,走到落地窗前,看着这长长的、尽头装了高尔夫推杆练习器的阳台,抬手做了一个举杯的动作:不管怎么说,韩小棠,这是一个新的开始,祝你早日过上你想要的生活!

一切顺利!

Chapter 7
单身女子俱乐部

韩艾黎饱饱地吃了一顿小丁临时取材做的海鲜面。等到"一笔写不出俩韩字"的韩婵律师带着她的两位同事上了门,艾黎端茶递水陪聊了一会儿。待她们进入正题,她才"功成身退",一个人跑去姑姑在江源路的住处,给姑姑收拾一些日常用品。

刚到江源路,天就阴沉下来。

艾黎在院门口遇见了走街串巷卖糖葫芦的大爷,想了想,买了五串拎着上了楼。进门先拍了张照片发朋友圈,坐下来边吃边等着各路人马给自己点赞留言,果然不一会儿,这条诱人的动态下就有了一串头像。

楚泽留言:"给我留一串。有点儿想念糖球会了,不知道今年能不能办。"

"你就吃最积极。到哪儿了,快点儿来搬东西。"艾黎回复他。

"我刚上高速,早着呢。你把糖球放冰箱,不然我到了都化了。"他说。

艾黎撇了一下嘴,咬下最后一颗糖球,刚要扔了手机开始干活儿,看到"长颈鹿"发了一句:"我知道有一家店卖的糖球特别好吃,回头买给你吃。"艾黎看着这句话,咬了一口糖球,没想到山楂核没去净,剩了一颗在里面,正好被她咬到。不过就算硌得她牙疼,她也舍不得那颗果肉,细心地把核儿吐出来。没一会儿,"长颈鹿"又补了一句"要是那家还在的话"。她笑出来,禁不住叹口气。

她有点儿怀念小时候年年去逛糖球会的日子。

姑姑会带着她和楚泽一起,挤到人山人海的庙会里,给他们俩买糖球、买糖人儿、买各种小玩意儿,哄得他们俩高高兴兴的。那往往是寒假最后的狂欢,玩尽兴之后,就要收心开学了。姑姑会给她一个不大不小的红包,让她买文具,这是压岁钱之外的馈赠。她会存一部分花一部分。姑姑不让她告诉别人,尤其不让她告诉牟艺琳,但她会跟母亲说的。这些钱,让她有种手握财权的权威感。

小时候很多自由和快乐,是姑姑给她的。

艾黎咬着竹签,出了会儿神。

"长颈鹿"给她发了几张照片,都是糖球会主题的,有苏教授的油画作品,还有他的速写。

想着他这会儿陪在苏教授病床边的样子,她回了个笑脸。

上午姑姑出院前,她陪姑姑去看苏教授,杜松子的父亲也在。艾黎一般见了人都不会紧张的,那会儿忽然觉得紧张。苏教授像是画蛇添足一般说:"松子下午来跟爸爸换班。"老杜也看着她微笑,她只觉得好像他们特意说给她听的。

杜松子问:"你这会儿干吗呢?"艾黎放下竹签,回复说:"准备收拾屋子。苏教授怎么样?是不是睡着了?"

"嗯,注射了药又犯困了。"他说。

虽然只有文字,艾黎看着却觉得好像听见了声音。

杜松子这家伙有一把好嗓音。当然也可能是她觉得他有着美妙且性感的嗓音。

"糖球好吃吗?"杜松子问。

"还……可以。"

杜松子发了憨笑的表情。

艾黎摸了摸耳朵。耳朵痒痒的,像是他真的在她耳边笑。

"你忙吧,有空儿了聊。"他说。

"好呀。"她说。

放下手机,艾黎开始按照姑姑列的清单收拾东西。中午吃饭的时候,姑姑给她列了几样必需品,其中就有她每天要翻看的那版《红楼梦》。她拿起来,翻到姑姑放置书签的位置,听见门铃响,喊一声"来了",就去开门。

艾黎以为是楚泽，没想到一开门，看到了一个长着招风耳的中年男人。她立即认出来这是谁，马上装作不知情的样子，问他找谁。他说找丁杏梅。

这人口音很重，艾黎继续装作听不懂他在说什么，就要关门。没想到他拉住门柄就要往里闯。就算是艾黎早有防备，还是为他的大胆吃了一惊。

"你干吗！"艾黎一把将门抵住。

这人没料到艾黎看起来瘦瘦的一个女人，力气还很大，而且此刻她还目露凶光，就迟疑了一下。

艾黎后悔进门就换了鞋，不然穿着脚上那一双军靴，直踢要害，准能把这家伙送进急诊室。

"后退！"她沉着声音道。

"艾黎？"这时候楚泽上来了。

艾黎听见他来了，不禁松了半口气。她盯着面前这个人的眼睛，说："走。这里没你要找的人。"

楚泽打量了一下眼前这个"招风耳"。他今天下班没换制服，看起来比平时显得高大和威严。他问艾黎："这人干什么的？"

"说是来找人的。"艾黎说。

"我们家会有你要找的人？走走走，快点！你等等！"楚泽站在门口，把艾黎挡住，叫住要溜走的"招风耳"。"身份证给我看一下。身份证！"他吼起来，楼梯间都带着回音。

"招风耳"急忙说"没带"，赶快往下跑。

"现在谁出门不带身份证？你给我站住！"楚泽作势往下追了两步，故意把脚步放得特别重，只听着楼梯间咚咚一阵乱响。

他回过身来看着艾黎："你不从猫眼看一眼是谁就开门啊？你知不知道这边连门禁都没有，楼门有时候关不住，什么人都能上来？怎么一点儿警惕性都没有。"

艾黎知道他是借题发挥，斜了他一眼，等他进门换了鞋，才说："哦，原来你也知道啊！那姑姑在这里住两个多月，你在这里陪了几天啊？你还不是让她自己在这里？她身边就一个保姆，你跟一客人似的，过来点个卯，连吃带喝，保姆还得伺候你。你时不时地再惹姑姑生个气。啊，是不是？"

"韩艾黎你嘴上输一句是会死啊还是怎么着？"楚泽龇牙咧嘴地说，"我错了还不行吗？"他换了鞋，正要坐下来，艾黎把凳子一挪，差点儿害他摔一屁股蹲儿。

"韩艾黎！"

"还坐哪？拿好东西准备走。"

"不是，我跟你聊会儿。最近和你见了面，我妈老在场，也没法儿说什么。"楚泽把凳子拖过来坐下。

艾黎皱了一下眉："干什么？情感问题别找我。最烦人拿我当垃圾桶，给了意见又不听，浪费我时间。你那一团糟，我更不想听。你有这时间跟我谈心，不如想办法看怎么赚点儿钱还债。"

楚泽眨眼，点头，全部接受："不说这个。"

艾黎从冰箱里拿了串糖球给他："吃吧！"

楚泽一口气吃了三颗，才吸了一下鼻子，问母亲今天情况怎么样。

艾黎告诉他，邓医生说还不错，势头挺好的，要保持好。

"你别惹她生气，多关心她，她就开心了。我怎么对她好，都不如您这亲生的好大儿哄哄她能让她高兴。"艾黎开玩笑，她看楚泽的神情，"怎么了？你不是又闯祸了吧？老大，您可别，姑姑刚稳定。"

"不是我。我在想，她情绪要是不错，我是不是跟她说件事儿。就是江湖传闻啊，八卦、秘闻。"楚泽说着，皱起眉头来。

"快说！"艾黎踢了一脚凳子腿。

楚泽说："我也是才听见消息，说楚沛出事儿了。"

艾黎看着表哥："捕风捉影的吧？"

"当然了。要是确定了，那不得看见蓝底白字啊。"楚泽说。

艾黎看他没笑，也没有显得紧张，觉得他大概也只是听说的。

"可要说没事儿吧，我爸这两天总是神出鬼没的，给他打电话老不接。我大伯和大娘这几天也异常安静。我哥的电话干脆打不通。我也没发消息问什么情况，没事儿就算了，要有事儿别给他惹事。"楚泽看看艾黎，"我看看情况，要不要跟我妈说说。楚沛跟我妈相处得还是可以的。你看我妈生病，他也是真着急、真跑门路。在这方面他比我强多了。"

"天哪，你也知道啊。"艾黎拍了一下巴掌，"谢天谢地。"

楚泽咬着糖球，斜瞪了她一眼："要是真出了事儿，我妈跟我爸要怎么办啊？这会儿闹分手不是落井下石？"

"这也不挨着呀。姑姑犯不着还得被大伯子家的事儿绊住吧？"艾黎说着，心想姑姑生病，楚沛是尽心了，可他父母什么也没耽误，还没少添油加醋给渲染氛围。"前怕狼后怕虎，那姑姑日子还用不用过了？你们姓楚的人家规矩也忒多了。"

"嘿！这话说的。"楚泽被糖球酸得眉眼都揪一处了。

艾黎看着他的表情。这表哥，心平气和笑眯眯，什么都不在意的时候，像姑姑；露出其他神情、比如刚才在门外对"招风耳"发狠的那架势，又像他父亲。她笑起来，轻轻摇了摇头。

"那我妈是打定主意了吧？"楚泽吃下最后一颗糖球，看艾黎。

"具体情况你自己去问。"艾黎看他顺手要把竹签扔桌子上，劈手敲在他手背上，"有垃圾桶你不扔！"

楚泽赶快把竹签扔到身后桶里去。

"这个周末还不回家啊？"艾黎问。

"回。明天风眠不是有比赛吗？说好了我接送。"楚泽说。

艾黎抬抬眉。

"又想说什么？跟我这样的人，你是一天都不能好好说话，是吧？"楚泽挠挠下巴。

艾黎看着老母亲生病、跟妻子分居以后，反而长了体重的表哥，摇摇头说："不、不、不是的，是一秒钟都不行。"

楚泽笑出来，起身翻看了一下艾黎收拾好的纸箱和包袱，里外看了看，把电闸拉下来，说："早知道，何必来这里折腾这一趟，直接搬那边去不行吗？"

艾黎张口想说"你就没明白这地方对姑姑来说有什么意义"，但看楚泽里里外外看着，也就忍下了这句话。理解这种东西，有时在母子之间也是罕见的。这个地方是姑姑的退路，是她心里的自留地，是她能完全放松的地方，是她真正意义上靠自己的努力获得的奖励和财富。楚泽如果不能理

271

解这个，那就只能看到这个"老破小"表面的这点儿面积和附近那所优秀的小学的价值。

"又暗地里骂我呢吧？"楚泽站在韩棠作为卧室的那间屋子门口，回头看看艾黎。

"没有。要骂你我都明着来的。"艾黎笑笑，"你真是过着神仙一般的日子。"

"我以前是神仙，现在是半仙，也开始干点儿我能干的事儿了。你说我闺女能踢出个名堂来吗？我看她训练，好像看到了孙雯用头球攻门那架势。"

"瞧你举的这例子，风眠现在的偶像是王霜！"

"不不不，目标要定高点儿，还是孙雯优秀，她是世界杯亚军，最佳前锋。"

"行吧，先做个梦。我说，风眠以后要是不想踢球了，你也别因为这梦硬逼着她踢。"艾黎拎起一个巨大的包袱，扔给楚泽。

楚泽一把抱住包袱："那肯定啊，我不会那么干的。我还是个比较佛系的爸爸。我佛系就可以了，风眠好胜，挺有韧劲儿。她现在做的最积极的事就是去训练，周末踢完球回来高兴得不得了，好好吃饭好好睡觉、连学习都自觉多了，生怕她妈妈说她踢球耽误学习不让她去。早知道踢球有这么大作用，我当时拼着跟菲菲打一架、跟我爸闹一场，也要把她送去踢球。"

艾黎背起背包来，开了门，说："你这个脑子就是拧着的。你有没有想过这几个月风眠变这么听话，有我姑姑生病的原因？有你和我嫂子分居的原因？风眠以前仗着奶奶疼她、对她百依百顺，特别恃宠而骄。她这变化真的不光是踢球带来的。"

"想到啦。你看我现在不是尽可能抽时间陪她嘛。"楚泽把两个包袱用毛巾系起来，搭在背上，左右手各拎一个行李箱。

艾黎看他跟逃荒难民似的，又想笑又觉得不太对劲儿，说："你把制服上衣脱了，这样看着不大好。"

"没事儿，马上上车了，没人看见。刚才要不是穿这身衣服，还吓唬不住那耗子精——你注意点儿安全啊。"

"知道。你快点儿送一趟,回来再拿。"艾黎催着楚泽。

艾黎转头抱了两个纸箱子下楼,塞到车后座,楚泽回去继续搬东西了。她站在车边,左右看看,此时已经将近五点钟,天快黑了。突然,她看到街角转弯处,有个影子闪了一下。她皱了一下眉,返回院内。这时楚泽在楼上催她快点儿上去,她一路一步跨三两级台阶,很快追了上去。剩下的东西不多,楚泽多扛了一个包,见艾黎左手拎一个行李箱,右手拿起一个塑料桶,顺口问:"拿这个干吗?那边家里没有啊?"

"捞鱼。"艾黎说着,用脚把门关好,回手锁了。

"去哪儿捞?捞鱼得用笊篱,晓得吧?"楚泽说起这些来,眉飞色舞的。艾黎听着心不在焉,也不接话,可一点不妨碍他继续讲:"那年我大伯带我和楚沛出海钓鱼。楚沛真的很沉得住气啊,那么多人一起钓鱼,最后最大的一条就是他钓上来的。那还是他第一次去。他从小聪明稳重,钓个鱼也沉得住气。钓鱼最讲究的就是沉得住气、抓得准时机。"

走到院子里,他站着喘口气。

"我哥的为人处世有口皆碑。他也不贪。我觉得就算有什么事儿,应该也能顺利解决,你说呢?"他问艾黎。

艾黎把手一摆,做了一个噤声的手势。

楚泽下来,看艾黎把行李箱放在台阶下,拎着桶几步跨出了院门。他突然意识到不对,扔下手里的东西跟上去,就看到那个"招风耳"正趴在车窗上往里看。

韩艾黎抬手拿起桶照准他的脑袋就扣了上去,又抬脚在他腿弯处一踢,他一下子跪在地上,身子贴在了车门上,头顶的塑料桶发出"嘭"的一声巨响。艾黎一手扭住他的手扣在后背,一手摁住他的脖子让他别动,说:"警告你一次没用是吧?实话跟你说,丁杏梅不在这里,以后也不会再来这里。你别打鬼主意,要不你就等着去吃牢饭吧。你要是再敢出现在丁杏梅和我家附近,影响我们的正常生活,我保准让你吃不了兜着走。你有手有脚的,正经找工作去。这么大岁数了,老想着让别人养着你,什么玩意儿啊!"

艾黎说着，回头朝楚泽示意，让他快点儿把东西搬上车。楚泽搬完东西，过来就把"招风耳"给拎了起来，伸手从"招风耳"的口袋里摸出身份证和手机来，掀开那只水桶，看着他紧张的样子，说："郑丰年是吧？有点儿男人样，别围着老人、女人和孩子打主意。我拍照留你的身份证，要是我们家里出什么问题，我第一个找你。"

他说着，让艾黎先上车，然后摸了摸自己身上，发现裤兜里还有一些现金，打开数了数，总共三百多块钱，连身份证和手机都给他塞回了裤兜。"这钱够你去火车站买个金拱门套餐和回家的火车票了。我希望这是最后一次见到你。你看到车里那个女的了吧？这回她扣你头上的是水桶，下回她砸你脑袋上的可能就是铁锤了。"

他说着松开手，拍了一下艾黎的车尾让她先走，自己扔下郑丰年也上了车。

艾黎开车在前，车子转出巷口，看郑丰年还拎着水桶站在他们院子门口，给楚泽拨电话，问："给他钱了？"

"嗯。"楚泽慢慢地答应："不对是吧？我知道。你也揍了人家了，给点儿补偿也好。他不一定是穷凶极恶的人，可是逼急了，也说不定会干出罪大恶极的事。这点儿钱嘛，有没有对我来说差别不是很大。"

艾黎沉默了一下，没有反驳楚泽。

"他要真的敢再来，我真的拎铁锤。"她说。

楚泽笑起来。笑了会儿，他意识到艾黎没开玩笑，忙收住了叹口气道："韩艾黎啊韩艾黎，跟你一块过日子，真不知道什么时候就挂墙上了。哦对了，我有个同事老家有矿，是真的有矿，还有田，你有没有兴趣？"

"你少操心我的事儿。"艾黎停好车拎了个包袱挎在肩膀上。

"你是不是有男朋友了？"楚泽一边往下搬行李，一边说。

"要你管！快点儿，姑姑在家等着呢。"

"哟哟哟，看你这表情，肯定有男朋友了。"楚泽背着两个大包袱推着行李箱，跟在艾黎身后进了电梯。他一直说，艾黎只当听不见。她看着自己和楚泽身边堆着的东西差不多把电梯占满了，见电梯停在了一楼，连忙把行李箱往身边拖了拖。

电梯开门，葛菲菲领着风眠、抱着嘟嘟站在外头。菲菲见这架势吓得后退了一步。"艾黎姑姑！"风眠可不管，直接冲进来搂住艾黎的腰，又喊了一声爸爸，马上按关门键说："妈妈和嘟嘟等另一部。"

楚泽往后退了退，艾黎笑着拉住风眠的手说："嫂子快进来。楚风眠你真是，怎么能把妈妈和弟弟扔下？"

"嗯，见了姑姑就不要妈妈了。"菲菲进来，笑道，"你们这是去哪儿了？回江源路还是回家拿东西了？"

"江源路。"艾黎低头亲了一下风眠。"你们过来看奶奶啊？"

"是，我刚给妈妈打电话，她说住在这里，我开车转了好几圈才找到位置。"菲菲说着，转头看了一下楚泽。

楚泽见菲菲看过来，有点儿尴尬地转开脸。菲菲斜睨了他一眼，没出声。

艾黎看看他们俩，笑笑，小声和风眠嘀咕明天比赛要怎么准备。

到了17楼，风眠帮艾黎推了一个行李箱，冲到门口去按门铃。

小丁来开了门，帮忙把东西拿进去。

艾黎先问："姑姑呢？"

小丁小声说："韩律师她们刚走，阿姨有点儿累，回房间躺一躺，说等会儿吃饭叫她。"

艾黎见楚泽一家四口先进去看姑姑了，跟小丁清点了一下带回来的这些东西，先都塞进了储藏间。等楚泽出来，让他下楼，把剩下的也搬上来。

艾黎敲了敲门探身进去，见姑姑坐在床上正和菲菲说话。嘟嘟和风眠一边一个，靠着奶奶，那样子可真是又亲近又甜蜜。

"快休息会儿吧，累了一天了。"韩棠看着艾黎，拍了拍床。

姑侄俩对视一眼，艾黎就知道，下午跟律师见面谈得应该顺利。她笑笑，说："姑姑，我回家去了，好久没跟我爸妈吃顿饭了。"

"好。回家好好睡一觉。"

"您也睡会儿吧。"艾黎说。

见艾黎要走，菲菲起身带着嘟嘟和风眠送她出来。嘟嘟还好，风眠跟在艾黎身后，亦步亦趋，一直把她送到电梯门口，约好明天上午球场见。

艾黎站在电梯里，笑得脸上跟开花似的，靠在轿厢壁上，给韩棠发了条文字消息，告诉姑姑下午在江源路都干什么了。她想了想，补充了一句："我哥提到楚沛那边可能有点儿麻烦，不知道您是不是有数，总之您留心。"她发出去，刚要把手机放下就看到姑姑回复了仨字"我有数"。她看着这句话，心里"咯噔"了一下。接着，姑姑又发了一句"放心"。

"好的。"艾黎回复。电梯门一开，她走了出去。外面天已经完全黑了，她走出单元门，没走几步，就看到楼前停了一辆白色的车子。她忽然意识到这车有点儿眼熟，等走远些，才想起那车子是楚沛的妻子小阮的。车就停在楼前，小阮在车里，看这样子，小阮是来探望姑姑的。

小阮人不错，行事做派都低调，也能干，多少有些像她姑姑，也是标准的"楚家儿媳妇"的样子。

楼下的风很大，艾黎裹紧大衣，加快脚步往小区外走去。

闹钟一响，韩艾黎从床上弹起来，一看窗子上结了很厚的冰花，哀叫了一声"今天又很冷啊"。她推开窗，天气仍然阴，难得没有风，天气预报显示下午会有雪。听见她房间有响声，外面牟艺琳喊艾黎，说早饭早就准备好了，快点儿，踢球别迟到。

艾黎冲出来，洗完脸才发现父亲不在家，一问，父亲果然一早去海边鱼市了。

"他六点不到就出发了，等人家船靠岸，拿头拨儿鱼。这会儿都该回来了。"牟艺琳说。

"风雨不误啊。"艾黎感慨。

牟艺琳笑了，把那棵漂亮的"八方来财"端出来，摆在茶几上欣赏："养好伤该送回去啦，有点儿舍不得。"

"这回一准儿健健康康地长大。"艾黎笑了。她风卷残云般把早饭吃了，拎好运动包就往外走。

牟艺琳跟出来，问她回不回来吃中午饭。

"姑姑早上打电话，说知道你买了下午的车票，中午想跟咱们一家一起吃顿饭。就咱们一家三口和她，没别人。"牟艺琳说。

艾黎点头，又问："姑姑没说别的？"

"说楚泽和菲菲今天带俩孩子中午去菲菲妈妈新房子那边。"

"我姑今天净吃饭了。他们家晚上还有顿团圆饭。"艾黎笑道。

牟艺琳舒了口气，说："我跟你爸爸过去看看她，没事我们就放心了。吃饭什么的倒在其次。"

"好。那中午见。"艾黎说着，回身下楼。她昨晚回家，父亲做了一顿简单的晚饭，一家三口吃完饭坐着聊了很久关于姑姑、关于春节、关于将来的生活的话题。自从姑姑生病，他们一家人空前团结。她甚至觉得父母也在迅速老去，情感上对她的依赖也多了几分，这让她更觉得责任重大。好在她这些年一直在努力工作，并且也还有心力照顾这些正在老去的家人。

艾黎下了楼，站在路边，看着五分钟前"长颈鹿"发来的那条"我一会儿就到"的信息，抬头看看，街上静得连只小鸟都没有。

"艾黎！"

艾黎转头，看见一旁小巷口台阶上有一个瘦高老头儿，一手拎着一个黑色的塑胶袋，往这边走来。

"爸！"她叫了一声，下意识转头，果然看到了杜松子的车。

韩柏拎着鱼，举起来给艾黎看，很得意的样子。

艾黎看着父亲被海风吹得通红的面颊和耳朵，笑着问："怎么又不戴帽子啊？多冷啊！"

"我走得热乎着呢。你去踢球啊？"韩柏问了一句，看一辆车停在路边，瞥了一眼，起初以为是艾黎叫的网约车，也没在意，晃着手里的袋子让艾黎只管走，可看艾黎回了一下头，那司机就从车上下来了，心里"嚯"了一声——这大长腿大个子，一身绿运动装，跟棵巨型莴苣似的！

艾黎见杜松子下车了，索性大大方方地给他们相互介绍了一下，说："爸爸，这是我朋友杜松子，也是风眠的班主任。松子，这是我爸爸。"

"伯父好。"杜松子上来问好，站在艾黎身边。

韩柏笑眯眯地打量着这棵巨型莴苣，过了会儿才说："去吧去吧，忙你们的去吧。小杜是吧？有空儿来吃饭。"

"好的，伯父。"杜松子笑着答应。

韩柏站在路边，看着艾黎和松子上车走了，寻思了会儿，这巨型莴苣看着眼熟，应该在哪儿见过。他回身往家走，抬头看看自家窗口，牟艺琳朝他挥挥手，推开窗喊："你等着，我下去帮你拿东西。"

"不用！就这点儿东西还用帮忙。"韩柏说着，脚步轻快地上了台阶。

此时，车子里，杜松子和艾黎有一会儿谁都没出声。

艾黎把手机打开，看到释迦问她出发没有，回了一句"十分钟就到"，往下拉列表，给姑姑发了个表情包，问"昨晚睡得好不好，有没有不舒服"。姑姑没回复，她等了会儿，转头看着沉默的杜松子。

正好杜松子转过脸来看她一眼，看到他的眼神，她心稍稍一顿，说："你专心开车。"

"你没生气吧？我觉得遇见伯父不打个招呼不太好，但也来不及问你了。"杜松子说。

"没有。没关系。挺好的。"艾黎迅速地说。

"那就好。"

两人又沉默下来，气氛稍稍有一点儿奇怪。

艾黎感觉到了，想必杜松子也感觉到了。

"昨晚睡好了吗？"艾黎问。病房的简易床对他来说太短了。他通常都打地铺，那睡眠质量可想而知，何况还总得起来看看病人。

"还行。早上我爸到得很早，我就赶快溜了。"杜松子说。

艾黎想想那帅气的杜老头，微笑着问："你今天是首发队员吗？"

"不，我是替补啦。不过时刻准备着上场。"杜松子笑起来。

艾黎忍住没嘲笑他，这么积极跑来参赛，还跟她约好球场见，原来不过是一个替补门将。当然，她都不需要脑筋再转个弯，也知道为什么。她握紧包带，手指尖不停地滑动。

"刚才伯父说上去吃饭那句话，不能当真是吧？"杜松子问。

艾黎没出声。

"今天中午有没有时间，一起吃饭？"杜松子又问。

艾黎的手指尖又滑动了几下说："今天中午我有安排了。松子，我们另外找个时间聊聊？我有话跟你说。"

杜松子沉默了片刻,说:"好,我等着。"他把车子停在路边,看了一眼围栏里的球场。

沈释迦正在跟队友聊天,看到他们的车,转过身来挥挥手。他也挥挥手。这会儿工夫,艾黎已经下车了。他看着她轻巧地挪动着步子,先往球场走去,喊了她一声"韩艾黎"。

场边的那些女足队员跟释迦听见这一声,都看了过来。

艾黎停住:"啊?"

"加油啊!一定要赢!"杜松子大声说。

"那肯定!"艾黎也大声说。

艾黎听见身后笑声一片,笑得最大声的就是沈释迦。她在心里把释迦揍了一顿,目送松子背起他的大包往对面球场走去。穿着运动裤,他的腿显得比平时更修长。她笑笑,转身往球场内跑去,进场看到韩婵也来了,笑着跟她打了个招呼。沈释迦扔了一件训练服给艾黎,问:"'长颈鹿'现在都管接送了?你这是?"

艾黎看着空旷的球场,吸了一口带着冰屑的凉气。

"我这是作茧自缚吧。"她在心里说。

释迦见她没出声,瞥了她一眼,看出她是有心事的样子,这里人多不便问,就拍了一下手里的夹板,转身招呼队友抓紧时间热身。

"韩艾黎,你给我集中精神啊。"她提醒了一下,"上场分神,丢球事小,小心受伤。"

"啰唆,你什么时候见过我上场了还分神?"

"哦,以前没有,不能说明现在和以后没有啊。"释迦等周围没人了才说,"但是因为男人分心,给我把比赛踢砸了,你等着,我废了你。"

艾黎一激灵。

释迦伸手圈住艾黎的脖子,喊了一声"集合",把首发队员召集到一起布置战术。艾黎看着释迦格外认真的样子,忍不住笑笑,当然,今天她也得格外认真对待比赛。上回跟银行队交手,她们被猛灌了个四比零。这一场即使不能一雪前耻,至少也不能输得太难看。她吸了一下鼻子,把发带扎好。

也许是释迦的"威胁"起了作用，艾黎整场都发挥得超出了以往的水平，一传一射，助攻韩婵得分，自己也进了一个球。下半场临近结束，她已经跑得气喘如牛，还接了韩婵一个投桃报李的传球，直接转身打门，得分了！

场边疯狂的喊声一瞬间响彻云霄。

听见终场哨响，艾黎累极了躺在地上，被队友压在草地上庆祝胜利。同时，她也听见了一声"韩艾黎你可太帅了！我爱你！"

队友们爆出一阵大笑，纷纷起身，看着她一个翻滚从草地上爬起来，寻找声音的来源——场边除了双方队员，还有很多亲友和晨练的居民。大部分人都穿着秋冬季节常见的黑、灰、红色衣服，天气也阴沉沉的。这可一点儿也不耽误披挂成翠绿色的"长颈鹿"一下子跳进她眼睛里来。艾黎坐在草地上，看着他举起双臂，在头顶比了个心形。

"幼稚鬼。"她咕哝了一句，仍然气喘如牛，大汗淋漓。

脑门上的汗珠子顺着脸颊往下落，她的心脏跳得快要炸裂了。

韩婵过来把她拉起来，照她屁股拍了一巴掌，说："什么时候捞到这么帅的一个男朋友啊！你可以啊！"

艾黎抹了一下眉梢的汗珠子："你这场表现不错。"

"你也可以的。"韩婵搂住她肩膀。

"希望你每场都赢。"艾黎笑道。

韩婵看看她，说："放心，我场场都全力以赴的。"

艾黎点点头，跟她走去和对方球员握手，再回头找杜松子，已经看不见他了。

她站住，目光一扫，发现他穿过围栏，往对面球场跑去，像一道绿色的闪电。

"艾黎，水。"释迦笑嘻嘻地把矿泉水递过来，"表现不错啊！哎，你去哪儿？"艾黎把她手里两瓶水全都拿过来，衣服也没换，追那道闪电去了。

"韩艾黎，别忘了等会儿风眠她们比赛就开始了！"

艾黎刚跨过围栏，这时候突然意识到什么，一转头，就看见不远处，穿着球服的一群孩子正跟着教练在场边集合，那个站在最前面个子最高的，不是楚风眠是谁?

"艾黎姑姑,你好帅呀!我也爱你!"风眠跳起来,冲艾黎大声喊,一扭头,跟上队友,跑步热身去了。

艾黎咬了一下牙,也没好意思再看场边都还有谁在,扭头就跑。

跑起来,脸上有些清凉。

她抬头看看,这才发现下雪了。落雪轻得像是柳絮,柔若无物。

她过了马路,飞快地跑进球场。

此时杜松子回到了场边,他们的下半场比赛才刚开始。队友看他回来,笑了一会儿,说:"你这牵肠挂肚、三心二意的,不如去那边当替补门将算了。"

几个人正笑着,坐在板凳上的雷斯特抬抬下巴示意他看身后:"哎哎哎。"杜松子回头,看到只穿了球服的艾黎走了过来。他愣了一下,赶紧抓起自己的羽绒服,一下子把艾黎给包裹住:"你怎么不换衣服啊?"

他弯身给她把拉链拉好。艾黎看着他,低头在他脸上亲了一下。她看着那笑意从杜松子脸上蔓延到耳后,嘴角差不多要够到耳根了,笑了出来。

杜松子将拉链拉到她下巴处,亲了一下她的嘴唇,兜起帽子来围住她的脑袋,放低身子,整张脸就印在这围兜里。

艾黎听见周围全是笑声和叫声。

她满脸汗意,可是这会儿也不觉得怎样,杜松子的脸比她的还热。

她看着杜松子亮晶晶的眼睛,皱了一下鼻子,示意他身后还有那些只管看他们、已经不理睬场上比赛的家伙。

杜松子将两只大手固定在她的耳侧,小声说:"别理他们。"他说着转身,抬抬下巴。场边的队友们,加上对手球队的教练和板凳队员,都一起笑起来,还有人起哄鼓掌。他握着艾黎的手举起来,放在左胸口轻轻敲了敲。虽然没说什么,这个动作还是让所有人都大笑起来。

"咳咳,"雷斯特大声咳了两下,"看比赛、看比赛。大家伙儿别吃狗粮就满足了,松子中午请吃饭!"

"没问题。"杜松子笑着说。

"好哎!"一大群人欢呼一声,转过头去看场内了。

艾黎一看场内的松子这一队，有好几个球员是小雷店里的，一个个高大健壮，一身腱子肉，比起其他队友和对手来，显得出众多了，禁不住赞了一声。松子看看她，笑着带她坐到看台上。

艾黎上下左右地看了一圈儿，看台上来观战的人还真不少，多半都是球员家属。对手是比较老牌的业余球队，有自己的俱乐部，运营多年了，成员还有退役的前职业选手。他们还是有些球迷的。

艾黎看了眼场上的比分，零比五。她小声问松子："你们这场是要被灌十个球保底吗？"

松子靠近一点儿，在她耳边说："你估得太保守了，我们最高纪录是被灌了十一个球，进了对方一个球还是因为人家后卫发生乌龙了。"

艾黎哈哈大笑，松子抬手掩了一下她的嘴巴，说："嘘……这是雷哥的雷点，千万不要当面提。"

"跟专业队踢也不至于输这么多啊，你们平时都练些什么？"

"人家专业队是不好意思欺负业余，后面都收着踢了，比分才不至于太夸张。世界杯这种大比赛也是，强队在弱队身上拿大比分，说出去难听。"

艾黎笑了。

"冷不冷？"松子看看艾黎。

"还行。"艾黎说。

"回去换衣服吧，我们一会儿一起去看风眠比赛。"松子说着，把她的手揣进口袋里，握了握，"我送你过去。"

"啊！好险！差点儿又可以进一个！"艾黎叫起来。足球擦着边网弹了出去，守门员追着球跑得有点儿吃力。她挠了一下松子的手心，小声说："你们场上的守门员状态不太好。这样下去，被多进几个球没什么，他得受伤。"

"杜松子！你热一下身，给我准备上场！"雷斯特这时转过身来冲松子喊道，"老齐今天腰不大灵活。松子！"

"来了！"杜松子看看艾黎，笑着说，"我去准备。"

艾黎拉住他，小声跟他说："你注意一下对方那个九号球员，他习惯门前倒脚，很爱往右边踢滚地球进死角。"

"知道了。"松子两手夹住她的腮，在她额头上亲了一下，"你快去换衣服，等会儿我去找你。"

艾黎笑着推他快走。

松子去座席上拿了手套，开始在场边活动。

艾黎起身离开看台，却没立即走。她小幅度活动着保持身体的热度。这会儿她开始觉得冷了，不运动一下会被冻成冰棍的。此时细雪飞扬着，像糖霜，她伸出舌尖，有雪花落下来，好像真的有点儿甜。她蹦了两下，看着松子跑向球门。那身绿衣服可真显眼啊，不过他本来就很显眼。

她笑着跟他挥挥手，他没看见，只盯着场上。这替补守门员，还是很敬业的。

艾黎笑着把他的羽绒服放回座席，赶快往回跑，迎面看见沈释迦拎着她的鞋和羽绒服过来了，叫道："救命恩人！"

释迦没好气地给她披上羽绒服，等她换鞋的工夫，看了一眼比赛："啧啧，老雷又得气得三天吃不下饭了，怎么能这么惨。哦哟！漂亮啊！"她突然喊了起来，一巴掌拍在艾黎后背上。艾黎一只脚踩在冰凉的地上，差点儿让她拍塌了背。她听见旁边人群齐齐地发出惊呼，顾不得骂释迦，赶紧回头，看见杜松子趴在地上将球紧紧护在怀里，又从地上弹起来朝队友示意往前压，接着大脚开球，直接将它踢出去找自家前锋。

"嚯，这小松子！啊！啊！啊啊啊！进了！妈呀，开和了！"释迦蹦起来，抓着艾黎的肩膀使劲儿摇着。艾黎手里的鞋都掉地上了，笑着推开她。她看着松子转头往场边扫视着，知道他在找自己，犹豫了一下，抬起手来，比了个心。

松子看见，笑了。

她赶忙弯身蹲下去，把鞋子换好，拉着释迦走。

"哎，以后有比赛，一定要把你们俩都带上，简直是吉祥物——老雷他们和白帆俱乐部踢，除了乌龙球就没进过正经球。"释迦笑着说。

艾黎笑了。

"韩艾黎，"释迦看她只是笑，"没事吧？"

"嗯？"艾黎转头看释迦。

两人站在路边，等着红灯变绿。

"松子挺好的吧？"释迦抬手肘碰碰艾黎。

艾黎点点头。

"老雷一哥们儿那天要给松子介绍女朋友，松子说他有女朋友了。那哥们儿就说算了，什么时候你这个分手了再给你介绍。你猜松子怎么说的？"释迦问。

艾黎抬抬眉："打住吧你，八卦精。"

"我的意思是，要是进度不太一致，或者目标不太一致，你还是尽快说清楚。年纪小点儿的，人虽然豪放，也不是很容易说出'我爱你'三个字。"释迦把手插在口袋里，微笑着说，"当然，进球的时候、特别高兴和忘我的时候，这三个字也可以当感叹语用，所以，你不用看得那么重，是吧？"

艾黎想要说话，绿灯亮了，赶紧跟释迦先过马路。走在她们身后的几个人，大声地聊着天。听到有人提到了"杜松子"，艾黎留了点儿心，听到她们说"那女的是不是比他大""不太能看出来是吧？听说大很多哎""大很多是大多少？大三岁就大很多了，不能大十岁吧""为什么不找比自己小的，他缺母爱吗？看着不像呢""你是不是祛魅了？你不是可迷他了吗？""你知道什么是祛魅吗？逮着个名词就当锤子，看到钉子就想砸一下。可我还是很喜欢他啊，但是不知道他口味这么重喜欢老的，那我可追不上了……"

接着传来一阵大笑。

艾黎听着，跟着笑出来，身旁的释迦突然站住了。她还没反应过来，释迦已经回过身去了。两人站在便道中央，身后那三女一男同时停下脚步，笑声戛然而止。有人小声嘀咕了一句："坏了。"

释迦笑嘻嘻地说："没坏，姐姐们虽然年长几岁，零件儿都好着呢。"她皮笑肉不笑地扫了他们几个一眼，看看艾黎。艾黎看着释迦那神情，忍不住哈哈大笑，摆摆手让这几个年轻人赶紧走。他们脸上都有点儿尴尬，赶紧往前走。

"干吗拦着我，我还想说。"

"说什么？"

"别嘴欠，背后说人坏话可能会挨揍啊。"

"又不是真的。"艾黎挽着释迦的手臂，看着前面那几位越走越快，忍不住笑。释迦作势踢了她一脚，说她"什么时候变得这么没气性了"。艾黎笑道："松子自己听见也不一定生气。他情绪特别稳定。"

"你是说我情绪不稳定？"释迦斜她一眼，"你很会损人嘛。"

艾黎又笑。

释迦也笑起来，看看她，问："松子真这么好啊？"

"嗯，特别好。虽然他比我小，可比我成熟多了，是个特别棒的男人。真的。而且，他们家的亲子关系特别和谐，家庭特别幸福，就是，很让人羡慕的那种。"

"那可难得了。"释迦说，她看看前面，"跟老雷说，那几个玩意儿以后来吃饭，不准进门。"

艾黎大笑："生意是生意。不能因为人家嘴上快活几句，来送钱就不要了啊。现在买卖这么难做，你这几天怎么这么暴躁啊？"

释迦冷哼了一声："本来想开开心心地玩儿一下，遇见这些晦气玩意儿能不暴躁吗？你不气，我还不能气了？"

"以后听这话机会多着呢。"艾黎说。

"当面敢说就直接给他大嘴巴子。"

"这个不是要紧的，还有更现实的问题。"艾黎慢吞吞地说。

释迦看看她，没继续问，只说："你考虑清楚啦。"

两人从场边拿了运动包，一起往室内运动场走去。球场内已经被球校小球员占领了，下着雪的日子里，看孩子们跑动起来，活力四射，她们一点儿都不觉得冷。进了运动场，释迦就去找风眠她们教练了，临走给艾黎指了指给她们预留的座位。那是工作人员座席后面的好位置。艾黎看释迦满场跑来跑去联络人，已经不是刚才那气恼的样子，笑了笑。她看了看小球员家长的座席，发现楚泽和菲菲带着嘟嘟坐在最前面。两个人没看见她，正跟一旁的一对夫妇说着什么，都眉飞色舞的。

她没去给她预留的座位，另外找了个合适的位置坐下来，看着风眠跟队友在场内热身。风眠最近又长高了些，跟队友在一起，身高已经让人瞩目，再加上那股自信和热情，实在很难不让人注意她。

艾黎靠在椅背上，慢慢放松着肌肉。手机在口袋里振动，她拿出来，看到姑姑发过来的消息："我昨晚睡得很好。早起胃口也不错。小丁给我做的海参蒸蛋、虾仁馄饨，我都吃光了。"随着留言一起发来的还有食物的照片。精致的早餐、美丽的餐具、漂亮的摆盘，一切看起来都让人心情很好，也很有食欲。

艾黎看了一会儿，拍了几张球场内景和风眠的照片发给姑姑。此时比赛就要开始，风眠站上中线，戴着队长袖标，准备选边。那动作、那气势，真的好帅。

艾黎边看边赞叹，不停地拍照。待开场哨响，她将风眠第一次触球和出球的瞬间都拍了下来，马上发给姑姑。姑姑不停地发回消息来，不停地夸奖：风眠有能耐、艾黎拍照技术好……艾黎笑着看姑姑的文字。

"姑姑，我给您介绍个App吧。您注册一个号，每天去晒一下早点，保准很多人点赞。以后您还可以分享您学画的经验，说不定很快就能成网红——过着精致生活的励志奶奶。"

"就这么办！"姑姑回复她，"等你来吃午饭啊。才一晚上不见，怪想的。"

艾黎笑了，找到长颈鹿表情包，发了一个"亲亲"过去。

就这会儿工夫，有人在她身边坐了下来。这人身子很重，一坐下来，连带着她的椅子都跟着晃了晃，带过来的气流裹挟着一股潮湿的味道，像夏日清晨，刚刚醒来的大海……是有点儿熟悉的味道。她转过脸去，那湿漉漉的面孔就靠了过来。她看着这张脸，心尖儿一颤，抬手捏住他同样湿漉漉的鼻子，问："输了几个球？"

"一比五保持到终场……"杜松子看着艾黎睁大眼，"那是不可能的！一比六啦！我只让他们又进了一个球，扑住了好多好多好多个。"

艾黎看着他眉飞色舞的得意样子，忍不住笑起来。

她揉着他的脸。早起才剃过的下巴，这会儿又有点儿扎手。她捏住他的腮,说:"干得漂亮,长颈鹿!"

"要给我什么奖赏吗,韩艾黎?"杜松子用手臂撑着座椅扶手,微笑地看着艾黎。

艾黎看着他,一巴掌摁在他脸上,推他看场内:"别说奖赏了,你的学生在场上厮杀。就刚才你比心那样儿,我瞧你明儿上课怎么摆'师道尊严'。"

杜松子笑得浑身发颤,靠在她肩膀上,说:"我在孩子们面前从来不摆什么'师道',我本来就没架子,他们不骑到我脖子上就算很讲规矩了。"

"这样啊……"艾黎转过脸来,在他唇上印了一个吻,"小奖。大奖给你存着。"她看着他的眉眼弯弯的,满是笑意,心里禁不住跟着喜悦起来。

这个家伙,太可爱了。

"松子真的有那么好吗?""有的。"艾黎在心里默默地念道。

杜松子看着艾黎的笑颜,挽住她的手,拉近了一点儿,轻轻碰了一下她的手指,在她耳边低声说:"要不别存了,咱们这就……"

艾黎抬起手,磕在他下巴上。

"啊!"他夸张地叫起来。

艾黎斜了他一眼,说:"有电话。"

杜松子这才发现手机响了。他摸出手机,就在艾黎身边接了。他单手握住艾黎的手,也没松开。

艾黎没注意他说了什么,只是过了一会儿,听见他说"我这就回来"。她坐着没有动,手背被轻轻敲了敲,她转过脸去,问:"要走了吗?"

"我爸有急事得出发。我妈刚出院到家,他不太放心留她一个人在家。保姆休假了,明天才回来。"

"那你快点儿走。"艾黎说。

杜松子看着她,说:"帮我跟风眠说,她踢得很好。"

艾黎点头。

杜松子拎起包带,还没起身,仍然看着她,说:"你今天在车上说,找时间我们聊一下。我的感觉有点儿不太好。"

艾黎顿了顿,说:"你先回家。晚点儿我们再说。"

松子看着她的眼睛，问："要聊分手吗？"

艾黎没立即出声。她的手搁在扶手上，这会儿轻轻收拢放在膝盖上，也轻轻叹了口气。见她不语，松子点了点头。

艾黎说："其实严格来说，咱们俩还没有'在一起'。"

杜松子粉白的面孔上原先像刷了一层胭脂，这会儿胭脂就褪了色。

他丰润的双唇轻轻抿成了两条淡粉色的粗粗的线。

"我不是想说分手，而是想跟你聊一下，如果'在一起'，我们要考虑和面对的一些问题。"艾黎说。

"最大的问题是，你是不是喜欢我。如果喜欢我，其他的都不是问题。今天球场上那句话，我不是随便讲的。"杜松子说。

"可是松子……"

"我是很想跟你明确关系，长期、稳定地交往，除非你不想。"

"长期、稳定，包括结婚吗？"艾黎问。

"如果到时候咱俩都想的话，"杜松子看着艾黎，"我之前确实没有遇到过想结婚的人，但我也不怕结婚。如果你想以结婚为前提交往，我也没意见。"

"不，我不是这个意思。"艾黎说。

"我们开始得太仓促，让你觉得我不靠谱？"杜松子问。

"杜松子，我比你大很多哎……"

"没有大很多，我也没把这个当回事儿。你是嫌我小吗？可我也马上就三十岁了。"

艾黎有点儿想笑，摇了摇头。

"我妈妈比我爸爸大四岁，看得出来吗？"

艾黎又摇了摇头。

"你看，三四岁、七八岁，只是数字而已。再说，看得出来又怎样？他们俩过得很好呢。"

"确实。"艾黎心想，"神仙眷侣才能养出杜松子这样的孩子来吧。"

"我是真的喜欢你。你会考虑这么多，是不是其实因为不够喜欢？"杜松子拎起背包，扶住艾黎的肩膀，紧紧抱了她一下，"我先走。"

艾黎看着他快步离开，走到出口处，他停了一下。

她以为他要回头，但是没有，他加快脚步走出了大门。

她有好一会儿没回过神来。

不喜欢他吗？那怎么可能。不喜欢的人，她连敷衍一下都觉得浪费时间。

观众席上突然又爆发出一阵欢呼，她回神，看向场内庆祝进球的孩子——是风眠！

艾黎看着风眠跟队友击掌庆祝，高高兴兴地做着玲娜贝儿的经典动作，忍不住欢呼出来。她站起来，朝风眠挥舞双臂，风眠没有看见。比赛继续进行，风眠仍然满场飞奔。

艾黎看着风眠，只觉得开心又欣慰。她转头看了一眼出口处，好像杜松子的身影还在那里。她做了接近两年的项目被迫终止，整个团队都要被裁掉。作为负责人，她可以在转职和离职中二选一。要是决定去上海任职，那就可以带风眠去上海迪士尼乐园玩了。

对她来说，从前完全不必考虑怎么选择，可是现在却多了个"长颈鹿"。维持一段异地恋不是一件容易的事。三四个小时的距离和七八小时相比，也是更大的考验。何况在她的计划里，她也希望能在未来几年内，争取到转岗到海外分公司或总公司的机会，升职、进修、加强职场技能。

在艾黎的人生里，就没有放弃工作、迁就感情的选项。虽然存款能保证她暂时负担得起生活和还贷，但其实她的生活压力还是很大。在杜松子面前，她突然有点儿说不出这些话。

球场内，孩子们欢快地奔跑喊叫，气氛热烈沸腾。她们一个一个像饱满的小花生一样，生机勃勃，精力旺盛。

艾黎轻轻搓了搓手。她几乎没有年龄焦虑，但此时，她忽然羡慕起这些懵懵懂懂只知道奔跑的快乐的孩子们。世上很多的苦她们还没吃过，很多现实她们可以还不必面对，但她是成年人，要挡在孩子们和老人们前面了。

"艾黎姑姑，我又进球啦！"楚风眠冲到场边，对着座席上的韩艾黎大声喊。

她看着风眠双手举过头顶，比了一个大大的"心"。

风眠穿着红色的球衣蹦蹦跳跳，真的是有一颗红色的跳动的心。

艾黎朝她飞吻了一下，举起双手准备比个心，可是心还没比出来，风眠就跑了。她笑起来，眼睛却有点儿酸涩，几乎有了泪意。

韩棠指挥着小丁给她在书房空地上支起画架来，拍了视频发到绘画班群组里，问大家这个位置和朝向可不可以，毕竟要考虑光线问题。好多同学出来给她意见，"军港之夜"说得最详细。韩棠笑着让小丁照着他们说的调整了位置。小丁问她要不要去躺一会儿，她摇摇头说不要。今天她感觉很不错，睡了一个好觉，早上睡到自然醒，现在虽然能感觉到药物的副作用，可不影响她活动。小丁见她情绪好，简单收拾了一下，就出去准备午饭了。

韩棠站在书房里，摸摸画架，有点儿高兴。

这是韩松送给她的礼物，在海上漂了好几个月才到。韩松那个急脾气，天天查物流信息，总说"我自己驮着游回去也该到了"。韩棠拍好照片发给韩松，谢谢她的礼物，想了想，嘱咐她要注意身体。哪知韩松还没休息，回复她说："你不用担心我啦。"

韩棠笑了一会儿，把艾黎发过来的风眠比赛的照片转给韩松看。

韩松看了笑道："这才是正常小孩儿该有的样子啊。我有时候看到本地的孩子们踢球，他们跑起来的样子那么舒展，看得开心得要命。你以前每次给我发你小孙女儿学什么茶艺之类的视频，我都懒得多看一眼。运动多好啊，能让身体健康，意志坚强。"

"那是。"韩棠笑着说。

"我给你搞了两顶假发，回头给你。你想要什么发型做什么发型，可漂亮了。其中有一顶是金发！"韩松说。

韩棠一想自己顶着一头金毛的样子，忍不住笑起来。这时候小丁来敲门。她转头看看，小丁说："叔叔来了。"

韩棠"哦"了一声，点点头。

她给韩松发了一条消息，说："早点儿睡，晚安。"

没多久，楚天阔走了进来。

韩棠一看楚天阔那脸色，心里了然。她嘴上没出声，看着楚天阔走进来，坐在了那张舒服至极的按摩椅上。他还没说话，先摸了摸一旁的画架子。韩棠忍下说"你别动我东西"的冲动，走过去，坐在他对面那张单人沙发上，淡淡地说："不是说晚上才过来吃饭吗？"

"现在我回自己家，还得挑时候啊？"楚天阔问。

韩棠转过头去跟小丁说："杏梅，你给叔叔泡杯锡兰红茶，就端这儿来。"

楚天阔靠在椅背上，轻轻敲了敲扶手："真跟对待客人似的了？"

"老楚，你得习惯这个新身份。"韩棠说。

楚天阔深吸了一口气，双手一撑扶手，从按摩椅上站了起来。他伸手摸着面前的画架，看着上面雕刻的英文字母。画架崭新，散发着淡淡的木香，地上还摆放着没有收拾的包装盒碎片。看运单信息，这是从美国寄来的。他转身往前走了几步，来到空荡荡的书架前。除了几样他之前搬过来"镇宅"的玉石雕件，书架上空荡荡的，没有几本书。在他们家里书架都是做百宝格，展示玉雕、石雕、木雕、瓷器这类既能彰显品位又能保值的贵重物品用的。家里的书不多，他不怎么看书，楚泽更是与书无缘。家里要是有谁会看书，也只有韩棠了。她的手边总会有那么一点儿带字的东西，一份电器说明书她也可以翻很久。此时，看着这些书架，他忽然觉得像是看到了它们被各种各样的书塞得满满当当毫无缝隙的样子，反而这几件玉雕显得有些局促而不合时宜。

就像他现在的样子。

楚天阔背着手走到落地窗前。雪下大了。外面白茫茫一片。

原本站在这个位置，能看山也能看海，此时却像一出大戏到了尾声，落下了帷幕。他往前走了两步，眼前仍是白茫茫一片，除了白花花的雪，其余一切都是模糊的，就连小区里的大楼和绿地都像堆了一层隔夜奶油的盘子，看久了并不觉得美，反而显得邋遢而油腻。

楚天阔皱了一下眉，看着干净的玻璃窗。玻璃纤毫不染，透过玻璃反光能看到，在他背后，韩棠悠闲地坐在沙发上。那样子，很富态。人家都说光看他太太的面相就能看出来她很有福气，从前他觉得他们只是在恭维自己，近来说这话的人少了些，但他自己却经常想起来。

"人家都说选定一套房子时，至少走进来应当觉得身心舒畅、神清气爽。可是这个地方，我每回来，每回犯晕，实在说不上喜欢。那时因为你说这里不错，我才答应买的。"楚天阔看看阳台上放置的藤编桌椅和遮阳伞，抬了抬眉。坐在这里喝喝茶、看看书，应该是韩棠会喜欢的生活。他看着韩棠的影子，说："住在这里不需要你爬楼梯。它离医院最近、最合适，所以就定了这里。我前些天来看了看，还是觉得不舒服。可能我跟这房子八字相克吧。"

韩棠笑了。

小丁敲门进来，把红茶放在桌上，给韩棠放了一杯柠檬水，轻声提醒她该喝点儿水了。

韩棠点头，叮嘱她别忘了早点儿把米饭焖上："这个米多焖一会儿才好吃。"

小丁出去了，韩棠端起杯子，发现楚天阔转回身来站在那里看着她。她从容地说："中午我哥嫂和艾黎过来吃饭——你提前大半天过来，不是为了吃午饭吧？有什么话就说吧，何苦绕那么大圈子，先批评这房子让你不舒服。"

"它是让我不舒服。"楚天阔说。

"是它让你不舒服，还是有人帮忙收拾了半天、你最后没能住进来这件事让你不舒服？"韩棠微笑着把杯子放下，顺势摆了摆手，"你不用解释。你没错的。从买到装修，一直都是我盯着这儿。你这人是办大事的，这些琐碎小事从来不管。连登记车位和车牌都是我办。这里从物业、保安、保洁，到邻居认的女主人，只有我。有点儿事当然是要告诉我的——业主群里最近经常有人好奇 A6 栋 1701 的花隔天就换，太好看了，在哪家订的。我就想，是挺好看的，那人业务能力还是挺强的。当年花店是你帮忙开起来的吧？能花点儿你的钱，相当不容易。你也算是有情有义了。这么多年，她总算等到了。"

"你说什么呢。"

"四十年了,老楚。你是真长情啊,我也是佩服你这一点。你们一直有联络,我早就知道。我没揭穿你,是因为没必要,她也挺可怜。你帮忙又不是只帮她一个。你们有来往,是有迹可循的,我手里有证据。你们之间到底是怎么回事,你也可以到时候跟法官说,看法官采信不采信,我犯不着从头追究。我不希望那么麻烦,还要起诉、对簿公堂,到时候有些事摊开来说,谁难堪谁心里清楚。我问心无愧,倒是不怕的。"

楚天阔看着韩棠,说:"快四十年的夫妻了,你这么防着我。"

"我防得没道理吗?"韩棠问。她身体毕竟不比从前,说话气息弱了很多,但这句话一问,仍似有千钧之力。

楚天阔没出声。

"你左一个主意,右一个计划,不就是因为眼看着我这病拖得久了,短期之内还没有性命之忧,又因为我前阵子提过离婚,生怕我有什么二心,想先下手为强转移财产吗?老楚,你也好意思跟我强调我们做了四十年夫妻?我只是自保。我不为自己,也得为孩子们打算。我弱一点儿,别说风眠和嘟嘟了,楚泽也得干瞪眼,我说得没错吧?"

"我们没有什么见不得人的事。我帮她开店、帮忙牵线搭生意,我也有回扣拿的。这是双赢的事儿。"

"哦,那更好,撒出去的金子还带了回头钱儿了。你的算盘打得可真精,谁都别想轻易从你这儿拿走好处。"韩棠看看时间,"小阮来过了。"

楚天阔点头。

"她一来,我就知道是怎么回事,又是谁提点她的。"韩棠斜了楚天阔一眼。

楚天阔没动。

"小阮懂事,不到万不得已不会打扰我的,毕竟我现在是这样的情况。老楚,我应该不止一次提醒过你,不管做什么事,不要把楚沛给牵扯进来。你也差不多了,该退就退,别偷鸡不成蚀把米。"

楚天阔回到按摩座椅上坐了下来,喝了口茶,半晌没言语。

韩棠看着他的脸色,很清楚这个不管自己是对是错、嘴上从来不愿意认错的人,已经承认了自己的失误。

她冷笑了一声。楚天阔脸红了。

"贪心不足蛇吞象。你就是贪，才走到这一步的。"

楚天阔说："大家是一个共同体，一损俱损。"

"别！别出事了就是共同体，有好事的时候，其他人就只是干活出力的。这共同体可当不起。"

"棠棠，你是看着楚沛长大的。没错，这事儿怪我。没想到那老东西这么不谨慎，被查了嘴巴不但不紧，还乱咬人。楚沛是不愿意管他的，也没收他的好处。"

韩棠看着楚天阔，说："这些话你跟说得着的人说去。我不关心，也没精力关心。"

"一个电话的事。"楚天阔还是不放弃。

"你上嘴唇一碰下嘴唇，说得容易。"韩棠右手握着左手腕，轻轻按摩着。

"楚沛不会忘了你的。我也不会忘。"楚天阔说。

韩棠喝了口水，说："你还是忘了吧。以后我也不劳驾你费心。该说的话，我昨天跟小阮都说了。我不会落井下石，可是也没能力帮什么忙。你们楚家的事，以后我也不管的。你不就是因为这个，提前上来了吗？"

"韩棠，你铁了心了？"楚天阔问。

韩棠点头。

"我这么低头，为了你治病，跑前跑后……"

"老楚，你等等。说实话，我想过维持现状。这段时间养病，我每天都有大把时间独处、考虑，我还是觉得分开对你我来说都好。不瞒你说，你都这个岁数了仍然不服老，这里那里折腾得鸡飞狗跳、判断力开始下降还偏偏不听劝。我怕将来你连我那份都给折腾没了。我没开玩笑。你保楚沛，其实是保你自己。你和老方这次能把自己择干净了就算是你们两家祖坟上冒青烟了。单娟一个劲儿给我发微信、打电话，还以为我不知道动什么心思呢？那口气和词句全是老方授意，也有你的贡献。你们自己做下的孽，自己去收拾，我没这个义务给你们擦屁股。退一万步说，我有退休金有保险，从这家净身出去我也没有什么怕的。苦日子谁没过过？我从小从物质匮乏时代长大的，跟你结婚以后才慢慢儿好起来，大不了我恢复原来的状态。你就别想着这个时候还道德绑架我一个癌症晚期病人，我还能活几天都不知道，犯不着。婚，我是一定要离的。我请了律师。具体的事律师会帮我处理。你最好也请个好律师。"韩棠慢慢地抚着胸口，接着道："我是心平气和地和你说的，没有什么其他的想法。如果你不同意协议离婚，那就只有起诉了。到时候上庭，有些事可能要摊开来说。"

楚天阔身子摊开在座椅上，以一个非常舒适的姿势。

但韩棠知道，如果可以，他这会儿肯定是要跳起来破口大骂的。不过至少今天到目前为止，他还不会。有求于人，就要有求人的样子。楚天阔如果连这点都拎不清，也不是他了。

楚天阔沉默了好久，直起身来，靠近韩棠一些，说："我想到了这个结果。我也想到了你会走这一步。你和我一起过了快四十年，你没看错我，我也没有看错你。可是我以为，你永远都不会把我逼入绝境。"

"老楚，好聚好散，好再相见。楚泽确实不是个聪明的孩子，但好在还没到没救的地步。你我还是他的父母，将来少不了为他、为凤眠和嘟嘟的事坐下来。能不撕破脸还是不撕破脸的好，你说呢？"

"到这个地步，我说什么都有点儿像笑话了。"楚天阔低了下头。

韩棠看着他的发顶。有几根白头发翘了起来。他从前几乎没有白发，这阵子，尤其这几天，他的确异常焦虑了。

她当然完全能体会他的心情。楚沛是他亲侄子。不说感情，楚沛也是他心里那个"共同体"上关键的一环，他肯定是着急的。就像当年他出事，她几日几夜都不睡，不敢乱打电话，生怕把更多人牵连进来，又没有他的消息，只能靠这里那里收集来的线索推断事情进展到哪一步了，不停地推演能够用什么方法又该用什么方法帮他渡过难关。往事历历在目，一开始回忆，她的心就被揪了起来，再也放不下。

韩棠尽量保持平静。

"我相信你还是有能力保楚沛平安的。大伯虽然不在位，还是认得几个老人儿的。楚沛如果没有我们不知道的问题，很快就没事了。我仍然是那个看法，楚沛好好干，前途无量，甚至会超过你和大伯。至于你我，老楚，我们要么律师事务所见,要么法院见。"

"小阮回去说了你的意思。我考虑过了,答应你的条件。"

"不急。等你看过协议书再答应。这个真的不急。现在我可以告诉你的是,眼下的条件不是当初我提离婚时候的了。"

"我答应。"楚天阔说,"除了咱们现在住的那套房子、公司的大部分股权,其他的都可以给你。反正房产存款都在你名下,也不用麻烦切割过户了。"

"你心里应该清楚,就算这么分割,我也没占你多大便宜。如果你还有隐匿财产,我随时可以提告。"韩棠说。

"你算得这么清,我能藏得住什么?放心吧。我同意,尽快办手续吧。"

"你的条件呢?"韩棠问。楚天阔这么痛快,不会不留一手的。

楚天阔说:"有个关键的人欠你很大的人情,我知道他说得上话。楚沛是否安全脱险,就看他了。"

韩棠说:"我说了这事儿我不管。"

"那也随你。"楚天阔说。

韩棠又看看时间:"我让律师重新起草协议。"

楚天阔伸直双腿,盯着脚尖,半晌才说:"我没想到,四十年夫妻会是这样的结局,最后要钩心斗角。没意思,真没意思。"

韩棠盘弄着手表。

楚天阔看见,说:"这块表你一直戴着。"

韩棠看着表盘。

从去年开始她的手腕瘦了些,手表老往下滑,她还想该去亨得利把表带调一下。其实那时候,就应该引起她对身体状态的警觉,尽管进一次医院很麻烦,也该去体检了。但她总觉得忙得排不过时间来,体检也不去,调个表带也没空儿。最近病情稳定,体重上升了,手表倒是又合适了些。

"这块表是假的。"楚天阔低声说。

韩棠抬起眼来,看着他。

"当年我说是在瑞士买的表,但其实我舍不得买真的,觉得它好贵,样子又普通,看不出什么特别好来。可是我也知道你喜欢,没给你买一块,心里是不舒服的,就在香港买了水货。其实看那价格,我心里也清楚是假货无疑,可那证书、盒子都做得逼真极了。拿回来给你,你也没发现。这些年我有时候看着你戴着这块表,养护得那么好,当真的一样戴着,也还愧疚来着,想着什么时候给你换块真表、好表。要不明年生日?今年生日已经过了。"楚天阔说。

韩棠微笑道:"我知道是假的。一开始就知道。"

楚天阔愣住了。

"我哥是船员,老楚。你从没把他这个一辈子没混上一官半职的人放在眼里。他的工作、经历,你更不会在意了。

"几十年前,国外的产品咱们买起来不那么方便,他回国是会帮忙带点儿东西。这个牌子的表,我曾经见过他给朋友带回来的真货。我那时候其实也不太懂这些手表牌子,你当时问我想要什么样的,我一下就想起来这个牌子。其实我也不是非要,国产表我也戴得高高兴兴的。可是假的和真的上手一摸就是不一样。这个差别很细微。可是你如果见过真的、好的,你就会知道。不过我没有去验货。

"我开始还在想你是在哪里买的,是不是因为贪便宜被人骗了。我曾经问过你啊,你言之凿凿说是在专卖店里买的,票据什么的都齐全。我就明白了。如果你跟我说买了假货,其实我也能理解。确实很贵,换了我掏钱买,我也肉疼啊,尤其让你这人从兜里往外掏钱。后来没多久它坏掉了,我拿去亨得利修。老师傅一辈子过了多少手好表啊?他不用拆开就知道这是有问题的表,但还是认认真真给我修了。当然修不好啊,外面差不多,里面零件都对不上,这不是难为人老师傅吗?看店里有同款,我狠狠心,买了块真的。

"我戴了很长时间,你也没发现有什么不对。我还寻思过,要是有一天你发觉我拿真的换了假的,是直接承认呢,还是聊聊这个事儿的经过呢?你一直没发现,我想,你应该早就忘了,买表的钱是我的奖金,是我零零碎碎的、攒了很长时间的小金库。钱不够,我还跟嫂子借了点儿。这得谢谢你不过问我小金库里的钱,虽然也没多少。不过你后来也看不上这点钱了。"

"棠棠，这件事，你放在心里这么多年？"楚天阔轻轻摇着头。他知道韩棠心里能藏事儿、沉稳，但这件事还是超出了他的认知范围。

"不是什么大事儿，我也不是非要放心里。开始有点儿措手不及，我也不知道怎么说，后来觉得没有必要说。再后来，这只手表究竟是真的假的，也没那么重要了。它如果不坏掉，我应该会一直用到现在的。不坏掉我们不会换。咱俩在有些地方还是很像的。所以能一起过这么多年，不是没有理由的。如果非要说有什么共同体，你我可能是'吃苦共同体'吧。"

楚天阔看着韩棠的目光变得极其复杂，好半晌才说："我佩服你的忍耐和毅力。"

"希望以后我凡事都不必忍耐。你也不用。我会把毅力用在我喜欢的事儿上。你也是。"韩棠说着，伸手摸摸她的画架，"我开始学画了。我要好好学，说不定以后也可以开画展呢。"

楚天阔看着画架，没吭声。

韩棠笑了。

这小心眼的"老家伙"，既不相信她能学成、能成为画家，也不愿意痛快给她一个哪怕只是口头上的祝福。

"你身上的很多事，我都没想到。"

"不是没想到，是你习惯了。"

"不，你以前不是这样。我能感觉到。你突然把我当敌人了。"

韩棠想了想，摇头。不，绝对不是突然的。觉醒是有一个过程的。比如，某一天深夜，她睁开眼，忽然觉得自己每天拖着疲惫的身躯醒来，像陀螺一样转一天再躺下蓄力，等待下一个天亮接着转，一天天，一年年……实在可怕。她就这样一点点地意识到，事情不能再这么继续下去了。究竟持续了多久，她不太清楚。楚天阔当然也不清楚，这是个水滴石穿的过程。

"我们不是敌人，只是哪怕搭伙过日子我都觉得难以忍耐了。我确诊时跟你说，不管能活多久，我都想活。现在呢，不管还剩多久时间，我还是想好好地活。四十年，我自问没有对不起你的地方。我也知道我并不是完美的人，你忍耐我的地方肯定也有不少。老楚，日子过好了，心不要老那么不安定。你也该放松一点儿，享受一下生活。你说你跟小花没什么见不得人的，我倒是相信。可是你吧，谁跟你在一起，都得做好了长期被你精神上吸血的准备。人这一生，物质匮乏不可怕，精神上的缺失是要命的。"

韩棠把楚天阔面前那杯红茶往他身前推了推："喝口茶。"

屋子里确实温度高，楚天阔汗流浃背，也实在是有点儿狼狈。

韩棠看着楚天阔。这老家伙被迫听她这么多废话，心里肯定是不服气的。不过，他没有暴跳如雷，没有语无伦次，而让两人之间的这场对话维持了基本的体面，还是让她感到庆幸。从此以后，再想到这个老家伙，也没那么揪心扒肝了，日子将会轻松一大半。

这种日子还是很让人期待的。

"几十年攒了好多怨气也攒了好多话，到这会儿我都不太想说了。你好好的吧。就算你真能活到120岁，咱俩毕竟也一起过了生命的三分之一。你还记得老母亲最后那段日子吗？她神志都不清楚了，看见你这个亲儿子都不认识，可一直认得我。你还跟我抱怨。有什么好抱怨的？我花时间照顾她、陪伴她了，她也信任我、依赖我。人的心放在哪里是看得见的。"韩棠想起婆婆来，有些心酸，但也有那么一些幸福感。

老太太其实很开明，有些话说得非常透彻，也看得很清楚。在外人看来老太太高寿，虽然丈夫早走多年，儿孙却都孝顺，儿媳尤其优秀。老太太得了善终，其实她一生的际遇究竟怎样、又有什么不甘和遗憾，只有她自己心里才明白。

韩棠只知道，自己前半段人生几乎是复刻了老太太的，但后半段人生，她不想继续复刻了。

"你没懂过，也没想懂老母亲的心。"韩棠叹了口气，"老母亲大概是我能遇到的最好的婆婆。她不光是做婆婆好，作为一个人，她也太好了。有些东西我没能从我自己母亲那里得到，从她那里都得到了。这不能不说是我的幸运。老楚，你有福气。"她的语气里没有凄凉也不觉得遗憾，甚至也听不出讥讽。楚天阔却听得发呆。

韩棠把柠檬水喝光，起身出去，又倒了一杯。

小丁在厨房里一直忙碌，想来中午一定有一顿好吃的。韩棠拿着水杯，既没有马上就喝,也没有急着回书房,就那么站在那里,好一会儿没有动。很多年了,厨房是她的战场,而此时她看着那战场,有种隔岸观火的疏离和快感。她几乎要忘记掌控那战场有多么辛苦了,也许也有过快乐,但她同样也不记得多少了。

小丁看见她,朝她笑笑。

韩棠也笑笑,回过神来,才想起楚天阔还在。

"棠棠,我走了。"楚天阔走了出来。

韩棠拿稳水杯,回头看着他,好像四十年前她第一次看到他的时候。瘦下来的楚天阔,脸上皱纹清晰极了,可轮廓还在。头发有一层白,但他那么一收拾,还是苍蝇飞过就会劈叉。她微笑着点点头,没有送他出门。

她把柠檬水喝光,一股酸气从喉咙直达身体的中央。听到门锁滴滴作响,她在椅子上坐了下来。外面雪在继续下着,白茫茫的一片。雪总是让人想起剔透晶莹、洁白无瑕这类字眼,可她每到下雪天,看着万事万物被白色覆盖,会想起那句"好一似食尽鸟投林,落了片白茫茫大地真干净",有多少悲欢,多少的肮脏,都被它一点点掩埋起来。

世间的事,大抵如此,但凡美好,总伴着丑恶。

韩棠独坐良久,猛地打了个喷嚏。

厨房里的动静瞬间消失,小丁跑了出来,紧张地看着韩棠,问:"阿姨,您没事吧?"

韩棠再开口,已经带了鼻音:"没什么事,小感冒而已。我去睡一会儿。要是雪太大,哥嫂应该就不来了。你也别叫醒我了。一家人,一起吃饭的时候多着呢,大雪天赶路,太辛苦。"

小丁送她回卧室,不太放心,陪了她一会儿才出去。

韩棠脑袋有点儿昏沉沉的,给牟艺琳打了电话,知道他们在地铁上,很快就到了,心里倒是高兴的,只嘱咐他们千万慢着些。韩艾黎这孩子半天没动静了,不知道在干什么,也可能是遇见了"长颈鹿",把姑姑扔脑后了吧?毕竟是年轻人,这倒没什么不可以的。

韩棠躺下来。翻到菲菲和楚泽发过来的语音,数量太多了,她只点开了菲菲发来的最后一条，不想是楚风眠这小毛头的声音："奶奶、奶奶！我们赢球啦！我进了俩球。奶奶，还有更高兴的事儿！您以后都不用担心我艾黎姑姑嫁不出去了。我们杜老师今天在球场跟我艾黎姑姑说'我爱你'。奶奶，他们要是结了婚，杜老师就是我姑父了是吧？我可太高兴了！以后我在学校可以横着走了。"

风眠的话被菲菲、楚泽还有艾黎接二连三的呼喊打断了。那边笑声、叫声混成一片，菲菲接着说："妈妈您别听风眠的，等官宣，以艾黎自己发布为准啊。中午我和楚泽带孩子们去我妈妈那边吃饭，晚上见。"

韩棠嘴角全是笑意，发了个"OK"的表情包过去。是的，这个表情包还是从艾黎那里偷来的。艾黎最近发表情，全是长颈鹿。"长颈鹿"会不会变成楚风眠的姑父还有待验证，可是韩艾黎这状态骗不了人。还有啊，晚上见了风眠，得先跟她说：就算杜老师变姑父，在学校也不能横着走。

韩棠莞尔，发消息问牟艺琳："到哪儿了？"

牟艺琳说："到小区门口了，在等艾黎过来一起进去。我们给你准备了惊喜，你等着啊！"

"好啊，我等着。"韩棠说。

又是低温又是大雪，不知道会是什么"惊喜"。别是在楼底下攒几个雪球拿上来打雪仗吧？三个人加起来二百多岁，个个儿幼稚得像五岁。不过那样的话，倒也挺可爱的。或许他们也像艾黎那样，记得买个糖球回来让韩棠高兴一会儿。不管能不能吃，看着都高兴。韩棠迷迷糊糊地睡了过去。

这两天大脑和身体都在经受考验，她必须好好睡一觉。

也不知睡了多久，韩棠听到有人说话，问她怎么样了。她听到耳边有人说"发烧了""这不太好""稍等一下，给邓医生打个电话问问"。人们七嘴八舌的，声音虽小，可听起来嘈杂极了。

韩棠心里是很明白的，可她就是睁不开眼、张不开嘴。现在有点儿像住院时挂水那感觉，她特别困，很多事情无能为力。蒙眬中听着有个声音特别像母亲，但她明白，她听到的不是母亲的声音，是大姐的。她发烧烧糊涂了，产生了新的幻觉。以前在幻觉中被母亲教训，现实中被大姐数落，现在好了，大姐都闯到梦里来了。能把人闹得神鬼不安的韩松一出现，她韩棠的好日子算是来了。不过还好,这个梦并没有做很久。

韩棠浑身发热,总觉得口渴。她好像还在很小的时候,坐在家里的火炉前,穿着"大棉猴儿",把红领巾翻来覆去地摘下、戴上。她没能第一批加入少先队,总是拿大姐的红领巾偷偷练习。不知为什么,在入队仪式上,明明练习过很多次了、每一个动作都很熟练了,她站在那里突然脑海中一片空白。跟她同一批上台的同学们都系好了,站在那里看她,众目睽睽之下,她更不会系了。老师的脸色很不好,同学们开始笑,她慢慢地一下一下,把红领巾系成了死疙瘩。从那之后的很多年,别人做噩梦是考试解不出题,她做噩梦却是站在主席台上,系不好红领巾。

韩棠越热、越渴、越着急。她深深地吸了口气,看着手中红艳艳的三角形领巾,耳边有个清脆而又缓慢的声音在跟她说:"把红领巾展开,从边缘往前折叠……"一步一步地、手把手地教给她,怎样叠出形状、怎样压在衣领下、怎样把它系起来。

她低头看着自己的"大棉猴儿"是红色的,带暗格的,前襟口袋绣了两朵花,那是因为要织补一下,免得露出棉花来。"大棉猴儿"是大姐穿小了才给她的,到手已经是破的了。但是母亲没有给她买新的,只给她补了补。小时候,她总是捡姐姐的旧衣服穿,因为自己没穿过,母亲又想办法给修改过了当成新的穿。这"大棉猴儿"是红的,红领巾更红,她觉得很高兴。更高兴的是,她会系领巾了。

她笑出声来,抬头看看,四周空无一人,只有她自己站在白茫茫的雪地里,衬得雪更白、红领巾更红。韩棠睁开眼,头脑一片清明。

四周很安静,只开了一盏小夜灯。

她额头上放着冰袋,抬抬手,手里也握着个冰袋,再一看,这皱皱巴巴的手啊,哪里是梦中那小孩子的手,明显老妇人的手,而且,往后余生,这还是最新鲜的样子。她忍不住"咯咯"笑了起来。

很奇怪,做了这么一个孤独的梦,可是梦中的她一点儿都不害怕,醒来也不害怕,并且从此以后,也不害怕这么孤独地面对未知的一切。

听见她笑,旁边沙发上坐着的人弹跳起来,过来看看她,摸了摸她额头。这只手温凉纤细,带着一股淡淡的墨水味。

"姐？"韩棠开了口。

灯光昏暗。她看着眼前这人花白的短发、清瘦的面孔，有点儿不敢相信。

"哎。"韩松应声，又摸摸她额头，"总算退烧了。"

"你怎么回来了？"韩棠问。

韩松拿起手机来对着话筒说了句"韩棠醒了，退烧了"，然后看着她，说："回来过年。"

韩棠顿了顿，无声地笑了出来。

"骗人。"韩棠说。照时间算，韩松应该回来好久了，起码比她的画架子到得要早，难怪她会说要自己驮着游回来的话。

"骗人！"韩棠又说了一次。

韩松敲了一下她的脑袋，说："妈说过，要是你有麻烦，让我不要不管你。"

韩棠笑起来："哦。"

她坐起来，举起手臂来，抱住姐姐。

梦里教她系红领巾的那个声音，是姐姐的。

卧室门开了，韩艾黎探了半个身子进来，但没出声，只是看着两个姑姑。

"艾黎没走啊？"韩棠靠着韩松的肩膀，问。

"我改签了车票。您退烧了，我再走。"艾黎过来，跟韩松嘀嘀咕咕了几句，韩棠听着她们俩商量，要是她再发烧，就叫救护车，邓医生会安排她住院。

韩棠觉得身上松快多了，又想吃饭，马上喊饿："倒是给口饭吃呀，净商量着怎么给我灌药！"

韩松跟艾黎说着话，伸手把她往后推了推，让她靠在床头上休息。

"等着！"她说。

卧室门又开大了些，小丁进来问："阿姨，是不是把饭给您端过来，在床上吃？"

韩棠笑着摇头，坐起来。艾黎过来给她穿好鞋，扶她站稳。

303

"我自己走。"她推开艾黎的手,慢慢往外走。腿脚有点儿软,但应该是因为饿的。

她走出来,外面灯光明亮,亮得刺眼。她以为家里这么安静,是因为没有几个人在,哪里知道,走出来一看,客厅里韩柏夫妇带着嘟嘟玩拼图、菲菲带着风眠在长桌上写作业,而楚泽……楚泽还是那个楚泽,坐在一边看起来有点儿入不了局,但好在没有捧着手机打游戏。

过了好一会儿,大家才发现韩棠出来了。

韩棠看着他们脸上露出的喜色,像春天枝头的花苞,次第开放。而那花苞,也被他们塞到她心里来。

风眠穿着她心爱的球服冲过来,拉着同样穿着球服的艾黎站在她面前,姑侄俩一人贡献出一条手臂,给她比了一个巨大的心。

"爱你哦,奶奶!"

"爱你哦,棠姑!"

韩棠大笑。

如果梦里的孤独和勇敢是真实的,此时被爱和温暖包围也是真实的。她心里那朵巨大的花苞,在一点点地开放,终于开出了极绚丽的花。

因为反复发烧,韩棠到底还是去医院住了三天。楚泽调休陪床,出院那天办完手续,把她接回了家。楚泽第一次独立办理出院手续,办得磕磕绊绊的,走了不少冤枉路、挨了不少白眼,忙得满头大汗。韩棠全程不动声色,看着楚泽笨拙地适应着他的角色。她偶尔会冒出一个念头来,要是艾黎或者小丁在这里,她早就到家喝上热汤了。不过想归想,看着楚泽这样憨里憨气地做事,也挺有乐趣的。韩松知道了一定会说她这是"恶趣味"。唉,养儿养女到这份儿上,不图什么,也图点儿乐子不是?

住院住得腻歪,回家总是开心的。

家门口的台子上,那棵"八方来财"摆得端端正正,枝繁叶茂,像个得意扬扬的将军守在门边等她。她每看一眼,都觉得精气神儿足了那么一两分。

韩棠进门前，看着绿油油泛着光的叶子，趁别人都不注意，低头闻了闻那植物新鲜的气味，拉下口罩来亲了它一下。

没人发现她的动作，她很快活地进门换鞋。韩松和小丁站在门厅里等她，看她气色不错才放了心。

韩棠换好拖鞋，站在门厅里，忽然发现家里添了新玩意儿——那对白色瓷象中间多了一个漂亮的哑光金属牌，上面雕刻着"单身女子俱乐部"七个字。她以为自己看错了，一般金属牌上刻的应该是像"光荣之家""五好家庭那样的荣誉称号，就像老刘在朋友圈里开心地晒出来的那种。她这里哪样也不挨着，是不是居委会送错了地方呢？

她把花镜戴上仔细看，还是那七个字。

"这是韩艾黎干的吧？"她问。

韩松笑吟吟地问："怎么就不能是我啊、小丁啊或者别人干的？"

"别人谁能干出这种事儿来！"韩棠故意没好气地说，"艾黎那天在群里说，咱们一屋子都单身女人，简直是名副其实的'单身女子俱乐部'，挂这么一个牌子刚合适。好嘛，这就正经给我送来了？瞧回头她来了我不敲她的狗头。"

韩棠说着往里走，边走边笑出来。

厅里堆了好些东西，她招手让楚泽来到身边。这些都是提早备好的年礼，送给她的至交好友和师长的。年年过节，她都亲自走动，今年跑不动了，不过礼数不能缺。她从旁边拿了红纸条，分别贴在礼物上，交给楚泽，让他周末之前，把礼物都送到了。

楚泽答应着，逐一核对人名和地址。总共也没有多少人，他还是怕弄错。这些人际关系的事很让他头疼，但他又怕弄错了惹母亲生气。他的老母亲，温顺温柔了大半辈子，最近脾气见长。大姨说他母亲的脾气照着姥姥的样子发展了，他真有点儿害怕。毕竟韩家的老太君，那火爆脾气是有点儿名气的。

待看到"苏教授"这里，他停了停，小声问母亲："妈妈，这里不用我去吧？"

"你能偷懒就偷懒，是吧？"韩棠回过脸来看一眼，"啊，苏教授家……"

"韩艾黎腊月二十八回来,不耽误跑这一趟嘛。"楚泽笑嘻嘻地说。

"就会动这鬼心思。"韩棠倒没有一口否决,沉吟片刻,说,"你先送其他的,看看艾黎怎么说。"

"我看也别太热心。"韩松给母子俩端了汤来,听见他们的话,笑道,"韩艾黎那小犟驴,牵着不走打着倒退,不如放着别理,让她自己消化去。话又说回来,要是她为了谈恋爱放弃现在的工作……"

"不一定是二选一,说不定是二者兼得。"韩棠说。

韩松看着她,笑眯眯地说:"果然浪漫主义者,一辈子都心怀梦想啊!"

"要不要打赌?"韩棠问。

"赌什么?韩艾黎一定会调职去上海的。她都开始找房子了!"韩松说。

"赌艾黎和松子会在一起。艾黎别说去上海,就是去纽约去伦敦去柏林去火星,他们俩也能成。大不了将来多花点儿飞机票钱嘛!"韩棠说。

"你说的在一起是什么意思?恋爱还是结婚?"韩松问。

"先恋爱,后结婚。"

"赌。赌什么?"韩松一巴掌拍在大理石茶几上,已经有了"随你押什么我都跟进"的架势。

楚泽和小丁蹲下来,扒着茶几转头看韩棠。

韩棠想想,一时想不出。

"这么着吧。"韩松从茶几上抽出一张请柬来。这是顾雅芬带着侄女夫妇送来的,邀请韩棠出席婚宴。

"你整天看雅芬跳新疆舞、草裙舞,要是艾黎和'长颈鹿'官宣,在婚宴正月十六这天,你就戴上我送你的金发头套出席。怎么样?"韩松问。

"人家婚宴,我这么闪亮登场抢镜头不太好吧?"韩棠说。

"那你说怎么样?"

"我戴金发套、跳一段新疆舞,发到我同学群里面,行吧?"

"就这么定了。"韩松又拍了一下茶几,问小丁和楚泽:"录下来了吗?"

两人点头。

"等等，我怎么觉得这事儿有点儿不太对劲儿。怎么就我一个人出赌注啊，有这样打赌的吗？"韩棠问。

"因为你是最热切希望这俩孩子能甜甜蜜蜜的人啊！"韩松大笑。

韩棠想了想，笑出来。

千真万确。

"今年除夕，我们去大哥家。"韩松扶起韩棠，让她回房间休息。

韩棠点头。

这么多年了，这应该是她第一次回娘家过年。

她很期待。

"又下雪了。"她看着窗外，在贵妃榻上坐了下来，"今年天气又冷，雪水又多，明年一定是个好年景。"

"但愿。"韩松坐在她身边轻声说。姐妹俩都斜着身子靠在榻上，出神地看着飞舞的雪花。

韩棠想起什么，拿过手机来，翻了一下朋友圈，问："今天是星期六吗？"

"对。"韩松随口应道。

"风眠昨天放寒假了，是吧？"

"是，她今天一早开开心心地去踢球了，说终于盼到了假期，可以专心踢球了。"韩松笑道。

韩棠微微笑着，想了想，去翻了一下顾雅芬跟自己的对话记录。

一搜索关键词，出来无数的舞蹈视频。

她摘掉系在头顶的丝巾，拢了拢自己越来越稀疏的头发。韩松看了好一会儿，才说："你还记得咱姐妹仨十几岁时拍的照片吗？你头发那么密，扎起来，那两条大辫子可漂亮了。"

"咱们找照片看看去？在书房里。"韩棠来了精神。

"你不累啊？"

"在医院睡了好几天，还行。"韩棠说。

韩松让她在这里等着，自己去书房找相册了。

韩棠靠在榻上，又翻了一下艾黎的朋友圈，没有什么动静。她看看表，快十一点了，韩艾黎这个家伙最近心情不好，周末肯定不出门在家里睡懒觉，不过这个时间也该醒了。她等会儿给她打个电话，随便聊两句也好。

艾黎这边没动静，韩棠再翻翻杜松子的动态。

松子这儿也静悄悄的，最近的一条动态还是前天的，只发了一张照片——"老秦家糖球"。那破旧门头和晒得发白的结束营业通告，显得无比寂寥。她摇摇头。顶着金发跳舞，还要发到同学群里去，这辈子还没干过这种事呢，也不知道有没有这机会？

韩棠笑笑，伸展一下手臂，发了一条消息给艾黎："北京下雪了吗？"

此时韩艾黎的脑袋还拱在她的枕头下。听见手机振动，她摸了一把，看到了棠姑姑的消息。她发了会儿呆，转头看看窗外。

昨晚窗帘都没拉好，这会儿阳光投进来，刺得人眼疼。

她仍旧把头拱进枕头下，眯缝着眼回复姑姑："没有。"

她趴了一会儿，把屏幕往下拉了拉，看到了"长颈鹿"的头像。片刻之后，她揉了揉眼睛，一下子来了精神，脱口冒出一个单词来。

韩艾黎昨晚百无聊赖，动手给公寓做清洁。棠姑姑跟她视频连线，看清她在干吗后，姑姑说韩艾黎你坏事了。她说："我哪里坏事了，姑姑原来最看不得人邋遢，厨房干净得像手术室，现在还不是东西随便丢。"姑侄俩相互挤对了半天。视频挂断前姑姑正经起来，说："很多遗憾都是沟通不畅的结果，我们艾黎直来直去的性格，应该不会留这样的遗憾哦？"

棠姑姑真的是聪明细心，还温柔。

她收拾完厨房，坐下来喝了半瓶酒，给杜松子发了一段语音和公寓里做完清洁以后的样子。

艾黎回来上班以后，他们俩的联络不能说不密切，可她总觉得哪里有点儿不对劲儿。就连她说会转职去上海，他干脆利落地说"很好"，她也觉得不对劲儿。她去上海，那他们呢？

本来半瓶酒不至于让她喝醉，结果，酒瓶还没见底，她已经醉得腾云驾雾了。她最近太累了，迷迷糊糊地爬上床睡了过去，只记得最后自己问：

"我们在一起好吗，同意吗？同意就回复我，我们过年回去见家长，不要啰哩啰唆的。"

艾黎点开对话框里的语音消息，她那凶狠的语调，听起来恨不得把"长颈鹿"撕了。她"哎呀"一声，把枕头摁在后脑勺上。

门铃响了，她气恼地踢着被子，跳下来抓起一件外袍来就往外跑。

她站在门内，看着电子屏幕里胸口遮住了半个屏幕的人影，搓了搓脸。门外的人往后退了退，屏幕里的人影小了一点，那张面孔便清清楚楚地映在她眼底。他真是怎么看怎么俊美。

她深吸了口气，打开了门。

一串红莹莹的糖球比人先到。

她接了过来，看着杜松子笑眯眯地站在门外。

他们就这样静静相对，有一会儿，谁也没出声。

"老秦家糖球不营业，老杜家糖球先凑合上。"他还没说完，她原地起跳，挂在了他身上。

他笑出来，紧紧拥抱着她。

"同意。"他说，"这句话，我最好当面跟你说。"他轻轻拍着她的后背，"异地，没问题；三小时没问题，六小时也没问题；高铁距离没问题，飞机距离也没问题。我知道你爱你的工作，我希望你能做得开心，做得更好。小学老师的工作，我做得也很开心，很可能要做一辈子。我不能辞职迁就你，但我的假期全都给你。韩艾黎，可不可以？"

"可以。"她说。她把脸埋进了他的肩窝。

是的，北京今天没有下雪，所以他身上全是阳光的味道，还有酸酸甜甜的糖球的味道，不，是爱的味道。

艾黎给糖球拍了照片，发到了朋友圈，对所有人可见。镜头的焦点在糖球上，那莹莹的红色，红到让人心动，而有点儿模糊的背景，是两个人交握的双手放在一个人的胸口处。这个人今天恰好穿了一件绿色的毛衣，胸口有只漂亮的长颈鹿。这是她送他的圣诞礼物。照片没有配文案，发出之后，她也没有理会大家的反应。爱人在身边，她暂时没有心思去顾及其他。

韩松搬来了好几本大相册,打开铺在面前,跟韩棠一页页翻看。韩棠听着韩松回忆拍照时候的情形,瞄了一眼朋友圈,看到了艾黎的动态。动态发布于三分钟前,已经收到了一大串赞和留言。她碰了碰韩松,让她先放下半个世纪前的影像,先见证眼前的历史。

韩棠摸了摸头顶,心想,她是不是得请雅芬单独指导一下,看样子,这支舞是一定要跳的了。

韩棠翻了一页相册,看着照片里自己少年时的样子,笑了起来。她笑得畅快而开怀,笑容像极了照片里十六岁的自己,无忧无虑、洁净明亮。六十六岁这年,她遇到的沟沟坎坎,曾几度让她以为已到绝境,可人生啊,你以为已经到了尽头,但也可能是新的开始,只要再往前走一点点。

番外一

瑞雪，丰年，吉祥物

"准备好了吗？"韩松坐到驾驶位上，回头问。

后面的座椅放倒了，韩棠半躺在上头，舒舒服服地跟她摆了摆手，说："好了。开车吧，韩司机。"

坐在她身边的牟艺琳笑出声来。最近几天韩棠痴迷于追剧，经常学着剧里贵夫人的语气，支使韩松做这做那。如果韩柏也在，就支使他——"韩厨师，我今天想吃清蒸鲈鱼了"。

韩松一边骂她"颐指气使"，一边开心地忙前忙后。

韩松快七十岁了，每天坚持运动，旁人只看她身形体态、面相精气神儿，都说她看着也就五十多岁。至于韩棠，别说生病了，就是健康无虞的时候，也没有韩松那么健壮灵活。这些日子，天气好的时候，韩松早上都会去海边慢跑。天气不好的时候，她就到小区的健身房锻炼两个小时。

韩棠看着韩松的状态很羡慕。韩松说："等你身体好些，就带你慢慢运动。"

韩棠一高兴，先把运动器械添置齐全了。要照以往，韩松一定会批评韩棠"心血来潮"乱花钱，现在嘛，批评的话即使说出口，也温和多了。

马上就要到春节了，韩棠和韩松特别积极，早早地备齐了家里的年货。韩棠又惦记上了好多年没去过的大集。韩艾黎听说韩棠想去大集，一天打好几个电话回来，反复强调天气太冷、人太多、再说韩棠感冒出院才没多久。

韩棠偷偷说："才没事呢。"

她要去集上挑对联，家里只有保险公司和银行赠送的几副，都是批量印制的，不够气派。她想动手自己写，可体力不足，风眠又是任她怎么哄都不肯写，其他老少三代人，更把毛笔字写得像螃蟹乱爬，实在拿不出手，还不如到集上的春联摊位找合心意的。再说，她心里过年的气氛还得是赶大集买东西买到双手拎不过来才算数。

从前韩棠到了年节忙得脚不沾地，哪儿有闲暇慢慢儿逛。她念叨得多了，韩松先受不了了。最终让韩棠答应去了以后就只买春联，其他时间待车上看人家逛大集，看过瘾了就回家。

这会儿韩棠舒舒服服躺在座椅上，看着韩松开车那利落劲儿，特别羡慕。她已经很久没摸方向盘了。本来她想开车，韩松不准。她想着现在市里的路跟前些年比差别很大，韩松这"老华侨"是不是得靠着导航才能跑到大集，哪知道韩松特别自信，坚决不开导航，还听不进别人的意见，这一路上，净拐错弯儿了。

韩棠说："好嘛，这还商议着，等春天天气好了咱们租辆房车一路往南走呢，你一路上净走错路了，谁知道能开哪儿去啊！"

"开哪儿不是祖国大地啊！合适了就把车一停，安营扎寨，喝杯咖啡喝口茶，怎么都舒服啊！"牟艺琳笑道。

"也是。我们租辆多大的房车啊？"韩棠小声和牟艺琳商量着，煞有介事。

韩松开着车，拐错几次弯之后谨慎起来。越靠近大集，越发现和她记忆里的老城地图相差甚远，很多路经过改造和拓宽早不是记忆里的样子。从前这里不是土路就是低矮的民房，如今已然是钢筋水泥密布，开着车行走在其中，她有点儿不适应。

听到嫂子和韩棠说到房车，她才插话："等你好了呀，你跟嫂子去我那儿。每年假期，我都开房车出去跑一跑的。有一年我花时间从美国最东部跑到了最西部，到了一个地方就停下来。如果这里有朋友，我就去拜访一下，没有朋友的话我就自己逛一逛，多半是爬山、游湖、去国家公园、看自然风光。那时候我年轻，体力好，一个人在路上，感觉全世界都在脚下，满心里是勇气和干劲儿。现在不那么跑了，我就喜欢慢慢地到各地看看书，休息休息。"

"那到时候我开车，你不准瞎指挥。"韩棠说。

"行……吧。"

"你得立字据。"

"……行……吧。"韩松说着,又拐错了弯。

牟艺琳大笑。韩棠慢条斯理地说:"别不服老了,姐姐。要么打开导航,要么听我的,你再这么自信开下去,这一上午咱们就绕大集转圈子吧,午饭都得耽误。"

韩松嘀咕了几句,韩棠再指点她怎么走,就没辈。不过到了目的地,她们有点儿意外。印象里春节前最后一个大集,规模这么大,应该人山人海才对。可是现在看起来车不算多,人也不算多,不是从前停车抢位置都要吵几架、人挤人根本走不快的样子。

韩松把车停好,解安全带的时候往外看了看,说:"飘雪花了。"

韩棠坐起来:"可不是嘛。"

"嫂子,咱俩下车去逛逛;韩小棠,你看车,不准乱动。"韩松说。

牟艺琳背起她的小背包,爽快地推开侧门,说:"艾黎和小杜说他们也过来,快到了。他们俩这么快就回来啦?"

"昨天就出发了,这会儿才到,还快!"韩松笑起来。

"也是哦,"牟艺琳笑起来,"听说昨天出发的时候他俩因为开车还吵了一架。艾黎那个脾气急起来不得了,我都担心她把小杜扔半道儿上。"

韩棠和韩松对视一眼。这里面有点儿内情没告诉牟艺琳。

杜松子是开车去北京的。外地车进不了核心区域,只好扔在外头了。一扔就是一个多礼拜。昨天两个人开开心心地开上车出发回家,结果没开出多远,车的轮胎爆了。小杜要打电话找人换轮胎,艾黎三下五除二自己动手换了。她一边换一边"骂"小杜,说什么出发之前不知道仔细检查一下,这也就是俩人一起,一个人的话车坏半道儿上,那不得给狼叼了去吗?一点儿安全意识都没有。小杜一边笑一边听她骂,把这段话录下来,发给她,说:"二姑,艾黎可太能干了。"

韩松听完了,说:"也不知道这年头儿北京城外哪儿来的狼,有狼也得给艾黎这大嗓门儿给骂跑了。韩小棠,你考察过小杜吗?这孩子是不是缺心眼儿,为什么给欺负成这样还笑?"

韩棠笑着说:"缺心眼儿还能当数学老师啊?"

韩松说:"教小学生数学又不是很难。"

姐俩笑了半天,暂时没把那俩孩子车坏在半路上的事儿告诉韩柏夫妇,怕他们担心。

韩棠坐在车里,看着韩松和牟艺琳离开。她们俩走得很慢,路过一个摊位就停下来看看。

远处河沿上,摆了好长的一个摊位,还支起了帐篷,好多人围观。韩棠仔细看看那拉起的横幅和挂着的宣传海报,知道是动物救助组织办的领养日活动。

"这大冷天的,那些小家伙不得冻坏了。"韩棠看韩松她们走远了,偷偷开车门下车。

她裹得严严实实的,过了马路,往河沿走去。走近了,马上有志愿者给她发宣传单。她打量了一下面前这个金发碧眼的年轻人,虽然不知道他是哪国人,但普通话说得比她还好呢。

韩棠心里暗赞了一句,准备去帐篷里看看等待被领养的猫猫狗狗。她先看了帐篷外面海报上的照片,心说好家伙,基本上都是丑孩子,能被领养可不容易。不过也有极好看的,她又想,怎么名犬名猫都有被扔了的?啧啧,这可真够心狠的……

韩棠走进帐篷,听见身后有人喊:"前面那位老太太,等等!"

她听那粗声大嗓的,心说"谁是老太太呀,我年轻着呢",头也不回地往前走,只当没听见。

"韩小棠!"粗声大嗓点了她的名。

韩棠回头,瞪了韩艾黎一眼。

艾黎见姑姑回头,张开手臂挥动了两下。她穿了件雪白的羽绒服,看起来跟只大白熊似的。

韩棠左右看看,不见杜松子,抬了抬下巴示意艾黎过来。艾黎冲过来,搂住她肩膀,问:"不是不让你下车吗?又招大姑训你。"

"她能训了我!哪回不是我让着她?"韩棠说着,四下里看了看,确定韩松不在。

艾黎大笑。

"小杜呢？"韩棠问。

"把他赶走了。"艾黎说。

"你怎么好意思的？"

"这有什么不好意思的。"艾黎笑嘻嘻地说，"自己人嘛！"

"啧啧，你开始没羞没臊了哈！也不知道是谁，啧啧啧，一催她找对象，就跟踩着尾巴似的，马上夌毛儿。"

"是呀，不知道，哈哈哈。"艾黎笑着推着姑姑往里走，"他在车上接电话呢。我看见您就赶紧过来了。"

艾黎看到海报上一只小狗睁着无辜的大眼睛像在看她，觉得可爱极了。她伸手弹了一下小狗的鼻尖，仔细看了看主办机构的名称，有点儿印象。释迦有时候会帮忙转发一些领养信息，其中就有这家救助组织发布的。

"他们挺靠谱的。"艾黎说着，看看姑姑，"您要进去看看？不是对这些没兴趣吗？"

"我看看，长长见识。"韩棠说着拉艾黎走进帐篷里。

帐篷里很宽敞，虽然没有风透进来，但跟外面差不多冷。每只笼子外面都覆盖着小棉被，小狗和猫咪冷得瑟瑟发抖，在里面缩成一团。

"小可怜儿，太冷了。"韩棠一转脸，正好面对一只大笼子。笼里那只橘黄色的动物倒挺特别，直直地蹲在小毛毯上，没缩成一团。她以为是只博美犬，一边说着"这小博美长得个儿挺大"一边走上前去。

艾黎挽着她的手站在笼子前，两人一齐发出惊叹。嚯！这哪是狗啊，这是只橘色的大猫，虎斑纹，大大的爪子，尖尖的耳朵，毛发长而蜷曲，让它的个头显得尤其大，那两只眼睛黄澄澄的，像小灯泡一样亮，直瞅着她们俩。

"难怪说十只橘猫九只胖，还有一只压塌炕，这个儿！"艾黎看着这猫耳朵尖上竖起来的"聪明毛儿"，不禁感叹道。

"这是缅因猫吗？"韩棠忍住没掏出手机来查资料。这还是她第一次见到这么大的猫，有些吃惊。

刚才门口遇到的那个金发碧眼的小伙子走了过来，说："它叫虎头，应该有缅因猫血统。十月底，我们接到求助电话，说一只大猫被扔在花坛里，尾巴断了，沾了一身油污。我们去救了它。现在它康复啦，看看多帅！"

"它这得……十几斤吧？"韩棠小心地估量着这只猫的体重——好家伙！这哪还是猫，这是一只虎！

"21斤！"小伙子很得意地说，可能意识到这体形和品种说不定会吓退潜在的领养人，忙又补充道，"别看它个儿挺大的，可它吃得不算多，就比普通的猫多吃一点点。阿姨，您要不要考虑考虑它？"

韩棠看着这只猫。隔着笼子，它安安静静地睁着那双琥珀色的眼睛看着她。要不是胡子和耳朵尖儿偶尔动一下，它简直像个雕塑。

艾黎看看姑姑的神情，笑着问那小伙子："你们今天领养成绩怎么样？"她看看他工作牌，原来他叫Adam。

"不瞒您说，还没开张呢。"Adam笑嘻嘻地说着，并没有气馁，"虎头虽然性格温柔，可是个头太大，很多家庭都不考虑它的。它已经被退养过一次了，就是上个月的事。它好像知道发生了什么，最近吃喝都不香。我们这次还是带它来碰碰运气，说不定呢，是不？"

"祝它好运。"韩棠轻声说。

Adam微笑点头，礼貌地告别，去招呼其他参观者了。

韩棠却没有马上走开。她站在虎头的笼子前，在它琥珀色眼睛的注视下，又把它的资料重新读了一遍：虎头，公猫，约一岁。"还是只小猫啊。"她轻声说着，慢慢走开了。

艾黎跟笼子里的虎头轻轻摆了摆手，也走开了。虎头仍然一动不动，像是对她们的来去毫不在意。艾黎走了两步，又回头看看它，发现它的耳朵朝她们这边略微撇了一下。

艾黎心一动，脚步停了下来。她转回脸来，恰好看见姑姑也回了头。"好猫，是吧？"她轻声问。

"嗯。"韩棠还是转了身。她走到最旁边的桌子上，看到有义卖的物品，喊艾黎过来，两人一起挑了些手工制品。其中有一款背包上印着虎头的全身照，看起来威风凛凛的。韩棠买了两个，跟艾黎一人一个，装上买来的手工制品，走出了帐篷。

外头飘着雪,韩棠却有点儿惆怅。

"去挑春联?"艾黎问。

韩棠点头。

姑侄俩往春联摊位走去。河岸上一片红彤彤的。摊位连着摊位,春联现写现卖,空气里弥漫着墨香,人头攒动,到处都在说吉祥话,看得人心里不禁高兴了起来。艾黎极少来这样的地方,看到什么都喜欢,但她得照顾姑姑。她看着姑姑在一个摊子前站定,看看,走开,到下一个摊子前再站定。其实这些春联的内容大同小异,偶尔有客人自己编两句,让摊主写好,才显得与众不同一些。

艾黎刚要问姑姑,要不要她上网搜两副特别的、还是姑姑自己想一想句子?忽然觉得身旁有人靠近。她警惕地转过头去一看,看见杜松子走在她身后。杜松子也穿着雪白的羽绒服,跟她一起站在人群里,显得极为出众。

艾黎看着他,笑了笑,说:"你不声不响地走过来,吓我一跳。"

"我喊了好几声了,姑姑没听见,你也没理我。"杜松子笑着说,他往前一看,"姑姑呢?"

"在呢。"艾黎再回头,发现姑姑不见了,"哟,你快找找,发挥一下你的优势。姑姑穿紫色羊绒大衣、戴黑色貂绒帽子。"

杜松子不等她形容完,早就看到了韩棠。他拉起艾黎的手,赶快朝韩棠走去。

韩棠并没有走远,只是走到了下一个对联摊位前。

艾黎和松子过来,她转头冲他们笑笑,说:"我要了两副对联了。你们看看有喜欢的一起拿上。"

艾黎说不要,他们家年年不浪费赠送的漂亮春联。松子摇手说他们家年年只换一下大门上的福字。两人倒是一起认真读了会儿春联上的吉祥话,再转头看姑姑,见她站在一旁,跟那年长的摊主正说着什么。

杜松子拉拉艾黎,两人走过去。

这时摊主拿起笔来蘸饱了墨,大笔一挥,上联是"虎头虎脑春来到",

下联是"大橘大利一整年",横批是"猫肥家润"。

韩棠满意地看着这副对联,说:"匆匆忙忙的,也想不出更好的词儿来了。明年,明年再拟更好的。咱们这是一年更比一年好。"她说着,扫码付钱。

艾黎道:"姑姑,咱家连只猫的影儿都没有,挂这个,不是有点儿挂着羊……"

松子碰了艾黎一下,说:"有点儿文不对题。"

艾黎斜了他一眼,松子笑笑,见墨已经干了,忙动手把对联卷了起来。

韩棠说:"我去签了领养协议,不就有了?我才不会挂着羊头卖狗肉呢。"

"姑姑!"艾黎叫起来。

"别嚷嚷,我没聋。"韩棠说着,转身往回走,"你给大姑和妈妈打电话,让她们慢慢儿逛。我去给咱们家请吉祥物去喽!"

"您身份证带了吗?要签协议的!"艾黎问。

"带了。没带的话我把你大姑押这儿回去取。"韩棠笑着说。

艾黎大笑。她看着姑姑穿过人群往领养摊位的帐篷走去,那脚步比来时可轻捷多了。

"姑姑养过猫吗?"杜松子小声问艾黎。

艾黎笑着摇头:"没关系,谁还没有第一次?好歹现在,棠姑姑想干什么,自己就可以决定——大姑不会反对的。她最喜欢猫。还有,楚风眠可要高兴坏了。"

"那就好。"杜松子笑着说,"那咱们俩以后可以领养猫猫狗狗吗?"

"可以。领养孩子都没问题。"艾黎不假思索。

杜松子顿了顿,说:"好。我也没问题。"

这会儿工夫,韩棠已经钻到帐篷里去了。她看虎头还在笼子里,仍然是那个文雅又有点儿寂寞的样子,长出了一口气。

"宝儿,奶奶接你回家喽。"她小声说。

虎头耳朵动了一下,轻轻往前挪了挪。

韩棠走到笼子前,虎头的鼻子也动了动。

"我要领养虎头。"韩棠像小学生回答问题那样,举起手来。

这会儿她脖子上如果有红领巾,那一定是红艳艳的。

Adam 赶紧跑了过来,给她搬了把椅子,就放在虎头的笼子旁边,拿着领养协议,一条一条给她读。韩棠听一条,点点头,那么多条内容听下来,她忽然觉得责任重大,转头看了看虎头。

艾黎说:"您想清楚。"

韩棠说:"想得很清楚。我没有开了头不负责到底的习惯。不过,如果我比虎头走得早,你能继续抚养它吗?"

"可以的,姑姑。"艾黎说。

韩棠点头,这时看向松子,故意问:"松子呢?"艾黎拉了一下姑姑。

杜松子抬手拉住艾黎的手,说:"我也可以的,姑姑。"

Adam 眉开眼笑,招呼同伴过来,签署领养协议。这个过程有点儿复杂,但每个人都很有耐心。一旁围观的人们不时提着问题,一时间帐篷里竟也热闹起来。不知道是不是他们开了好头,不一会儿,几只小狗陆续被选中了,进来参观的人也更多了,工作人员喜滋滋地忙了起来。见 Adam 他们忙不过来,艾黎和松子义务当起了讲解人。韩棠也不着急,就坐在那里等着。

虎头漂亮,来人都免不了过来看看它。韩棠把椅子往虎头的笼子前挪了挪,手就放在笼子上,有了"这是我的猫"的意思。

忙过这一阵子,工作人员纷纷过来跟虎头告了别。杜松子把虎头的笼子拎了起来。韩棠见笼子没遮挡,要摘下自己的围巾盖上,艾黎一把扯下自己的围巾铺在了笼子上。Adam 一直把他们送到车边,把虎头用过的东西放到车上,还摸摸虎头,说:"到新家一定要幸福啊!"

韩棠跟他握了握手,谢过他。

他说:"谢谢您。新年快乐,健康长寿。"

韩棠听着他字正腔圆的祝词,开心地说:"新年快乐!"

虎头的笼子就在座椅上,韩棠轻轻把笼门打开。虎头从笼子里出来,看了看她,轻捷地一跃,便来到了她的身边。因为空间有限,这只大猫蜷缩着缩成一团,打起呼噜来。韩棠轻轻摸着它的背毛,抬起头来,看着已经好久没出声的艾黎和松子。她的眼睛有点儿湿润,但看着他们,还是笑着,轻声说:"以后,这就是咱家的镇宅神兽了。"

艾黎笑了出来。哪怕是半年前,在家里养只伴侣动物这种事,她跟棠姑姑都是谈不拢的。她一早就知道,棠姑姑不是不喜欢小动物,而是在家里养宠物这件事是一点儿商量的余地都没有的,有时候棠姑姑不得不封存一下自己的那点儿贪念。如今,好恶都只是棠姑姑自己的事情了。

艾黎伸手过去,试着摸了一下虎头的脑袋。它的绒毛柔软极了,能让人的心瞬间也柔软下来。

虎年马上就到了,棠姑姑迎来了一只叫虎头,又长得像只老虎的吉祥物,她的新生活里又多了一点儿值得期待的甜蜜。

番外二

我有余生可托付

艾黎收拾好背包,从办公室走了出来。外面下着雨,她穿好风衣,在走廊上停了会儿。江对岸灯火阑珊,仍是一派繁华模样,像巨幅油画。她穿过走廊去乘电梯,等候的工夫,给"长颈鹿"发了一条消息。

"终于收工了。"她找了个笑眯眯的表情发过去。

长颈鹿系列表情包已经出到第六辑。最新的两辑多了几个很适合表达"想你""亲亲"的表情,也多了成双成对的场景。有时候她挑表情用,会不自觉挨个儿看一遍,就像看电视剧一样,有点儿期待下一辑会不会出"长颈鹿一家三口""长颈鹿带娃"这样的表情包。这位设计师很可爱,也很勤奋。艾黎照旧给每个专辑都付费。有时她想,这就算是给虚拟的长颈鹿一家随份子吧,为它们的幸福生活添砖加瓦。

杜松子没回复,可能在做晚饭。最近他经常回家,做好晚饭陪母亲吃完再离开。

苏教授时不时会发一条晚饭动态。棠姑姑只要看到,就会捧场点赞,虽然照片里永远是餐具和摆盘比食物本身要美得多。

艾黎笑笑,去看棠姑姑的信息。姑姑最近很忙,总是隔上那么三两天才有空儿理她。姑姑今天下午给她发了一张风眠戴着金牌站在球场边大笑的照片——小家伙脸上还挂了彩,球衣沾了草汁,整个人五彩缤纷的,可是她也在闪闪发光。

比赛的照片和视频,释迦和松子都给她发过了。释迦那天还特意带了专业的相机,拍出来的照片尤为出色。其中有一张是风眠赛后在场边和杜松子击掌相庆,释迦给配了标题《来自准姑父的祝贺》。艾黎一想到就要笑。照片拍得特别好,她准备冲印出来放到办公桌上。释迦还给棠姑姑拍了一组照片，是她和朋友们坐在酒馆里打牌的样子。看到照片里一起打牌的开心姥爷和在角落里读书的松姑姑，她莞尔一笑。虽然是临时被拉去凑手的，开心姥爷却真的很开心。无论如何，棠姑姑的朋友圈子越来越大了。

艾黎走出电梯，刷卡过闸，将工牌扔进了包里。大厅里几乎没有人影，还没走出大厦，似已觉得凄风冷雨袭来，她不禁裹了一下风衣。经过接待处，她忽然想起一件事，转身朝那边走去，重新掏出工牌，放在台子上，麻烦接待员取来寄存在这里的一件包裹——隔壁办公室的同事出差几天，由家乡寄来的土特产从住处转寄到了公司，特意交代她帮忙拿走并且连她的那份都消耗掉。"妈妈牌"醉蟹不是谁都能享用的美味，这是艾黎拿鲅鱼饺子结下的缘分。不过艾黎对醉蟹并不着迷，可是棠姑姑很爱吃。哦，松子也很爱吃的。

艾黎把纸箱塞进袋子里，拎着走出了大厦。袋子很沉，她却健步如飞。楼底的风很大，她没撑伞，迅速钻进了地铁站。车厢里弥漫着略微有些倦怠和潮湿的味道。她站在门边，袋子放在身旁，小心地避开人。其实乘客不多，空间显得很宽裕。她出神地看着灯光照耀下惨白的地板，车子停了，竟没有人下车也没有人上来。

艾黎攥了一下把手。把手有点儿凉，果然深秋了。

早上松子问她，这两天降温，是不是得穿风衣了？他时常会提醒她注意气温变化。她并不怎么怕冷，今早出门却仍然带上了风衣。这个决定是正确的，过午下起了雨，气温下降很快。如果没带上风衣，怎么能那么顺利闯过刚才那阵风雨呢。

她微笑着。其实，跟松子很久没有见面了。暑假里松子费尽周折跑来上海看她，掐头去尾也只待了不到半个月。那期间她有一半时间在家办公，他安安静静地陪着她。有时她起床晚，或者要开视频会议，他会拿本书去楼下俱乐部喝杯咖啡、跟看门人阿富伯学两句沪语。这里的住客也多半是俱乐部同好，没有活动的日子，也会一起打牌和聊天。大家经常聚在俱乐部咖啡厅商量事情，把小会开出了沙龙的氛围。松子说正是看了这个气氛，才觉得即便她是孤身一人在上海，也是很令人安心的。

"真想你啊。"他说。说完了天气，才说心事，好像天气更重要。一整天了，艾黎想起这句话来，心底就像生出一片沼泽。

手机屏上弹出了消息。她看见，笑了。

"晚饭想吃什么？"他问。

"馄饨。"她答。

公寓斜对面那家小馄饨铺子，歇业半年归来，味道比从前竟又好了许多，菜单里还加了一道鲜肉小馄饨，皮薄得像纱一样，入口即化，味道极好。因为方便，更因为美味，那里几乎成了她的食堂。住在楼上的邻居是一对法国夫妻，尤其是那家的丈夫皮埃尔也喜欢那家铺子。他们偶尔会在铺子里相遇，聊上几句。

皮埃尔和他的妻子埃莉诺每天晚上会准时演奏音乐。皮埃尔拉小提琴，埃莉诺弹钢琴，夫妇俩各显其能，让整栋楼的邻居都多了一些对"明天"的期待。音乐响起时，她往往在跟松子连线，静静地一起听一会儿，就像他也在她身边一样。

"昨晚也是吃的馄饨，对吧？"他问。

"对啊，昨晚也是。"她笑。昨晚拍照发朋友圈，棠姑姑还问她这是这一周第三顿鲜肉馄饨了，还没吃腻吗？她说吃不腻，棠姑姑说那就好，那样的话松子总算没白学包馄饨，有大展厨艺的机会了。

松子最近一有时间就去参加棠姑姑家里的聚餐。姑姑们和艾黎爸妈聚在一起，各显神通。松子说他是去学习的，要学韩家的独门秘籍，学进去多少还不知道，却吃了不少他们家的好东西。

"我跟二姑学了包馄饨，大姑说我学得不错。"松子说。

艾黎笑。

他做饭的手艺马马虎虎，他是一点一点在学的。他有时会给她发一段视频或者照片，多半是研习新学的菜式。虽然不是多复杂的菜，他也得练上好几次，才能做得像模像样。棠姑姑常说松子像被她一笊篱从海里捞上来的宝石。她总是说棠姑姑看松子大概是带着滤镜的，太过容易发现他的优点，可是也不能不承认，松子的确很可爱。他开开心心地把卖相不怎么样、可是味道还不错的食物端到她面前来，跟她一起分享的时候，也是很可爱的。

"别去店里吃了,我给你煮。"松子说。

"哎?我看图吃饭?"艾黎说。

"哈哈哈。"杜松子回道。

"想吃你给我包的。"

"你不想吃也不行!"

艾黎看着,笑出声。车厢嗡嗡作响,她的笑声并不明显。

"我会包好几种样式的馄饨。今年教师节我们学校比赛,我就是靠这个才艺参赛的。最近我还在家好好地练习了几次,我爸妈都觉得及格了。"松子发了一长段文字。

"所以你晋级包法利先生了?"

"是的,女士。"松子发了条语音回来,用了法语。

艾黎笑个不停。

松子那几句半桶水法语是在暑假里跟皮埃尔学的。那时他们都刚开始学沪语。两人在一起聊天,中、英、法语大乱炖。旁人听得头痛,他们乐此不疲。

"饿吗?"他问。

"饿。"艾黎回。

"那好,等会儿咱就先吃饭。今天的馄饨是姑姑包的。我带了现成的。我还带了冷冻的高汤,不过来不及化开了,明天早上,我给你来一碗正宗的家乡味道的鸡汤小馄饨,要是明天你还有力气起床吃早饭的话。"

"喂!"虽然只是听着听筒里的话,但艾黎的耳朵却在发烫。

"开玩笑啦!明天周末,你可以多睡会儿。我保证。"

"信你!等一下,你现在到底在哪儿?"艾黎忍不住左右看了看。她有种松子就在附近的感觉。地铁到站了,她走出车厢。

"快到楼下了,你到站了吧?你在出口等等,我去接你,这会儿雨还下大了。"

"松子……"艾黎停住脚步,看着来来往往、脚步匆匆的人们。她记不清今天早上有没有跟他说过想他了,可能她不说他也知道了?

"沼泽地"上一阵清风吹过,涟漪泛起,水草和野花随风摇曳。她轻轻叹了口气,说:"不用接,我马上就回来了。你先上楼,洗洗干净等我!"

"啊?"松子笑,"不应该先吃馄饨吗?"

"杜松子!"

"别急,开玩笑的啦!咱们应该差不多时间到。我在楼下等你,一起回家。你慢些走,我等你,多久都没关系的。"

"好。"艾黎答应着,却快步走了起来。她越走越快,过闸时简直像是要飞起来,手里拎着的袋子也不觉得沉了。雨确实下大了。路面上有点儿积水,艾黎撑起伞,大步往前走。

地铁站距离住处只有五分钟路程,平常她不急的时候,尤其下班回来,总是慢吞吞地溜达,可是今天她一秒钟都不想拖延。

她远远地看见高个子的松子站在大门遮雨棚下,正笑眯眯地和阿富伯聊天。松子在练习口语吗?不知道有没有进步?看着松子那温和的笑容,她似乎闻得到他身上清爽如雨后青松的味道,心禁不住怦怦直跳,脑海中突然出现了自己扔掉手里的所有东西扑进他怀里的场景,耳边似乎听得到瓷罐碎裂的声响。她脸上的笑意一点点加深,她终于忍不住笑出声来。

松子却还没有发觉她已经走近了。不知阿富伯说了什么,他放低身子,侧耳倾听。

艾黎刚想要大喊一声"长颈鹿",就见阿富伯一转身,朝松子靠过去,松子伸手将阿富伯的身子托住,突然喊了声"Help(救命)"!

艾黎愣了一下,心说这是什么戏码。难道不是沪语对话练习,是莎翁戏吗?她看见皮埃尔跑了出来,帮松子将阿富伯扶住,这才意识到不对劲儿,赶忙跑过去。松子和皮埃尔把阿富伯抬进了大厅里,让他平躺在沙发上。

"松子!"艾黎叫道。

松子回头看见她,说:"阿富伯说着话突然晕过去了。"

皮埃尔一边招呼他们俩,一边说"阿富伯醒了"。艾黎和松子走上前。阿富伯脸色苍白,虽然在说话,口齿却不太清楚。松子说去医院吧,他轻轻摆手。

"像是中风了。"皮埃尔轻声说,"不能大意。"

"快叫救护车。"松子也轻声说。

艾黎点了点头,问埃莉诺在不在家。埃莉诺是医生,或许能帮上忙。皮埃尔摇头,说埃莉诺今晚有活动,家里只有他和女儿。艾黎赶紧叫了救护车。松子蹲在沙发旁,小声安慰阿富伯。好几位邻居闻声下楼来,轻声询问发生了什么事。

"不要紧的,让你们受惊了。我只是清早同老太婆拌了几句嘴,不太舒服。"阿富伯口齿更不清楚了。

皮埃尔听懂了,给邻居们翻译。松子握住阿富伯的手,让他不要动,也不要再说话了。她跟阿富伯示意,要给他的家人打电话。阿富伯露出不太情愿的神色,还是同意了。他的手机在制服口袋里,松子找出来交给艾黎。

艾黎知道阿富伯的儿子在国外,家里只有他和妻子两个人,在通话记录里一翻,果然第一页全都是"阿苗"。她拨电话过去,那边马上接通了,清脆轻快的沪语响了起来,接连几句话扔过来,像上了战场先丢几颗炸弹威慑对手。艾黎喘了口气才躲过这一阵轰炸,叫声"阿苗阿姨",赶快说明情况。

阿苗阿姨那边静了两秒钟,问:"骗人的吧?"

艾黎耐心地解释着,救护车就"呜呜啦啦"地叫着开来了。艾黎觉得声音刺耳,阿苗阿姨也听见了。阿苗阿姨再开口,语气立即透出焦急来。艾黎问了救护人员医院地址,赶忙告诉阿姨,这才挂断电话。

皮埃尔要留下照顾女儿,和邻居们一道送阿富伯上了车后,让艾黎和松子跟着去,叮嘱道:"有事情打电话回来告诉我们呀,我们都会帮忙的。"

松子说:"跟沈先生说一声,麻烦同事提早来接班,阿富伯讲的。"

皮埃尔答应,挥挥手。

雨下得越来越大,邻居们站在雨里,救护车开远了,都还没走。

艾黎坐在车尾,心想阿富伯难怪可以在这里工作这么久,生病了还不忘自己的职责。平日里她只觉得他和气又幽默,是很好相处的爷叔。艾黎看着阿富伯抬抬手,把松子叫到身边,不知跟他说了什么。松子点点头。

到了医院，阿富伯被送进急诊室，艾黎和松子陪他做检查。医生诊断阿富伯得了脑梗，万幸送医及时，人也还有意识，需要家属签手术知情同意书。艾黎和松子顿了顿，说："家属还没赶过来。"

时间是不等人的。艾黎犹豫了一下，看看松子。

松子也看看她，和医生说："我来签。我是他的朋友。刚才在车上他也是这么托付我的。"

医生点了头，拿来了知情同意书，一条条逐一解释。就在这时，松子的手机响了起来。

一个矮矮的、细细瘦瘦的、打扮精致的妇人快步朝这边走来，边走边拨着电话。艾黎先看到她，拉了一下松子，说："阿苗阿姨来了。"

两人看着来到近前的阿姨满头是汗、强装镇定，心里不由得说一声佩服。这体体面面的老阿姨，事情这样急，风度仍然不减。阿苗阿姨了解了情况，签了同意书，才跟艾黎和松子道谢。

"我早上不该为了一点点小事情骂他，要是有什么事可怎么办好。"她说着话，左手按住右手。刚才签名时手很稳，此时却微微发颤。

艾黎扶她坐下。松子给阿姨端来一杯水，请她坐下，和艾黎一起坐在一旁，陪着她等手术结束。

只是一个不大的手术，很快就结束了。医生神情轻松地出来讲解了整个手术过程，以"很成功"收尾，潇洒地离开了。艾黎和松子陪着阿姨一起等阿富伯被推出手术室，送进病房。比起阿苗阿姨来，两人都是惯于照护病人的，对医院和病房的要求更熟悉。阿富伯的状态不错，进了病房不久就醒过来了，已经又是那个笑眯眯的爷叔了。阿苗阿姨仍然语速极快，絮絮地数说他的"不肯听话"，语气却是温柔多了。阿富伯只是笑而不语。

见没有什么可帮忙的了，艾黎和松子这才告辞。

艾黎看松子朝阿富伯轻轻眨了眨眼。她转过头去，恰好看到阿富伯也眨了眨眼。

这俩人……神神秘秘的。艾黎笑笑，没出声，和松子手拉着手离开。

已是深夜，雨停了，风也停了。松子把艾黎的手揣进口袋里，轻轻摩挲着她的指尖。艾黎忽然想起阿苗阿姨握住签字笔的那只手，指尖的痒忽然变成了微微的痛，仔细一想，痛是在心上的。她反握住松子的手。松子的脚步慢下来，但没出声。

两人走出医院大门，站在路边等车来，这才觉得饥肠辘辘。

"哎呀！"几乎同时两人叫了起来。

"馄饨！""醉蟹！"

"还有醉蟹？"松子眉开眼笑。

"不知道丢到哪里去了，怕是没的吃了。"艾黎觉得可惜，本该以好好享用回报同事母亲的一番辛苦和好意。

"就当我们吃了吧。好歹今天帮到了阿富伯。"

"好险。"艾黎说。

"嗯，好险。"松子握握她的手。

两人好一会儿没有出声。车子也不来，但他们也不急。

"阿富伯在车上跟你说什么了？不光是托付签什么手术同意书吧？"艾黎问。

"……这个，可不兴说。"

"银行卡密码吗？"艾黎靠过来，上半身贴在他身上。

松子轻轻吸了口气，身子往一旁挪了挪。

"我猜对了？"

松子看着艾黎，低低头，嘴唇印在她唇上。

艾黎笑。

车子来了，松子跟司机招手示意，拉开车门，让艾黎上车。

"阿富伯还能攒下私房钱，简直不得了。"艾黎忍不住笑道。阿富伯喜欢养花，公寓里及周围的植物有很多都是他的爱物。他有时会帮园丁的忙。偶尔聊天，会听他说起家事——退休金全是老太婆在管，他原来打算看公寓搞点儿零花钱，最后也要上交老婆一半。只是他说的时候，语气却不是抱怨的，不知道为什么还有点儿甜丝丝的。

松子笑着点头，密码不能说，可是有能说的："阿富伯怕自己醒不过来，让我帮忙告诉阿苗阿姨密码，不过要是他没事，就当这事没有发生过。阿富伯说，密码是阿苗阿姨最喜欢的歌星的生日。他每个月的零花钱省下来够买一颗小金豆,所以这些年攒了不少小金豆。藏小金豆的罐子埋在阳台那株虎皮兰花盆里。挪开花盆里那块最大的鹅卵石,下面就是那个小罐子。"他记得有一次聊天,阿富伯说阿苗阿姨不喜欢植物,家里的植物都是他在打理,阿姨从来不理睬的,所以马上就明白了为什么小金豆会藏在花盆里。松子忍不住笑,抬手轻轻摸摸艾黎的后脑勺。

艾黎转头看松子——这个家伙,以后也会藏私房钱吗?

啊,想到哪里去了!她忍不住笑。

倒也不是不能想——半年前,松子求过一次婚。

那天他们在视频连线,听着皮埃尔在楼上拉《安魂曲》。他突然说:"韩艾黎,我们结婚吧?"他们在一起以后,没有聊过跟结婚有关的话题,可是他求婚,她一点儿都不觉得意外,但她没有答应。那些天她情绪不好,他一定是感觉到了的,每天只要一有空儿,就会上线陪她。虽然只是赛博空间的陪伴,也弥足珍贵。被求婚的一瞬间,艾黎不是不想一冲动说"yes(我愿意)",但有时她冷静得超出了自己的预估。她忽然想,是不是有些事,果然是要在特别的关口才有勇气去做,比如结婚。可那个决定,是真实的想法吗?如果只是因为一时脆弱想要抓住什么,答应了他的求婚,那对他来说也不公平。

"在想什么?"松子问。

艾黎摇摇头。

松子看看她,把脖子上的围巾摘下来,给她系上。

他身上有雨后雪松的味道。艾黎扯扯他的衣襟,让杜松子靠近些,亲在他唇上。车子停了,她才离开他,先下了车。

"你看到了吗?刚才阿苗阿姨签知情同意书的时候?"松子轻声说。

"她还蛮镇定的,可是后来手一直在抖哎。"艾黎说。

"换了我,我也会那样吧。"

"嗯。"

"我也会藏私房钱吧。"

"嗯?那我也藏。"

两人相视一眼,大笑起来。

松子往前走了两步，拍拍自己的肩膀，稍稍蹲下些。

艾黎跑起来，一跳，整个人挂在了他背上："松子。"

"唉——"

"我爱你哦。"

"我也爱你。"

"松子。"

"唉！我爱你的！"杜松子回应道。

"我是说，我们啊，以后，作为家属，给对方签同意书吧。"

"好啊！"松子笑着说。他将艾黎背稳，在路边飞快地跑了起来。

艾黎收紧手臂，紧紧搂住松子的脖子。心里那片沼泽地上，一对美丽的水鸟飞了起来，氤氲的雾气被扇动的翅膀推开，明净的天空，闪烁的星子落了下来，直落到他们的眼睛里、心里。

松子将艾黎放下，两人手拉手跑上楼。

远远地看到房门口堆满了东西，两人禁不住笑了起来。醉蟹和馄饨都被放在门前地垫上，一旁还有邻居们送来的许多食物，都贴着便条，有的说辛苦了，有的说晚安……艾黎将挂在门上的那束花取了下来。花漂亮极了，拿在手里，不知怎的，看上去像新娘的手捧花。

松子开了门，一样样把东西拿进屋子里去，回身看着艾黎拿着花束站在那里。他伸手拉过她，轻轻亲在她额头上。

"我们先吃饭，还是先……"

"当然是先吃饭！"艾黎大叫。

松子大笑。

小小的公寓充盈着温暖又香甜的味道，这是他能想象出来的，跟艾黎拥有的，家的味道。

韩艾黎，往后余生皆是你，拜托啦！

图书在版编目（CIP）数据

棠姑妈的新生活 / 尼卡著. — 北京：北京联合出版公司, 2024.11. — ISBN 978-7-5596-7956-7

Ⅰ.I247.5

中国国家版本馆CIP数据核字第2024ZN9719号

棠姑妈的新生活

作　　者：尼　卡
出 品 人：赵红仕
责任编辑：徐　鹏
策划编辑：高继书　桂婧琦
特约编辑：高　晶　赵艳丽
责任印制：耿云龙
装帧设计：琴　子
插图绘制：刘溪溪

北京联合出版公司出版
（北京市西城区德外大街83号楼9层　100088）
北京联合天畅文化传播公司发行
北京美图印务有限公司印刷　新华书店经销
字数312千字　880毫米×1230毫米　1/32　10.5 印张
2024年11月第1版　2024年11月第1次印刷
ISBN 978-7-5596-7956-7
定价：49.80元

版权所有，侵权必究
未经书面许可，不得以任何方式转载、复制、翻印本书部分或全部内容。
本书若有质量问题，请与本公司图书销售中心联系调换。电话：(010) 64258472-800